U0091101

古典文獻研究輯刊

二九編

第 **17** 冊

詩與哲：佛教與中國文學的開拓

張 煜 著

國家圖書館出版品預行編目資料

詩與哲：佛教與中國文學的開拓／張煜 著 -- 初版 -- 新北市：
花木蘭文化事業有限公司，2024〔民113〕
目 2+248 面；19×26 公分
（古典文學研究輯刊 二九編；第 17 冊）
ISBN 978-626-344-567-3（精裝）
1.CST：佛教文學 2.CST：中國文學 3.CST：文學評論
820.8   112022463

ISBN-978-626-344-567-3

9 786263 445673

古典文學研究輯刊
二九編 第十七冊   ISBN：978-626-344-567-3

詩與哲：佛教與中國文學的開拓

作　　者　張煜
總 編 輯　杜潔祥
副總編輯　楊嘉樂
編輯主任　許郁翎
編　　輯　潘玟靜、蔡正宣　美術編輯　陳逸婷
出　　版　花木蘭文化事業有限公司
發 行 人　高小娟
聯絡地址　235 新北市中和區中安街七二號十三樓
　　　　　電話：02-2923-1455／傳真：02-2923-1452
網　　址　http://www.huamulan.tw 信箱 service@huamulans.com
印　　刷　普羅文化出版廣告事業
初　　版　2024 年 3 月
定　　價　二九編 21 冊（精裝）新台幣 56,000 元

版權所有・請勿翻印

詩與哲：佛教與中國文學的開拓

張煜 著

作者簡介

張煜，江蘇無錫人。復旦大學中文系中國古代文學「佛教與中國文學」方向博士（2001～2004），現為上海外國語大學文學研究院中國文學研究員（2015），外國文學「比較文學與世界文化」方向博士生導師（2017），研究方向佛教與中國文學、近代詩學。出版有《心性與詩禪：北宋文人與佛教論稿》（2012），《同光體詩人研究》（2015），譯有《〈十王經〉與中國中世紀佛教冥界的形成》（2016）等。

提　　要

　　本書對佛教與中國文學之關聯，作了新的有益的探討。作者先從印度文化與文學中，去尋找問題的源頭。對於印度古代詩史《摩訶婆羅多》、《奧義書》等均有所論述，在這樣一個比較弘闊的背景下，展開佛教文學的追蹤之旅。其中既有對佛教經、律、論的關注，如《雜阿含》《摩訶僧祇律》《楞伽經》等；又有對於佛教故事的論述與考辨，如《經律異相》《法苑珠林》等。除了翻譯文學以外，佛教對於中國文學的影響，還表現在大量中土著述上，包括各種哲學論辯、詩歌散文小說等。思想性的論著如《弘明集》《廣弘明集》等。佛教對於中國古典詩歌的影響，也是本書之重點。歷代重要詩人，從謝靈運、王安石、蘇軾、黃庭堅，一直到近代的同光體陳三立、沈曾植、陳寶琛等，在書中都有涉及。可以看到，佛教對於古典詩歌的影響，大到詩人人生態度，小到用典、詩法等，都留下了鮮明的痕跡。另外書中還探討了佛教對於韓愈《鱷魚文》、小說《水滸傳》等的影響。對於近年來，學界這方面的一些重要論著，作者也多有點評。包括陳允吉《唐音佛教辨思錄》（修訂本）、曹虹《慧遠評傳》、吳海勇《中古漢譯佛經敘事文學研究》、謝金良《〈周易禪解〉研究》等。本書還有部分為純粹的探討中國古代文學或思想的論文，甚至還涉及到一些西方文學，目的是為討論佛教文學，提供一個更加豐富的背景。

目
次

前　言

　　放在大家面前的這本小書，雖然內容可能看上去有一點龐雜，但其實基本記錄了我從 1998 年去南京大學讀古代文學研究生到 2022 年新冠疫情快要持續三個年頭，這 25 年來我的學術的成長軌跡。之所以把書名取為《詩與哲》，因為從八十年代中的無錫一中高中開始，詩歌與哲學似乎一直是我感興趣的兩個方向；而對於文史哲中的歷史，雖然我也越來越抱有很大的興趣，但相對在研究方面，成果比較少。現在想來，高中階段，我的閱讀趣味主要停留在《法國現代派詩選》《約翰‧克里斯朵夫》以及像海子、陳東東、宋琳那樣的實驗派詩上。九十年代，當我辭去做了六年的經濟管理方向的公務員，準備考南大研究生的時候，之所以會選擇古代文學，可能也是因為外國文學、現當代文學以前讀得相對比較多，想學點新的東西有關係。再加上程千帆先生在南大的威望，所以我最後能夠有幸投到張宏生老師門下，一切都似乎是命運的安排，並選擇了同光體詩人陳衍作為自己的畢業論文研究方向。集中那篇談儒家出處的文章，是我在讀了韓愈集後的第一篇習作，雖然寫得有點稚嫩，宏生師當年還提出了很多批評意見，放在集中作為一種紀念。

　　博士階段，我有幸投到了復旦大學陳允吉老師門下，開始研究佛教與中國文學。當時我選擇的方向是研究王安石。集中的一些論文，諸如謝靈運與山水詩、韓愈《鱷魚文》等，都是魏晉文學與佛教、隋唐文學與佛教的作業，《奧義》與《楞伽》、大乘三系科判、《經律異相》佛教故事群中的女性，也都是博士期間的學習佛教的習作。還有一篇關於海塞的小文章，因為與佛教有一些關係，這次也一併收入，是當年梁永安老師外國文學課的作業。博士期間，還為曹虹老師的《慧遠評傳》寫過一篇書評。作為一個博士生，能夠在三年內，完

成博士論文，並寫出這麼多文章，也算是沒有虛度。其中還有一篇《王安石與佛教》，也是一篇課程作業，後來的同名博士論文，就是在這篇小文章的基礎上擴充的。

博士畢業後，我來到上海外國語大學，成為一名科研人員。為了讓自己得到更多的學術訓練，我又回到南大做了宗教系洪修平老師的在職博士後，研究方向是博士論文的延續，研究北宋文人與佛教。集中的《弘明集》《廣弘明集》中的三教關係、東坡詩法與佛禪、山谷詩法與佛禪都寫於這一時期。當時除了完成《北宋文人與佛教》的博後課題、青年國家社科外，我還寫了一些別的自己感興趣的文章。因為張宏生老師研究女性文學，所以我繼《經律異相》中的女性外，又寫了一篇關於《續比丘尼傳》的文章。寫這篇文章還有一個緣由，那就是讀博的時候，經同學介紹，有一位挪威的碩士生杜安樂，因為要研究這本書，讓我為她作課外輔導。我還寫了一篇《水滸傳》與佛教的文章，這是我第一篇關於小說與佛教的論文。我後來曾經嘗試寫《三國演義》與佛教，可惜被別的研究計劃打斷了。這個階段，我還為師兄吳海勇、友人兼同門謝金良以及宇文所安先生的《迷樓》寫過書評，因為這些文章都比較分散，這次一併收入。

在完成了《心性與詩禪：北宋文人與佛教》的專著後，我的心中又想起碩士論文關於陳衍詩學的研究過於粗糙，需要繼續深入下去。於是我一鼓作氣，又投到上海大學張寅彭老師門下做博士後，研究近代文學，目標是完成《同光體詩人研究》的寫作。這次也挑選了三篇與佛教相關的論文，分別是關於沈曾植、陳寶琛與陳三立的。這段時期，還為閆月珍教授寫過一篇關於葉維廉比較詩學的書評。

15 年我第三次去哈佛，訪學一年。當時我《同光體詩人研究》的專著已經完成，並在中西書局出版。我面臨著下一步研究什麼的問題。我當時的感覺是，研究佛教文學，如果僅僅停留在詩歌與佛禪，而遺漏掉佛教故事，尤其如本生類故事，將是很大的遺憾。加上我從 2005 年起，就一直在學習梵文、巴利文與藏文。教過我的老師有錢文忠、劉震、Guhe、李勝海、Paolo、任小波、Wielinska 甚至哈佛梵藏系的一些老師等一大串名字，雖然我自知學得還很不鞏固，但我想我的研究必須要和印度保持一些聯繫，這也是導師陳允吉先生的願望，他希望我多研究佛教的經律論的文學性。於是我開始有計劃地研究印度史詩、佛教經律論中的文學故事，以及與中國敘事文學的關係。這個計劃過於

宏大，令我疲於奔命。其中的一部分成果，就是大家在集中看到的諸如《摩訶婆羅多》《雜阿含》《摩訶僧祇律》《法苑珠林》等的論文。這個寫作目前還在繼續之中，也許在合適的時候可以考慮申請重大項目，但目前我寧可選擇先慢慢地添磚加瓦。這期間還寫有東坡琴詩、《近代詩鈔》等一些文章，多是為了參加一些會議而作。其中如東坡琴詩，實與我研讀巴利文相關文字後的感發有一定關聯。書評則包括導師的論文集、中山大學圖書館王蕾關於清代藏書的專著以及周興陸兄關於《世說新語》的集評等。

　　上面這些論文，有的比較分散；有的還從來沒有發表過。從 2019 年底起，新冠疫情肆虐全球，學術界的生態也起了很大的變化，各種交流多趨於網絡。我的研究在這段時間，主要轉向《聊齋誌異》《閱微草堂筆記》以及王漁洋的詩學，也就是康熙、乾隆年間，這方面的成果，這次沒有完全體現，將來爭取能夠出版新的專著，如《佛教本生故事研究》等。也許在看過這個介紹後，大家對於目錄為什麼會那麼編排會覺得更好理解一些。所有的內容，幾乎都是與詩歌或者佛教有關係。

2023 年 7 月 12 日

第一章　從印度到中國

第一節　印度史詩《摩訶婆羅多》與佛教、中國文學之關係

印度史詩《摩訶婆羅多》，是一部無所不包的奇書。正如此書最後終篇所言：「有關正法、利益、愛欲和解脫，這裡有，別處也有，這裡沒有，別處也沒有。」〔註1〕有關此書的一般性的介紹，可以參看黃寶生先生中譯本的前言；奧地利學者 Maurice Winternitz 所著 *History of Indian Literature* 一書中，也有專章詳盡介紹。〔註2〕大抵此書作者一般認為是毗耶娑（Vyāsa），意譯廣博仙人。「這位毗耶娑，按照印度人的傳統說法，還是四大吠陀的編訂者，《往世書》《梵經》的編寫者。這些著作成書時間前後相距上千年，由某一個人完成是不可能的。所以毗耶娑實際是群體編訂者的代稱或專名。」〔註3〕成書年代也是眾說紛紜，「奧地利梵文學者溫特尼茨（M. Winternitz）曾經提出《摩訶婆羅多》的成書年代『在公元前四世紀至公元四世紀之間』，儘管時間跨度八百年，長期以來反倒為多數學者所接受。」〔註4〕至於版本，《摩訶

〔註1〕〔印〕毗耶娑著，黃寶生、葛維鈞、郭良鋆等譯，《摩訶婆羅多》第六冊第十八《昇天篇》，中國社會科學出版社，2005年，第742頁。

〔註2〕Maurice Winternitz, *History of Indian Literature*, Vol 1, Calcutta: University of Calcutta, 1927，Mrs S. Ketkar 英譯。

〔註3〕郁龍余、孟昭毅主編，《東方文學史》，第一卷《古代東方文學》第四章《古代印度文學》第三節《兩大史詩》，北京大學出版社，2015年，第63頁。

〔註4〕黃寶生等譯，《摩訶婆羅多·前言》（下同），第一冊，第9頁。

婆羅多》的手抄本，版本複雜，主要有南北兩大體系。「印本中有影響的是根據北方傳本編寫的加爾各答版（1834～1839）、孟買版（1963）和根據南方傳本編寫的馬德拉斯版（1931）。為了有一個公認的可靠版本，印度從 1919 年開始，編訂《摩訶婆羅多》的精校本，至 1933 年出第 1 卷，1966 年 19 卷全部出齊，前後歷時近半年世紀。」〔註 5〕黃寶生先生等譯的中譯本，主要即以這個精校本為依據。

全書卷帙浩繁，號稱十萬頌，精校本的篇幅總量近八萬頌，中譯本有四百多萬字。全書共分十八篇，主體部分講述的是婆羅多族王國內部，般度五子與持國百子為了爭奪王位，而展開的一場歷時十八天的在俱盧之野（現在德里附近）的自相殘殺。最後以堅戰為首的般度族打敗了以難敵為首的俱盧族，但自身也損失慘重，參加戰鬥的全部成員只有九人活了下來。終篇成為天神的兩族終於消泯了仇恨。在大戰開始之前，還有五兄弟流亡森林、合娶黑公主、難敵定計用擲骰子騙局勝了堅戰、五兄弟與黑公主流放森林十二年、雙方備戰與談判等故事。除了主幹故事外，全書還包括 200 多個插話，其中包含有象《沙恭達羅》《那羅與達摩衍蒂》《莎維德麗》《羅摩傳》這樣的文學精品〔註 6〕；以及關涉哲學、宗教、政治、道德、法律、風俗等的說教文字，其中包括最著名的宗教哲學長詩《薄伽梵歌》〔註 7〕，被稱為《摩訶婆羅多》精華中的精華。

《摩訶婆羅多》在印度地位至為重要，被認為是一部百科全書式的史詩，但在中國的傳入卻很晚。〔註 8〕因為古代中國的翻譯大部分是佛經的翻譯，僅馬鳴《大莊嚴論經》卷五，提到「時聚落中多諸婆羅門，有親近者為聚落主說《羅摩延書》，又《婆羅他書》。說陣戰死者，命終生天；投火死者，亦生天上。又說天上種種快樂。」〔註 9〕但事實上，進入二十世紀，越來越多的西方與中國學者，已經意識到這部書對於理解印度文化的重要意義。而且事實上，如果要更好地理解佛教，離開印度教，也是不可能的。本文擬就此書與佛教教義、佛經故事以及與中國文學的關係，略作探討。

〔註 5〕郁龍余，《東方文學史》，第 65 頁。
〔註 6〕參金克木編選，《〈摩訶婆羅多〉插話選》，人民文學出版社，1996 年。
〔註 7〕Winternitz 認為《薄伽梵歌》從語言、風格和詩律上，都屬於《摩訶婆羅多》一書中較早的部分。*History of Indian Literature*，Vol 1，第 438 頁。
〔註 8〕參王汝良《〈摩訶婆羅多〉在中國》，《東方論壇》2015 年第 4 期。
〔註 9〕〔印度〕馬鳴著，〔後秦〕鳩摩羅什譯《大莊嚴經論》，《大正藏》第 4 冊。

一、《摩訶婆羅多》與佛教

　　關於《摩訶婆羅多》與佛教的關係，Witnernitz 在 *History of Indian Literature* 中其實已有所涉及，值得引起我們重視。溫氏認為《摩訶婆羅多》不可能是出於一人或一時，而是有一個長期的創作與改編的過程。在巴利文三藏中，沒有提到《摩訶婆羅多》，但是一些本生故事中，確實出現了一些《摩訶婆羅多》書中出現的神或人物如黑天。「所以產生於公元前四到三世紀的巴利文佛典，對於《摩訶婆羅多》的瞭解還相當膚淺，有可能是因為當時佛教產生的東部，對於此書還所知甚少。」〔註10〕而且基本可以斷定在《吠陀》時代，《摩訶婆羅多》還不存在。「如果公元前六到四世紀存在《摩訶婆羅多》的話，那麼本土的佛教世界對此也是所知甚少。」《摩訶婆羅多》雖然作為整體什麼時候產生難以斷定，但各個組成部分還是可以根據各種情況予以確定的。「It is certain, moreover, that as early as the time of Buddha there was in existence an inexhaustible store of prose and verse narratives—Ākhyānas 故事，Itihāsas 古老傳說，Purāṇas 史詩 and Gāthās 偈頌—，forming as it were literary public property which was drawn upon by the Buddhists and the Jains, as well as by the epic poets.」〔註11〕也就是說，如果佛教與《摩訶婆羅多》中出現相似的故事或描寫，有可能他們都繼承了更早的源頭，而不是互相抄襲。另外還有論者認為，《摩訶婆羅多》在後來的流傳中（十至十二世紀），受到了佛教徒的改編，則一些佛經故事也有可能是後來流入進去的。〔註12〕

　　意大利佛教學者 Giovanni Verardi（1947～）在他的 *Hardship and Downfall of Buddhism in India* 一書前言中這樣寫道：「我們也許會爭辯說，如果不顧佛教去寫一部印度史是可能的話，那麼不顧印度婆羅門教，去寫一部更小的印度佛教史會更艱難。」〔註13〕婆羅門教的資料、著作、神話傳說中，包含了多得讓人吃驚的佛教信息。宗教史家應該提供更現實的婆羅門教的圖景。而在第一章 Historical Paradigms，他回顧了十九世紀以來西方學者的學術貢獻。其中包括 Monier-Williams 的 *Buddhism in its Connections with Brāhmanism and*

〔註10〕Maurice Winternitz, *History of Indian Literature*, Vol 1，第 473 頁。

〔註11〕Maurice Winternitz, *History of Indian Literature*, Vol 1，第 314 頁。

〔註12〕Maurice Winternitz, *History of Indian Literature*, Vol 1，第 463 頁。

〔註13〕Giovanni Verardi, *Hardship and Downfall of Buddhism in India*, 2011, New Delhi：Monahar Publishers & Distributors，第 14 頁。

Hindūism, and in its Contrast with Christianity。〔註11〕「Buddhism, originated within Brahmanism, reverted peacefully to it. Buddhism becomes an episode of Brahmanism.」〔註15〕進入二十世紀，Ananda K. Coomaraswamy 在他的 *Essays in National Idealism* 中，也提出了所有的佛教作者，都面臨著如何區分佛陀與婆羅門教思想區別的困難。他並且認為越深入研究佛教，會越發現和婆羅門教區別不大，並無根本對立。大乘佛教和密教的目的，就是為了應對婆羅門教的外在壓力。〔註16〕而一些民族主義學者，如 Kashi Prasad Jayaswa 甚至認為佛教是一種異端的系統與反民族的運動，在異伽與別的許多王朝受到抵制。印度的民族性應該是梵，而不是別的具有包容性的概念。〔註17〕Babasaheb R. Ambedkar 認為，穆斯林入侵時，印度社會掌握在婆羅門，而不是佛教手中。〔註18〕以上這些觀點，都可以幫助我們更好地來理解佛教、印度教與整個印度文化。

《摩訶婆羅多》全書的哲學思想，有一處最精彩集中的呈現，即第六《毗濕摩篇》中的23至40章《薄伽梵歌》（Bhagavadgītā），史詩作者將此篇視作《摩訶婆羅多》的思想核心。「薄伽梵」是對黑天的尊稱，黑天是大神毗濕奴的化身，所以《梵伽梵歌》也可譯作《神歌》。大戰在即，雙方十八支軍隊擺開陣形，恒河女神之子毗濕摩擔任俱盧族大軍的統帥，般度五子之一、最驍勇善戰的阿周那卻突然對戰爭的合法性產生了懷疑，想要放棄戰鬥。自願擔任阿周那車夫的黑天，在陣前對他進行勉勵。俱盧國王持國因為天生是個盲人，所以請大臣持勝為他講述戰場上發生的一切。這裡沒有刀光劍影，也沒有血肉橫飛，而是陷入了純粹的人生與哲理的思索，印度民族善於思考的民族性，在阿周那與黑天的對話中顯露無遺。阿周那感到手足相殘，爭個你死我活，即使取得勝利也毫無意義。而黑天則鼓勵他戰鬥，因為戰鬥是剎帝利種姓的天職。另外還笑著輔以一番非常抽象的說理：

Śrībhagavān uvāca | aśocyān anvaśocas tvaṃ prajñāvādāṃś ca

〔註11〕Monier-Williams, *Buddhism in its Connections with Brāhmanism and Hindūism*，*and in its Contrast with Christianity,* London: John Murray, Albemarle Street, 1890.

〔註15〕Giovanni Verardi, *Hardship and Downfall of Buddhism in India*，第 40 頁。

〔註16〕Giovanni Verardi, *Hardship and Downfall of Buddhism in India*，第 47～48 頁。

〔註17〕Giovanni Verardi, *Hardship and Downfall of Buddhism in India*，第 51～52 頁。

〔註18〕Giovanni Verardi, *Hardship and Downfall of Buddhism in India*，第 53 頁。

bhāṣase gatāsūn agatāsūṃś ca nānuśocanti paṇḍitāḥ ‖ （11）

　　吉祥薄伽梵說：你說著理智的話，為不必憂傷者憂傷，無論死
去或活著，智者都不為之憂傷。（11）〔註19〕

na jāyate mriyate vā kadācin nāyaṃ bhūtvā bhavitā vā na bhūyaḥ |
ajo nityaḥ śāśvato 'yaṃ purāṇo na hanyate hanyamāne śarīre ‖ （20）

　　它從不生下，也從不死去，也不過去存在，今後不存在，它不
生、永恆、持久、古老，身體被殺時，它也不被殺。（20）

vedāvināśinaṃ nityaṃ ya enam ajamavyayam| kathaṃ sa puruṣaḥ
pārtha kaṃ ghātayati hanti kam ‖ （21）

　　如果知道，它不滅、永恆、不生、不變，這樣的人怎麼可能殺
什麼或教人殺什麼？（21）

vāsāṃsi jīrṇāni yathā vihāya navāni gṛhṇāti naro 'parāṇi | tathā
śarīrāṇi vihāya jīrṇāni anyāni saṃyāti navāni dehī ‖ （22）

　　正如拋棄一些破衣裳，換上另一些新衣裳，靈魂拋棄衰亡的身
體，進入另外新生的身體。（22）

nainaṃ chindanti śastrāṇi nainaṃ dahati pāvakaḥ | na cainaṃ
kledayanty āpo na śoṣayati mārutaḥ ‖ （23）

　　刀劈不開它，火燒不著它，水澆不濕它，風吹不乾它。（23）

jātasya hi dhruvo mṛtyur dhruvaṃ janma mṛtasya ca | tasmād
aparihārye arthe na tvaṃ śocitum arhasi ‖ （27）

　　生者必定死去，死者必定再生，對不可避免的事，你不應該憂
傷。（27）

　　黑天教導阿周那：「你的職責就是行動，永遠不必考慮結果；不要為結
果而行動，也不固執地不行動。（47）」這真是世界一切戰爭文學中最奇妙的
文字！這種源自雅利安民族的尚武與沉思精神，與愛好和平與思辨的佛教在
精神氣質上既相距甚遠又消息相通。這裡同時又強調瑜伽的智慧，要對萬物
一視同仁，雖然採取行動，又要並不執著於結果。世間萬物最終難逃毀滅，

〔註19〕黃寶生編著《梵語文學讀本》，《薄伽梵歌》第二章，中國社會科學出版社，
　　　2010 年，第 28～36 頁。以下所引梵文的解讀，感謝 2015 年在哈佛大學梵文
　　　系基礎班上，Tyler Neill 老師的指導，以及復旦大學 Eberhard Guhe 教授的幫
　　　助。

時間才是真正的殺死一切者。作為個體，並不可因此而放棄自己的職責，唯有戰鬥到底，完成使命。所以徐梵澄先生在所譯室利・阿羅頗多《薄伽梵歌論・1957年海外初版序言》中云：「《薄伽梵歌》行世，遠在大乘發揚之前，淳源未漓，坦途無礙。既不以空破有，亦不以有破空，但使雙超上臻，初未旋說旋掃，固曰無始無上之大梵，非有非非有是名也。」〔註20〕又云：「大致古婆門之頹廢，佛教皆可匡正之。小乘之不足，大乘足以博充之；末法之罅漏，新起印度教可以彌縫之。」〔註21〕皆足發人深省。

　　作為一部印度教的聖典，《摩訶婆羅多》的核心思想，都是圍繞著法、利、欲與解脫這些最重要的概念展開的。這樣的一種教誨，貫穿了整個的故事情節與文本。其中法、利、欲三要，是傳統印度教為婆羅門、剎帝利和吠舍這些「再生者」所高定的三個人生目標。法指正確的行為，包括社會要求人履行的各種責任、義務、規矩和宗教禮儀；利指可以享受的手段，如財物、權力、名聲等；欲首指情愛，也包括各種耳目之娛和權力帶來的享受。〔註22〕而尤其集中在全書第十二《和平篇》中。大戰結束，面對戰後的悲慘後果，堅戰在眾人勸說下登基。黑天陪同堅戰五兄弟前往戰場，請躺在「箭床」上的毗濕摩傳授國王的職責。這就是充滿宗教哲學意味的《和平篇》及《教誡篇》。法、利、欲三者是什麼關係呢？毗濕摩說：「如果世上的人們懷著善意決定事情，這三者就會在時間、原因和行動諸方面互相結合。利益是身體，以正法為根基。愛欲是利益的果實。三者又以意念為根基，而意念以感官對象為核心。所以感官對象用於滿足需求。這是三者的根基。擺脫這一切，稱作解脫。」〔註23〕這也正是第五《幹旋篇》中黑天對難敵的好言相勸：「智者們追求三大目的（法、利和欲），婆羅多族雄牛啊！在三者不能兼得時，人們堅持法和利。而只能取其一時，上者求法，中者求利，下者求欲。」〔註24〕以及第九《沙利耶篇》中羅摩所言：「正法受兩種東西的牽制，那就是貪得無厭者的利得和執迷不悟者的欲望。一個人如果不忽視法和利，或法和欲，或欲和利，而同時實現法、利、欲三者，他就能獲得全面的幸福。」〔註25〕

〔註20〕　〔印度〕室利・阿羅頗多著，徐梵澄譯《薄伽梵歌論》，商務印書館，2003年，第473頁。

〔註21〕　〔印度〕室利・阿羅頗多著，徐梵澄譯《薄伽梵歌論》，第475頁。

〔註22〕　《摩訶婆羅多》第九《沙利耶篇》，第四冊，第676頁。

〔註23〕　《摩訶婆羅多》第十二《和平篇》，第五冊，第225頁。

〔註24〕　《摩訶婆羅多》第十二《和平篇》，第五冊，第321頁。

〔註25〕　《摩訶婆羅多》第九《沙利耶篇》，第四冊，第840頁。

　　《和平篇》強調「一切正法以王法為首要；一切正法受王法保護。」
〔註 26〕「因為王法是一切生命世界的庇護。人生三要（正法、愛欲和利益）都
依據王法，俱盧族後裔啊！解脫法顯然也完全依據它。」〔註 27〕「一個人首先
要選擇國王，然後才會有妻子和財產。世上沒有國王，哪裏會有妻子和財產？」
〔註 28〕「古代經典說，選擇國王就是選擇因陀羅。因此，盼望繁榮的人應該像崇
敬因陀羅那樣崇敬國王。」〔註 29〕「是時代造就國王，還是國王造就時代？毋庸
置疑，國王造就時代。一旦國王正確實施全部刑杖學，就出現最好的時代，名為
圓滿時代。」〔註 30〕可以看出，《摩訶婆羅多》把世俗王權剎帝利的地位放到了
極高的位置，這部史詩最初的寫作原因，極有可能就是為了頌揚剎帝利的戰爭功
績。但是後來在婆羅門祭司的傳播過程中，又增加進了很多頌揚婆羅門的內容。
所以其中既有宣揚剎帝利的尚武精神，如：「流出痰液和膽汁，哀求憐憫，死在
床上，這不符合剎帝利正法。」〔註 31〕「剎帝利死在戰場，這是古代立法者確立
的永恆法則。」〔註 32〕「人們說，自古以來，在戰鬥中被武器殺死，這是剎帝利
的最高歸宿。」〔註 33〕又有標榜婆羅門神聖不可侵犯、婆羅門與剎帝利應該互相
聯合的內容，如：「剎帝利是婆羅門之源，婆羅門是剎帝利之源。他們永遠互相
依靠，達到榮華富貴。如果這種古老的聯合破裂，就會造成一切混亂。」〔註 34〕
中國古代《高僧傳》中，釋道安也有「不依國主，則法事難立」的說法。〔註 35〕
這不禁促使我們去思考佛教最後在印度消亡的原因是否與此有關？即使是歷史
上最支持佛教的阿育王與巽伽王朝，一些印度學家們也認為他們其實同時支持
佛教與婆羅門教。〔註 36〕這與中國唐代的唐太宗頗為相像，更多是出於一種政

〔註 26〕《摩訶婆羅多》第十二《和平篇》，第五冊，第 117 頁。
〔註 27〕《摩訶婆羅多》第十二《和平篇》，第五冊，第 98 頁。
〔註 28〕《摩訶婆羅多》第十二《和平篇》，第五冊，第 103 頁。
〔註 29〕《摩訶婆羅多》第十二《和平篇》，第五冊，第 124 頁。
〔註 30〕《摩訶婆羅多》第十二《和平篇》，第五冊，第 132 頁。
〔註 31〕《摩訶婆羅多》第十二《和平篇》，第五冊，第 180 頁。
〔註 32〕《摩訶婆羅多》第七《德羅納篇》，第四冊，第 108 頁。
〔註 33〕《摩訶婆羅多》第十一《婦女篇》，第四冊，第 914 頁。
〔註 34〕《摩訶婆羅多》第十二《和平篇》，第五冊，第 138 頁。
〔註 35〕〔梁〕釋慧皎撰《高僧傳》卷第五《義解二‧晉長安五級寺釋道安》，中華書
　　　　局，1992 年，第 177 頁。
〔註 36〕Giovanni Verardi，*Hardship and Downfall of Buddhism in India*，第 56 頁，第 97
　　　　頁。另可參 Étienne Lamotte 之 *History of Indian Buddhism*，Sara Webb-Boin 英
　　　　譯，Université Catholique de Louvain, Institut Orientaliste, Louvain-la-Neuve，
　　　　1988，第三章《孔雀王朝》之「阿育王」部分。

治上的平衡術。〔註37〕

　　正法有時又是很微妙的。毗濕摩說：「國王想要取得成功，就要兼用正法和非正法兩種手段。」〔註38〕在《危機法篇》中，更是詳盡討論了種種非常和意外境況下，迫使採取的狡詐的謀略。在堅戰與難敵的大戰中，黑天多次出計謀，讓般度族通過詭計獲勝，並認為這是合理的。當最後難敵與怖軍決鬥，黑天再度暗示怖軍擊打難敵腰以下部位，這在正式決鬥中是被禁止的。當難敵因為跳起時被擊中大腿，躺在血泊中時，他憤怒地咒罵黑天：「你將束髮置於前方，造成祖父（毗濕摩）的死亡。居心險惡的人啊，殺死了一頭與馬嘶同名的大象，從而促使師父放下武器，你當我不知道這件事嗎？當兇殘的猛光就要殺死那位英雄的時候，你看到了，卻不去阻止他。為了消滅般度之子（阿周那）而求得的標槍，你設法讓它用於瓶首而作廢。……在戰場上，人中豪傑迦爾納的戰車車輪下陷，一時不知所措，處境危險，又是你導致了他的失敗。如果你們肯同我，同加爾納、毗濕摩和德羅納公平交戰，勝者必定不是你們。」〔註39〕但黑天向難敵指出，他當初毒害怖軍、火燒紫膠宮、讓沙恭尼擲骰子在賭局中戰勝堅戰、並在大會堂污辱黑公主，也一樣是使用了詭計，所以是罪有因得。他並安慰般度族人：「你們的心裏不應該認為國王難敵是靠詭計殺死的。如果敵人明顯勢眾，就不妨採取各種手段殺死他們。當初眾天神誅滅阿修羅，走的就是這條路。善者走過的道路，所有人都可以跟著走。」〔註40〕總之，正法微妙，有時非常人可以理解，「如果殺死一個人，可以保全家族；如果殺死一個家族，可以保全王國，那麼，這種殺戮不違規。因為，有時正法以非正法的面貌出現，有時非正法以正法的面貌出現，智者能夠識別。」〔註41〕但其要旨在於行善。

　　而人生最高的價值在於獲得解脫。為了獲得解脫，必須控制感官，摒除欲望，懂得自制以及滿足。光看這些說教，與佛教是極其相似的。〔註42〕如第三《森林篇》中，借婆羅門之口對堅戰說：「眾所周知，心靈痛苦的根源

〔註37〕參〔美〕斯坦利・威斯坦因著，張煜譯《唐代佛教》之《太宗統治時期》，上海古籍出版社，2010年。

〔註38〕《摩訶婆羅多》第十二《和平篇》，第五冊，第150頁。

〔註39〕《摩訶婆羅多》第九《沙利耶篇》，第四冊，第843～844頁。

〔註40〕《摩訶婆羅多》第九《沙利耶篇》，第四冊，第845頁。

〔註41〕《摩訶婆羅多》第十二《和平篇》，第五冊，第61頁。

〔註42〕有關佛教與印度教的比較，國內比較系統的研究，參姚衛群《印度婆羅門教哲學與佛教哲學比較研究》，中國大百科全書出版社，2015年。

是愛。人由於愛而執著，也就產生痛苦。一切痛苦的根源是愛，一切恐懼也由愛產生，憂愁、喜悅和辛勞也由愛引起。愛產生激情，並產生對感官對象的追求。這兩者都是有害的，但又以前者的害處為大。」〔註43〕又借獵人之口說：「誰堅定地控制自己永不安分的感官韁繩，他就是優秀的車夫。誰堅定地控制放縱的感官，猶如車夫堅定地控制奔馬，他肯定會戰勝感官。如果思想屈從噪動的感官，就會夫去智慧，就像狂風吹走水中的船。」〔註44〕在《和平篇》中，毗濕摩這樣告誡堅戰：「最高歸依是自制。思想堅定的長者們說，自制是至高幸福。尤其對於婆羅門，自制是永恆的正法。一個人不自制，他的事業不會獲得成功。自制勝於布施、祭祀和誦習吠陀。自制增強威力。自制是最高的淨化手段。……自制的人愉快地入睡，愉快地醒來，愉快地周遊世界，精神安詳。不自制的人經常遇到麻煩，由自己的錯誤造成許多罪孽。」〔註45〕

而控制感官的本質在於控制內心。「智者控制動盪不定、無所依傍的五種感官和內心，這是禪定的第一步。」〔註46〕「感官之上是心，心之上是智慧，智慧之上是知識，知識之上是至高者（靈魂）。」〔註47〕「通過知識淨化智慧，通過智慧淨化思想，通過思想淨化感官群，就能到達無限者。」〔註48〕「在這世上，欲望是唯一的束縛，沒有其他的束縛。擺脫欲望，就能與梵同一。」〔註49〕「在這世上，解脫的快樂是真正的快樂。而世人擁有穀物和財富，執著兒子和牲畜，不懂得解脫。」〔註50〕「凡善於抑制欲望的人，在任何地方都知足常樂，因為他們無處不能征服自己的欲求。抑制了欲望的人想去哪裏都能到達。他們能夠擊跨任何敵人。毫無疑問，他們想要什麼，便能得到什麼。」〔註51〕「自我克制的真正實現才是最高的苦行。」〔註52〕「智者收縮一切欲望，猶如烏龜收縮肢體。」〔註53〕「滿意是最高天國，滿意是

〔註43〕《摩訶婆羅多》第三《森林篇》，第二冊，第 7 頁。
〔註44〕《摩訶婆羅多》第三《森林篇》，第二冊，第 407～408 頁。
〔註45〕《摩訶婆羅多》第十二《和平篇》，第五冊，第 291～292 頁。
〔註46〕《摩訶婆羅多》第十二《和平篇》，第五冊，第 352 頁。
〔註47〕《摩訶婆羅多》第十二《和平篇》，第五冊，第 370 頁。
〔註48〕《摩訶婆羅多》第十二《和平篇》，第五冊，第 373 頁。
〔註49〕《摩訶婆羅多》第十二《和平篇》，第五冊，第 452 頁。
〔註50〕《摩訶婆羅多》第十二《和平篇》，第五冊，第 515 頁。
〔註51〕《摩訶婆羅多》第十三《教誡篇》，第六冊，第 241 頁。
〔註52〕《摩訶婆羅多》第十三《教誡篇》，第六冊，第 293 頁。
〔註53〕《摩訶婆羅多》第十四《馬祭篇》，第六冊，第 553 頁。

最高幸福，沒有什麼比滿意更重要，滿意至高無上。」〔註54〕

佛教戒殺、戒淫，提倡施捨、忍讓，覺得這個世界是苦、空的，這些在《摩訶婆羅多》中，同樣都可以找到。戒殺則如第十二《和平篇》：「人們出於貪婪才在祭祀中殺生。因此，明白人應該嚴格履行微妙的正法。不殺生被認為高於一切正法。」〔註55〕「不善之人有時也會從善。善人也會生出壞後代，不善之人也會生出好後代。不應該連根剷除，這不是永恆的正法。不採取殺戮的辦法，而採取贖罪的方法。」〔註56〕「自在之神摩奴曾經說過，那種不吃肉，不殺生，也不慫恿他人殺生的人，就是眾生的朋友。所有的賢者都認為，一個永遠拒絕肉食的人，是沒有誰可以戰勝他的。世上的一切人也無不對他表示信任。」〔註57〕《大般涅槃經》《楞伽經》《楞嚴經》這些佛教經典也都反對食肉。

佛教戒律中都有對於戒淫的三令五申，如《摩訶僧祇律》。《摩訶婆羅多》中這樣的教誡也隨處可見，如第十二《和平篇》：「聰明的男性特別注意迴避女性。可怕的女性施計迷惑不聰明的男性。她們隱藏在憂性中，永遠是感官的化身。」〔註58〕站在男性的立場，把女性視作產生欲望的禍端，基本和佛教是同一立場。〔註59〕「婆羅門應該及時抑制淫心。不應聽取婦女談話，不應觀看婦女裸體。意志薄弱的人一看到婦女，就會動情。一旦產生欲念，就應該修習苦行，在水中浸泡三天。如果在夢中產生欲念，就應該默誦滌罪禱詞三次。正是這樣，聰明的人富有知識，思想博大，焚毀內在的憂性罪惡。」〔註60〕「不勾引他人妻，……決不向虛空、牲畜或非陰戶，也不在月變之日排泄精液。」〔註61〕

佛教中有法布施、財布施、身布施等，第十三《教誡篇》中，更是有著各種關於布施功德的記載。「苦行、祭祀、學習吠陀、行為端正、戒除貪欲、堅持真理、尊重師長和崇拜神明，所有這一切都沒有施捨土地好。」〔註62〕「在

〔註54〕《摩訶婆羅多》第十二《和平篇》，第五冊，第 34 頁。
〔註55〕《摩訶婆羅多》第十二《和平篇》，第五冊，第 472 頁。
〔註56〕《摩訶婆羅多》第十二《和平篇》，第五冊，第 476～477 頁。
〔註57〕《摩訶婆羅多》第十三《教誡篇》，第六冊，第 379 頁。
〔註58〕《摩訶婆羅多》第十二《和平篇》，第五冊，第 385 頁。
〔註59〕詳參張煜《佛教故事群中的女性——以〈經律異相〉之記載為中心》，《新疆大學學報》2004 年第 1 期。
〔註60〕《摩訶婆羅多》第十二《和平篇》，第五冊，第 386 頁。
〔註61〕《摩訶婆羅多》第十二《和平篇》，第五冊，第 416 頁。
〔註62〕《摩訶婆羅多》第十三《教誡篇》，第六冊，第 204 頁。

過去的年代裏，諸天神和眾仙人都曾高度評價過食物的重要。世界的發展和智慧的存在都離不開食物。可以同施食相比的施捨過去從未有過，以後也不會有。所以，人們特別願意施捨食物。」〔註63〕「誰施捨了黃金，他就等於施捨了世上一切人們想要的東西。」〔註64〕「一孔水源充足的水井，能不斷地召來眾生啜飲。鑿井人的罪業會有一半因此而被滌除。常有婆羅門、善者和牛群前來飲水的水源，它的開闢者整家都會獲得救度，從而免遭地獄之災。」「在所有的施捨中，車輛的施捨是最了不起的。」〔註65〕「對於一切苦行者來說，牛是最寶貴的東西。所以，大自在天這位神明總是願意在有牛的地方修習苦行。」〔註66〕「在所有食品中，芝麻屬最上一等。」〔註67〕甚至還包括到討論施捨鮮花、香、燈的功德等：「有益於健康的植物能夠給人帶來福祉，有毒的植物能夠給人帶來災難。一切草本植物都是有益於健康的，有毒的植物則來源於火焰的能量。鮮花能夠使人身心愉快，為人帶來福惠，行為高尚的人稱它們『悅心之物』。」〔註68〕

佛教六度中包含忍辱，《摩訶婆羅多》中也有，如：「受到辱罵的人倘若不回罵，他忍耐住的怒火將焚燒罵人者，自己的善行也得到彰顯。……言語的利箭從口中射出，受其傷害者會晝夜傷心；那落在他人敏感部位的言語利箭，智者絕不會將它射向別人。」〔註69〕「在爭論中，口出惡言的是下等人，予以回擊的是中等人，不予回擊的是上等人。無論別人是不是說了對自己不利的粗言惡語，決不予以理睬，這是意志堅定的上等人。」〔註70〕「做了不值得誇耀的事，還要厚顏無恥地誇耀。自我克制的人不必理會這種卑劣的人。永遠應該容忍愚者的言談，無論他們讚揚或譴責，能起什麼作用？猶如無知的烏鴉在林中聒噪。」〔註71〕「受到侮辱、打擊或謾罵，都能容忍，無論對方是低賤者、高貴者或與自己地位相當者，這樣的人獲得成功。」〔註72〕

〔註63〕《摩訶婆羅多》第十三《教誡篇》，第六冊，第209頁。
〔註64〕《摩訶婆羅多》第十三《教誡篇》，第六冊，第215頁。
〔註65〕《摩訶婆羅多》第十三《教誡篇》，第六冊，第216頁。
〔註66〕《摩訶婆羅多》第十三《教誡篇》，第六冊，第219頁。
〔註67〕《摩訶婆羅多》第十三《教誡篇》，第六冊，第281頁。
〔註68〕《摩訶婆羅多》第十三《教誡篇》，第六冊，第321頁。
〔註69〕《摩訶婆羅多》第一《初篇》，第一冊，第212頁。
〔註70〕《摩訶婆羅多》第二《大會篇》，第一冊，第626頁。
〔註71〕《摩訶婆羅多》第十二《和平篇》，第五冊，第210頁。
〔註72〕《摩訶婆羅多》第十二《和平篇》，第五冊，第535頁。

　　甚至包括無常、苦、空等，這些佛教的基本思想，也貫穿了整個《摩訶婆羅多》故事全書。這種陰鬱的人生觀是印度文化的一大特色，可能並不存在佛教、婆羅門教誰影響了誰，它們與那種淺薄的樂觀主義無緣，在近代甚至影響到叔本華、尼采等歐洲哲學家。《摩訶婆羅多》中如大戰結束後，維杜羅安慰持國，人終有一死：「正如泥製的陶罐，有的在陶工的轉輪上就破裂，有的半成形就破裂，有的剛成形就破裂。有的移動時破裂，有的移動後破裂，有的潮濕時破裂，有的乾燥時破裂，有的烘烤時破裂。有的取下時破裂，有的燒煮時破裂，有的用餐時破裂，人有身體也是這樣。有的在胎中就死去，有的剛生下就死去，有的一天後死去，有的半月死去，有的滿月死去。有的周歲死去，有的兩歲死去，有的青年死去，有的中年死去，有的老年死去。由於以前的業，眾生或生或死。世界就是這樣運轉，你何必憂愁煩惱？」〔註73〕第十二《和平篇》：「這個世界如同水的泡沫，充滿毗濕奴的幻影，如同壁畫，如同空心蘆葦。如同黑暗的深淵，如同水泡，缺少快樂，最終毀滅，歸入虛無。」〔註74〕這與《維摩詰所說經》中的「是身如聚沫，不可撮摩；是身如泡，不可久立；是身如焰，從渴愛生；是身如芭蕉，中無有堅；是身如幻，從顛倒起；是身如夢，為虛妄見；是身如影，從業緣現；是身如響，屬諸因緣；是身如浮雲，須臾變滅；是身如電，念念不住」，〔註75〕真可謂有異曲同工之妙。

　　《和平篇》中，毗濕摩借牟尼黑樹之口道：「你要知道自己以為存在的一切，實際上都不存在。這樣，智者即使陷入困境，也不感到痛苦。過去和未來的一切都肯定會消失，你知道了這種應該知道的道理，你就會擺脫非法。從前的人以及更早的人獲得的一切都已不存在，明白了這一點，誰還會煩惱？存在變成不存在，不存在也變成存在。但憂愁並沒有這種能力，因此，人何必憂愁？……我和你，你的敵人和朋友，注定會消失，國王啊！一切都會消失。那些現在二三十歲的人，在今後一百年內肯定都會死去。」〔註76〕又借兒子與父親的對答講道：「死神帶走一心迷戀兒子和牲口的人，猶如洪水卷走沉睡的老虎。死神帶走正在採集的人或欲望尚未滿足的人，猶如老虎叼走牲口。死神控

〔註73〕《摩訶婆羅多》第十一《婦女篇》，第四冊，第 906～907 頁。

〔註74〕《摩訶婆羅多》第十二《和平篇》，第五冊，第 542 頁。

〔註75〕後秦鳩摩羅什譯，僧肇等注《注維摩詰所說經・方便品第二》，上海古籍出版社，1994 年影印。

〔註76〕《摩訶婆羅多》第十二《和平篇》，第五冊，第 193 頁。

制那些充滿渴求的人，他們總是想著『這事已經完成，這事需要完成，這事正在完成。』死神帶走執著田地、買賣或家庭的人，他們或者尚未獲得工作成果，或者執著工作成果。」〔註77〕又借因陀羅之口道：「時間不受控制，毫不鬆懈，始終烘烤眾生，永不停止。一旦進入時間的領地，就無法解脫。眾生懈怠，而時間保持清醒，從不懈怠。從未見過有誰能超越時間，即使他勤奮努力。……時間如同高利貸盤剝我們的財富，每日每夜每月，每分每秒每剎那。一個人正在說著『今天我要做這件事，明天我要做那件事』，時間卻已達到，帶走了他，猶如急流卷走小船。」〔註78〕

　　在解脫論方面，佛教講涅槃，印度教講「梵我合一」，雖旨歸不同，但也不是毫無聯繫。〔註79〕如同《薄伽梵歌》中所唱的那樣：「他們的心安於平等，在這世就征服造化；梵無缺陷，等同一切，所以他們立足梵中。不因可愛而高興，不因可憎而沮喪，智慧堅定不迷惑，知梵者立足梵中。」〔註80〕「一旦在一切眾生中看到靈魂，在靈魂中看到一切眾生，他就達到梵。一旦知道自己的靈魂與別人的靈魂一樣，知道靈魂遍及一切，他就達到不朽。」〔註81〕「自我（靈魂）就是聖地，你不必外出朝拜。遵行這樣的正法，而不嚮往世俗的正法，就能到達光輝的世界。」〔註82〕「光不在別處，就在自我中，凝思靜慮，自己就能看到。……對所見所聞和一切眾生一視同仁，擺脫對立，這樣的人達到梵。對褒揚和貶斥等量齊觀，對金子和鐵石、快樂和痛苦也是如此。對冷和熱、得和失、愛和恨、生和死也是如此，這樣的人達到梵。」〔註83〕

　　和佛教一樣，《摩訶婆羅多》還強調果報的作用。「人體原本是大神創造的。一個人用它做了大量的善業和惡業，一旦壽命結束，他拋棄衰亡的身體，立即轉生，中間沒有間隙。他自己所做的業，像影子一樣緊緊跟隨他，產生果報，或者享福，或者受苦。」〔註84〕種姓的差別固然重要，但行為更加重

〔註77〕《摩訶婆羅多》第十二《和平篇》，第五冊，第 320 頁。

〔註78〕《摩訶婆羅多》第十二《和平篇》，第五冊，第 413 頁。

〔註79〕參姚衛群：《佛教的「涅槃」和婆羅門教的「解脫」》，《南亞研究季刊》1997 年第 2 期。

〔註80〕《摩訶婆羅多》第六《毗濕摩篇》，第三冊，第 500 頁。

〔註81〕《摩訶婆羅多》第十二《和平篇》，第五冊，第 435 頁。

〔註82〕《摩訶婆羅多》第十二《和平篇》，第五冊，第 470 頁。

〔註83〕《摩訶婆羅多》第十二《和平篇》，第五冊，第 594～595 頁。

〔註84〕《摩訶婆羅多》第三《森林篇》，第二冊，第 355 頁。

要。「如果一個婆羅門行為不端，走向墮落，桀驁不馴，專做壞事，那他就跟首陀羅一樣。如果一個首陀羅始終奉行自制、真理和正法，我認為他就是婆羅門，因為婆羅門由行為決定。」〔註85〕「有的人大富大貴，有的人命途多舛；有的人降生即高門大戶，有的人睜眼即貧賤人家。有的人醜陋不堪，形同朽木；有的人面容喜慶，人見人愛。有的人才疏智淺，有的人博學多識；還有人學問宏富，兼容並蓄，形上形下，無所不曉。有的人順順當當，有的人坎坎坷坷。」而所有這一切，都是因為自己行為的果報。〔註86〕甚至還勾勒出了行善者死後所去的天國的樣子，和佛教的西方極樂世界極為相似。〔註87〕

二、《摩訶婆羅多》與中國文學

《摩訶婆羅多》中的很多著名故事、神祇以及神異描寫，甚至重複詠歎，都可以在佛教與中國文學中找到它們的影子，雖然要找到直接的證據是一件困難的事情，但這可以開擴我們文學史研究的視野。以下略論其要者。同類故事如第三《森林篇》中「鷹與國王」〔註88〕的故事，其實就是佛教中的「割肉貿鴿」。這個故事很有名，見於《賢愚經》卷一第一則故事〔註89〕，以及如《大智度論》等其他很多佛經之中。〔註90〕另據陳引馳《佛教故事口傳方式的存在：〈大唐西域記〉佛教傳說考述》，此故事還見於《六度集經》《菩薩本生鬘論》、巴利文本生經等。〔註91〕《摩訶婆羅多》第十三《教誡篇》亦云：「古時候，尸毗王為解救鴿子而獻出自己生命所達到的目的，通過施捨食物也能達到。」〔註92〕《摩訶婆羅多》第三《森林篇》中，投山仙人喝光海水的故事，也與佛經中的「大意抒海」故事類似。此故事見於《佛說大意經》《賢愚經》《摩訶僧祇律》等，並對中國元代尚仲賢、李好古撰《張生煮海》戲曲產生影響。陳明《抒海、竭海與擬海——佛教抒海神話的源流》，對此有

〔註85〕《摩訶婆羅多》第三《森林篇》，第二冊，第414頁。
〔註86〕《摩訶婆羅多》第十三《教誡篇》，第六冊，第426頁。
〔註87〕《摩訶婆羅多》第十三《教誡篇》，第六冊，第211頁。
〔註88〕《摩訶婆羅多》第三《森林篇》，第二冊，第258～260頁。
〔註89〕〔北魏〕慧覺等譯《賢愚經》，《大正藏》第4冊。
〔註90〕參梁麗玲《〈賢愚經〉研究》，第五章《〈賢愚經〉故事與相關佛教故事之比較》，法鼓文化事業股份有限公司，2002年，第218～219頁。
〔註91〕陳引馳《文學傳統與中古道家佛教》，復旦大學出版社，2015年，第294頁。
〔註92〕《摩訶婆羅多》第三《森林篇》，第二冊，第221頁。

詳盡的考辨。〔註93〕而第十三《教誡篇》中的行落仙人的故事〔註94〕，則與
《太子須大拏經》中的情節極為相似。〔註95〕

　　印度教中的很多神祇最早來自《吠陀》，如溫特尼茨所言：「As the Veda,
because of its antiquity, stands at the head of Indian literature, no one who has not
gained an insight into the Vedic literature can understand the spiritual life and the
culture of the Indians. Also Buddhism, whose birth-place is India, will remain for
ever incomprehensible to him who does not know the Veda. For the teaching of
Buddha is in the same relation to the Veda, as the New Testament is to the Old
Testament. No one can understand the new belief without having become acquainted
with the old one taught by the Veda.」〔註96〕不讀《吠陀》，則難以知悉印度文
化的精髓。同樣不讀《吠陀》，也難以理解佛陀的教誨，因為佛教與《吠陀》
的聯繫，就像《舊約》與《新約》一樣。各種自然現象轉化為神靈：「Only
gradually is accomplished in the songs of the Ṛgveda itself，the transformation of
these natural phenomena into mythological figures，into gods and goddesses such
as Sūrya（Sun），Sorna（Moon），Agni（Fire），Dyaus（Sky），Maruts（Storms），
Vāyu（Wind），Āpas（Waters），Uṣas（Dawn），and Pṛthivī（Earth），whose names
still indubitably indicate what they originally were.」〔註97〕《梨俱吠陀》中，毗
濕奴是太陽神，因陀羅是戰神，會打雷，還出現了雙馬童，火神阿耆尼有四
眼或千眼，還出現了閻摩兄妹，一些重要的哲學概念也始於《吠陀》，這真是
世界文學史上最精彩的一頁！吠陀的產生時間難以確定，溫特尼茨先生將開
始時間定在大約公元前 2000～2500 年，結束時間大約定在公元前 750～500
年。〔註98〕《吠陀》之後又有《奧義書》，《奧義書》的可能時間是公元前一
千到三百年。〔註99〕一些學者如馬克思・韋伯認為佛教的產生，是為了反對

〔註93〕陳明《印度佛教神話：書寫與流傳》，中國大百科全書出版社，2016 年，第 149
　　　　頁。《摩訶婆羅多》第十三《教誡篇》中，也有類似的故事，講大苦行者優多
　　　　帖為了要回妻子，將水固化，然後調動能量，把它統統吸乾，第六冊，第 452
　　　　頁。另可參陳開勇《宋元俗文學敘事與佛教》，「張生煮海」，有較為詳盡的考
　　　　訂。上海古籍出版社，2008 年，第 129 頁。
〔註94〕《摩訶婆羅多》第十三《教誡篇》，第六冊，第 184 頁。
〔註95〕〔西秦〕聖堅譯：《太子須大拏經》，《大正藏》第 3 冊。
〔註96〕*History of Indian Literature*，第一冊，第 69 頁。
〔註97〕*History of Indian Literature*，第一冊，第 75 頁。
〔註98〕*History of Indian Literature*，第一冊，第 309 頁。
〔註99〕*History of Indian Literature*，第一冊，第 239 頁。

《吠陀》與《奧義書》：「he argued further as follows. Buddhism is nothing but a reaction against Brahmanism, and it presupposes the existence of the whole Veda, i.e. the literature consisting of the hymns, the Brāhmaṇas, Araṇyakas and Upaniṣads.」〔註100〕

我們來看一下《摩訶婆羅多》中，對於一些主要神靈的描述。如寫濕婆有四張臉、因陀羅有千隻眼：「因為非常想看她（狄羅德瑪），當她轉到濕婆大神的右邊時，他的右邊就長出了一個臉，那臉上的眼睛緊緊盯住她。當她轉到他的後面時，他的後面又生出一個臉；當她轉到他的左面時，他的左面也長出一個臉！」〔註101〕而在第三《森林篇》中，描寫阿周那與濕婆相遇，則把濕婆描寫成一位三隻眼的大神。〔註102〕第五《斡旋篇》中寫黑天：「螺號、飛輪、鐵杵、長矛、角弓、犁頭和刀劍，還能看到其他各種高舉的武器，閃閃發光，出現在黑天的許多手臂上。」〔註103〕第七《德羅納篇》中，稱濕婆「他有千頭、千眼、千臂和千腳」，〔註104〕「他有千眼，萬眼，周身都由眼睛組成，保護大宇宙，所以，他被稱作大神。」〔註105〕第十二《和平篇》：「三眼神濕婆是從智慧的四面神（梵天）的額頭生出的兒子。」〔註106〕而因陀羅因為勾引喬答摩的妻子阿訶羅耶，受詛咒身上長出千個印記，狀如女陰，後來變成了眼睛，因此而得「千眼」稱號。〔註107〕「創造了整個古代宇宙的，就是黑天。一朵蓮花從他的肚臍中生出，蓮花中又生出精氣無限的大梵天。」〔註108〕中國古代小說如《西遊記》《封神演義》中有三眼楊戩，應該是受到了密教的影響，而密教歸根結底，受到的是印度教影響。以色列學者夏維明（Meir Shahar）也有關於馬王爺三隻眼的研究，他把影響追溯到印度教的濕婆神。中國文學中的多頭多手形象，主要是受到了密教影響，但最終也是受到了印度教諸神的影響，如《西遊記》中的哪吒，而最著名的當然是千手千眼觀音。英國學者杜德橋（Glen Dudbridge）著有《妙善傳說：

〔註100〕 *History of Indian Literature*，第一冊，第 292 頁。
〔註101〕 《摩訶婆羅多》第一《初篇》，第一冊，第 450 頁。
〔註102〕 《摩訶婆羅多》第三《森林篇》，第二冊，第 78、84、93 頁。
〔註103〕 《摩訶婆羅多》第五《斡旋篇》，第三冊，第 334 頁。
〔註104〕 《摩訶婆羅多》第七《德羅納篇》，第四冊，第 428 頁。
〔註105〕 *History of Indian Literature*，第一冊，第 431 頁。
〔註106〕 《摩訶婆羅多》第十二《和平篇》，第五冊，第 666 頁。
〔註107〕 《摩訶婆羅多》第十三《教誡篇》，第六冊，第 138 頁，第 449 頁。
〔註108〕 《摩訶婆羅多》第十三《教誡篇》，第六冊，第 459 頁。

觀音菩薩緣起考》〔註109〕，對此問題進行考察。于君方《觀音——菩薩中國化的演變》，也有專章《大悲懺儀與千手千眼觀音在宋代的本土化》，展開討論。〔註110〕而除了佛教外，瞭解其印度教起源，可以幫助我們對此問題獲得更加深入的認識。

《摩訶婆羅多》中值得一提的神祇還有閻摩（Yama）。《梨俱吠陀》第十卷中已有《閻摩贊》，但這裡面的閻摩王國，是一處天界樂園，而非痛苦的地獄。〔註111〕而《梨俱吠陀》第十卷第14曲的《閻摩贊》中，則描寫了閻摩王有兩條天狗作為助手兼保鏢，它們天生各有四雙眼睛，晝夜遊弋人間，捕捉死人亡靈，並負責看守關卡，對前來的鬼魂進行嚴厲的盤問。〔註112〕而同卷的第10曲《孿生兄妹兩神戀曲》，更是描寫了一段亂倫的戀情，妹妹閻美（Yami）愛上了鬼魂王國的大君哥哥閻摩，希望能和他結成夫婦，同床共枕，以使人類後代能夠不斷繁衍：「閻摩愛欲情，打動我閻美。我願同一榻，與他共纏綿。我願如妻子，將身獻夫子。合昼齊歡樂，如車之二輪。」但被嚴辭拒絕：「汝身與我身，不能相結合。私通己姐妹，稱為有罪者。做愛尋他人，勿來騷擾我。汝兄善吉祥，無斯情慾想。」〔註113〕閻摩和閻美是人類最初由其產生的第一對孿生兄妹，而後者又完全同於《阿維斯特》所說的 Yima 和 Yimeh（伊摩和伊妹）。〔註114〕

《摩訶婆羅多》中，多次提到閻摩，《教誡篇》中還講述了一個閻王抓錯人而把人放回的故事。〔註115〕「出生以後，生命受苦和死亡之類的大事，全取決於閻摩王的使者。陷入輪迴，受苦受難，是不可避免的。……如果某個生命始終履行正法，而間有背離，那麼他在來世就會先享福而後受苦。如果盡做違犯正法的事，那麼他就會去往閻摩掌管的地方，在那裏大受其苦。他

〔註109〕〔英〕杜德橋著，李文彬等譯《妙善傳說：觀音菩薩緣起考》，巨流圖書公司，1991年。

〔註110〕〔美〕于君方著，陳懷宇、姚崇新、林佩瑩等譯《觀音——菩薩中國化的演變》第七章，商務印書館，2012年。

〔註111〕參巫白慧《〈梨俱吠陀〉神曲選》，第135曲，作者為駒摩羅，商務印書館2010年，第197頁。

〔註112〕巫白慧《〈梨俱吠陀〉神曲選》，第278頁。

〔註113〕巫白慧《〈梨俱吠陀〉神曲選》，第300頁。

〔註114〕巫白慧《〈梨俱吠陀〉神曲選》，第192頁。

〔註115〕《摩訶婆羅多》第十三《教誡篇》，第六冊，第223頁。那開吉陀去閻王處，又見同冊第285頁，閻摩向他說的話，後來成為《迦塔奧義書》。

在來世也只能進入畜生的子宮。」〔註116〕閻王形象傳入中國後，對中國文學影響巨大。美國太史文先生（Stephen Teiser）《〈十王經〉與中國中世紀佛教冥界的形成》以及《幽靈的節日》，對此有專門的研究。〔註117〕第三《森林篇》中，提到一個專門偷取婦女胎兒的女鬼布多那，應該與後來佛教中的鬼子母有關。〔註118〕

佛教傳入中國時，經常借助一些神異，以增強吸引力。〔註119〕《摩訶婆羅多》中也有很多神異的描寫，有的在佛教與中國文學中似曾相識，有的增強了整部作品的神秘色彩與感染力，體現了古代印度人民驚人的想像力和文學創造力。《西遊記》中孫悟空鑽到了鐵扇公主的肚子裏，〔註120〕《摩訶婆羅多》第一《初篇》中，雲髮被阿修羅殺死後，焚燒成灰搗成粉末，被老師太白大仙吃到肚子裏，得到老師傳授的法術之後，破裂師父右側肚皮走了出來；〔註121〕名叫何為的羅刹，潛入了斑足王的身體，讓他備受折磨；〔註122〕第三《森林篇》中，迦利鑽進了國王那羅的身體；〔註123〕第五《幹旋篇》中，則有帝釋天被弗栗多吞下後，眾天神慌忙創造哈欠，讓因陀羅緊縮自己的身體，從張開的口中逃了出來；〔註124〕第十三《教誡篇》中，毗補羅為了保護導師的妻子不受因陀羅的侵犯，鑽進了她的身體：「我將憑藉瑜伽之力進入師母的身體，並像呆在空氣裏一般四面不靠。這樣我就不會有什麼冒犯的過失

〔註116〕《摩訶婆羅多》第十三《教誡篇》，第六冊，第369頁。

〔註117〕〔美〕太史文著，張煜譯《〈十王經〉與中國中世紀佛教冥界的形成》，上海古籍出版社，2016年；〔美〕太史文著，侯旭東譯《幽靈的節日》，浙江人民出版社，1998年。有關地獄的研究，另可參陳龍《地獄觀念與中古文學》，中國社會科學出版社，2016年。

〔註118〕《摩訶婆羅多》第三《森林篇》，第二冊，第436頁。關於鬼子母，請參張煜《佛教故事群中的女性——以〈經律異相〉之記載為中心》，載《新疆大學學報》2004年第1期。

〔註119〕參丁敏《中國佛教文學的古典與現代：主題與敘事》中之《漢譯阿含廣律中佛陀成道歷程「禪定與神通」的敘事分析》及《佛教經典中神通故事的作用及其語言特色》文，嶽麓書社，2007年。以及紀贇《慧皎〈高僧傳〉研究》，第六章《〈梁傳〉中的神異與法術研究》，上海古籍出版社，2009年。

〔註120〕〔明〕吳承恩著《西遊記》，第五十九回「唐三藏路阻火焰山，孫行者一調芭蕉扇」，人民文學出版社，1994年。

〔註121〕《摩訶婆羅多》第一《初篇》，第一冊，第190頁。

〔註122〕《摩訶婆羅多》第一《初篇》，第一冊，第385頁。

〔註123〕《摩訶婆羅多》第三《森林篇》，第二冊，第111頁。

〔註124〕《摩訶婆羅多》第五《幹旋篇》，第三冊，第121頁。

了。就像一個旅行者在旅途中寄宿空宅，今天我也不過在師母的身體裏暫棲一時。我將自身置於她的體內，不沾骨肉，就像蓮葉上滾動的露珠不沾葉子一般」。〔註 125〕而第十五《林居篇》則描寫了奴婢子維杜羅運用大瑜伽力，在死後進入了堅戰的體內。〔註 126〕

佛教文學中有不少神魔戰鬥與變幻的描寫，如《賢愚經》卷十《須達起精舍品》寫舍利弗與勞度差鬥法，甚至影響到《西遊記》中孫悟空七十二變大戰二郎神。《摩訶婆羅多》中也多這類描寫，如第六《毗濕摩篇》寫阿周那的兒子宴豐與羅剎鬥法：「宴豐也能隨意變形，熟諳一切要害，難以對付；他也騰入空中，用幻術迷惑羅剎，用箭射碎他的肢體。這位優秀的羅剎一次又一次被箭射碎，大王啊！但又恢復青春。這種幻術是天生的，他們能隨意選擇年齡和形象，因此，羅剎的肢體一次次破碎，又一次次恢復。」〔註 127〕第七《德羅納篇》寫怖軍的兒子瓶首大戰迦爾納：「人們看見他很快又以各種新的身形出現在各個方向。接著，他變得身軀高大，有一百個頭和一百張肚皮。只見這位大臂者高聳如同美那迦山。忽而這羅剎又變作大拇指般大小，像海浪似地猛地落下後，又斜向升起。他使大地裂開後又沉入水中，然而，很快就見他又從另一個地方浮出水面。」〔註 128〕

神異的描寫則如貢蒂生迦爾納，貢蒂年少時，因為服侍仙人，而得到了能夠召喚天神的咒語。她試著喚來了太陽神，後者令她生出了一個自帶鎧甲和耳環的男孩迦爾納。但生完孩子後，她又回復了處女。因為貢蒂還沒有結婚，她只好哭著把這個孩子放在籃子裏，隨流飄蕩。這個故事和佛教《雜寶藏經》卷一中的蓮花夫人生五百卵的故事相仿，後來甚至影響到中國包公戲中的狸貓換太子的故事。〔註 129〕又如第五《斡旋篇》，木柱王的女兒束髮為了不讓希望得到兒子的父親痛苦，向夜叉借男性生殖器官。而因為毗濕摩曾有誓言：「婦女，前生是婦女，有婦女的名字，有婦女的形體，我不會向這些人射箭。」後來在戰鬥中，堅戰一方利用毗濕摩這個誓言，讓束髮駕駛戰車，

〔註 125〕《摩訶婆羅多》第十三《教誡篇》，第六冊，第 149 頁。
〔註 126〕《摩訶婆羅多》第十五《林居篇》，第六冊，第 684 頁。
〔註 127〕《摩訶婆羅多》第六《毗濕摩篇》，第三冊，第 637 頁。
〔註 128〕《摩訶婆羅多》第七《德羅納篇》，第四冊，第 358 頁。
〔註 129〕《摩訶婆羅多》第三《森林篇》，第二冊，第 566 頁。參李小榮：《〈狸貓換太子〉的來歷》，《河北學刊》2002 年第 2 期。以及〔清〕石玉昆述：《三俠五義》，中華書局，2013 年，第一回「設陰謀臨生換太子」。

由阿周那射死了毗濕摩。〔註130〕第九《沙利耶》中，「羅摩割下了一個羅剎的頭顱，將它遠遠拋出。這巨大的頭顱正好落在仙人巨腹的腿上，黏在了那裏。」〔註131〕頭顱可以割下再裝，不禁讓人想起《封神演義》中的歪頭申公豹的故事。〔註132〕第十二《和平篇》寫兩位具有「大人相」的古老而優秀的神仙：「胸前飾有吉祥卍字，頭頂盤有髮髻。他倆手臂上有天鵝標誌，腳底有輪狀標誌，肩膀寬闊，手臂修長，有四個睪丸。有六十顆牙齒，八顆犬牙，面龐俊美，額頭寬闊，雙頰豐滿，眉毛和鼻樑端正。」〔註133〕這樣的描寫，與佛教中關於佛陀的三十二相，頗為相近。〔註134〕

在表現形式方面，饒宗頤先生《馬鳴〈佛所行贊〉與韓愈〈南山詩〉》，認為《南山詩》連用或字五十餘，是受到了來自佛經的影響。〔註135〕而這樣用「有的……有的……」來鋪陳的句式，在《摩訶婆羅多》中也甚多見，可能是口頭文學的某種特徵。即通過重複和羅列，來加深聽眾的印象，有時即使漏掉一些內容，也並不影響對於整體意思的把握。如第十三《教誡篇》中，寫因陀羅善於變化：「他一會兒是這個樣子，一會兒又是另一個樣子，多得難以勝數。有時他會佩戴頂冠，手持金剛杵；有時他會佩戴王冠，弔著耳環；有時他搖身一變，分明成了個姤荼羅。有時他會高束髮髻，有時他會編起髮辮，樹皮遮身，當作外衣。孩子啊，有時他身高體寬，有時又瘦弱不堪。有時他面皮白皙，有時他膚色黧黯，有時他渾身黝黑。有時他醜陋無比，有時他貌美非常。有時他年輕英俊，有時他老邁蹣跚。……」〔註136〕

又《摩訶婆羅多》中多喜用反覆詠歎來增強感染力，中國曲藝多喜用這種形式。如蘇州評彈《珍珠塔》中，陳翠娥小姐《下扶梯》，一方面心中急於想見到分別多年的方卿，一邊又有官家小姐的種種顧慮，所以每下一層扶梯就又躊躇不前，「站定嬌軀不肯行」，而丫鬟采萍則以種種妙語來為小姐寬解，通過這種反覆，很好地表現了人物的矛盾心理。〔註137〕一般認為這種有說有唱的

〔註130〕《摩訶婆羅多》第五《斡旋篇》，第三冊，第435頁。
〔註131〕《摩訶婆羅多》第九《沙利耶篇》，第四冊，第781頁。
〔註132〕〔明〕許仲琳編著《封神演義》，第三十七回「姜子牙一上崑崙」，上海古籍出版社，1991年。
〔註133〕《摩訶婆羅多》第十二《和平篇》，第五冊，第647頁。
〔註134〕參張煜《〈長阿含經〉中的譬喻、故事及其他》，《暨南大學學報》2016年第12期。
〔註135〕饒宗頤《梵學集》，上海古籍出版社，1993年，第313頁。
〔註136〕《摩訶婆羅多》第十三《教誡篇》，第六冊，第148頁。
〔註137〕朱雪琴彈唱《珍珠塔選回‧下扶梯》，中國唱片上海公司出版發行。

形式是受到了唐代變文以及佛經的影響。如《法華經》卷二十的《觀世音菩薩普門品》中，以「應以……身得度者，即現……身而為說法」，羅列了觀世音菩薩的三十三種化身。〔註138〕這樣的形式在《摩訶婆羅多》中，俯拾皆是，一般都是出現在情節最緊張與精彩的部分。例如第八《迦爾納篇》，當堅戰看到黑天與阿周那戰罷歸來，知道迦爾納已被殺死，微笑著歡迎他們：「車夫之子（迦爾納）狂妄自大，不可一世，在戰場上到處找你挑戰，今天與你遭遇後，真的被你在戰鬥中殺死了嗎？這個罪人為了探明你的下落，向眾人懸賞一輛由最好的大象駕駛的金車，總是在戰場上向你叫陣，賢弟啊！真的被你在戰鬥中殺死了嗎？這個罪人是難敵的心腹好友，總是在俱盧族人集會上自吹自擂，自恃英勇，目空一切，今天真的被你殺死了嗎？……」〔註139〕文繁不作多引。再來看評彈大家蔣月泉先生彈唱的《寶玉夜探》：「妹妹啊，想你有什麼心事儘管說，我與你兩人共一心。我勸你麼，一日三餐多飲食，我勸你麼，衣衫宜添要留神。我勸你，養神先養心，你何苦自己把煩惱尋？我勸你，姊妹的語言不能聽，因為她們似假又似真。我勸你麼，早早安歇莫宜深，可曉得，你病中人，再不宜磨黃昏。我勸你把一切心事都丟卻，更不要想起揚州這舊牆門。」一唱三歎之中，真是讓人感覺何其相似乃耳！

第二節 《奧義》與《楞伽》

俄國著名佛教學者舍爾巴茨基在《大乘佛學》一書中，曾於數處提到《楞伽經》與印度古代《奧義書》的聯繫。舍氏認為，佛陀放棄了《奧義書》的一元論和數論派的二元論立場，建立了一套基於極端多元論立場的哲學體系。小乘方面的學說，講的是多元論哲學，大乘的中心概念則是一元論的見地。大乘是地道的新宗教。它與早期佛教的差別如此之大，以致於其所顯示的與晚期婆羅門教的共同之點要多於與早期部派的共同點。之所以有這一轉變，是由於大乘在形成的過程中，借鑒了某一類奧義書學派的思想，採取了婆羅門教的絕對觀念，形成了具有精神性的一元論特徵的超越觀念。以《楞伽經》為例，「它們是模仿《奧義書》而寫成的，在風格上有意地迴避文字概念的精確性」。〔註140〕由於各家《奧義書》並非出於一手，成書年代各有

〔註138〕〔後秦〕鳩摩羅什譯，〔隋〕智顗疏：《妙法蓮華經》，上海古籍出版社，1990年。
〔註139〕《摩訶婆羅多》第八《迦爾納篇》，第四冊，第586頁。
〔註140〕見第5、35、93、159、76頁，中國社會科學出版社，1994年。

不同，表述思想也相當龐雜，故舍氏並未在書中明確指出其中的演變過程，而更多是一種猜測〔註 141〕。但這畢竟是十分有趣而又深刻的見地。本文即擬作一嘗試，依據徐梵澄先生所譯之《五十奧義書》〔註 142〕，與較為通行的劉宋求那跋陀羅譯四卷本《楞伽經》〔註 143〕作比較，來看看這兩種經典間到底有哪些共同之處。

一

這兩部書中都有一個舍氏所謂的「一元論的超越的觀念」。這也是《大乘佛學》一書的立論基礎，該書以「涅槃」為中心概念來展開其論述，對中觀學更多是強調相對性理論的一面，而將唯識學作為觀念論的代表。故本文所討論的《奧義書》與《楞伽經》的關係，其實也可以看作婆羅門教與大乘唯識學的某種聯繫。在《奧義書》中，這種具有本體論意味的觀念即人們所熟知的「大梵」、「自我」等一系列名詞；而具體到《楞伽經》中，則為「阿賴耶識」、「藏識」、「如來藏」等。

在《奧義書》中，「自我」是整個宇宙的起源。印度最古老的《黎俱韋陀》的《愛多列雅奧義書》開篇即言：

> 太初，此世界唯獨「自我」也。無有任何其他睒眼者。彼自思惟：「我其創造世界夫！」
>
> 彼遂創造此諸世界。……（第一章）

世間萬物，無一不是出於「自我」的創造。而此「自我」，亦即「大梵」：

> 此（「自我」）即大梵，此即因陀羅，此即般荼帕底，此即諸天。
>
> 即五大：地，風，空，水，火，……
>
> 即凡此有氣息者，行者，飛者，不動者。——凡此，皆為般若所領導，皆安立於般若那中。世界為般若所領導，安立於般若那中，般若那即大梵也。（同上第五章）

在不同的場合，它們又被稱為「生命氣息」、「般若」、「真」、「智」、「樂」等等：

〔註141〕雖然在《小乘佛學》一書中，舍氏同時也認為「（小乘）佛教的基本觀點——沒有真實統一體的、分離各別的諸元素的多元性——的根源在奧義書的原初玄想之中。……這個時代……就是《羯陀奧義》的時代。」第 132 頁，中國社會科學出版社，1994 年。

〔註142〕中國社會科學出版社，1995 年。

〔註143〕南懷瑾著《楞伽大義今釋》，復旦大學出版社，2001 年。

　　唯彼生命氣息，即般若自身（智慧自我），是即阿難陀，不老而永生者也。……彼即護世者，即世界之大君，即萬事萬物之主宰。當知彼即我之自我！（屬《黎俱韋陀》之《考史多啟奧義書》第三章）

　　當觀照「大梵」為真、智、樂「自我」不二者也。當觀照「自我」為真、智、樂「大梵」也。（屬《三曼韋陀》之《金剛針奧義書》）

要之，《奧義書》中的「大梵」與「自我」，與中國佛教禪宗中的「真如」、「佛性」頗有幾分相似之處。它是世界的最高本體，創生萬物，又普遍地存在於萬物之中，主宰萬物，具有某種泛神論的色彩；就像禪宗中常說的「青青翠竹，盡是法身；鬱鬱黃花，無非般若」，體現了「萬法盡是自性」，[註144]這自性，就是恒常不變的「如來藏清淨心」、「佛性」。

　　在《楞伽經》中，這一最高本體被稱為「阿賴耶識」、「藏識」、「如來藏」，亦即開篇所講的「大乘諸度門，諸佛心第一」（卷一）的「心」。宇宙萬有的全體大機大用，都只是識的變化。識分三種：一是真識（即如來藏識）；二是現識，即對境所顯的現量識，三是分別事識。現識所起的現量境，一轉而引起分別事識等的作用，都是如來藏識（阿賴耶識）真相轉變的轉識所形成的。所以萬法唯心，宇宙萬有，無非是一個真心全體的大用。小乘佛教證得「人無我」，大乘佛教更要證得「法無我」。中觀學從體上講「畢竟空」，唯識學則從用上講「勝義有」，所謂「境無識有」。如果能夠滅掉一切諸識的虛妄薰習，不起遍計所執和依他而起的作用，就能頓斷業識妄想之流，轉識成智，得到真如性淨的如來境界。

　　依據呂澂先生《〈起信〉與〈楞伽〉》一文觀點，《楞伽經》中「如來藏與阿賴耶皆佛方便立說，實則一事，亦猶金師之作種種嚴具，其實則一金也。故如來藏與阿賴耶因說而異，非如來藏因無明薰而異。」[註145]對《楞伽經》與《大乘起信論》中所說的「如來藏」進行嚴格區分是有意義的，後者所說的「如來藏」與《大般涅槃經》中的「佛性」及後出之《壇經》中的「明心見性」的「心」、「性」更為接近，也與《奧義書》中的「大梵」、「自我」更加相似。所以印順法師《中國禪宗史》中云：

　　《涅槃經》的佛性，是如來藏的別名；但不是《楞伽經》的「無

〔註144〕（唐）慧能著，郭朋校釋《壇經校釋》第50頁，中華書局，1983年。
〔註145〕載《呂澂集》，中國社會科學出版社，1995年。

我如來之藏」，而是「我者即是如來藏義」。……形式上與外道的神我（常住不變，清淨自在，周遍，離相等）相近，所以《楞伽經》要加以抉擇。〔註146〕

本文宗旨雖在比較《奧義》與《楞伽》之同，但立足點是在兩書都有一「一元論的超越的觀念」的基礎上，而絕不是將這兩個概念進行混同，故對這一點不得不進行辨析。

二

《楞伽經》中最著名的「三界唯心」的觀點，在《奧義書》中也能找到不少出處，非常類似，雖然兩書所講的「心」在哲學概念上是有區別的。

《楞伽經》所講之「心」，即「阿賴耶識」的別稱。萬類的分齊差別，七種識的分別作用，無不由此所一一化生、轉生：

> 青赤種種色，珂乳及石蜜。淡味眾華果，日月與光明。非異非
> 不異，海水起波浪。七識亦如是，心俱和合生。（卷一）

三界之中，上至梵天，乃至萬有一切諸法，皆是心外無法，都是自心之所顯現：

> 一切唯心量，二種心流轉。攝受及所攝，無有我我所。梵天為
> 樹根，枝條普周遍。如是我所說，唯是彼心量。（卷四）

萬法唯心，一切唯識。這心就譬如工於演戲的技師，變幻出配角和各種的人物，究其實並沒有任何自性可言：

> 心為工伎兒，意如和伎者。五識為伴侶，妄想觀伎眾。（同上）

而《奧義書》中的「心」，可以說即「自我」與「大梵」的同義詞，且常被稱呼作「性靈」。如屬《三曼韋陀》的較古老的《唱贊奧義書》中云：

> 人者，心志所成也。如人在斯世之心志為何，則其蛻此身後為
> 如何。故當定其心志焉。

> （而彼者，）以意而成，以生氣為身，以光明為形，以真理為
> 慮，以無極為自我，涵括一切業，一切欲，一切香，一切味，涵括
> 萬事萬物而無言，靜然以定。

> 斯則吾內心之性靈也。其小也，小於穀顆，小於麥粒，小於芥
> 子，小於一黍，小於一黍中之實。是吾內心之性靈也，其大，則大

〔註146〕第 310 頁，江西人民出版社，1999 年。

於地，大於空，大於天，大於凡此一切世界。

　　……是吾內心之性靈者，大梵是也。（第三篇第十四章）

　　而彼「自我」者，在於心內者也。其文字之解曰：此「在於心內者」，是以謂之「心靈」也。──誠然，有如是知者，日日至於天界也。（第八篇第三章）

且《奧義書》中已明確地有「識」、「業力」這一類提法：

　　此性靈者，大梵也，為智識所成，意識所成，生氣所成，眼識所成，耳識所成……

　　唯心所繫處，即其內中我，以業赴之者，是意所決取。臻至業盡端──斯世所行業；更由彼世界，還此業世界。（屬《白夜珠韋陀》之《大林間奧義書》第四分第四婆羅門書）

就連轉化「自我」與「大梵」，也要靠「心」去覺知：

　　太初，宇宙唯「自我」也。……彼知：「唯我為造物，蓋我創造此萬物矣。」造物（之名）由是而起。有如是知者，則在彼造物中焉。

　　……太初，此世界唯大梵也。彼唯知其自我：「我為大梵！」──故彼化為大全。唯諸天中有如是覺知者，彼乃化而為此。

　　……有如是知「我為大梵」者，則化為此宇宙大全；是則雖諸天亦無能使其不化，蓋彼已化為彼等之「自我」矣。（同上第一分第四婆羅門書）

　　此「心」、「性靈」與「阿賴耶識」、「如來藏」真是何其相似。在此又需要強調的是，《奧義書》中的「心」無論從精神還是物質上來講，都尚偏重於一個實體的存在，是創生世界的本元。而這個實體的「心」，正是《楞伽經》所要破的以勝論、數論為代表的「外道」哲學的觀點。《楞伽經》所說的「三界唯心」，主要強調的是境不離識，「阿賴耶識轉變為器世界，並非由心識轉變成為物質，而只是阿賴耶識中所攝藏之色法功能的現實化過程」〔註147〕。兩者並不相同，但不等於沒有聯繫，甚至極易混淆，難怪舍氏推測──大乘唯識學思想在產生過程中，曾受過某一類《奧義書》的啟發了。

〔註147〕參吳可為《心理學、認識論還是本體論──對大乘唯識學的整體界定》，《浙江學刊》2001年第4期。

三

兩書對於最高本體的描述及如何達到之途徑，也都有某種超越語言的神秘主義傾向，即舍氏所謂的「在風格上有意地迴避文字概念的精確性」。

《楞伽經》中有「宗通」和「說通」的提法。「說通者，謂隨眾生心之所應，為說種種眾具契經，是名說通。自宗通者，謂修行者，離自心現，種種妄想，謂不墮一異、俱不俱品，超度一切心意意識，自覺聖境界，離因成見相。」（卷三）《楞伽經》其實是更加偏重「宗通」，即實際的修證的，因此對於語言往往持一種輕視甚至否定的態度。一方面，修證的最高境界涅槃是無法用語言來言說的；另一方面，既然萬法皆空，皆為自心顯現，那文字當然也是性空的了。只有消除文字的障礙，斷滅一切虛妄分別，轉識為智，方能證得正果。

對於「如來藏」，佛也曾作過一些解說，但那只是一種方便的說法，為了破除愚癡凡夫們恐懼無我的心理：

> 佛告大慧，我說如來藏，不同外道所說之我。大慧，有時說空、無相、無願，如實際、法性、法身、涅槃、離自性，不生不滅、本來寂靜、自性涅槃如是等句。說如來藏已，如來應供等正覺，為斷愚夫畏無我句。……是故大慧，為離外道見故，當依無我如來之藏。
>
> （卷二）

但這決不是「第一義」，因為「言說妄想不顯示第一義。」（同上）而且，並非一切剎土世界都有言語，有些世界中，通過動作也可以互通意思，所以語言終究還是沒有自性的：

> 大慧，非一切剎土有言說，言說者是作耳。或有佛剎，瞻視顯法，或有作相，或有揚眉，或有動睛，或笑或欠，或謦欬，或念剎土，或動搖。大慧，如瞻視及香積世界，普賢如來國土，但以瞻視，令諸菩薩得無生法忍，及諸勝三昧。是故非言說有性，有一切性。
>
> （同上）

愚蠢的世人們卻總是執著於語言文字不放，錯以為那便是佛法，把指月亮的手指當成了月亮：

> 如為愚夫，以指指物，愚夫觀指，不得實義。如是愚夫，隨言說指，攝受計著，至竟不捨。終不能得，離言說指，第一實義。（卷四）

而真正的佛法是離於言說的，那才是第一義：

是故大慧，我等諸佛及諸菩薩，不說一字，不答一字。所以者

何，法離文字故。非不饒益義說。言說者，眾生妄想故。（同上）

這與《維摩詰所說經》中，「時維摩詰默然無言。文殊師利歎曰：『善哉善哉！乃至無有文字語言，是真入不二法門。』」〔註148〕可謂如出一轍。

而《奧義書》作為古印度宗教哲學思想的寶典，由於彼時理性思維尚不如後代那般發達，而更多是一種憑藉經驗的宗教直覺體驗，故超越文字、神秘主義的傾向要來得更加明顯。

如其對於最高存在「彼」（即「自我」、「大梵」）的描述：

而彼者，不可思議，無形相，深不可測，隱而不可見，固密，無由參透，無有功德，清淨，光明，享受功德，可怖畏，無變轉，為瑜伽大自在，遍知，遍能，無量，無始，無終，幸福，不生，明智，不可說，為大全之創造者，萬物之自我，享受一切者，宇宙之主宰，萬事萬物內中之最內在者也。（屬《黑夜珠韋陀》之《彌勒奧義書》北本增文第七章）

不可在上處，不可在對方，不可在中間，於彼而度量，彼自無匹對，彼名「大榮光」。非在視境中，無誰能目見。居於情心中，對心，超心現。有能知彼者，永生庶可擅。（同上之《白淨識者奧義書》第四章）

無滅，亦無生，無縛，無修習，無求解脫人，無得解脫者。此是超上義。

見為非真有，亦為不二者。而宇宙萬有，亦見為不二。是故不二性，為無上福樂。

而此萬有多，非與自我一。以非或依自，如何而獨立。萬有與「自我」，非異非不異。知真實諦人，如是知其理。（屬《阿他婆韋陀》之《「唵」聲奧義書》之《喬陀波陀頌釋》第二卷）

大量使用了類似佛教中「遮詮」的表述方法，來描述那神秘而不可言說的大梵。

而其獲得解脫之方法，除苦行以外，有一種便是對著日光，吐出那個神秘的「唵」字：

〔註148〕　卷第八《入不二法門品》第九，後秦僧肇等注《注維摩詰所說經》，上海古籍出版社，1994 年。

　　如蜘蛛緣其絲而上，至於空闊，如是，靜慮者緣「唵」聲而上，達乎自在。……

　　有聲（大梵）者，「唵」也！其極頂為寂靜，無聲，無畏，無憂，極樂，美滿，堅定，不動，永生，不搖，恒常，名曰維師魯者，導往超極者也。（同上第六章）

　　唵！此聲，此宇宙萬有也。其說如次：凡過去者，現在者，未來者，此一切唯是唵聲。其餘凡超此三時者，此亦皆唯是唵聲。

　　蓋此一切皆是大梵，此自我即是大梵。（《「唵」聲奧義書》第一章）

在那彌漫宇宙的「唵」聲中，主體與客體、心靈與物質、過去與未來、時間與空間被打成一片，證覺到那最高的、超越言說的神秘存在。

　　「自我」置「空」中，置「空」於「自我」，念空成萬有，弗思任何者。

　　不作外物想，不作內思惟，捐棄一切想，唯智汝超上。

　　如樟腦入火，如鹽入水銷，如是溶心思，入於真道中。

　　所知、一切了，此知名心思，知、所知同滅，更無第二道。（屬《瑜伽匯》之《商枳略奧義書》第一章）

　　非是由心思，而或臻至「彼」，亦非以語言，更非眼可視。（屬《黑夜珠韋陀》之《羯陀奧義書》第二章第五輪）

　　堅定婆羅門，知彼成智慧，毋想多文字，語言自為累。（《大林間奧義書》第四分第四婆羅門書）

至此一切語言已成多餘。很難說清楚這種境界與《楞伽經》中轉識成智的涅槃境界有何差異，可以說是非常地相似，只是一標榜「有我」、一堅持「無我」而已。

　　《楞伽經》卷三曾列出二十餘種各種「外道」對於涅槃的錯解，而進行一一駁斥，並最終給出了唯一的正解：

　　大慧。如我所說涅槃者。謂善覺知自心現量，不著外性。離於四句，見如實處。不墮自心現，妄想二邊，攝所攝不可得。一切度量，不見所成。愚於真實，不應攝受。棄捨彼己。得自覺聖法。知二無我。離二煩惱。淨除二障。永離二死。上上地，如來地。如影幻等，諸深三昧。離心意意識。說名涅槃。

重讀這一段經文是饒有趣味的，這種「邊破邊立」的論證方法，正是《楞伽經》的寫作特色。但《楞伽》與「外道」真的能夠區分得那麼清楚嗎？對於「阿賴耶識」與「如來藏」之關係，該書始終未能給以一明確的界定，這便引出了後世無數的爭議。印順法師將大乘佛教劃分為「性空唯名論」、「虛妄唯識論」與「真常唯心論」三系，〔註149〕這樣的一種劃分法也許對中國佛學更加適合。而法師關於大乘佛教愈到後期愈是梵化的結論，則真可謂是一種不以人的意志為轉移的歷史規律。〔註150〕《楞伽經》拈出「無我如來藏」以與比其早出的《大般涅槃經》中的「有我如來藏」相區別，只不過是說法越來越巧妙而已，並無法完全洗脫其受到梵化的痕跡。東西方的兩位佛學大師，在各自的研究中得出不約而同的結論，這絕不會只是一種巧合吧。

第三節　佛教故事群中的女性──以《經律異相》之記載為中心

　　《經律異相》五十卷，南朝梁天監十五年（五一六）釋寶唱主編，是我國留存至今最早的類書之一，也是我國唯一的一部不收中國材料的類書。〔註151〕該書從佛教的經、律、論中收錄了669個被稱作「異相」的故事、譬喻和傳說。所謂「異相」，是相對於「同相」而言的。「同相」指事物的共性，是「真如」、是「本原」；「異相」則是存在於神話與現實中具體形象之間的「差別相」，由此來體現「真如」，達到勸諭醒世的目的。作為一個佛教故事的寶庫，該書在文獻學與文學上都有著巨大的價值。

　　書中收錄的故事雖然多有刪節，但其主體部分大致保持完整，至今讀來仍令人感到饒有興味。該書對中國的通俗文學尤其是唐以來的講唱文學影響甚巨，稱得上是眾多講僧、唱導師經常參考的備用文本，促進了佛經故事向民間的流播。〔註152〕僅就敦煌文學而言，講經文與變文如《佛報恩經講經文》（一

〔註149〕《大乘三系的商榷》，《印順集》，中國社會科學出版社，1995年。

〔註150〕詳參郭朋著《印順佛學思想研究》中《對於「真常唯心論」的論述》一章，中國社會科學出版社，1993年。

〔註151〕關於該書的成書、編者與體例等，可參看白化文、李鼎霞撰《〈經律異相〉及其主編釋寶唱》一文，載《國學研究》第二卷，北京大學出版社，1994年。

〔註152〕如續《高僧傳》卷三十一有云：「釋寶巖，住京師法海寺。氣調閒放，言笑聚人，情存導俗，時共目之說法師也，與講經論名同事異。論師所設，務存章句，消判生起，採結詞義。巖之制用，隨狀立儀，所有控引，多取《雜藏》、

作《雙恩記變文》）《盂蘭盆經講經文》《〈譬喻經〉講經文》（又作《地獄變文》）、《悉達太子修道因緣》《醜女緣起》《降魔變文》等都可在此書中找到源頭。又此書對我國梁陳隋唐小說乃至民間故事都有很大影響。〔註153〕對於南朝宮體詩的興起，也有間接的刺激作用。〔註154〕本文即以該書中所涉及的女性類故事作為視點，對於該書的內涵及其在文學上的價值作進一步的考察。

全書很大部分是通過佛經文學故事的形式，向聽眾宣講布施、持戒、忍辱、精進等佛教教義，強調因果報應，注重通俗性、故事性與娛樂性，而盡可能避免了五陰、十八界等枯燥的名相事數。本生和緣起故事在書中也佔據有不少的篇幅。其中不少涉及女性的故事寫得多姿多彩，面目各異，可為當今女性文學研究者取資。

有關布施的故事在書中出現得很多。大乘佛教的菩薩道，菩薩因為憐憫眾生，不但是施財物，就是自己的身體與知識，也都毫不猶豫地布施出去。布施可以讓人除去狹隘的自私心，生出博大的慈悲心，所以是很重要的悟道的途徑。雖然書中多處提到法布施要高於財物布施，〔註155〕但事實上更多的是在宣揚財物布施與身布施。這可能與聽故事的對象主要是普通信眾有關。財物布施直接關係到僧團組織的生存，是經濟上的主要來源，所以要大力鼓勵；而身布施可以激發信眾崇高的宗教獻身熱情，發起信心。除了眾所熟知的割肉貿鴿、捨身飼虎等故事外，書中自殘布施的例子觸目皆是，有不少寫得相當地酷烈，不過這類故事中的人物還是以男性居多，只有少數幾個關於女性的故事。

《百喻》、《異相》、《聯璧》、《觀公導文》、《王孺懺法》、梁《高》沈約、徐庾晉宋等數十家，包納喉衿，觸興抽拔。」上海古籍出版社，1991年。

〔註153〕 如蔣述卓《〈經律異相〉對梁陳隋唐小說的影響》文探討了該書中「龍女故事」、「入海採寶故事」、「變形故事」、「報應故事」等對中國後代小說的影響，載《中國比較文學》1996年第4期。劉守華《從〈經律異相〉看佛經故事對中國民間故事的滲透》文探討了該書中的佛經故事對中國民間故事的影響，載1998年《佛學研究》。

〔註154〕 普慧《南朝佛教與文學》中有專章討論佛經中的情色描寫對於宮體文學興起的影響，中華書局，2002年。許雲和《欲色異相與梁代宮體詩》文也持此觀點，並多處引用了《經律異相》一書中有關例證，指出「婦女的淫慾作態和妒行其實是當時社會普遍注意和研究的焦點問題」。《文學評論》1996年第5期。

〔註155〕 如卷二「帝釋從野干受戒法一」中云：「布施飲食，濟一日之命；施珍寶物，濟一世之乏。增益生死，繼縛因緣，說法教化，名為法施。能令眾生，出世間道。一者得羅漢，二者辟支佛，三者佛道。此三乘人，皆從聞法，如說修行。又諸眾生，免三惡道，受人天福樂，皆由聞法。是故佛說，以法布施，功德無量。」上海古籍出版社，1995年。

　　財物布施的一個直接的動力是為了獲得好的果報。如卷二十三「叔離以
氍裏身而生出家悟道二」中那對貧窮的夫婦,「夫婦二人,共有一氍。若夫出
行,則被而往,婦便裸坐。若婦被氍,夫則裸坐」。聽了勸化比丘的開導,妻
子決定將僅有的裹身之物,布施與佛,以求福報。「婦言:『人生有死。不施
會死。施而死,後世有望。不施而死,後遂當劇。』夫歡喜言:『分死用施』。」
後來果然如願以償。又如卷二十八「波斯匿王遊獵遇得末利夫人六」中,一
個出身低微的婢女,因為於佛有一飯之恩,後被國王於五百女人中,立為第
一夫人。卷三十五「須達七貧後得食並奉佛僧倉庫自滿六」中,長者須達之
妻將家中僅有的四斗米分別施與舍利弗、目連、迦葉與如來佛,結果家中倉
庫自滿,諸室珍寶,又恢復了昔日的富有。而同卷「慳長者入海婦施佛絹從
商皆死唯己獨存十一」中,長者婦因施佛絹一匹,其夫出海,命得獨存。女
性身布施的故事較少。卷三十八「優婆斯那割肉救病比丘一」描寫了一個割
股肉療病比丘的優婆夷;卷十「能仁為淫女身轉身作國王捨飼鳥獸二」中,
記載了一個割去兩乳以飼餓人的淫女。因為身布施比財物布施難行,所以福
報自然更多。這在當時對於那些狂熱的宗教徒與除了自己的身體外別無長物
可以貢獻的下層貧民,是有一定的吸引力的。而在今天的讀者看來,也許更
多的是覺得不可思議與不快吧。

　　也有一毛不拔不肯布施者。對於這些生性吝嗇的人,佛教往往運用神通
之力,對他們進行無情的嘲弄,形成了不少富於幽默感的故事。卷五「現為
沙門化慳貪夫婦十」中,沙門為了勸化一個不願施食的婦女,「住立其前,戴
眼抒氣,便現立死。身軀膨脹,鼻口蟲出,腸潰腹爛,不淨流溢。婦見恐怖,
失聲棄走。」又卷十三「阿那律等共化跋提長者及姐十五」中,賓頭盧為勸
化長者姐令其布施,身中煙出、舉身火燃、飛騰虛空、倒懸空中,用盡了各
種神通變化,都不奏效。最後從城外運來一塊巨石,停在長者姐上空。終於
令其恐懼悔悟,信從了佛法。又卷二十三「毗低羅先慳貪從佛受化得道九」
中,佛親自出馬,去勸化一個慳貪的老婦人。「時佛入門,老婢見已,心生不
喜。即時欲退,從狗竇出。狗竇及四方小巷,一時閉塞,唯正路開。老母覆
面以扇。佛在其前,令扇如鏡,無所障礙。回頭四顧,悉皆見佛。低頭伏地,
及手十指,皆化為佛。」充分體現了佛教在傳道過程中的種種方便法門,寫
得非常生動有趣,富於生活氣息,讓人們在笑聲中不知不覺地就接受了教化。

　　持戒在本書中也佔有極重要之地位。書中反覆強調布施與持戒必須並行,

以及持戒所致的種種功德。〔註156〕在各種戒律中，不殺、不妄、不淫、不盜是最根本的。而「萬惡淫為首」，如何抵禦來自女性世界的誘惑，戰勝生理的本能，去追求理性的價值，是佛教必須要認真處置的一個問題。就在這場情感與理智的較量中，佛教故事把我們帶進了一個五彩繽紛的神奇世界。

說來有趣，佛的最大的對頭調達與佛結怨，起因竟也是一位少女。在過去世，佛曾是一位英俊的少年梵志，而調達則又老又醜，少年在婚姻的角逐中戰勝了老年。「其年老者，心懷毒惡，即相毀辱：『而奪我婦，世世所在，與卿作怨，終不相置。』」〔註157〕女性的力量，於此可見一斑。

佛的堂弟阿難，號稱佛的十大弟子之一，也同樣難過美女關。卷十五「阿難為栴陀羅母咒力所攝十一」記阿難在化緣過程中，為栴陀羅女所戀，其母以咒力困住阿難，「時女前抱阿難，坐著床上，牽掣衣裳，撳捽阿難。譬如力人，手捉長毛小羊，從其人乎？阿難見十方盡暗冥，譬如日月，為羅咒所厭。阿難有大人力，當十大力士力，而不能動。阿難以聖道諦力，念還得悟：我今困厄。世尊大慈，寧不愍我？」真是窘態百出。

為了引導僧俗從情愛的世界中擺脫出來，佛教反覆告誡人們，美女其實並不美，沒有什麼值得貪戀之處。如卷十五「難陀得奈女接足內愧閒居得道三」中，佛正告被奈女觸足失精的難陀：「汝觀此身，隨其所行，從頭至足，髮毛爪齒，若干不淨，盈滿身中。如實觀察，為是淨耶，為不淨耶？當觀彼漏，為何處所，為從何來？」又卷二十「選擇遇佛善誘舍於愛欲得第三果一」、「須陀洹婦病於從事一悟得第三果二」中，甚至不惜將美女比作屎囊。但這樣的說教並不總是有效，如卷十九「比丘失志心生惑亂十七」中，佛教導一個走進淫舍分衛的比丘：「若睹女人，長者如母，中者如姐，少者如妹，如子如女。當內觀身，念皆惡露，無可愛者。外如畫瓶，中滿不淨。觀此四大，因緣假合，本無所有。」這個比丘仍然不能悟解，最後只好將之逐出。

類似「女色之禍」的教誡俯拾皆是，可謂是從反面來警醒男子，女色背後潛藏著種種危險，不要在求道路上失足。卷八「幼年為鬼欲所迷二十」中，寫菩薩為凡人時，志欲求道，逃避女色，兩度覺悟，又兩度為其所滯。雖然明白：「妖禍之盛，莫大乎色。若妖蠱一臻，道德喪矣」，「諸佛明化，以色為火，人為飛蛾。蛾貪火色，身見燒煮。」卻身不由己，不禁感慨：「欲根難拔，

〔註156〕參卷十八「二比丘所行不同得報亦異二十七」、卷八「持戒發願防之十七」。
〔註157〕參卷二十一「調達與佛結怨之始一」。

乃如之乎？」令人有「女人如老虎」之感。得道的野干（注：胡地野狗）的前身，原來是位國王，由於沉迷於與美女奢淫作樂、不理國政，而落得獸身。〔註158〕更有經不住魔女的引誘，欲心熾盛，至與死馬行淫的修行比丘。事後乃感顛倒錯亂，羞愧無比，「即脫法衣，著右手中。左手掩形，而趣祇洹。」真是「可畏之甚，無過女人。敗正毀德，靡不由之。」〔註159〕令人為之惋惜不已。愛上了龍女的小沙彌，儘管師父告訴他：「此非采女，是畜生耳。汝為沙彌，雖未得道，必生忉利天上，勝彼百倍。勿以污意。」卻仍是「晝夜思想，憶彼不食，得病而死，魂神生為龍作子」，轉到了畜生道。〔註160〕美麗的女性還令仙人失去神通，無法飛翔，只好在人間步行。〔註161〕獨角仙人至為淫女所騎，真是出盡了洋相。〔註162〕而縹渺大海中令人神往的女兒國，其實住的是一群吃人不眨眼的羅剎女。〔註163〕

當然更多的是能夠持戒者，他們不但參破情慾，並且籍此而得正果、傳法佈道。卷十八「比丘白骨觀入道十六」記一比丘在受到女性的誘惑後，「入不淨觀，乃至觀身，作白骨想。從是觀得，阿羅漢果。」卷十三「阿那律化一淫女令得正信十二」中，一淫女脫衣欲抱持阿那律，「時阿那律，以神足力，踴身空中。淫女見之，大生慚愧。即疾著衣。叉手合掌，仰向懺悔，如是至三。」更有年僅八歲的小沙彌，入宮行化，夫人念其可愛，舉手欲抱。沙彌卻之，正色曰：「情從微起，猶粟之火，能燒萬里之野。譬指滴之水，陷穿玉石，亦能盈器。事皆以漸，以少致多，以小成大。是以智者，遠嫌避疑，以防未然。」〔註164〕年少而能持如此高論，令人驚歎。卷八「焰光行吉祥願遇女人退習家業九」是非常特別的一例。記一陶家女屬意焰光，焰光不欲，女將自殘。「焰光自念：吾護禁戒。今若毀之，非吉祥也。離之七步，乃發慈哀。毀犯禁戒，墮地獄罪。若不如是，女自殘賊。寧令斯女，以致安穩，吾當安忍，地獄之痛。焰光即還，從女所欲。退習家業，十有二年。壽終之後，生梵天上。」完全是

〔註158〕卷二「帝釋從野干受戒法一」。
〔註159〕卷十九「難提比丘為欲所染說其宿行並鹿斑童子六」。
〔註160〕卷二十二「沙彌於龍女生愛遂生龍中十」。
〔註161〕卷三十九「化足手著王女生愛後與惡念墜墮阿鼻十二」，「拔劫仙人見王女發欲失通十五」。
〔註162〕卷三十九「化足手著王女生愛後與惡念墜墮阿鼻十二」，「獨角仙人情染世欲為淫女所騎十六」。
〔註163〕卷四十三「師子有智免羅剎女三」。
〔註164〕卷三十「阿育王夫人受八歲沙彌化一」。

捨己度人的菩薩行為，已經超越了毀戒與持戒的界限。

很多故事，還讓我們今天的讀者得以瞭解當時印度婦女的社會生活狀況。

古印度婦女的社會地位很低，而佛教講一切眾生平等，很大程度是對婦女的解放。佛本來並不同意女子出家，他說：「無使女人，入我法律，為沙門也。譬如人家，多女少男，家必衰敗。女人出家，清淨梵行，不得久住。又如莠雜禾稼，善穀傷敗。女人入法，亦復如是。」佛的姨媽大愛道第一個想要加入僧團組織，佛起先反對，後來在阿難的勸說下，終於同意，但是為女眾規定了更多的戒律。「假使女人，欲作沙門者，八敬之法，不得逾越，盡壽學之。譬如防水，善治堤塘，勿令漏失。其能如是，可入法律。」無論是貧女還是醜女，佛都平等對待。貧女之所以貧，只是因為「前世不樂經法，不肯布施，見沙門不相承事」；〔註165〕「肌膚粗澀，猶如駝皮，髮如馬毛」的醜女，只要誠心禮佛，立即變得「猶如天女，奇姿蓋世」。〔註166〕甚至連在家有妊的比丘尼，佛也認為可以無罪。〔註167〕這些都體現了佛法的慈悲平等與寬容，體現了佛對於女性的關愛。

不少女性，實際還成了佛傳法佈道的好助手。卷二十九「難國王因兒婦得解四」中，自謂「智慧無雙，以鐵縛腹，常恐智慧橫出」的難國王，其國人民「男女長少，裸形相向」，開化程度明顯較低。佛指派阿難邠坻女三摩竭為其兒媳，度脫其國八萬人民，歸心向佛。儘管她並不滿意這樁婚事，感到其國人民「形皆如狗，與畜生無異」，最後還是以大義為重，出色地完成了任務。

但是男女地位的不平等，仍舊是真實地存在的。如卷七「五百釋女欲出家投請二師十三」中，借比丘尼驕曇彌之口言：「如來法海，一切眾生，皆悉有分。而我等女人，如來不聽。以諸多疑惑，執著難捨，癡愛覆心，愛水所沒，不能自出，懈怠慢惰。現身不能，莊嚴菩提，獲得三乘。」卷十一「女人高樓見佛化成男子出家利益七」，寫龍施女在見到佛後，雖然知道女人「不得作轉輪王，不得作佛」，仍是精進不已，終於得轉女人身為男人。又如同卷「女人在胎聽法轉身為丈夫出家修道八」中，寫佛在講法時，照見座中有一女在母腹中叉手聽經，便令其一發心得菩薩道，而獲男身。都是當時社會男尊女卑思想的體現。婦女被丈夫作為一件財產那樣地被處置，在書中也有不

〔註165〕卷三十四「波羅奈王金色女求佛為夫一」。
〔註166〕卷三十四「波羅奈王金色女求佛為夫一」，「波斯匿王女金剛形醜以念佛力立改姝顏二」。
〔註167〕卷十六「童了迦葉從尼所產八歲成道九」。

少例子。如卷四十二「郁伽見佛其醉自醒受戒以妻施人二」中，郁伽居士為皈依三寶，將最大夫人，施與別人。又如卷二十五「薩和檀王以身施婆羅門作奴九」中，國王以身布施為人作奴，夫人便要隨王為人作婢。這樣的女性，可以說並沒有獨立的人格。

對於女性在人性方面的種種弱點，書中也多有涉及。女性是淫蕩的，而淫慾總能很快便將人導向罪惡。如卷四十五「女人心緣丈夫誤繫兒入井十四」記一女人抱兒汲水，一男子在井邊彈琴，「女人多欲，耽著男子。男子亦樂女人。女人迷荒，索繫兒頸，懸於井中。尋還挽出，兒時已死。」女性又是殘忍的，工於報復。卷八「一切世間現為師婦所愛違命致苦八」記一切世間為婆羅門師婦所愛，一切世間不從，婦便誣其強見凌逼。最後師教其按婆羅門例，殺千人以除罪。女性又是多欲而貪婪的。卷十九「耶舍因年饑犯欲母為通致佛說往行五」記耶舍出家，乞食至其母家。其母為有後嗣，令耶舍與其婦交通。耶舍遂失神通。而在過去世，耶舍是一隻金色鹿，其母是國王夫人，為得金色鹿皮作褥，設計捕獲之。「夫人見之，前抱鹿王。以昔污染情重，令此鹿王，金色即滅。」又卷三十六「無耳目舌先世因緣六」記一平事之婦，因收受賄賂，迫其夫作出不公正的判決。其夫不聽，「爾時長者，有一男兒。其婦泣曰：『若不見隨，我先殺兒，然後自殺。』長者聞此，譬如人噎」，只好作出了違心的裁決。結果下世出生為兒，「其身混沌，無復耳目，有口無舌，又無手足，唯有男根」。人性本來既有光明的一面，又有陰暗的一面。揭示人性陰暗的一面，對於世人當然有著某種懲戒的作用；但是把女性刻畫得如此陰森可怕，則本身表明了當時社會對於女性的很深的成見。這是我們在閱讀時必須要注意到的。當然，佛陀對於人世間的這種種悲哀與不幸，或開導之，或寬恕之，或懲罰之，總之一句話——勸人棄惡從善，最後還是為了顯示佛法的廣大無邊。

形形色色的女性，在故事中來來去去，若隱若現。既對佛法構成一種潛在的威脅，又促使佛教向著更高的層面發展。畢竟求道是逆流而上，而人慾是順流而下。對男對女，都是如此。只有那些意志堅強、理想高遠者，方能修得最後的正果。女性形象的出現，賦予了佛教故事以某種張力，豐富了故事的內涵。

下面再從文學角度對這些故事略作分析。

第一，《經律異相》一書所集佛經故事中的女性，其性格特徵是形態各異

的，既具有典型性，又具有多層次性。

先談典型性。書中無論是寫正面人物還是反面人物，都能抓住人物性格的主要特徵，層層渲染，刻意描繪。寫信女則突出其為了求道可以不顧一切的犧牲精神，寫淫女則著重表現其無恥、多欲、蔑視佛法的一面。如卷二十三「孤獨母女為王所納出家悟道十一」，記一貧女在成為國王夫人後，勸王信佛。原來其先世為王夫人時，便「覺意念世無常。人晝夜淫泆，恩愛無明濁穢。生無賢名，死為不淨之鬼」，「夫婦合會，略無可奇，是皆不淨。恩愛於此，當有老病，至來無期。誰當為我，卻之者哉！」而生出家之想。國王深感留念，夫人告之：「王以恩愛，貪欲華色，愛惜我身。我身皆膿血惡露，不淨女人，難與從事。人有與女人從事，無不墮罪中者。女人之身，熱於湯火。燒炙於人，令墮重罪，千劫不脫。我前世亦為男子，但坐與女人從事，恩愛多故，去男為女。女人可畏，王不覺耳。」最後夫婦一起出家受道。這樣的故事，純粹是為宣揚佛法服務，儘管寫得生動，仍是略微讓人感到有點頭巾氣重。而卷五「化淫女令生厭苦十六」，簡直就是佛教戒淫的標準化教材。佛為勸化淫女，化出一男子，「女前親近，言願遂我意。化人不違。一日一夜，心不疲厭。至二日時，愛心漸息。至三日時，白言丈夫，可起飲食。化人即起，纏綿不已。女已生厭悔，白言丈夫，異人乃爾。化人告言，我先世法，凡與女通，經十二日，爾乃休息。女聞此語，如人食噎。既不得吐，又不得咽。身體苦痛，如被杵搗。」至第六日，淫女忍無可忍，懊惱自責：「我從今日，乃至壽終，終不貪色慾。寧與虎狼，獅子惡獸，同處一室，不受此苦。」化人於是揮刀自盡。結果淫女在後六日又只好看著屍體慢慢腐爛發臭，變作白骨，而不得脫。最後此淫女發心禮佛，痛改前非，得須陀洹道。佛教就是用這種噁心的筆調讓人對情慾感到厭惡，但故事的構想又不得不令人拍案叫絕。

再談人物性格的多層次性。在著名的須達拿好施故事中，〔註168〕太子的妻子集美麗、溫柔、忠貞於一身，稱得上是一個完美的女性。當太子因施敵國寶象而被國王驅入山林時，她堅定地選擇了跟隨太子，去過艱苦的修行生活。並表示：「細靡眾寶，帷帳甘美，何益於己，而與太子生離乎？夫王者，以幡為幟；火以煙為幟；婦人以夫為幟。」後當太子把他們的兩個孩子布施給貧老梵志時，她正在山中採果：「中心忪忪。仰看蒼天，不睹雲雨。右目瞤，左跙癢，兩乳流出。母惟之曰：斯怪甚大，歸視我兒。委果旋歸，

〔註168〕卷三十一「須大拿好施為與人白象詰擯山中七」。

惶惶如狂。」當她趕回家中，但見太子一人慘然獨坐，驚恐地發問：「兒常見歸，奔走趣吾。跳樑喜笑，曰母歸矣。今兒戲具，泥像泥牛，泥馬泥豬，雜巧諸物，縱橫於地。睹之心感，吾便發狂。將不為虎狼、鬼魅、盜賊所吞乎？疾釋斯結，吾必死矣！」當太子如實相告時，「婦聞斯言，感懼躄於地，宛轉哀慟，流淚而云：『審如一夜所夢，夢睹老貧梵志，割吾兩乳，執之疾馳。正為今也。』哀慟呼天，動一山間。」用十分細膩的筆法，刻畫出了一個富於人情味的賢妻與良母的形象。「羅睺出家」故事也反應了類似的主題。寫佛在自己得道後，又欲讓兒子羅睺隨己出家，而遭到其原來妻子的堅決反對。她對佛的母親說：「太子欲不住世，何故殷勤，苦求我耶？夫人取婦，正為恩好。子孫相續，世之正禮。太子既去，復索羅睺。永絕國嗣，有何義哉？」〔註169〕佛只好以前世的因緣來令其悟解。雖然也能自圓其說，但其中情與理的劇烈衝突是很明顯的。這些都豐富了人物性格的內涵，使之更接近於現實生活，容易起到打動人的效果。又佛教還創造出一個鬼子母的形象。「昔有一母人，甚多子息。性惡無慈，喜盜人子，殺而啖之」。至於為什麼要這樣做，也許是出於忌妒吧。佛最後將其降伏。〔註170〕鬼子母是獸性與母性的混合體，獸性是殘忍的，而母性是出於女性的一種本能。鬼子母最終皈依佛法，可以看作是母性戰勝獸性的結果。

　　第二，在故事結構方面，經常借用因果報應，通過對一連串貌似巧合事件的處理，製造曲折離奇的情節，把人物放到最富有戲劇性的場景下來展開描寫。如卷七「五百釋女欲出家投請二師十三」，寫一個婦人夫被蛇咬殺、一兒被虎吃、一兒溺水、父母被火燒、為賊所掠、自食兒肉、自身被兩次生埋，可謂歷盡了人世間的不幸。現錄之如下：

　　　　……我昔在家，是舍衛國人。父母嫁我，與北方人。彼國風俗，
　　婦臨欲產，還歸父母家。後垂生日，皆乘車馬。夫妻中路，有河其
　　水暴漲。道路曠絕，多諸賊難。至河不能得渡，住宿岸邊。初夜生
　　男。大毒蛇聞新血香，即來趣我。先螫殺奴，喚夫不應，尋復殺夫，
　　次殺牛馬。至日出時，夫身膨爛。憂愁恐怖，舉聲大哭。經留數日，
　　獨在岸邊，其水漸小。且置大兒，身負小兒。以手牽持，裙盛新產，
　　銜著口中，即前入水。渡河始半，反視大兒，見為虎逐。叫喚失裙，

〔註169〕卷七「羅睺出家六」。
〔註170〕卷四十六「鬼子母先食人民佛藏其子然後受化八」。

嬰兒沒溺。以手探搏，兒竟不獲。在背上者，失手落水。其岸上者，
為虎所食。心肝分裂，口吐熱血，到岸悶絕。有火伴至。中有一長
者，是父母知識。我問消息。長者答曰，昨夜失火，汝家蕩盡，父
母俱亡。我聞躄絕，良久乃蘇。有五百賊，即壞眾伴。便將我去，
以作賊婦。常使守門。若有緩急，為人所逐，須盡開門。後群賊共
抄，財主告王及聚落，即還其家。我舍內生子。三喚無人開，即緣
牆入。問答生兒。賊曰。汝為子故，危害於我，用子何為。拔刀斫
解手足，令婦食之。婦以恐怖食，瞋恚便息。夫續為劫，王人所得，
腰斷其命，共婦生埋。人貪我身有妙瓔珞，破家取之，並將我去。
復經少時，王司捉得，斷賊伴命，合復埋之。埋之不固，夜虎發食，
因復得出。迷荒不知東西，隨路馳走。……（出《報恩經》第五卷）

最後感悟一切皆空，而皈依佛門。卷三十八「婦人喪失眷屬心發狂癡五」所
記故事與此相仿，《賢愚經》卷三「微妙比丘尼品第十六」與此亦大同小異。
又卷二十三「花色得道後臥婆羅門竊行不淨四」寫蓮花色女「昔與母共夫，
今與女同婿」的不幸婚姻生活，揭示了「生死迷亂，乃至於此。不斷愛欲，
出家學道，如此倒惑，何由得息」的主題。〔註171〕到底是故事慘酷，還是現
實慘酷，恐怕是兼而有之。

　　有的故事則表現出中土文學所不多見的驚人的想像力。如卷四十五「獨
母見沙門神足願後生百兒二」，是一個美麗的傳說。寫獨母為王妃而生百卵，
「后妃逮妄，靡不嫉焉。以囊盛卵，蜜覆其口，拔江流中」。後百卵在他國長
成一百勇士，來伐生父之國，無人可敵。獨母即登樓觀，「母捉其乳，天命潼
射，遍百子口。精誠之感，飲潼情哀，僉然俱曰：『斯吾母矣。』叩頭悔過，
親嗣如會」。另如卷七「佛奴車匿馬犍陟前世緣願十四」描寫了一個十分美麗
的愛情故事，電影《孔雀公主》即以此故事為原型改編而成。

　　第三，在語言特色上，譯文以四字句散文為主，雜以部分韻文，優美傳神。
佛經的體例有十二種，這就是我們常說的十二分教。其中從經之文體而言的有
三類，即契經（sūtra），是經中直說義理的散文，也叫長行；祇夜（geya），用
詩的形式將長行之內容重述一遍，又叫應頌、重頌；伽他（gātha），宣說長行
之外的偈頌，即獨立敘述事義的詩歌。茲僅以伽他為例。如卷三十三「鳩那羅

〔註171〕陳寅恪先生《蓮花色尼出家因緣跋》對此故事也有討論，載《寒柳堂集》，三
　　　　聯書店，2001 年。

失肉眼得慧眼四」，寫阿育王第一夫人微妙落起多，見王子鳩那羅而起欲心。鳩那羅寧死不從。後微妙落起多設計，挖去了王子那一雙明亮的妙眼。王子悟解佛法，失肉眼而得慧眼。整個故事寫得淒切而又感人，充滿了一種空無感。而韻散結合，大大增強了全文的抒情色彩與藝術感染力。如寫一醜人出鳩那羅之眼置其手中時，鳩那羅以手受之，向眼說偈言：「汝於本時，能見諸色。而於今者，何故不見。本令見者，生於愛心。今觀不實，但為虛誑。譬如水沫，空無有實。汝無有力，無有自在。若人見此，則不受苦。」當他妻子見夫失眼，悶絕啼泣時，他又以偈言勸說道：「一切世間，以業受身，眾苦為身，汝應當知。一切和合，無不別離。當知此事，不應啼泣。」後王子歸國，扮作一盲琴師於宮前彈奏，父子得以相認。王后淫邪而又殘忍，但王子只是將這一切歸于果報，奉行忍辱，體現出了崇高的克制精神。他對父王道：「王不聞佛言，果報不可脫。乃至辟支佛，亦所不能免。一切諸凡夫，悉由業所造。善惡之業緣，時至必應受。一切諸眾生，自作自受報。我知此緣故，不說壞眼人。此苦我自作，無有他作者。如此眼因緣，不由於人作。一切眾生苦，皆亦復如是。悉由業所生，王當知此事。」最後惡人皆得惡報，佛同時告訴大家，王子此世被挑兩眼，其實也是上世作業的結果。

　　又如卷十九「二摩訶羅同住和合婚姻佛說其往行八」記二摩訶羅捨妻出家為道，兒女長大，不得嫁娶。二摩訶羅回家看望妻兒，結果都被妻子逐出。最後想出一辦法，將二家兒女，互通婚姻，圓滿解決了這個問題。佛告訴大家，他們在前世是二婆羅門居士，一有「磨沙豆陣，久煮不可熟，貨之不售」，一「養一態驢，賣亦不去」，彼此交換，乃各歡喜。故事寫得十分生動有趣，富於生活氣息。如寫豆主在把豆交換出去後，得意地說：「婆羅門法巧販賣，塵久冰豆十六紀。唐盡汝薪煮不熟，方折汝家大小齒。」驢主則針鋒相對地說：「汝婆羅門何所喜，雖有四腳毛衣好，負重汝道令汝知，錐刺火燒終不動。」而驢子也對新主人說：「安立前二足，雙飛後兩蹄。折汝前板齒，然後自當知。」最後豆主知道驢子是吃軟不吃硬，便以好言稱譽它道：「音聲鳴徹好，面白如珂雪。當為汝取婦，共遊諸林澤。」驢子聽後果然高興，立刻表示：「我能負八斛，日行六百里。婆羅門當知，聞婦心歡喜。」同卷「闡陀比丘昔經為奴叛遠從學教授五百童子七」記五百童子教授耶若達多在家常因飲食不佳而大發脾氣，後一客人教與其妻一偈：「無親遊他方，欺誑天下人。粗食是常法，但食復何嫌。」耶若達多聽後就再也不敢挑剔了。原來他本是他國大學婆羅門之

奴，來此冒充婆羅門子，故事寫得非常地辛辣。這兩個故事讓我們從側面瞭解了當時婦女的家庭生活狀況。

通過以上的介紹，大家已經可以認識到《經律異相》這本書的很多價值。但作為一本向普通信眾宣講教義的佛教故事集，它看待世界的很多觀點，又難免是戴著有色眼鏡的；其中涉及到女性的部分，更是如此。根據馬克思主義的觀點，女性解放的實現，並不是在宗教之中，而只能是在現實社會裏面。這是我們所必須要認識到的。

第四節　文化的多元與衝突——《弘明集》《廣弘明集》中的三教關係

南朝梁僧祐所撰的《弘明集》與唐道宣所撰的《廣弘明集》，是中國佛教史上最重要的兩部資料彙編。[註172]佛教的中國化歷程，包括佛教在中國的傳入、與王權的衝突、與道教和本土觀念的衝突、士大夫與僧侶們的護教、帝王的滅佛等，從佛教徒們的弘道與明教到反對者們的各種激烈言辭，兩書都作了忠實的收錄，這也正是其價值之所在。儒釋道三教的關係，自宋以後，越來越呈一種融合的趨勢。而《弘明集》《廣弘明集》則讓我們看到了佛教傳入中國的最初六百年與中國固有文化的磨合與激蕩，所走過的那段不平凡的歷程。

一、形神關係與因果報應

關於形盡神到底滅還是不滅，以及由此所帶來的因果報應到底是有還是沒有的問題，佔據了《弘明集》《廣弘明集》中的大量的篇幅，這也可以說是中國佛教最重要的一個理論問題。這個問題的難點在於，佛教作為一種宗教信仰，是以信仰為基礎的，而這種對於精神不滅以及果報的信仰，在當時是很難證真也很難證偽的。所以儘管辯論的雙方都舉出了很多證明自己正確的理由，卻難以完全說服對方。今天有的論者以唯物主義與唯心主義來區劃神滅與神不滅這兩大陣營，其實也很難分出優劣。在這些論辯中，我們與其去

〔註172〕《影印宋磧砂版大藏經》本，上海古籍出版社，1991 年。目前國內對這兩本書的研究專著主要有：劉立夫《弘道與明教——〈弘明集〉研究》，中國社會科學出版社，2004 年；李小榮《〈弘明集〉〈廣弘明集〉述論稿》，巴蜀書社，2005 年。

關心誰更正確，倒不如換一種思維方式，用歷史的眼光來分析佛教來到中國
後，在理論上所發生的變化，以及產生這種變化的原因。進而得出中國佛教
的與眾不同的特質，以更加深化我們對於思想史的理解與把握。

　　印度原始佛教倡導「無我」，不承認人有靈魂，但同時又提出業報輪迴。
這便留下一個問題：誰是這些業報輪迴的主體呢？圍繞這個極富挑戰性的根
本問題，佛教中有各種各樣的說法，比如部派佛教的「補特伽羅」說就是很著
名的一種，對後來大乘佛教的佛性論產生了很大的影響。不管是「補特伽羅」
還是佛性，都是不常也不斷的，既不是有，也不是無，並非是一個實體，與婆
羅門教的「神我」有著本質的區別，這是佛教必須反覆強調的原則性問題。但
佛教初傳中國之時，當時的理論界尚未意識到這些問題。所以結合中國傳統的
神靈觀念，爆發出了形神關係的大討論。

　　其中最具有代表性的如東晉末年盧山高僧釋慧遠在《沙門不敬王者論》
中的第五篇《形盡神不滅論》[註173]，針對當時玄學派的「形盡神滅」論：
「夫稟氣極於一生。生盡則消液而同無神，雖妙物故是陰陽之化耳。既化而
為生，又化而為死。既聚而為始，又散而為終。因此而推，故知神形俱化，原
無異統。精粗一氣，始終同宅。宅全則氣聚而有靈，宅毀則氣散而照滅。散則
反所受於大本，滅則復歸於無物。反覆終窮，皆自然之數耳。」即認為生與死
都是一個自然而然的過程，人死便回歸自然，並沒有獨立於身體的靈魂存在
這樣的觀點，慧遠針鋒相對地提出：「夫神者何耶？精極而為靈者也。」運用
前人「薪盡火滅」的譬喻，創造性地提出：「火之傳於薪，猶神之傳於形。火
之傳異薪，猶神之傳異形。前薪非後薪，則知指窮之術妙。前形非後形，則悟
情數之感深。惑者見形朽於一生，便以為神情俱喪。猶睹火窮於一木，謂終
期都盡耳。此曲從養生之談，非遠尋其類者也。」即認為人的軀殼只是「神」
的一個容器，軀殼有前生、今生、後生，而「神」卻並不因之而消滅，就像薪
火相傳一樣。慧遠的這種形盡神不滅的主張，與他的佛性論是相貫通的，對
於中國後世佛教的影響巨大。

　　另外如晉末宋初的宗炳、南朝的鄭鮮之，都在思想上與慧遠一脈相承。宗
炳《明佛論》高倡「神也者，妙萬物而為言矣。若資形以造，隨形以滅，則以
形為本，何妙以言乎？夫精神四達，並流無極。上際於天，下盤於地」[註174]，

〔註173〕《弘明集》卷五。
〔註174〕《弘明集》卷二。

強調精神的獨立性與超越性，秉承魏晉士大夫掀起的個性自由的潮流，昭示著人的主體性的覺醒。由精神不滅到萬法唯心：「故佛經云：一切諸法，從意生形。又云：心為法本，心作天堂，心作地獄。義由此也。是以清心潔情，必妙生英麗之境；濁情滓行，永悖於三途之域。」其神不滅論與唯識學、佛性論有著內在的理路上的聯繫。而鄭鮮之的《神不滅論》也繼續慧遠的薪火之辨，將形神視作可以分離之物：「夫火因薪則有火，無薪則無火。薪雖所以生火，而非火之本。火本自在，因薪為用耳。若待薪然後有火，則燧人之前其無火理乎？火本至陽，陽為火極，故薪是火所寄，非其本也。神形相資，亦猶此矣。相資相因，生塗所由耳。」〔註175〕其實薪火之喻終究只是一個譬喻，主張神滅與神不滅的兩方都可以用來為自己的論證服務，說到底並不是一種很科學的論證。

　　齊梁之際，圍繞著范縝的《神滅論》〔註176〕，形神之爭達到了高潮。范縝雖然位卑職低，但他堅持形盡神滅，以明無佛，與以梁武帝為首的六十餘人的護教陣線展開辯論，毫無怯色。范縝認為：「神即形也，形即神也。是以形存則神存，形謝則神滅。」「形者，神之質；神者，形之用。是則形稱其質，神言其用。形之與神，不得相異。」他跳出傳統的薪火喻，又提出了利刃喻：「神之於質，猶利之於刃；形之於用，猶刃之於利。利之名非刃也，刃之名非利也。然而舍利無刃，捨刃無利。未聞刃沒而利存，豈容形亡而神在？」強調精神與物質的同一性，不承認有獨立於物質以外的精神存在，在當時可謂一石激起千層浪。反對者中比較有代表性的如曹思文認為：「形非即神也，神非即形也，是合而為用者也，而合非即矣。生則合而為用，死則形留而神逝也。」〔註177〕他舉莊周化蝶的故事為例：「斯其寐也魂交，故神遊於蝴蝶，即形與神分也。其覺也形開，遽遽然周也，即形與神合也。神之與形有分有合，合則共為一體，分則形亡而神逝也。」堅持把形與神分開來作為二種事物來論述：「論云：『形之與神，猶刃之於利。未聞刃沒而利存，豈容形亡而神在？』雅論據形神之俱滅，唯此一證而已。愚有惑焉。何者？神之與形，是二物之合用，即論所引蛩駏相資也。是今刃之於利，是一物之兩名耳。然一物兩名者，故捨刃則無利；二物之合用者。故形亡則神逝也。」這場爭論後來因為梁武帝出面干涉而不了了之。

〔註175〕《弘明集》卷五。
〔註176〕〔唐〕姚思廉著《梁書》卷四十八，中華書局，1973 年。
〔註177〕《弘明集》卷九《難範中書神滅論》。

　　形神問題之所以引人注目，是因為它與因果報應乃至佛教存在的根基緊密相連。也就是說，在論辯的過程中，凡是不承認形盡神不滅的人，幾乎也都是不相信因果報應，所以反對佛教的人。反之亦然。宣揚形盡神不滅的慧遠法師，同時還寫作了極具影響的《三報論》：「經說：業有三報。一曰現報，二曰生報，三曰後報。現報者，善惡始於此身，即此身受。生報者，來生便受。後報者，或經二生、三生，百生、千生，然後乃受。」〔註178〕這就放寬了思考社會、人生的眼界，一些在今生今世無法得到解釋的現象，放在前世與後世中來觀察，便可以自圓其說。「世或有積善而殃集，或有凶邪而致慶，此皆現業未就而前行始應。故曰：貞祥遇禍，妖孽見福。」今天的所作所為，又會為後世甚至更後世的結果埋下種子。所以個體在生活中，即使遇到了暫時看上去是不公正的對待，也要默默忍受，同時努力向善，寄希望於來世。宗炳《明佛論》也有類似的言論：「稱積善餘慶，積惡餘殃，而顏冉夭疾，厥胤蔑聞，商臣考終，而莊則賢霸。凡若此類，皆理不可通。然理豈有無通者乎？則納慶後身，受殃三途之說，不得不信矣。雖形有存亡，而精神必應與見世而報。夫何異哉？但因緣有先後，故對至有遲速，猶一生禍福之早晚者耳。」以佛教的業報理論，與儒家的善惡報應說相貫通，這對於維繫世道人心、宣傳佛教的教義作用當然是很巨大的。

　　那麼因果報應到底是有還是沒有呢，這個問題可以說和神到底滅不滅一樣地難以回答，折衷一些的說法是既有又沒有吧。南朝陳真觀法師的《因緣無性論》中說：「尋法本非有，非有則無生。理自非無，非無則無滅。無生無滅，諸法安在？非有非無，萬物何寄？」〔註179〕事實上這些問題後來便很少再為人們所熱烈討論了，隨著禪宗的發生，人們漸漸意識到這些問題都不是第一義的，而且不可能討論出什麼結果來。佛教中的第一義是超越於有無之上的，結合真諦與俗諦而行其中道。在後世，形與神的關係的討論越來越多地被心與物的關係的討論所替代了，而神與報應之有無，又何嘗不是繫於一心呢？

二、與道教的衝突

　　佛教傳入中土，在努力適應中國本土文化的同時，也與本土文化存在著衝突。由於儒教在中國長期處於統治地位，其權威無人敢於懷疑，所以三教關係

〔註178〕《弘明集》卷六。
〔註179〕《廣弘明集》卷二十二。

中，佛道之間的衝突反而更加激烈。在衝突的過程中，道教往往以本土文化自居，對外來的佛教採取一種貶斥的態度；而佛教在尊奉儒教的同時，堅持文化多元的立場，與道教展開了有理有節的論爭，同時對於道教的某些弊端也反唇相譏。從歷史上來看，佛道之爭發展到白熱化程度時，經常會帶來帝王對二教的同時打擊甚至滅佛的舉措，其結果是災難性的。但道教對佛教的一些批評，客觀上也促使佛教界加強了對自身的反思與自律，從理論到實踐上，幫助佛教更好地完成了中國化。

　　佛道之間的爭辯有幾個標誌性的事件。其中之一就是南朝宋顧歡所作的《夷夏論》〔註180〕，顧本人雖不是道士，但此文偏袒道教的立場是顯而易見的，即利用傳統的夷夏之爭來貶低佛教，並進而達到抬高道教的目的。顧歡抓住佛教與中土文化在禮儀上的不同，斥之為夷狄：「端委搢紳，諸華之容；剪髮曠衣，群夷之服。擎跽磬折，侯甸之恭；狐蹲狗踞，荒流之肅。棺殯槨葬，中夏之制；火焚水沈，西戎之俗。全形守禮，繼善之教；毀貌易性，絕惡之學。」「雖舟車均於致遠，而有川陸之節；佛道齊乎達化，而有夷夏之別！」「聖匠無心，方圓有體，器既殊用，教亦異施。佛是破惡之方，道是興善之術。興善則自然為高，破惡則勇猛為貴。佛跡光大，宜以化物；道跡密微，利用為己。優劣之分，大略在茲。」此文一出，等於是道教對佛教下達了戰書，在當時引起了軒然大波。

　　反對派的意見可以宋明帝時的散騎常侍謝鎮之為代表，他二次致書顧歡。謝鎮之認為外國的東西並不一定必然就是不好的，而禮儀的不同只是外在形式不同而已。「人參二儀，是謂三才。三才所統，豈分夷夏？則知人必人類，獸必獸群。近而徵之，七珍人之所愛，故華夷同貴；恭敬人之所厚，故九服攸敦。是以關雎之風，行乎四國。況大化所陶，而不洽三千哉？」〔註181〕「至如全形守祀，戴冕垂紳；披氈繞貝，埋塵焚火。正始之音，婁羅之韻。此俗禮之小異耳。」而說到底佛教的諸多風俗之所以與儒教不同，是有其特定的需要決定的，既與傳統意義上的夷狄不是一回事，也絕非中土儒教可以替代。「修淳道者，務在反俗。俗既可反，道則可淳。反俗之難，故宜袪其甚泰。袪其甚泰，必先墮冠削髮，方衣去食。墮冠則無世飾之費，削髮則無笄櫛之煩。方衣則不假工於裁制，去食則絕想嗜味。此則為道者日損，豈夷俗

〔註180〕〔南朝・梁〕蕭子顯著《南齊書》卷五十四，中華書局，1972年。
〔註181〕《弘明集》卷六《析夷夏論》。

之所制？及其敷文奧籍，三藏四含，此則為學者日益，豈華風之能造？」在《重書與顧道士》中，謝鎮之還對道家經典中的服食長生、穿鑿附會進行了批駁：「道家經籍簡陋，多生穿鑿。至如靈寶妙真，採撮《法華》，制用尤拙。及如上清黃庭，所尚服食，咀石餐霞，非徒法不可效，道亦難同。其中可長，唯在五千之道，全無為用。全無為用，未能違有。」直擊道教的痛處，火藥味已極濃。慧通的《駁顧道士夷夏論》更從正面立論，宣揚佛教的慈與孝，強調其與本土文化內在的一致性：「若乃煙香夕臺，韻法晨宮。禮拜懺悔，祈請無輟。上逮歷劫親屬，下至一切蒼生。若斯孝慈之弘大，非愚瞽之測也。」〔註182〕釋僧愍的《戎華論折顧道士夷夏論》中更是對偽造的《老子化胡經》進行了駁斥，針鋒相對，寸步不讓：「故知道經則少而淺，佛經則廣而深。道經則鮮而穢，佛經則弘而清。道經則濁而漏，佛經則素而貞。道經則近而闇，佛經則遠而明。君染服改素，實參高風也。首冠黃巾者，卑鄙之相也。皮革苫頂者，真非華風也。販符賣籙者，天下邪俗也。搏頰扣齒者，倒惑之至也。反縛伏地者，地獄之貌也。符章合氣者，奸狡之窮也。斯則明闇已顯，真偽已彰。」其中雖然不乏意氣用事處，但也是箭在弦上，不得不發。

　　另外南齊出現的《三破論》可以說是《夷夏論》思想的繼續，只是表達得更加簡明而已。其論稱佛教入國破國、入家破家、入身破身，遭到了當時劉勰等人的一致反擊。〔註183〕這些可以說都是道教主動出擊在先，而佛教在還擊道教的同時，順勢擴大自己的影響，但畢竟還都是言辭的交鋒。

　　佛道之爭的激化，有時直接導致帝王的參與，甚至法難，如歷史上著名的北魏太武帝的滅佛。由於當時宰相崔浩崇奉道教，結託道士寇謙之，屢於太武帝前誹謗佛教。後帝又於長安一佛寺中發現藏匿刀矢兵器甚多，大為震怒，下命誅殺全寺寺僧，崔浩乘機進言，帝遂下詔盡誅長安沙門，焚毀經像。太平真君五年（444）復下詔，自王公以下禁養沙門，並限期交出私匿沙門，若有隱瞞則誅滅全門。而中國歷史上的第二次帝王滅佛，則是由於北周武帝重儒術，信讖緯。帝曾依還俗僧衛元嵩與道士張賓的建議，先後七次集眾討論三教優劣，又令群臣論道、佛二教的先後、深淺、同異等，欲藉此廢斥佛教。其後雖然道士在辯論中失敗，仍下詔廢佛、道二教。分寺觀、塔廟予王公貴族，並令沙門、道士還俗。建德六年（577），進兵北齊，攻佔鄴都，復降旨悉毀齊境佛

〔註182〕《弘明集》卷七。
〔註183〕《弘明集》卷八。

教，改寺剎為宅第，敕令近三百萬名僧徒還俗。《廣弘明集》中所收的北周甄鸞《笑道論》（卷九）與道安《二教論》（卷八），就是周武帝時期佛道論辯的產物。

《笑道論》通篇嘲笑道教的荒誕不經。比如攻擊所謂的老子化胡：「《化胡》《消冰》經皆言，老子化罽賓身自為佛……《玄妙篇》云：老子入關至天竺維衛國，入於夫人清妙口中，至後年四月八日，剖左腋而生。舉手曰：天上天下，惟我為尊。三界皆苦，何可樂者。尋罽賓一國，乃有五佛俱出。一是尹喜，號儒童者；二是老子，化罽賓者；三老子之妻憤陀王號釋迦者；四老子在維衛作佛，亦號釋迦；五白淨王子悉達作佛，復號釋迦。」可謂一派胡言。又比如道教的煉丹術乃至房中術：「丹與水銀，遍地皆有。火燒成丹，作之不難。何為道士不服，白日昇天。為天仙之主，而辛苦叩齒。虛過一生，良可哀哉。」「臣年二十之時，好道術就觀學。先教臣黃書合氣，三五七九男女交接之道，四目兩舌正對，行道在於丹田。有行者度厄延年。教夫易婦，惟色為初。父兄立前，不知羞恥。自稱中氣真術。」同時大揭歷史上黃巾軍起義利用道教的老底：「《漢書》張魯祖父陵，桓帝時造符書以惑眾。受道者出米五斗，俗謂米賊。陵傳子衡，衡傳子魯，號曰三師。三人之妻，為三夫人，皆云白日昇天。初受道名鬼卒，後號祭酒。妖鄙之甚，穿鑿濫行。」此論一出，已決定廢佛的北周武帝更為不快，當即於殿中予以焚毀。

佛道之爭的結局，使大家都更好地看清了佛教與道教的共同點與不同點，並且意識到二教之間的關係並不是必然的你死我活的鬥爭，而是可以互相依存，共同發展的。道教站在維護本土文化的立場，對外來的佛教的發難，並不是全無道理的，可以看作是對佛教的某種考驗。而佛教兵來將擋，水來土掩，從來沒有被這樣的考驗嚇退過，表示出了足夠的素質與智慧，終於在中華大地上立穩了腳跟，獲得了長足的發展。事實上，宋代之後，三教在保留各自特點的同時，越來越走向合一，佛教和道教都成為了中國傳統文化中不可或缺的一個重要組成部分。

三、與王權的衝突

平和的佛教與中土的王權之間也並不總是相安無事的，雖然統治階級們明白，佛教對於維繫社會的安定有一定的教化作用，但有一個問題卻無法迴避：那就是在中國古代，王權始終是第一位的。不僅如此，所謂「溥天之下，

莫非王土。率土之濱，莫非王臣」〔註184〕，他還無法容忍有不受自己約束的相對獨立的思想以及團體存在。所以佛教與王權的衝突最終是難免的，這其實也是儒、釋之間的文化衝突。而這種衝突的最終結局是佛教以表面的讓步為代價，來換取在中土長足發展的資格，在自身發生了巨大的變遷的同時，也深刻地影響了中國文化，並成為其重要的一支。

　　以《弘明集》《廣弘明集》中記載較為詳細的而言，爭論較集中的是沙門應該不應該敬王這個問題。較早的一次是東晉成帝咸康六年（340），大臣庾冰輔政，提出沙門應該要向皇帝跪拜致敬，遭到尚書令何充等人的反對。庾冰認為：「因父子之敬，建君臣之序。制法度，崇禮秩。豈徒然哉？良有以矣。」「且今果有佛耶，將無佛耶？有佛耶其道固弘，無佛耶義將何取？」「方外之事，豈方內所體？而當矯形骸，違常務。易禮典，棄名教。是吾所甚疑也。」〔註185〕對於外來的佛教，影響了本土固有的禮儀乃至王權的尊嚴，表示疑惑與不滿。而尚書令何充等人，則持不同意見，認為佛教有益於王化，且自古及今，並無不妥：「有佛無佛，固非臣等所能定也。然尋其遺文，鑽其要旨。五戒之禁，實助王化。賤昭昭之名行，貴冥冥之潛操。行德在於忘身，抱一心之情妙。且興自漢世，迄於今日。雖法有隆衰，而弊無妖妄。神道經久，未有比也。」〔註186〕最後此事不了了之。

　　東晉末年，桓玄當政，為樹立朝庭的權威，又舊事重提，與眾大臣討論沙門是否應該敬王這個問題。桓玄以為：「庾（冰）意在尊主，而理據未盡；何（充）出於偏信，遂淪名體。」〔註187〕對於咸康六年的那場辯論，認為不夠徹底，沒有得出最終結論，所以有繼續討論的必要。當時的諸大臣中，桓謙上書：「佛法與老孔殊趣，禮教正乖。人以髮膚為重，而髡削不疑。出家棄親，不以色養為孝。土木形骸，絕欲止競。不期一生，要福萬劫。世之所貴，己皆落之。禮教所重，意悉絕之。資父事君，天屬之至，猶離其親愛，豈得致禮萬乘？勢自應廢。」〔註188〕認為佛教與孔教屬於兩種不同類型的文化，所以不應強求統一。王謐則認為：「殊方異俗，雖所安每乖。至於君御之理，莫不必同。今沙門雖意深於敬，不以形屈為禮。跡充率土，而趣超方內者矣。

〔註184〕程俊英、蔣見元著《詩經注析》之《小雅・北山》，中華書局，1991年。
〔註185〕《弘明集》卷十二庾冰《重諷旨謂應盡敬為晉成帝作詔》。
〔註186〕《弘明集》卷十二《尚書令何充及諸翌諸葛恢馮懷謝廣等重表》。
〔註187〕《弘明集》卷十二《桓玄與八座書論道人敬事》。
〔註188〕《弘明集》卷十二《八座答》。

是以外國之君，莫不降禮。良以道在則貴，不以人為輕重也。」請求桓玄不要過分計較儒釋在外表上的細小不同，而要看到它們對於國家統治所具有的共同的作用。而且佛教的存在，在當時已經有了相當長的歷史，曾受到過很多君主的提倡與禮遇。但是這些解釋並不能令桓玄感到滿意，他堅持認為「沙門之敬，豈皆略形存心？懺悔禮拜，亦篤於事。爰暨之師逮於上座與世人揖跪，但為小異其制耳。既不能忘形於彼，何為忽儀於此？」〔註189〕既然能夠對佛禮敬，為什麼就不能對帝王禮敬呢？雙方你來我往，仍然沒有爭出一個結果來。

桓玄曾為此事專門請教當時的高僧廬山釋慧遠，慧遠作《遠法師答》，系統地闡述了自己的觀點〔註190〕。慧遠認為：「佛經所明，凡有二科。一者處俗弘教，二者出家修道。處俗則奉上之禮，尊親之敬，忠孝之義，表於經文。在三之訓，彰於聖典。斯與王制同命，有若符契。此一條全是檀越所明，理不容異也。出家則是方外之賓，跡絕於物。其為教也，達患累緣於有身，不存身以息患；知生生由於稟化，不順化以求宗。求宗不由於順化，故不重運通之資；息患不由於存身，故不貴厚生之益。此理之與世乖，道之與俗反者也。是故凡在出家，皆隱居以求其志，變俗以達其道。變俗則服章不得與世典同禮，隱居則宜高尚其跡。夫然，故能拯溺族於沉流，拔幽根於重劫。遠通三乘之津，廣開人天之路。是故內乖天屬之重，而不違其孝；外闕奉主之恭，而不失其敬。」出家則為方外之賓，言下之意，出家求道，已非世俗的禮儀所可以籠罩。「可以道廢人，固不應以人廢道。以道廢人則宜去其服，以人廢道則宜存其禮。禮存則制教之旨可尋，跡廢則遂志之歡莫由。何以明其然？夫沙門服章法用，雖非六代之典，自是道家之殊制，俗表之名器。名器相涉則事乖其本，事乖其本則禮失其用。是故愛夫禮者，必不虧其名器。得之不可虧，亦有自來矣。夫遠遵古典者，猶存告朔之餼羊。餼羊猶可以存禮，豈況如來之法服耶？推此而言，雖無其道，必宜存其禮。禮存則法可弘，法可弘則道可尋。此古今所同，不易之大法也。又袈裟非朝宗之服，缽盂非廊廟之器。軍國異容，戎華不雜。剔髮毀形之人，忽廁諸夏之禮，則是異類相涉之象，亦竊所未安。」以子之矛，攻子之盾，從儒家的經典中尋找到論據來為佛教的禮儀辯護，體現了高超的論說技巧。桓玄由於一時在理論上也無法超越慧遠，最後

〔註189〕《弘明集》卷十二《桓難》。
〔註190〕《弘明集》卷十二。

只好將此事作罷。其後桓玄兵敗身亡，慧遠作《沙門不敬王者論》，更加全面地闡述了自己的主張。慧遠的理論水平固然很高，但事實上沙門應該不應該禮敬帝王，並不是一個理論問題，而是封建王權對佛教的容忍度到底有多少的問題。所以衝突並不會因此結束，其後在中國歷史上仍然不斷有帝王要求沙門禮拜〔註191〕。慧遠作為一代高僧，在他那個時代，盡自己所能維護了佛教的尊嚴。

綜上所述，佛教的中國化歷程從來就不是一帆風順的，而中國文化從來也不是完全封閉、保守的。佛教努力調適自身，融入中國文化的過程，也是中國文化逐漸瞭解佛教，最終有選擇地接納佛教的過程。適度的文化衝突的意義從來就不是消極的，它有利於文化保持某種創造性的活力。本土文化也好，外來文化也好，內與外本來就是相對的，重要的是這種文化是不是還適合時代的需要，並創造了某種光輝的典範。文化猶如一條長河，只有不斷吸納沿途各種支流提供的水源，才能匯成浩浩江河，向前奔騰。這需要有寬廣的胸懷，堅定的信念，不懈的努力，並且懂得牢牢抓住每個重要的發展機遇。這恐怕也就是中華文化何以能夠自古至今、歷久彌新的奧秘吧？！

第五節　論韓愈《鱷魚文》的文體及其淵源

唐憲宗元和十四年（公元 819 年），韓愈因諫迎佛骨事，由刑部侍郎貶為潮州刺史。貶潮不久，因聞當地惡溪常有鱷魚出沒，危及民畜，遂寫下有名的《鱷魚文》，為民驅鱷〔註192〕。據《舊唐書·韓愈傳》記載：「初，愈至潮陽，既視事，詢吏民疾苦，皆曰：『郡西湫水有鱷魚，卵而化，長數丈，食民畜產將盡，以是民貧。』居數日，愈往視之，令判官秦濟炮一豚一羊，投之湫水，祝之曰：『……』祝之夕，有暴風雷起於湫中。數日，湫水盡涸，徙於舊湫西六十里。自是潮人無鱷患。」〔註193〕此事的可信度如何，頗值得懷疑。如宋代契嵩在其《鐔津文集》卷十六《非韓下》第十六中，即認為：「韓子為《鱷魚文》與魚，而告之世，謂鱷魚因之而逝。吾以為不然。鱷魚乃昆蟲無知之物者也，豈能辨韓子之文耶？然使韓子有誠，必能感動於物，以誠即已，何必文乎？文者聖人所以待人者也，遺蟲魚以文，不亦賤乎？人哉文之，其

〔註191〕如《廣弘明集》卷二十五《議沙門敬之大詔（並議狀表啟論）》。

〔註192〕文載馬其昶《韓昌黎文集校注》卷八，上海古籍出版社，1986 年。

〔註193〕卷一百六十，〔後晉〕劉昫等撰，中華書局，1975 年。

人猶有所不知，況昆蟲歟？謂鱷魚去之，吾恐其未然。《唐書》雖稱之，亦史氏之不辨也。」﹝註194﹞《舊唐書》的這段記載，材料很可能來自於晚唐張讀所撰的《宣室志》，這是一部筆記體志怪傳奇集，其第四卷中有「韓愈驅鱷」的記載﹝註195﹞。到底鱷魚有沒有因為韓愈的驅趕而遷移，今日已不得而知，極有可能是後人根據民間傳說所作的渲染；但韓愈貶潮後，確實曾經著文驅趕鱷魚，應該是沒有問題的。

　　韓愈在潮州僅八個月，卻為當地人民辦了很多的實事。他興辦鄉學，贖放奴婢，修堤築渠，發展生產。潮州人民在他去世後，通過修建韓文公祠，來表達對他的紀念。在潮州人民的心目中，韓愈驅鱷的壯舉，更多是被看作他在潮州政績的一部分。在今人看來，韓愈其實是借驅除鱷魚，來團結人心，和惡劣的自然環境作鬥爭。

　　與驅鱷舉措有密切關係的是《鱷魚文》。關於此文性質的認定，歷來也有多種說法。韓愈的門生李漢在編輯韓愈文集時，將它和《毛穎傳》《送窮文》等編在一起，可見是當作遊戲文字處理的。清代學者吳楚材、吳調侯在《古文觀止》中，將它視作祭鱷魚文來評點，並以為「全篇只是不許鱷魚雜處此土，處處提出『天子』二字、『刺史』二字壓服他。如問罪之師，正正堂堂之陣，能令反側子心寒膽慄」，則此文不但是一篇祭文，還有著震懾亂臣賊子的寓意﹝註196﹞。而姚鼐《古文辭類纂》則將此文與司馬相如《喻蜀檄》歸為一類，「檄令皆諭下之辭，韓退之《鱷魚文》，檄令類也，故悉附之」，認為這是一篇討伐鱷魚的檄文﹝註197﹞。曾國藩《求闕齋讀書錄》卷八也贊同此說，以為「文氣似《論巴蜀檄》，彼以雄深，此則矯健」﹝註198﹞。

　　筆者比較傾向於姚、曾兩人的意見，認為《鱷魚文》是一篇用來驅除鱷魚的檄文。有關檄文的起源與特點，梁劉勰《文心雕龍‧文體論‧檄移第二十》中有詳細的探討﹝註199﹞。檄文是軍隊起兵討伐敵人的誓師宣言，這種宣言有兩種：一種像《尚書‧牧誓》，是周武王在牧野討伐紂王時的誓師宣言，是對部隊說的，不是對敵人說的。一種是揭露敵人的罪狀，那是對敵人說的，像《左

﹝註194﹞《四部叢刊》三編本。
﹝註195﹞文繁不引，載《唐五代筆記小說大觀》，上海古籍出版社，2000 年。
﹝註196﹞卷八，中華書局，1959 年。
﹝註197﹞卷三十七，上海古籍出版社，1998 年。
﹝註198﹞《續修四庫全書》本，上海古籍出版社，2002 年。
﹝註199﹞周振甫《文心雕龍今譯》，中華書局，1986 年。

傳・僖公四年》的晉國呂相絕秦。不過當時還不稱檄文，直到戰國，張儀為文檄告楚相，才稱檄：「張儀《檄楚》，書以尺二，明白之文，或稱露布。播諸視聽也。」在劉勰看來，檄文要寫得「聲如衝風所擊，氣似欃槍所掃」，使「百尺之衝，摧折於咫書，萬雉之城，顛墜於一檄」，具有極大的聲勢和威力。而在寫法上，則可以「譎詭以馳旨，煒曄以騰說」，運用誇張、比喻等文學手段，寫得譎詐而有光采。總之，對檄文的寫作，劉勰認為「實參兵詐」，但必須「事昭而理辨，氣盛而辭斷」，不可柔婉隱晦。這些要點的概括，無疑都是十分精闢的。

再來看梁昭明太子蕭統《文選》中所選取的檄文，可以說各具特點，皆極富代表性〔註200〕。其中司馬相如的《喻巴蜀檄》一文，李善注引《漢書》云：「相如為郎數歲，會唐蒙使略通夜郎僰中，徵發巴蜀吏卒千人，郡又多為發轉漕萬餘人，用軍興法，誅其渠率，巴蜀人大驚恐。上聞之，乃遣相如責唐蒙等，因喻告巴蜀人，以非上之意也。」司馬相如寫作此文，必須既穩定民心，為朝庭作周旋；又要曉以大義，說明開通西南的重要性。文章很好地把這兩者進行結合，先高屋建瓴說明國家形勢，通西南夷是大局所關，不容置疑；接著筆鋒一轉，表明唐蒙驚懼巴蜀民「非陛下本意」，而「當行者或亡逃自賊殺」，也未盡到臣民的責任；隨即為了安撫他們，又將其罪過歸之於父兄未教育好，為之開脫；最後重申聖上派使者來的旨意。全文言簡意賅，寫得委曲周詳而又光明正大，苦口婆心而又義正辭嚴。

而被曹丕所激賞為善於「章表書記」的陳琳的檄文，則更堪稱檄文中的典範。《為袁紹檄豫州》一文，乃陳琳奉袁紹之命寫給劉備的討曹檄文，全文用濃墨重彩來刻畫曹操的無德，不堪依附，意在爭取劉備一同討伐曹操。文章揭露了曹操醜惡的家世，披露了他忘恩負義、嫉妒賢能、殺害朝臣、卑辱王室等重大罪惡，著重揭發了他心懷不軌的篡逆陰謀，以激起對曹操的憤恨。同時極力宣揚袁紹壓倒一切的軍事優勢，指出曹操軍隊的弱點，以示袁軍必勝。李善注引《魏志》云：「後紹敗，琳歸曹公。曹公曰：『卿昔為本初移書，但可罪狀孤而已，惡惡止其身，何乃上及父祖邪？』琳謝罪曰：『矢在弦上，不可不發。』曹公愛其才，而不責之。」《文心雕龍・檄移》也評之曰：「陳琳之檄豫州，壯有骨鯁，雖奸閹攜養，章實太甚，發丘摸金，誣

過其虐；然抗辭書釁，皦然露骨；敢矣攖曹公之鋒，幸哉免袁黨之戮也。」在劉勰看來，陳琳在檄文中，大揭曹操的不光彩的家底（曹操父曹嵩是太監養子，以賄賂買得官職），又誣陷曹操設立發丘中郎將、摸金校尉等官職，發掘墳陵，掠取財寶，文章寫得雖然很過分，但是十分有力。為了先在聲勢上壓倒敵人，檄文有時免不了要有一點誇飾，調動各種修辭手段，以更有效地對敵人展開攻心之戰。這些，都是符合檄文的體例的。

回過來看韓愈的《鱷魚文》，先「使軍事衙推秦濟，以羊一豬一投惡溪之潭水，以與鱷魚食」，可謂先禮而後兵；接著以過去君王德薄，「鱷魚之涵淹卵育於此，亦固其所」，表示既往不咎，而「今天子嗣唐位，神聖慈武，四海之外，六合之內，皆撫而有之」，嚴正告誡「鱷魚其不可與刺史雜處此土」，因為保護一方百姓安據樂業是刺史的職責所在，所以絕不會與鱷魚相妥協；最後限定鱷魚必須在三日、五日或七日之內遷移，否則必招滅頂之災。全文矯健傲兀，體現出一股在惡勢力面前絕不低頭、鬥爭到底的自信精神。雖然一開始以一羊一豬投之潭水，與鱷魚食，但玩其文意，並非完全是祭祀，否則後面的語氣不應如此嚴正；又全文雖然意趣橫生，但絕非遊戲筆墨，因為韓愈初貶潮州，心情並不輕鬆，而潮州又是一個蠻荒之地，韓愈當時想得更多的是為官一方，要為民辦事。所以從體制上講，把《鱷魚文》劃歸檄文類，可謂入情入理。

緊接著的一個問題是：檄文產生於人類之間所發生的戰爭，其適用對象是交戰的敵人；而《鱷魚文》卻是寫給動物的。檄文可以應用於人類以外嗎？答案是肯定的。在梁僧祐所撰《弘明集》與唐道宣所撰《廣弘明集》這兩部佛教論文集中，就收有不少這樣的文章〔註201〕。《弘明集》卷十四所收竺道爽《檄太山文》、釋智靜《檄魔文》、釋寶林《破魔露布文》，《廣弘明集》卷二十九所收懿法師《伐魔詔並書檄文》與《奉平心露布文》，其所討伐的對象，或是自然界的神靈，或是妖魔鬼怪，都和通常意義上的檄文所針對的對象有所不同。而其中竺道爽的《檄太山文》，據筆者推斷，更有可能是韓愈創作《鱷魚文》的直接靈感來源。

竺道爽，震華大師所編《中國佛教人名大辭典》未收其名〔註202〕，清嚴可均輯《全宋文》卷六十四收其《檄太山文》於釋寶林名下，認為《弘明集》中的道爽、智靜都是寶林託名，因為寶林《破魔露布文》中有「余以講

〔註201〕上海古籍出版社，1991年，影印宋磧砂藏本。
〔註202〕上海辭書出版社，1999年。

業之暇，聊復永日，寓言假事，庶明大道」之言〔註 203〕。寶林傳見《高僧傳》卷七，為竺道生之徒：「初經長安受學，後祖述生公諸義，時人號曰遊玄生。著《涅槃記》及注《異宗論》《檄魔文》等。」〔註 204〕《檄太山文》其實是一篇佛教徒對太山山神的討伐檄文。該文起筆先點出太山的獨殊地位：「蓋玄元創判，二儀始分。上置璇璣，則助之以三光；下設后土，則鎮之以五嶽。陰陽布化於八方，萬物誕生於其中。」接著譴責山神：「而何妖祥之鬼，魍魎之精，假東嶽之道，託山居之靈，因遊魂之狂詐，惑俗人之愚情。雕匠神典，偽立神形，元無所記，末無所經。外有害生之毒氣，內則百鬼之流行。晝則穀飯成其勢，夜則眾邪處其庭。此皆狼蛇之群鬼，梟蟒之虛聲。」山神最大的罪行是借行風雨，去災病，不斷享受百姓的各種祭祀：「含慈順天不殺，況害豬羊而飲其血，以此推之，非其神也。」作者站在佛教的立場，對山神展開了口誅筆伐：「汝矯稱假託生人，因虛動氣，殺害在口，順之則賜恩，違之則有禍咎。進退諸偽，永無賢軌，毀辱真神，非其道也。故《黃羅子經·玄中記》曰：『夫自稱山嶽神者，必是蟒蛇；自稱江海神者，必是黿鼉魚鱉；自稱天地父母神者，必是貓狸野獸；自稱將軍神者，必是熊羆虎豹；自稱仕人神者，必是猿猴猳玃；自稱宅舍神者，必是犬羊豬犢、門戶井灶破器之屬。鬼魅假形，皆稱為神，驚恐萬姓，淫鬼之氣。』此皆經之所載，傳之明驗也。」最後作者表示：「吾雖末流，備階三服。每覽經傳，而睹斯孽。推古驗今，邪不處正。吾將蕩穢，光揚聖道。……若復顧戀，望餐不去者，吾將宣集毗沙神王、恝羅子等，授以金剛屯。真師勇武，秋霜陵動。三千威猛難當，曜戈明劍，擬則推山，降龍伏魔，靡不稽顙。……吾念仁慈，愍汝所行，占此危殆，慮即傷心。速在吾前，復汝本形，長歸萬里滄浪海邊。勿復稽留，明順奉行。」文章寫得氣勢浩蕩，義正辭嚴，意在收移風易俗之功效。其結尾部分，對山神提出嚴正警告，但又放他一條生路，與韓愈《鱷魚文》極為相似。

那麼韓愈究竟有沒有讀過這篇文章呢？筆者認為可能性極大。誠然，韓愈是一個反佛鬥士，但這並不等於他一點都不受到佛教的影響。相反，他和佛教的淵源很深，他在潮州與大顛的交往即是一例。在儒學史上，韓愈以重建道統而著名，而陳寅恪先生《論韓愈》認為「退之道統之說表面上雖由《孟

〔註 203〕商務印書館，1999 年。
〔註 204〕湯用彤校注，中華書局，1992 年。

子》卒章之言所激發，實際上乃因禪宗『教外別傳』之說所造成，禪學於退之之影響亦大矣哉！」〔註205〕饒宗頤先生在《馬鳴〈佛所行讚〉與韓愈〈南山詩〉》中，把《南山詩》與《佛所行讚・破魔品》相比較，得出這樣的結論：「昌黎固不諳梵文，然彼因闢佛，對曇無讖所譯之《馬鳴佛所行讚》，必曾經眼，一方面於思想上反對佛教，另一方面乃從佛書中吸收其修辭之技巧，用於詩篇，可謂間接受到馬鳴之影響。」〔註206〕陳允吉師在《論唐代寺廟壁畫對韓愈詩歌的影響》中，詳細論證了韓詩尚險怪的藝術風格與佛寺壁畫之間的關係，指出韓愈對唐代寺廟壁畫絕非一般的欣賞愛好，而是從中受到了佛理的啟發，滲透到他詩歌創作中，並在形成韓詩藝術特點的過程中起過重要作用〔註207〕。又在《韓愈的詩與佛經偈頌》中指出韓愈《南山詩》的句法脫胎於《佛所行讚》，其詩多用「何」字亦化自《楞伽》《涅槃》等經中偈頌。傳統的詩教提倡中和之美，而韓愈崇尚怪異、獰厲的美，創造的是光怪陸離的境界，抒寫的是一種怪異的形象，崇尚的是一種張揚的力，在一定程度上衝破了倫理壓抑和「止於禮義」的框框，這無疑是佛教的豐富想像啟發了他的創造性思維〔註208〕。凡此都足以證明，韓愈與佛教的關係，並不如表面上看起來那麼簡單。

　　饒宗頤先生在《地方史料與國史可以互補》一文中，還特別指出，韓愈撰寫《獲麟解》是受到《弘明集》首篇《牟子理惑論》的啟發；他闢佛所採取的夷夏觀點，與《弘明集》中所反駁的顧歡《夷夏論》的觀念正相彷彿。「可見《弘明集》應是他案頭上經常的讀物」〔註209〕。韓愈閱讀《弘明集》是完全可以理解的，他雖然反佛，但只有知己知彼，方能百戰不殆。而《弘明集》《廣弘明集》正是兩部最重要的中國佛教史資料集。尤其是《弘明集》，往往根據爭論的主題，將爭論雙方的有關文章都彙編在一起，具有極高的史料參考價值。韓愈一生反對佛教，而偏偏無形中受到佛教這樣那樣的影響，正所謂「敵人有時比朋友更來得有益」。這在我們今天的讀者看來，確是一件饒有趣味的事。

〔註205〕 《金明館叢稿初編》，三聯書店，2001 年。
〔註206〕 《梵學集》，上海古籍出版社，1993 年。
〔註207〕 《古典文學佛教溯源十論》，復旦大學出版社，2002 年。
〔註208〕 《唐音佛教辨思錄》，上海古籍出版社，1988 年。
〔註209〕 《文史知識》1997 年第 9 期。

附錄 從《四書章句集注》〔註210〕看儒家的出處觀

唐代偉大的文學家韓愈，有著雄桀瑰偉的詩和雄深雅健的文，可是後人關於他的人品、尤其是出處方面卻有著很多爭議。這種爭議主要是到了宋朝才出現的。如北宋歐陽修對於韓愈是最欽佩的，但他在《與尹師魯第一書》中卻說：「每見前世有名人，當論事時，感激不避誅死，真若知義者；及到貶所，則戚戚怨嗟，有不堪之窮愁，形於文字。其心歡戚，無異庸人。雖韓文公不免此累。」〔註211〕這當然是有所指的。把韓愈的《論佛骨表》與《潮州刺史謝上表》比照著讀，便可明白。〔註212〕到南宋朱熹更是直接對韓愈展開了批評：「如韓退之，雖是見得個道之大用是如此，然卻無實用功處。他當初本只是要討官職做，始終只是這心。他只是要做得言語似六經，便以為傳道。至其每日工夫，只是做詩博弈，酣飲取樂而已。觀其詩便可見，都襯貼那《原道》不起。」〔註213〕話雖說得重了，但韓愈在做人方面，確實有很多可以讓理學家們抓把柄的地方。金王若虛也有「韓退之不善處窮，哀號之語，見於文字，世多譏之」〔註214〕之論。此後貶韓者代不乏人，而為韓愈作辯護者也不少。但在唐代關於韓愈的評論中，很少有涉及這些的，似乎在唐人的眼裏，這些根本不算問題。

本文擬從朱熹《四書章句集注》出發，聯繫上述對韓愈出處的評價問題，對儒家的出處觀作一粗淺的探討，進而揭示唐宋兩朝的不同文化精神。

首先可以指出的是，早期儒家是有著積極的入世精神的。孔子的理想是要建立一個以「仁」為中心的禮樂社會。他為了推行自己的這一政治理想，從三十五歲以後，便奔走於列國之間，希望以此說服當時的國君們。當遭到長沮、桀溺一流的隱者的嘲諷時，孔子悵然而曰：「鳥獸不可與同群，吾非斯人之徒與而誰與？天下有道，丘不與易也。」〔註215〕體現出強烈的淑世精神。當子貢問道：「有美玉於斯，韞匵而藏諸？求善賈而沽諸？」孔子也是毫不含糊地回答：「沽之哉！沽之哉！我待賈者也。」〔註216〕雖然「待」與「求」

〔註210〕〔宋〕朱熹撰，中華書局，1983年。

〔註211〕《文忠集》卷六十七《外集》十七，《四庫全書》本。

〔註212〕馬其昶《韓昌黎文集校注》卷八，上海古籍出版社，1986年。

〔註213〕《朱子語類》卷一百三十七，〔宋〕黎靖德編，中華書局，1994年。

〔註214〕《滹南集》卷二十九，《四庫全書》本。

〔註215〕《論語集注》卷九「陽貨」第十七。

〔註216〕《論語集注》卷五「子罕」第九。

之間有著細微的差別，但渴望用世的心情仍是躍然紙上。孟子的理想是要推行「王道」，他也為之付出了終生的努力。「孟子去齊」是一段非常戲劇化的故事。孟夫子一步三回頭，最後還是無奈地離開了齊國。明明是一肚皮的不痛快，仍發了一通「五百年必有王者興」的宏論。最後感慨到：「夫天，未欲平治天下也；如欲平治天下，當今之世，舍我其誰也？」〔註217〕總之，只要時機成熟，孔孟都是希望在政治場上一顯身手的。這當然和儒的起源、職業、文化性格等有著密不可分的聯繫。〔註218〕

其次，出仕對於孔孟來說只是達成政治理想的必不可少的手段而已，不是最終的目的。一般來說，道是第一位的，仕是第二位的。即使出仕，也應該是為天下人而不是為個人。先是要分清什麼樣的情況下可以仕，什麼樣的情況下不可以仕。如孔子說過：「危邦不入，亂邦不居。天下有道則見，無道則隱。邦有道，貧且賤焉，恥也；邦無道，富且貴焉，恥也。」〔註219〕「所謂大臣者，以道事君，不可則止。」朱熹注云：「以道事君者，不從君之欲。不可則止者，必行己之志。」〔註220〕但孔子又說過「無可無不可」，很有點無適而不可的味道。〔註221〕對此孟子是這樣解釋的：「非其君不事，非其民不使；治則進，亂則退，伯夷也。何事非君，何使非民；治亦進，亂亦進，伊尹也。可以仕則仕，可以止則止，可以久則久，可以速則速，孔子也。皆古聖人也，吾未能有行焉；乃所願，則學孔子也。」〔註222〕事實上，儒家熱心於救世，只要有合適的出仕的機會，他們都是會緊緊抓住的。在仕與不仕之間，有著比較寬闊的闡釋的空間。

他們更關心的問題是通過什麼樣的方式來獲取仕位才能算是正當。當目的和手段發生衝突時，他們大多不會輕易放棄原則。當然，一定的靈活性，即人們常說的「經」和「權」，也是需要的，但這往往是一件非常困難、甚至危險的事情。孔孟對此作了不厭其煩的申說，而這方面孟子比孔子又要來得激烈。如孔子說：「富與貴是人之所欲也，不以其道得之，不處也；貧與賤是人之所惡也，不以其道得之，不去也。君子去仁，惡乎成名？君子無終

〔註217〕《孟子集注》卷四「公孫丑」章句下。
〔註218〕參看《胡適論學近著》卷一《說儒》，山東人民出版社，1998年。
〔註219〕《論語集注》卷四「泰伯」第八。
〔註220〕《論語集注》卷六「先進」第十一。
〔註221〕《論語集注》卷九「微子」第十八。
〔註222〕《孟子集注》卷三「公孫丑」章句上。

食之間違仁，造次必於是，顛沛必於是。」〔註223〕明確表示富貴必須取之有道，即使出仕仍應當保持個人人格的尊嚴和獨立。這正是原始儒家最高尚和理想主義的地方。他們最擅長的領域，與其說是政治、經濟和社會，不如說是倫理和道德。孟子云：「古之人未嘗不欲仕也，又惡不由其道。不由其道而往者，與鑽穴隙之類也。」〔註224〕這是講，不能為了達到目的而不擇手段，哪怕那個目的是非常無私的。正當的目的要通過正當的手段去達到。孟子是一個原則性很強而又光明磊落的人。他說：「且夫枉尺而直尋者，以利言也。如以利，則枉尋直尺而利，亦可為與？」「枉己者，未有能直人者也。」朱熹集注云：

> 或云：「居今之世，出處去就不必一一中節，欲其一一中節，則道不得行矣。」楊氏曰：「何其不自重也，枉己其能直人乎？古之人寧道之不行，而不輕其去就；是以孔孟雖在春秋之時，而進必以正，以至終不得行而死也。使不恤其去就而可以行道，孔孟當先為之矣。孔孟豈不欲道之行哉？」〔註225〕

出處去就簡直就是儒家的最後一道屏障，沒有了這一層，他們就無法和那些熱衷名利、無所不為的小人們區別開來。在那個著名的「嫂溺，援之以手」的故事中，孟子說：「天下溺，援之以道；嫂溺，援之以手。子欲手援天下乎？」朱熹注云：「此章言直己守道，所以濟時；枉道殉人，徒為失己。」〔註226〕而在「齊人有一妻一妾」中，朱熹引趙注云：「言今之求富貴者，皆以枉曲之道，昏夜乞哀以求之，而以驕人於白日，與斯人何以異哉？」〔註227〕很明顯，孟子對這些行為是深惡痛絕、不屑一顧的。「非其義也，非其道也，祿之以天下，弗顧也；繫馬千駟，弗視也。非其義也，非其道也，一介不以與人，一介不以取諸人。……吾未聞枉己而正人者也，況辱己以正天下者乎？聖人之行不同也，或遠或近，或去或不去，歸潔其身而已矣。」〔註228〕在《孟子》中，義與利經常是處在一種緊張的對立狀態中。

　　正因為有了這麼多預設條件，儒家對於自己的道往往採取一種知命而力

〔註223〕《論語集注》卷二「里仁」第四。
〔註224〕《孟子集注》卷六「滕文公」章句下。
〔註225〕《孟子集注》卷六「滕文公」章句下。
〔註226〕《孟子集注》卷七「離婁」章句上。
〔註227〕《孟子集注》卷八「離婁」章句下。
〔註228〕《孟子集注》卷九「萬章」章句上。

行的態度，而成敗則付之於天。子夏曰：「死生有命，富貴在天。」〔註229〕孔子曰：「君子之仕也，行其義也。道之不行，已知之矣。」〔註230〕在《論語》的最後一節，孔子曰：「不知命，無以為君子也。」注中程子曰：「知命者，知有命而信之也。人不知命，則見害必避，見利必趨，何以為君子？」〔註231〕孟子也講：「君子創業垂統，為可繼也。若夫成功，則天也。君如彼何哉？強為善而已矣。」〔註232〕「莫非命也，順受其正。盡其道而死者，正命也。」〔註233〕已經有了幾分殉道的悲壯色彩。

如何對待困厄，對於儒家永遠是一種修養方面的考驗。對此孔孟的態度略有不同，孔子比孟子要來得平靜，氣象也更大，這也是氣質所致。如孔子曾說：「賢哉，回也，一簞食，一瓢飲，人不堪其憂，回也不改其樂。賢哉，回也。」面對困厄，不但不憂慮，反而還很快樂。這是令宋代理學家們反覆玩味之處。集注引程子曰：「顏子之樂，非樂簞瓢陋巷也，不以貧窶累其心而改其所樂也，故夫子稱其賢。」又：「簞瓢陋巷非可樂，蓋自有其樂爾。其字當玩味，自有深意。」又曰：「昔受學於周茂叔，每令尋仲尼顏子樂處，所樂何事？」〔註234〕孔子又說過：「富而可求也，雖執鞭之士，吾亦為之。如不可求，從吾所好。」「飯蔬食飲水，曲肱而枕之，樂亦在其中矣。不義而富且貴，於我如浮雲。」〔註235〕孔顏樂處，有一種淡淡的詩意，已經超越了平常的功利的境界。《論語》中「子路、曾晳、冉有、公西華侍坐」一節，尤為宋儒所津津樂道。朱熹注云：

> 曾點之學，蓋有以見夫人慾盡處，天理流行，隨處充滿，無少欠闕。故其動靜之際，從容如此。而其言志，則又不過即其所居之位，樂其日用之常，初無捨己為人之意。而其胸次悠然，直與天地萬物上下同流，各得其所之妙，隱然見於言外。視三子之規規於事為之末者，其氣象不侔矣，故夫子歎息而深許之。〔註236〕

〔註229〕《論語集注》卷六「顏淵」第十二。
〔註230〕《論語集注》卷九「微子」第十八。
〔註231〕《論語集注》卷十「堯曰」第二十。
〔註232〕《孟子集注》卷二「梁惠王」章句下。
〔註233〕《孟子集注》卷十三「盡心」章句上。
〔註234〕《論語集注》卷三「雍也」第六。
〔註235〕《論語集注》卷四「述而」第七。
〔註236〕《論語集注》卷六「先進」第十一。

由此,孔子提出:「君子固窮,小人窮斯濫矣。」〔註237〕「君子謀道不謀食。耕也,餒在其中矣;學也,祿在其中矣。君子憂道不憂貧。」〔註238〕這似乎成了一個君子的某種基本素質。

而孟子要來得更加斬釘截鐵:「居天下之廣居,立天下之正位,行天下之大道。得志與民由之,不得志獨行其道。富貴不能淫,貧賤不能移,威武不能屈。此之謂大丈夫。」〔註239〕「古之人,得志,澤加於民;不得志,修身見於世。窮則獨善其身,達則兼善天下。」〔註240〕在那些王公貴族們面前,孟子毫不覺得矮人一頭,而是努力營建一個「道統」來和他們的「王統」爭抗,思想中跳躍著民主的火花:「古之賢王好善而忘勢,古之賢士何獨不然?樂其道而忘人之勢。故王公不致敬盡禮,則不得亟見之。見且由不得亟,而況得而臣之乎?」〔註241〕胡適《說儒》「疑心孔子受了那幾百年來封建社會中的武士風氣的影響,所以他把那柔懦的儒和殺身成仁的武士合併在一塊,造成了一種新的『儒行』。」〔註242〕這一點在孟子身上尤其突出。余英時《士與中國文化》認為「公元前四世紀正是道統與政統相抗衡的高潮時代」,當時的知識分子「不但代表『道』,而且相信『道』比『勢』更尊。」「由於『道』缺乏具體的形式,知識分子只有通過個人的自愛、自重才能尊顯他們所代表的『道』。」〔註243〕總之,儘管孔孟在氣象上稍有不同,但有一點是共同的,他們都維護住了自身的尊嚴。

達到這種道德境界的君子,才是真正地剛強。如孔子評申棖:「棖也欲,焉得剛?」注中程子曰:「人有欲則無剛,剛則不屈於欲。」〔註244〕孔子又云:「君子不憂不懼。」〔註245〕而「剛毅、木訥,近仁。」〔註246〕孟子云:「養心莫善於寡欲。」〔註247〕這已經有某種本體論的意味了。

〔註237〕《論語集注》卷八「衛靈公」第十五。

〔註238〕《論語集注》卷八「衛靈公」第十五。

〔註239〕《孟子集注》卷六「滕文公」章句下。

〔註240〕《孟子集注》卷十三「盡心」章句上。

〔註241〕《孟子集注》卷十三「盡心」章句上。

〔註242〕第45頁。

〔註243〕《士與中國文化》二《道統與政統之間——中國知識分子的原始形態》,第102、107頁,上海人民出版社,1987年。

〔註244〕《論語集注》卷三「公冶長」第五。

〔註245〕《論語集注》卷六「顏淵」第十二。

〔註246〕《論語集注》卷七「子路」第十三。

〔註247〕《孟子集注》卷十四「盡心」章句下。

伴隨著宋初的儒學復興運動，孔孟的這種出處觀，對於宋儒的影響是極其深刻的。除了上面引用過的一些注文外，《朱子近思錄》卷七中也有大量的這方面的談論。〔註248〕錢穆《國史大綱》中說：「唐人在政治上表現的是『事功』，而他們（宋人）則要把事功消融於學術裏，說成一種『義理』。」〔註249〕這也許就是唐宋文化最大的不同吧，我們在此並不想比較它們的優劣，只是指出這一事實。〔註250〕孔子還沒有把義和利絕對地對立化，他對於原則性與靈活性有著很好的把握。孟子因為過於強調自尊，「至大至剛」，〔註251〕已經有某種蹈空的傾向了。而宋人在把孟子尊為「亞聖」的同時，一些理學家，硬是把義和利割裂開來談。王安石變法之所以遇到那麼大的阻力，和這種文化環境也不無關係。《大學》言：「長國家而務財用者，必自小人矣。彼為善之，小人之使為國家，災害並至。雖有善者，亦無如之何矣！此謂國不以利為利，以義為利也。」朱熹注云：「此一節，深明以利為利之害，而重言以結之，其丁寧之意切矣。」這樣做的結果，一方面是宋儒們建構了一個非常嚴密的哲學體系，為後人留下了一筆豐富的文化遺產；另一方面，整個宋代，在中國歷史上都成了一個積貧積弱的朝代。這是對道德、倫理片面強調過頭的結果。

回過頭來看韓愈，宋儒對他的種種指責，多是集中在他的不能知命、不能固窮方面。說到底，還是個人修養工夫方面的問題。除了唐宋文化的內涵不同，這可能還與韓愈是一個詩人，情感比較激烈、外露有關。綜觀韓愈的一生，在大節上他確實無可挑剔。〔註252〕理學家們的那些嘮叨，恐怕是不足

〔註248〕〔宋〕朱熹、呂祖謙撰，上海古籍出版社，2000年。
〔註249〕《國史大綱》，第560頁，商務印書館，1996年。
〔註250〕美國學者包弼德《斯文：唐宋思想的轉型》一書中，對此也有專門的論述。江蘇人民出版社，2001年。
〔註251〕《孟子集注》卷三「公孫丑」章句上。
〔註252〕如〔元〕戴表元《剡源戴先生文集》卷十二《凌氏二子字序》云：「為韓有四難：起孤窮得官，遇當盡言不懷祿，當盡節不懷死，勇難；無師資之素，遺言絕學，徑詣聖處，敏難；知順逆，謂叛鎮為必不可宥，明同異，謂外教為必不可清，介難；與人交無怨仇，而平生所受恩必酬，厚難。是四難者，在同時、同輩中，行之不能一二，而韓子全之。是非有見於道，不爾也。而世人但以文求韓，遠矣。」（《四庫全書》本）。又如清人蔡世遠《古文雅正》卷八云：「無《原道》一篇，不見韓公學問；無《佛骨》一表，不見韓公氣節。或謂公生平耐不得困苦貶竄，似非樂天知命者。余謂公見義必為，全無戀位素餐之態。公初年在京師，未免有汲汲求進之心，然一為御史，絕不顧惜，則以諫宮市貶陽山矣。既貶之後，量移散秩，如作《送窮文》、《進學解》等

為據的。但原始儒家面對王權所顯現出的那種氣概，那種在逆境中仍保持的達觀與不屈，以及對於理想的執著追求，即使在今天，不也仍然有著它的現實意義嗎？

篇，大有牢騷不平之意。然及其從平淮西，作侍郎，優游養望，便可作相，而公則以諫佛骨貶潮州矣。潮州上表，有窮蹙卑屈之意，然及其再登朝，則又身使盧龍，面折廷湊，更無推託畏懦之狀。公之氣節屢挫不折如此，所以為有唐蓋代人物，而配享孔廟不替也。」（《四庫全書》本）。有分析，有議論，令人信服。

第二章 故事的旅行

第一節 論謝靈運山水詩創作中的情、理衝突

　　謝靈運是中國古代第一個傾全力創作山水詩的大詩人，把他稱作山水詩的鼻祖，恐怕並不過分。在歷代諸多關於其人其詩的評價中，有兩點頗為引人注目。一是關於他的人品的，如《宋書》卷六十七《謝靈運傳》稱其「為性褊激，多愆禮度」〔註1〕，宋葛立方《韻語陽秋》卷八謂「其人浮躁不羈，亦何足道哉！」〔註2〕這種站在儒家立場上的簡單道德評價，已漸為近代論者所不取，但從中我們也可以看出謝靈運是一個情感激烈、具有叛逆性格的人物。另一點是關於他詩中的理趣。這需要稍作解釋。一般人們對於謝詩的欣賞，多偏於其「如初發芙蓉，自然可愛」〔註3〕的一面。謝詩中「理趣」的被發現，可能是從明末開始的，如王夫之《薑齋詩話》卷上稱「謝靈運一意迴旋往復，以盡思理，吟之使人卞躁之意消」〔註4〕。清沈德潛《古詩源》卷十謂「（謝詩）山水間適，時遇理趣」〔註5〕，劉熙載《詩概》謂「陶、謝用理語各有勝境」〔註6〕。近人黃節更以謝詩「說山水則苞名理」，感慨世人「徒賞其富豔」。〔註7〕如此，則謝詩之包含理趣，已漸為一般文學史論者之

〔註1〕 中華書局，1974年。
〔註2〕 載（清）何文煥輯《歷代詩話》，中華書局，1981年。
〔註3〕 《南史》卷三十四《顏延之傳》，中華書局，1975年。
〔註4〕 載郭紹虞輯《清詩話》，上海古籍出版社，1963年。
〔註5〕 中華書局，1963年。
〔註6〕 《藝概》卷二，載《劉熙載集》，華東師範大學出版社，1993年。
〔註7〕 《謝康樂詩注序》，《學衡》第三十九期。

通識。綜觀謝氏之一生，於玄、釋兩家都浸淫極深，他那近乎瘋狂的遊山玩水，除了發洩心中的憤悶不平外，也是一種參玄悟道的獨特方式吧。而自恃「慧業」的他，在為我們留下一批高質量的山水詩的同時，在政治上卻是三起三落，最後落得暴屍廣州街頭的悲慘下場，令人不得不承認他於理確有所未悟。這使我們感受到了他的作品與人格之間所存在的差距。其實他的一生，除了在始寧別墅的那段隱居生活外，始終都處在情與理的劇烈衝突之中。他的情，不僅是仕與隱之間的矛盾徬徨，還帶有貴族式的任性放縱、恃才傲物；他的理，是玄理與佛理的混合，又帶有明顯的頓悟色彩。而暢遊山水、創作山水詩是他獲取心理平衡的一種手段。這，給他的山水詩創作帶來了一定的、雖然也許不是唯一的影響。

謝靈運的詩歌創作，以隱居故鄉始寧為分界，本文將其分作三個階段。第一階段從東晉義熙八年（公元 412 年）劉毅將敗到景平元年（423 年）離開永嘉郡，是早年仕途沉浮時期；第二階段從景平元年（423 年）隱居故鄉始寧到元嘉八年（431 年）辯誣留京，是謝靈運一生中相對過得輕鬆愉快的時期；第三階段從元嘉八年（431 年）出守臨川到元嘉十年（433 年）流放廣州，詩人開始一步步地走向深淵。這三個階段中，由於生活遭際、思想發展的不同，謝詩中的情、理衝突也相應呈現出不同的形態。

年輕時的謝靈運出身名門，風華正茂，是很想在仕途上有一番作為的。但他一開始就跟錯了人，幕主劉毅在與劉裕爭奪政權的鬥爭中慘遭失敗。這是他人生道路上的第一次重大挫折。就在劉毅行將垮臺前，他寫了一首致從兄謝瞻的《答中書》詩，詩中流露出守道順性、歸隱丘園的老莊思想。〔註8〕這一思想以後幾乎貫穿了他的一生。風雲變幻的政治生涯使他如臨深淵，如履薄冰，不得不重新思考人生的道路。但誠如明人張溥所言：「以衣冠世臣、公侯才子，欲倔強新朝、送齒丘壑，勢誠難之。」〔註9〕劉宋王朝對謝靈運採取了既利用又提防的策略，而謝靈運終其一生，也無力斷然拒絕這種來自政治上的誘惑。他又一次身不由己地捲進了劉義真小集團的政治漩渦之中，接踵而來的是第二次失敗。

他被迫懷著一種複雜的沮喪心情開始走向永嘉山水，中途枉道故鄉始寧

〔註8〕 以下謝氏詩文均見李運富編注《謝靈運集》，嶽麓書社，1999 年。
〔註9〕 《漢魏六朝百三名家集·謝康樂集》，明末八閩徐博刊本。

墅。他要去的地方是一個沿海的窮郡，這對他來說等於是一次流放。和第二階段的詩歌重理不同，這一時期的詩歌有不少是正面描寫情的。如：

> 辛苦誰為情，游子值頹暮。(《永初三年七月十六日之郡初發郡》)

> 含情易為盈，遇物難可歇。(《鄰里相送至方山》)

> 含情尚勞愛，如何離賞心。(《晚出西射堂》)

> 非徒不弭忘，覽物情彌遒。(《郡東山望溟海》)

> 樂餌情所止，衰疾忽在斯。(《遊南亭》)

> 知淺懼不周，愛深憂在情。(《白石岩下徑行田》)

他在詩中傾訴著友情、鄉情與離情，我們可以感受到他那痛苦的內心。雖然這種感情的表達，因為受到了理性的節制，有時略顯單調。他此期的思想，基本是玄學的。其中既有老子式的抱朴守雌，「積屙謝生慮，寡欲罕所闕」(《鄰里相送至方山》)，「頤阿竟何端，寂寂寄抱一」(《登永嘉綠嶂山》)；又有莊子式的適性逍遙，「懷抱既昭曠，外物徒龍蠖」(《富春渚》)，「人生誰云樂，貴不屈所志」(《遊嶺門山》)。但他內心的衝突卻不是老莊所能牢籠的。他懺悔二十多年的官場生涯，白白地浪費了光陰，「束髮懷耿介，逐物遂推遷。違志似如昨，二紀及茲年」(《過始寧墅》)；下定決心要持操隱遁，「索居易永久，離群難處心。持操豈獨古，無悶徵在今」(《登池上樓》)；卻又感到「執戟亦以疲，耕稼豈云樂」(《齋中讀書》)，「進德智所拙，退耕力不任」(《登池上樓》)。他有著貴介公子的任性和意氣，在進退出處上卻又缺少決斷。他只好把一腔愁悶投向永嘉的奇山異水，通過山水的遨遊，山水詩的寫作，來參玄體道，平息內心的情理衝突。

這些山水詩，是中國詩史上第一批具有真正意義的山水詩。它們的結構，大多依循著敘事——繪景——說理的套路，略顯呆板。但其中一些名句，達到了情、景、理的高度統一，在藝術上有著不朽的價值。如最為人所傳誦的「池塘生春草，園柳變鳴禽」二句(《登池上樓》)，後人多是從「吐言天拔」的角度去理解，乃至有「春草池塘一句子，驚天動地至今傳」[註10]之美譽。但其實此句之妙，正在觸景生情，由情生景，又暗含生生不息之理。又如「溟漲無端倪，虛舟有超越」兩句(《遊赤石進帆海》)，既描畫出輕舟穿越於茫茫大海、驚濤駭浪間的壯美場面，又是謝靈運那時刻渴望超越凡俗、不羈個性

[註10]　(宋)魏慶之編《詩人玉屑》卷一「吳思道學詩」。

的生動寫照。王夫之曾贊謝詩「情不虛情，情皆可景，景非滯景，景總含情，神理流乎兩間」〔註11〕，斯言得之。在更多的作品中，他的情與理有點各行其是，構成了一種緊張的對立。他便傾注全力在山水的精雕細畫上，作一種看似純客觀的描繪，有時會令人覺得有句無篇，這也就難怪梁鍾嶸《詩品》卷上要稱其詩「譬如青松之拔灌木，白玉之映塵沙」〔註12〕了。這些詩作的誕生，無疑震驚了當時的詩壇。

　　他在永嘉呆了一年，最後不顧親友的勸說，決心回家鄉始寧過隱居生活。他越來越傾心於佛教，從《山居賦》中可知，他把故鄉的莊園想像成了佛教中的淨土。這段時期創作的數量比起在永嘉大大地減少了。他的思想處在一個比較安定的狀態，詩作中多了不少析理之作。如：

　　　　禪室棲空觀，講宇析妙理。（《石壁立招提精舍》）

　　　　慮澹物自輕，意愜理無違。（《石壁精舍還湖中作》）

　　　　孤遊非情歎，賞廢理誰通。（《於南山往北山經湖中瞻眺》）

　　　　事為名教用，道以神理超。（《從遊京口北固應詔》）

　　　　感往慮有復，理來情無存。（《石門新營所住，四面高山，回溪石溪，茂林修竹》）

　　　　沉冥豈別理，守道自不攜。（《登石門最高頂》）

這裡的理，既是玄理，又是佛理，作為一種解脫之道，並沒有太大的區別。他的理智暫時戰勝了情感，反映在山水詩上，是他筆底的山水，多沐浴在一種平和的理性的光輝之中。如《於南山往北山經湖中瞻眺》，被清人方東樹評為「精魄之厚，脈縷之密，精深華妙，元氣充溢，如精金美玉，光氣爛然」。〔註13〕他和山水之間的關係，也變得更加親和，發出了「情用賞為美」（《從斤竹澗越嶺溪行》）、「妙物莫為賞」（《石門岩上宿》）的感慨。雖然在這階段，他因為經受不住誘惑，曾經一度出仕，慚愧自己「感深操不固，質弱易扳纏」（《還舊園作，見顏范二中書》），但總的來說並沒有對他產生太大心理波動。這期間對他刺激最深的一件事是盧陵王劉義真的被害，劉是他最好的朋友，又有知遇之恩，所以謝靈運悲傷之至，明白了「理感深情慟，定非識所將」（《盧陵王墓下作》）。但是這些事件，似乎並沒有對他的山水詩創作帶來太

〔註11〕張國星校點《王夫之品詩三種·古詩評選》卷五，文化藝術出版社，1997年。
〔註12〕曹旭集注《詩品集注》，上海古籍出版社，1994年。
〔註13〕《昭昧詹言》卷五，人民文學出版社，1961年。

大影響。只是當第二次隱居時期，他在行為上越發放肆，「鑿山濬湖，功役無已」〔註14〕，又與會稽太守孟顗構隙，終於給自己招來了厄運。

辯誣留京後，他的生活和思想發生了巨大變化。他失去了對自己生活的支配權，被政治的力量一步步推著往前走。出任臨川太守期間，他變得越來越消沉，他筆下的山水也充滿了倦意。他的山水詩的結構也變得更加地繁複，夾敘夾議，迴環往復，出現了一些新的特點，這當然是為了適合新的表達上的需要。他的《臨川被收》詩，讀來令人甚覺突兀，和他前期思想差別太大了。其實這很好理解，因為他原有的信仰在此之前早已一點一點地坍塌掉了。他在《臨終》詩中，充滿了悔恨與徹悟：

> 龔勝無餘生，李業有窮盡。嵇公理既迫，霍生命亦殞。淒淒陵霜柏，納納衝風菌。邂逅竟幾時，修短非所愍。恨我君子志，不獲岩下泯。送心正覺前，斯痛久已忍。唯願乘來生，怨親同心朕。

但這還不如說是承認理性在慘酷現實面前的徹底潰敗。

最後對謝靈運思想中的理的實質略作分析。

他的思想的底子，無疑是玄學的。這主要是受了時代風氣的影響，另外和他從小在錢塘杜明師處長大有關。但他從很早的時候起就開始接觸佛教，所以必須把兩者結合起來談。在佛教思想上，他主要是受了釋慧遠和竺道生的影響。慧遠在廬山弘揚淨土法門，義熙七年（411 年）謝靈運隨劉毅至江州，曾入廬山拜見過他。《高僧傳》卷六《慧遠傳》稱「陳郡謝靈運負才傲俗，少所推崇，及一相見，肅然心服。」〔註15〕後慧遠在廬山建安臺立佛像，還派釋道秉赴建康，請謝靈運作《佛影銘》，可見兩人之相得。慧遠之師釋道安首倡本無宗，而慧遠的「法性」學說，根據當時般若學本無說的宗旨，也是強調本體的實有的。〔註16〕在《沙門不敬王者論》中，關於情、理，他也有一段著名的表述：

> 反本求宗者，不以生累其神；超落塵封者，不以情累其生。不以情累其生，則生可滅；不以生累其神，則神可冥。冥神絕境，故謂之泥洹。〔註17〕

〔註14〕《宋書‧謝靈運傳》。

〔註15〕中華書局，1992 年。

〔註16〕參方立天著《慧遠及其佛學》第三章《慧遠的法性本體論》，中國人民大學出版社，1984 年。

〔註17〕石峻、樓宇烈、方立天、許抗生、樂壽明編《中國佛教思想資料選編》第一卷，

認為宇宙間存在著一個至高無上的、具有本體論意味的佛理，人們只有超越感情、排除欲望，才能獲得解脫，達到那種境界。這與謝靈運詩中的情、理觀極為接近。

而謝靈運對於竺道生「頓悟」思想的吸收，在他的佛學論文《辨宗論》中有著系統的闡述。（關於此文的寫作時間，日本學者牧角悅子考定當在始寧時代，而不是一般所認為的永嘉時期。見《謝靈運詩中的「理」與自然——以〈辨宗論〉及始寧時代的詩為中心》〔註18〕）道生是慧遠、鳩摩羅什的弟子，但他所弘揚的法門，其實已於什公所提倡的大乘空宗有所偏離。當時什公門下最得真傳的弟子是僧肇，所作《肇論》，被什公譽為「秦人解空第一」。但晉末宋初的思想風氣，由於淨土與涅槃的風行，已經逐漸趨向於「有」。如《大般涅槃經》卷三《壽命品》即謂「世間亦有常樂我淨，出世亦有常樂我淨」〔註19〕，謝靈運曾參與過南本《大般涅槃經》的改譯，他對這部經應該相當熟悉。而謝靈運對於佛教的理解，也偏向於「有」。一個明顯的特徵，是他認為人世間紛紜繁雜的萬事萬物之上有一個實體的理存在，這個理與玄學的理是相通的：「夫道可輕，故物為輕；理宜存，故事斯忘」（《山居賦》），人只有到達了這麼一個理的感悟，才有可能擺脫俗世的牽絆：「假知者累伏，故理暫為用；用暫在理，不恒其知。真知者照寂，故理常為用；用常在理，故永為真知」（《辨宗論》）。這，在始寧時期表現得尤為突出。

從玄學上來說，謝靈運的思想有點接近於王弼之學。王弼的學說最後歸於反本抱一，類似老子。湯用彤先生《魏晉玄學流別略論》中將王弼之學與般若學本無宗歸為一類，此派之缺點在於「過於著眼在實相之崇高，而本末遂形對立。……蓋體用對立，則空中無有，有中無空。」〔註20〕當然他的思想中也有莊子適性逍遙、齊物無待的成分（接近於郭象、支道林），有時甚至還有遊仙思想，但這並不妨礙他對於理的偏好。謝靈運重理輕事的思想，影響到創作上，便是在一些作品中，當情、理、景不能有機地融合時，會出現體、用割裂的情況。而在另一些比較成功的作品中，當情、理的衝突，最後與其說理在表面上取得了暫時的勝利，倒不如說是情在山水中得到了淨化，

　　　　第83頁，中華書局，1981年。
〔註18〕載《謝靈運研究叢書》（第一輯）之四，宋紅編譯《日韓謝靈運研究論文集》，
　　　　廣西師範大學出版社，2001年。
〔註19〕（北涼）曇無讖譯，上海古籍出版社，1991年。
〔註20〕載《魏晉玄學論稿》第47頁，上海古籍出版社，2001年。

情、理間暫時達到了一種平衡與溝通時，其筆底的山水便煥發出某種理趣，呈現出纖塵不染的純淨境界。

他對於理的探求，有兩點值得注意。一是出照。所謂「感往慮有復，理來情無存」，那只是一種理想的境界，與「理感深情慟，定非識所將」之間明顯有衝突。所以「巫臣諫莊王之日，物賒於己，故理為情先；及納夏姬之時，己交於物，故情居理上。情理云互，物己相傾，亦中智之率任也。」由此推出「滅纍之體，物我同忘，有無壹觀。伏纍之狀，他己異情，空實殊見。殊實空、異己他者，入於滯矣；壹無有、同物我者，出於照也。」（《辨宗論》）而這種出照，謝靈運更多是在遊山玩水中實現的，在現實生活中根本不可能。因為要泯滅情、理的衝突，最好的方法是泯滅情、理的區別，進入一種出神的狀態。二是「頓悟」。所謂「情用賞為美，事昧竟誰辨。觀此遺物慮，一悟得所遣。」當時「頓悟」派與「漸悟」派曾經有過激烈的爭辯，謝靈運堅決站在竺道生的「頓悟」派一方，這既反映出他樂於接受新鮮思想的一面，又是和他自恃「慧業」的貴族優越感分不開的。這兩點都與當時佛教中所盛行的禪觀有一定聯繫。究其實，他這種「頓悟」也只有在山水中才能獲得。現實生活中的他，根本難滅七情六欲。他政治上的三起三落，性格上的乖僻放誕，都離佛教的大徹大悟還遠。他是詩人的性情，對於佛理，不過是喜愛罷了，不可能成為真正的信徒。情、理衝突構成了謝靈運生命的兩重奏，「遺情捨塵物，貞觀丘壑美」（《述祖德》）成了他最好的解脫之道。而這便是山水、山水詩的寫作對於謝靈運所特具的意義。

第二節　本生、地獄與志怪——從《法苑珠林》[註21] 看佛教故事的經典化歷程

從佛教傳入中國的那一天起，佛教故事也就伴隨著佛教教義在神州大地上流佈，並對中國文學產生了巨大的影響。佛教故事的分類，以往的研究者們，如孫昌武《佛教與中國文學》，將佛典文學分為佛傳文學、本生經、譬喻經、因緣經等；[註22] 吳海勇《中古漢譯佛經敘事文學研究》，將佛經文學分為佛

〔註21〕〔唐〕道世撰集，《法苑珠林》，據《影印宋磧砂版大藏經》影印，上海古籍出版社，1991 年，下同。
〔註22〕孫昌武《佛教與中國文學》，第一章《漢譯佛典及其文學價值》，上海人民出版社，2007 年。

傳、本生、譬喻、僧伽罪案文學與讚頌文學等五大類。〔註23〕對《法苑珠林》
之前佛教故事的研究，有臺灣梁麗玲《〈雜寶藏經〉及其故事研究》〔註24〕、
《〈賢愚經〉研究》〔註25〕、《漢譯佛典動物故事之研究》〔註26〕；釋依淳《本
生經的起源及其開展》〔註27〕；丁敏《佛教譬喻文學研究》〔註28〕；以及大陸
李小榮《漢譯佛典文體及其影響研究》〔註29〕等。唐代道世（？～683）撰集
的《法苑珠林》，作為一部篇幅最大的百科全書式的佛教類書，在傳播佛教的
世界觀與思想的同時，客觀上也起到了保存、改編與流傳佛教經典故事的效
用，而在此之前比較著名的佛教故事類書則有南朝梁僧旻、寶唱等撰集的《經
律異相》，之後則如唐玄奘《大唐西域記》記錄各種佛教故事〔註30〕，本文擬
於佛教故事經典化歷程的角度，以《法苑珠林》為中心，對此問題作一探討。

一、本生、譬喻與因緣

其中本生類著名者，入海採寶則如《法苑珠林》卷二十七《至誠篇》之
「大意抒海」。據陳明《抒海、竭海與擬海——佛教抒海神話的源流》〔註31〕
以及梁麗玲《〈賢愚經〉故事與相關佛教故事之比較》〔註32〕，《六度集經》
《生經》《摩訶僧祇律》《四分律》《佛說大意經》《賢愚經》《佛本行集經》與
《經律異相》等中，都有此故事的記載。《大志經》當即《大意經》（〔宋〕
求那跋陀羅譯），相較而言，《賢愚經》（〔元魏〕慧覺等所譯）中的記載與《大
意經》最為接近，但要更為繁複。而《法苑珠林》又對《大意經》進行了縮
寫，尤其是經過銀城、金城、水精城、琉璃城，而對大意抒海的情節則基本
照舊：

> 海神便搖其手使珠墮水。大意自念：王與我言，此珠難保。我幸

〔註23〕 吳海勇《中古漢譯佛經敘事文學研究》，第一章《佛經翻譯文學概說》，學苑出
版社，2004 年。
〔註24〕 梁麗玲《〈雜寶藏經〉及其故事研究》，法鼓文化事業股份有限公司，1998 年。
〔註25〕 梁麗玲《〈賢愚經〉研究》，法鼓文化事業股份有限公司，2002 年。
〔註26〕 梁麗玲《漢譯佛典動物故事之研究》，文津出版社有限公司，2010 年。
〔註27〕 釋依淳《本生經的起源及其開展》，佛光出版社，1987 年。
〔註28〕 丁敏《佛教譬喻文學研究》，東初出版社，1996 年。
〔註29〕 李小榮《漢譯佛典文體及其影響研究》，上海古籍出版社，2010 年。
〔註30〕 參陳引馳《佛教故事口傳方式的存在：〈大唐西域記〉佛教傳說考述》，收于氏
撰《文學傳統與中古道家佛教》，復旦大學出版社，2015 年。
〔註31〕 陳明《印度佛教神話：書寫與流傳》，第五章，中國大百科全書出版社，2016 年。
〔註32〕 《〈賢愚經〉研究》，第五章，第 452 頁。

得之，今為此子所奪非趣也。即語海神言：我自勤苦，經涉險阻，得
此珠來。汝反奪我，今不相還，我當抒盡海水。海神知之，問言：卿
志奇高。海深三百三十六萬由旬，其廣無涯，奈何竭之？如日終不墮
地，如大風不可攬束。日尚可墮，風尚可攬，大海水不可抒令竭也。
大意笑答之言：我自念前後受身，生死壞敗，積骨過於須彌山，其血
流過五河，尚欲斷之生死之根本。但此小海，何足可抒？我昔供養諸
佛誓願言：令我志行勇於道決所尚無難，當移須彌山、竭大海水，終
不退意。便一心以器抒海水，精誠之意，四天王來助大意，抒水三分
已二。於是海中諸神皆大振怖，共議言：今不還珠者非小故也，水盡
泥出壞我宮室。海神於是便出眾寶以與大意。大意不取，但欲得我珠，
終不相置。海神知其意盛，便出珠還之。大意得珠還其本國，恣意大
施。自是以後境界無復飢寒窮乏之者。〔註33〕

故事最後表明這是一個本生故事。此故事之要點，在於表現大意之精誠，感動
天神相助。據王青《抒海（煮海）型故事及其發展》，還影響到元雜劇《張生
煮海》。〔註34〕

　　愛情類則如《法苑珠林》卷二十八《神異篇》「蓮花夫人」故事，《經律
異相》卷四十五，取材於《六度集經·布施度無極章》（〔三國·吳〕康僧會
譯）卷三「第二十三」，而《法苑珠林》則取材於《雜寶藏經》卷一第八「蓮
花夫人緣」。〔註35〕所不同之處在於，《雜寶藏經》中鹿女蓮花夫人所生五百
卵，被王夫人出於忌妒，換成了「五百面段」，而在《法苑珠林》中，則是
「千葉蓮花」被換成了「臭爛馬肺」。而《六度集經》《經律異相》（梁寶唱
撰）中所產為百卵。後千子在下游他國長大成為一千力士，來攻打蓮花夫人
之國。關鍵時刻，蓮花夫人登上百丈之臺：

　　　　爾時千子欲舉弓射，自然手不能舉。夫人語言：汝慎莫舉手向
　　父母，我是汝母。千子問言：何以為驗？母答子言：我若搆乳，一
　　乳有五百岐，各入汝口，是汝之母。若當不爾，非是汝母。即時兩
　　手搆乳，一乳之中有五百岐，入千子口中。其餘軍眾無有得者。千

〔註33〕　《法苑珠林》第 199～200 頁。
〔註34〕　《西域文化影響下的中古小說》，第 236～237 頁，中國社會科學出版社，2006
　　　　年。
〔註35〕　〔元魏〕吉迦夜與曇曜共譯，《大正藏》第四冊，第 451～452 頁，新文豐出版
　　　　有限公司，1983 年。

子降伏，向父母懺悔。諸子於是和合，二國無復怨仇。〔註36〕
最後說明這是一個本生故事：「佛言：欲知彼時千子者，賢劫千佛是也。爾時嫉妒夫人縵他目者，文鱗瘖目龍是也。爾時父者，白淨王是也。爾時母者，摩耶夫人是也。」這個故事想像力驚人，富有文學意味。據劉守華《狸貓換太子的跨國之旅》，玄奘《大唐西域記》與法顯《佛國記》中也敘及此事，且對中國「狸貓換太子」故事有影響。〔註37〕百卵成子、隨流飄蕩，都明顯有印度文化的痕跡。如印度史詩《摩訶婆羅多》中，盲國王持國與蒙眼王後甘陀利所生百子，即從百卵中孵出。而般度的妻子貢蒂，少女時因為服侍仙人，而得到了能夠召喚天神的咒語。她試著召來了太陽神，後者與她生出了一個自帶鎧甲與耳環的男孩迦爾納。貢蒂因為還沒結婚，所以只好把孩子放在籃子裏，飄送去下游。〔註38〕

又如《法苑珠林》卷八十《六度篇》「太子須達拏」故事，這個故事流傳廣泛，有梵文、漢文、藏文、于闐語、粟特語、回鶻語等多種版本。故事講述須達拏太子因樂善好施，把國寶戰象布施給了敵國，國王震怒，把太子放逐進深山十二年。太子妃帶著一男一女兩個孩子跟隨太子入山，沿途他們又把馬、車、隨身衣服布施給了來行乞的婆羅門。入山後，一醜婆羅門又來求太子兒女為奴婢，太子依然應允。太子妃傷心欲絕，帝釋天化作婆羅門，又來乞太子妃，太子依然慷慨應允。最後精誠感動天地，國王也原諒了太子，一家人喜得團聚。〔註39〕《法苑珠林》所引出自《太子須達拏經》，這個故事婉轉動人，細節描寫也很真切，是本生故事中的精品。此故事又見於《六度集經》卷二第十四「須大拏經」、《經律異相》卷三十一等。

機智類則如《法苑珠林》卷三十一《潛遁篇》之「甥舅共盜」故事，亦為本生故事形式之智慧故事，摘自《生經》（〔西晉〕竺法護譯）。故事大致講述了甥舅共入王府行竊，舅為砍頭，甥得逃脫。後國王以舅頭、頭骨、女兒、外孫作誘餌，想要抓捕此甥，但都被對方一一識破，成功逃脫。最後國王佩服此甥智慧，天下無雙，心甘情願把女兒許配給了他。佛告訴大家：「欲知爾時外甥者，

〔註36〕《法苑珠林》，第207頁。
〔註37〕劉守華《佛經故事與中國民間故事演變》，第70～73頁，上海古籍出版社，2012年。另可參李小榮《〈狸貓換太子〉的來歷》，《河北學刊》2002年第2期；伏俊璉、劉子立《「狸貓換太子」故事源頭考》，《文史哲》2008年第3期。
〔註38〕參張煜《印度史詩〈摩訶婆羅多〉與佛教、中國文學之關係》，《復旦學報》2018年第5期，第115頁。
〔註39〕《法苑珠林》第565～566頁。

則吾身是。外國王者，舍利弗是。其舅者，今調達是。」〔註40〕此經在《經律異相》中已有選錄，劉守華先生對此故事亦有相關研究。〔註41〕值得注意的是，這裡的外甥的有些行為，在道德上並不是毫無瑕疵的，這也是令一些本生經研究者感到困惑的地方。如Naomi Appleton在 *Jātaka Stories in Theravāda Buddhism：Narrating the Bodhisatta Path* 中所云：「As in the previous example, the message here is that it is acceptable for the Bodhisatta to behave foolishly, but not for an entire life, for then his karmic fruits would be inevitable. once again, therefore, the Bodhisatta's problematic behaviour is resolved within the course of the jātaka's story of the past.」〔註42〕我們認為，這些故事本身毫無疑問是一些非常流行的民間故事，佛教對這些故事用本生的形式進行改造，雖然這些故事的主人公有些在道德上並非完美，但他們只是代表佛的前世，而且在性格上往往有很多常人不具備的優點，所以反而可以增強佛教的吸引力和傳播力。

　　《法苑珠林》卷四十九《不孝篇》中的「棄老國」故事，也可以歸入聰明機智類。故事講述棄老國有遺棄老人的國法。有一位大臣偷偷把父親藏了起來奉養，後來天神屢出難題考驗國王，大臣回家請教父親，幫助國王順利解答。國王要獎賞大臣，大臣道出實情，國王因此改正了這條錯誤的法令。其中包括著名的稱象故事：

　　　　又復問言：此大白象，有幾斤兩？群臣共議，無能知者。大臣
　　　　問父。父言：置象船上，著大池中。畫水齊船，深淺幾許？即以此
　　　　船，置石著中。水沒齊畫，則知斤兩。即以此智，以答天神。〔註43〕

陳寅恪先生《寒柳堂集》有《三國志曹沖華佗傳與佛教故事》一文，認為曹沖稱象的故事，實起源於此。〔註44〕此故事《法苑珠林》取自《雜寶藏經》卷一〔註45〕，梁麗玲《〈雜寶藏經〉及其故事研究》亦有討論。〔註46〕

〔註40〕《法苑珠林》，第232頁。
〔註41〕「機智而幸運的小偷」，劉守華《佛經故事與中國民間故事演變》，第51頁。
〔註42〕Naomi Appleton，*Jātaka Stories in Theravāda Buddhism：Narrating the Bodhisatta Path*，第27頁，第二章，The Bodhisatta in Jātaka Stories，Farnham：Ashgate Publishing Limited，2010。
〔註43〕《法苑珠林》，第364～365頁。
〔註44〕陳寅恪《寒柳堂集》，生活・讀書・新知三聯書店，2001年。
〔註45〕《大正藏》第四冊，第449頁，（四）「棄老國緣」。
〔註46〕第五章，《〈雜寶藏經〉故事與其他經典之關係》，第187頁。

　　社會經濟生活類則如《法苑珠林》卷四十九《忠孝篇》之「睒子」（Sāma）故事，講述了一個感天動地的孝子故事，很適合中國文化的接受背景。故事講述孝子睒服侍年老目盲父母，無微不至。因居於山林，為父母取水，被打獵的國王誤射致死。睒臨終前，以父母之命相託。國王懷著無比懊悔的心情，一步一步向睒子父母住所走去，告訴了他們這個不幸的消息。最後盲父母呼天搶地，感動上天，睒子起死回生。結尾仍以本生故事慣有的模式結束。此故事《法苑珠林》摘自《睒子經》〔註47〕，《六度集經》〔註48〕、《雜寶藏經》〔註49〕、《經律異相》〔註50〕、《大唐西域記》〔註51〕中亦皆有記載。故事當來自印度，《羅摩衍那》中的十車王，也因射獵誤殺孝子，不同的是他受到了盲父母詛咒，而得報應，後流放兒子羅摩，同樣經歷了親人離別的痛苦。〔註52〕金維諾先生《敦煌本生圖的內容與形式》一文中，提到法顯《佛國記》中，寫師子國三月佛齒出時：「王便夾道兩邊，作菩薩五百身已來種種變現，或作須大拏，或作睒變，或作象王，或作鹿、馬。如是形象，皆彩畫莊校，狀若生人。」〔註53〕是最早的中文出處。

　　動物類故事則如《法苑珠林》卷五十《背恩篇》之「九色鹿」〔註54〕，這是一個譴責忘恩負義的美麗故事。故事講述九色鹿於森林中救出水中溺人，溺人恩將仇報，反而去國王處告發九色鹿的行蹤，欲取富貴。九色鹿被國王包圍，無處逃生。臨死前向國王告發溺人的背信棄義，並感慨道：「此人前溺在水中。我不惜身命，自投水中負此人出。約不相導，人無反覆，不如出水中浮木也。」最後國王頒詔保護此鹿，佛告訴大家九色鹿就是他的前

〔註47〕〔西秦〕聖堅譯：《睒子經》，《大正藏》第3冊。

〔註48〕《六度集經》卷五，四十三「睒道士本生」。

〔註49〕《雜寶藏經》卷一，（二）「王子以肉濟父母緣」。

〔註50〕《經律異相》卷十，第52頁，上海古籍出版社，宋磧砂版影印本，1995年。

〔註51〕〔唐〕玄奘、辯機原著，季羨林等校注《大唐西域記》，卷二，第254～255頁，中華書局，2000年。

〔註52〕季羨林譯《羅摩衍那》（二），《阿逾陀篇》第57～58章，《季羨林全集》23，外語教育與研究出版社，2010年版。另外迦梨陀娑《羅怙世系》第九章中也有記載。黃寶生譯注，第329～333頁，中國社會科學出版社，2017年。詳參陳明《大唐西域記》故事及其圖像在西域的流傳，《澎湃新聞》2018年9月25日。

〔註53〕金維諾《敦煌本生圖的內容與形式》，《美術研究》1957年第3期。章巽校注《法顯傳校注》，第131頁，中華書局，2008年。

〔註54〕《法苑珠林》第369頁。

生，而溺人就是佛的對頭難達。《法苑珠林》引自《九色鹿經》。這個故事又見於《六度集經》〔註55〕、《根本說一切有部毗奈耶破僧事》〔註56〕、《菩薩本緣經》〔註57〕、《經律異相》〔註58〕等。關於文本與圖像的進一步的研究，可參李小榮《論九色鹿本生的圖文傳播》〔註59〕、劉震《德國佛教藝術史研究方法舉隅：以九色鹿故事為例》〔註60〕。

又如《法苑珠林》卷五十四《詐偽篇》「蚖與獼猴」的故事〔註61〕，講述了母蚖懷孕想吃猴心，公蚖騙猴子下海；猴子發現上當後，靈機一動，稱心忘記在了樹上，需要去取。最後猴子又回到了樹上，愚蠢的公蚖還在傻乎乎地等待猴子下樹，想繼續行騙：「善友獼猴得心已，願從樹上速下來。我當送汝至彼林，多饒種種諸果樹。」而猴子則對它進行了辛辣的諷刺：「汝蚖計校雖能寬，而心智慮甚狹劣。汝但審諦自思忖，一切眾類誰無心？彼林雖復子豐饒，及諸菴羅等妙果。我今意實不在彼，寧自食此優曇婆。」雙方都採用了伽陀諷頌的形式，很有點像現代歌劇中的對唱。作為一個本生故事，我們可以看到佛在前世化身大獼猴時，既有反應機敏的一面，但也存在著容易輕信的缺點。此故事又見於《六度集經》卷四第三十六「兄（獼猴）本生」、《生經》卷一「佛說鱉獼猴經第十」、《本生經》中的「鱷魚本生」等。蚖、鱉乃至鱷魚雖然不同，但故事情節都大同小異，王青「『鱉求猴心』故事的印度淵源」，對此有進一步的討論。〔註62〕

譬喻故事著名者則如《法苑珠林》卷四十四《君臣篇》之「攀藤食蜜」：

> 昔日有人，行在曠路。逢大惡象，為象所逐。狂懼走突，無所依怙。見一丘井，即尋樹根，入井中藏。上有黑白二鼠，互齧樹根。此井四邊，有四毒蛇，欲螫其人。而此井下，有三大毒龍。傍畏四

〔註55〕《六度集經》卷六第五十八「修凡鹿王本生」。

〔註56〕《根本說一切有部毗奈耶破僧事》卷十五，《大正藏》第 24 冊，第 175～176 頁。

〔註57〕〔三國〕支謙譯《菩薩本緣經》，卷下「鹿品」第七，《大正藏》第 3 冊，第 66～68 頁。

〔註58〕《經律異相》卷十一，第 61 頁。

〔註59〕李小榮《論九色鹿本生的圖文傳播》，《哈爾濱工業大學學報》，2014 年第 4 期。

〔註60〕劉震《德國佛教藝術史研究方法舉隅：以九色鹿故事為例》，《史林》2012 年第 1 期。

〔註61〕《法苑珠林》卷五十四，第 392 頁。引自〔隋〕闍那崛多譯《佛本行集經》卷三十一，《大正藏》第 3 冊。

〔註62〕王青《西域文化影響下的中古小說》，第 394～397 頁。

蛇，下畏毒龍。所攀之樹，其根動搖。樹上有蜜，五滴墮其口中。於時動樹，敲壞蜂窠。眾蜂散飛，唼螫其人。有野火起，復來燒樹。大王當知，彼人苦惱，不可稱計；而彼人得味甚少，苦患甚多。

這些譬喻分別代表的是：

曠野者，喻於生死。彼男子者，喻於凡夫。象，喻於無常。丘井，喻於人身。樹根，喻於人命。白黑鼠者，喻於晝夜。齧樹根者，喻念念滅。四毒蛇者，喻於四大。蜜者，喻於五欲。眾蜂，喻惡覺觀。野火燒者，喻其老邁。下有三毒龍者，喻其死亡，墮三惡道。

是故當知，欲味甚少，苦患甚多。〔註63〕

〔唐〕義淨（635～713）譯《佛說譬喻經》，內容也與此故事相仿，只是最後多了一段偈頌。〔註64〕〔後秦〕僧肇等注《注維摩詰所說經》卷二《方便品第二》中，鳩摩羅什也提到這個故事，應該是比較早的中文出處。〔註65〕「攀藤食蜜」後來在中國明清成為了一種繪畫題材。而此故事的來源毫無疑問是印度，如《摩訶婆羅多》第十一《婦女篇》中即有此故事。〔註66〕甚至在耆那教的文獻中，都能夠找到這個故事的蹤影。〔註67〕

因緣故事則如《法苑珠林》卷五十八《謀謗篇》「微妙比丘尼」故事，講述了微妙比丘尼因為前世所作下的業障以及發下的毒咒，在這世所遭到的悲慘報應，包括：在回父母家生產的途中，孩子出生，致使丈夫半夜被毒蛇咬死；晨起先抱小兒過河，再去接大兒時，大兒入水淹死，小兒接著也被岸上的狼咬死；回家途中，遇到梵志，得知父母俱已死於火災，被梵志收留為女；後又嫁人，因為生孩子，未為醉酒丈夫及時開門，結果孩子生下被丈夫殺死，還用酥油煎煮逼她吃下；離家出走，遇到妻子新喪的長者子，不久長者子病誓，被埋入墳內殉葬；在墳內遇到盜墓賊，被賊首掠去作妻，未幾盜墓賊為人所殺，再次被依俗殉葬；後因狐狼開塚得出，值佛出家修道，得阿

〔註63〕《法苑珠林》第332頁。

〔註64〕〔唐〕義淨譯《佛說譬喻經》，《大正藏》第4冊。

〔註65〕〔後秦〕僧肇等注《注維摩詰所說經》，上海古籍出版社，民國影印本，1995年，第34～35頁。

〔註66〕〔印〕毗耶婆著，黃寶生等譯《摩訶婆羅多》（四），第908～909頁，中國社會科學出版社，2005年。

〔註67〕參〔德〕阿德爾海特·梅塔著、劉震譯《以棄絕至解脫——耆那教經典詩選》，第46頁，「井中人的比喻」，臺北新文豐出版公司，2018年。

羅漢。〔註68〕故事摘自《賢愚經》卷三，陳引馳《佛教故事口傳方式的存在：〈大唐西域記〉佛教傳說考述》〔註69〕、梁麗玲《〈賢愚經〉研究》〔註70〕、陳寅恪《蓮花色尼出家因緣跋》〔註71〕於此故事均有探討。《法苑珠林》卷六十六《怨苦篇》所引《婦人遇辜經》中亦載有此故事〔註72〕。

又如《法苑珠林》卷七十六《十惡篇》之「醜女金剛」故事〔註73〕，講述了波斯匿王的女兒金剛其醜無比，「身體粗澀，猶如蛇皮，頭髮粗強，猶如馬尾」。婚後因為相貌醜陋，丈夫都不敢帶她去參加朋友聚會。金剛精誠求佛，佛令其變得美若仙女。最後的結局皆大歡喜，富有喜劇色彩。佛告訴大家，金剛之所以此生生長醜陋，是因為上輩子曾經呵罵一辟支佛所致。此故事摘自《撰集百緣經》卷八〔註74〕，又見於《賢愚經》卷二、《經律異相》卷三十四、《雜寶藏經》卷二等。《敦煌變文校注》卷六收有《金剛醜女因緣》。〔註75〕

二、地獄遊歷與人鬼相戀

《法苑珠林》中還有不少起死回生、地獄遊歷與談神論鬼的故事，這些故事主要來源於志怪小說〔註76〕，被佛教加以利用，為其說教服務；也有一部分是佛教徒撰寫的。如《法苑珠林》卷五十五《破邪篇》，講述晉程道慧，「世奉五斗米道不信有佛」，後死而復蘇，回憶被縛入地獄，「因自憶先身奉佛，已經五生五死忘失本志」，後被放還之事。〔註77〕此故事摘自〔南齊〕王琰《冥祥記》。又如《法苑珠林》卷六《六道篇》，講述了南朝宋李旦從地獄回轉人間的故事，〔註78〕此故事摘自〔唐〕唐臨《冥報記》。

又如《法苑珠林》卷十八《敬法篇》，講述唐趙文信「暴死三日，後還得蘇」，講述在地獄的奇遇：

〔註68〕《法苑珠林》，第424頁。
〔註69〕陳引馳《文學傳統與中古道家佛教》，第295頁。
〔註70〕梁麗玲《〈賢愚經〉研究》，第220頁。
〔註71〕陳寅恪《寒柳堂集》，第169頁。
〔註72〕《法苑珠林》，第485頁。
〔註73〕《法苑珠林》，第544頁。
〔註74〕〔吳〕支謙譯《撰集百緣經》，《大正藏》第4冊。
〔註75〕黃征、張湧泉校注《敦煌變文校注》，第1102頁，北京：中華書局，1997年。
〔註76〕關於「志怪」的含義，參李劍國《唐前志怪小說史·志怪序略》，第12～13頁，天津教育出版社，2005年。
〔註77〕《法苑珠林》，第408頁。
〔註78〕《法苑珠林》，第44頁。

初死之日，被人遮擁，驅逐將行。同伴十人，並共相隨，至閻羅王所。其中見有一僧，王先喚師，問云：「師一生已來，修何功德？」師答云：「貧道從生已來，唯誦《金剛般若》。」王聞此語，忽即驚起，合掌讚言：「善哉，善哉！師審誦《般若》，當得昇天出世，何因錯來至此？」王言未訖，忽有天衣來下，引師上天去。王後喚遂州人前：「汝從生已來，修何功德？」其人報王言：「臣一生已來，不修佛經，唯好庾信文章集錄。」王言：「其庾信者，是大罪人，現此受苦。汝見庾信，頗曾識不？」其人報云：「雖讀渠文章，然不識其人。」王即遣人，引出庾信，令示其人。乃見一龜，身一頭多。龜去少時，現一人來，口云：「我是庾信。為生時好作文章，妄引佛經，雜糅俗書，誹謗佛法。謂言不及孔老之教，今受罪報龜身苦也。」

此故事亦引自《冥報記》。〔註79〕大概庾信在唐初文名甚著，所以被佛教引來作為反面典型。

《法苑珠林》卷二十八《神異篇》之「地獄四郎」故事，亦頗為傳神。〔註80〕故事講述唐初張某至太山謁廟，讚美府君第四子儀容秀美。後四郎告知張，今歲不合得官；其後果然，且遭劫掠，幸得四郎相救。後張某隨四郎遊地府，偶遇其妻，四郎又為設法赦免。後張回家，見其妻死而復生。此故事亦摘自《冥報記》。

寫鬼則如《法苑珠林》卷六《六道篇》「宋定伯捉鬼」，詼諧風趣：

南陽宋定伯，年少時，夜行逢鬼。問曰：「誰？」鬼尋復問之：「卿復誰？」定伯誑之，言：「我亦鬼。」鬼問：「欲至何所？」答曰：「欲至宛市。」鬼言：「我亦欲至宛市。」遂行數里。鬼言：「步行太遲，可共遞相擔也。」定伯曰：「大善。」鬼便先擔定伯數里。鬼言：「卿大重，將非鬼也？」定伯言：「我新死，故身重耳。」伯因復擔鬼，鬼略無重。如是再三。定伯復言：「我新死，不知鬼悉何所畏忌？」鬼答言：「唯不喜人唾。」於是共行。道遇水，定伯令鬼先度，聽之了無聲音。定伯自度，漕漼作聲。鬼復言：「何以聲？」定伯曰：「新死不習度水故爾，勿怪吾也。」行欲至宛市，定伯便擔鬼著頭上，急持之。鬼大呼，聲咋咋然，索下，不復聽之。徑至宛市

〔註79〕《法苑珠林》，第145頁。
〔註80〕《法苑珠林》，第213頁。

中，下著地，化為一羊。便賣之。恐其變化，為並唾之。得錢千五百，乃去。於時石崇言：「定伯賣鬼，得千五百文。」〔註81〕

《法苑珠林》摘自《列異傳》，又見〔晉〕干寶《搜神記》卷十六〔註82〕。

有寫人鬼之戀情的，如《法苑珠林》卷七十五《十惡篇》：

漢有談生者，年四十，無婦，常感激讀經書，通夕不臥。至夜半時，有一姝女，年十五六，姿顏服飾，天下無雙，來就談生，遂為夫婦。言曰：「我不與人同夜，君慎勿以火照我也。至三年之後，乃可照耳。」談生與為夫婦。

生一兒，已二歲矣，不能忍，夜伺其寢，便盜照視之。其腰已下，肉如人，腰已上，但是枯骨。婦覺，遂去，云：「君負我！我已垂變身，何不能忍一年而竟相照耶？」談生辭謝。涕泣不可復止，云：「與君雖大義，今將離別。然顧念我兒，恐君貧不能自諧活，暫逐我去，方遺君物。」談生逐入，華堂蘭室，物器不凡。乃以珠被與之，曰：「可以自給。」裂取談生衣裾，留之辭別而去。

後談生持被詣市，睢陽王買之，值錢千萬。王識之曰：「是我女被，那得在市？此人必發吾女冢。」乃收考談生。談生具以實對，王猶不信。乃往視女冢，冢全如故。乃復發視，果於棺蓋下得衣裾。呼其兒視，貌似王女。王乃信之，即出談生而復之，遂以為女婿，表其兒為郎中。〔註83〕

故事讓人感到匪夷所思，此故事摘自於《搜神記》（卷十六）。

三、對志怪故事的吸收利用

經典志怪故事則如「盤瓠」神話，摘自《搜神記》，收於《法苑珠林》卷六《六道篇‧畜生部》，李劍國《唐前志怪小說史》認為干寶取材於《風俗通》和《魏略》，這個「故事是古時蠻族關於自己始祖及民族起源的推源神話」。〔註84〕故事講述五色犬盤瓠因銜得戎吳將軍首級，獲賜千金、少女。少女隨盤瓠入山，「蓋經三年，產六男六女。盤瓠死後，自相配偶為夫妻。」〔註85〕

〔註81〕《法苑珠林》，第45頁。
〔註82〕《漢魏六朝筆記小說大觀》，第402頁，上海古籍出版社，1999年。
〔註83〕《法苑珠林》，第539頁。
〔註84〕李劍國《唐前志怪小說史》，第318頁。
〔註85〕《法苑珠林》，第49頁。

後王賜號「蠻夷」，「蠻夷者，外癡內黠，安土重賜。以其受異氣於天命，故待以不常之伴。……今即梁、漢、巴、蜀、武陵、長沙、盧江群夷是也。周糝雜魚肉，叩槽而號。每祭盤瓠，其俗至今。故世稱『赤髀橫裾，盤瓠子孫』。」

《搜神記》中著名的「三王冢」、「韓憑夫婦」故事，則被收於《法苑珠林》卷二十七《至誠篇》。〔註86〕《搜神記》中「李寄斫蛇」的故事，則收於《法苑珠林》卷三十一《妖怪篇》。〔註87〕摘於《搜神記》的，還有「蠶馬」神話，收於《法苑珠林》卷六十三《因果篇》〔註88〕。故事講述女兒思念遠方的父親，和家裏養的公馬開玩笑，說如果你能讓我見到父親，我就嫁給你。後公馬果然把父親找回，但女兒卻沒有兌現承諾，引起了公馬的不滿。父親知情後，射殺公馬，並把馬皮曬在庭院。結果馬皮居然把女兒卷走，「後經數日，得於大樹枝間，女及馬皮盡化為蠶，而績於樹上。其繭綸理厚大，異於常蠶。鄰婦取而養之，其校數倍。因名其樹曰桑。桑者，喪也。由斯百姓競種之，今世所養是也。言桑蠶者，是古蠶之餘類也。」這個故事美麗而又殘酷，因為蠶首似馬，所以在蠶與馬之間建立起聯想。這些故事，原本與佛教毫無關係，但也都被《法苑珠林》吸收利用，共同構成了《法苑珠林》超越現實的神奇世界。

第三節　王安石與佛教

王安石與佛教的關係，大體可以分作兩個時期來談。一是推行變法時期，他積極地從佛教中吸取精華來充實他的學術體系，終於使得他的思想在宋代乃至整個中國學術史上留下了光輝的一筆。一是晚年罷相退居金陵時期，他以佛教作為自己心靈的撫慰，在詩歌創作上取得了新的突破。前一個時期，佛教被間接地用來為他的經世致用之學服務。後一個時期，佛教又成了他出世解脫的一種途徑。本文通過對這些現象的剖析，期望對王安石其人其學其詩獲得一個更加深入的瞭解。

一

「荊公新學」的一個最大的特點是雜，且注重實際的功利。這與當時宋王朝面臨冗兵、冗吏、冗費的困境，積貧積弱，王安石有意要從經濟、軍事、科

〔註86〕《法苑珠林》，第 202 頁。
〔註87〕《法苑珠林》，第 240 頁。
〔註88〕《法苑珠林》，第 465～466 頁。

舉等諸方面實行全面改革、以求振興的意願是相呼應的。他在《答曾子固書》中很早就提出「學貴全經」這一概念，[註89] 可見佛學在當時也只是他以資取鑒的諸多學問中的一種罷了。但佛學對王安石學術所發生的影響是極其深刻的。如他在著名的《老子》一文中，認為「聖人唯務修其成萬物者，不言其生萬物者，蓋生者尸之於自然，非人力之所得與矣」。「老子者，獨不然，以為涉乎形器者皆不足言也、不足為也，故抵去禮樂刑政而唯道之稱焉。是不察於理而務高之過矣。……其書曰：『三十輻共一轂，當其無，有車之用。』夫轂輻之用，固在於車之無用，然工之琢削未嘗及於無者，蓋無出於自然之力，可以無與也。今之治車者治其轂輻，而未嘗及於無也，然而車以成者，蓋轂輻具，則無必為用矣。如其知無為用而不治轂輻，則為車之術固已疏矣。」「今知無之為車用，無之為天下用，然不知所以為用也。故無之所以為用者，以有轂輻也；無之所以為天下用者，以有禮樂刑政也。如其廢轂輻於車，廢禮樂刑政於天下，而坐求其無之為用也，則亦近於愚矣。」[註90] 這是代表王安石入世思想的一篇非常重要的論文。而其論證的方法，與龍樹《中論·觀四諦品》中所講的「諸佛依二諦，為眾生說法。一以世俗諦，二第一義諦。若人不能知，分別於二諦。則於深佛法，不知真實義。若不得俗諦，不得第一義。不得第一義，則不得涅槃。」[註91] 甚為相類，說白了不就是佛典中常講的「真諦不離俗諦」、「出世間法不離世間法」嗎？王安石在這裡強調體用合一，但其著重點無疑是在用的一面，在「俗諦」、「世間法」的一面，不知不覺之中已經對傳統的儒家思想進行了改造，摻入了刑名度數之學，而打的仍然是儒家的牌子。賀麟先生在《王安石的哲學思想》中將此文稱作「安石代表儒家左派，提倡積極的有為政治，以反對老莊無為政治的理論宣言」。[註92] 就這樣王安石為自己的積極入世尋找到了理論上的依據，又令那些政治上的高蹈派無話可說，因為「荊公新學」雖然看上去過於注重事功，但能夠為天下百姓謀利，則義在其中矣。如此，則何必忌諱言利？

佛教對王安石學術的另一重影響體現在他的人性說上。如他在《性情》一文中認為：「性者情之本，情者性之用，故吾曰性情一也」，「如其廢情，則性雖善，何以自明哉？誠如今論者之說，無情者善，則是若木石者尚矣。是

[註89]　《臨川先生文集》卷七十三，中華書局，1959 年。
[註90]　《王文公文集》卷二十七，上海人民出版社，1974 年。
[註91]　吳汝鈞《龍樹中論的哲學解讀》，臺灣商務印書館，1997 年。
[註92]　《文化與人生》第 301 頁，商務印書館，1988 年。

以知性情之相須，猶弓矢之相待而用，若夫善惡，則猶中與不中也。曰：『然則性有惡乎？』曰：『孟子曰「養其大體為大人，養其小體為小人」，楊子曰「人之性善惡混」，是知性可以惡也』」。〔註93〕仍然是貫徹了他一向堅持的體用不二思想。又如在《原性》一文中，他明確表示自己的人性論與歷史上孟、荀、楊、韓的不同之處：「吾所安者，孔子之言而已。夫太極者，五行之所由生，而五行非太極也。性者，五常之太極也，而五常不可以謂之性。」「孟子言人之性善，荀子言人之性惡。夫太極生五行，然後利害生焉，而太極不可以利害言也。性生乎情，有情然後善惡形焉，而性不可以善惡言也。此吾所以異於二子。」〔註94〕不得不承認，如此地通過太極的善惡不定來解人性，確實有高於前人之處。而究其實，無疑也是受到了佛教尤其是禪宗的影響。如《大乘起信論》中有著名的「一心開二門」的提法，所謂「一心」就是指如來藏自性清淨心，由此開出生滅門與真如門。二者不可分離，「如大海水，因風波動，水相風相不相捨離。而水非動性，若風止滅，動相則滅，濕性不壞故。如是眾生自性清淨心，因無明風動，心與無明俱無形相，不相捨離。」〔註95〕牟宗三先生《〈大乘起信論〉之「一心開二門」》一文認為，這種「一心開二門」的架構是中國哲學思想上一個很重要的格局，不能只看作是佛教內的一套說法。〔註96〕王安石的人性學說即是一個極好的例證。

值得注意的是，王安石這種人性的善惡不定論與他的命定論又是緊密結合在一起的。如他在《行述》中講：「子路曰：『君子之仕，行其義也；道之不行，已知之矣。』蓋孔子之心云耳。然則孔子無意於世之人乎？曰：道之將興歟，命也；道之將廢歟，命也。苟命矣，則如世之人何？」〔註97〕在《洪範傳》中又講：「君子之於吉凶禍福，道其常而已。幸而免，與不幸而及焉，蓋不道也。」〔註98〕在《對難》中又講：「是以聖人不言命，教人以盡乎人事而已。嗚呼，又豈唯貴賤禍福哉，凡人之聖賢不肖，莫非命矣！」〔註99〕《與孟逸秘校手書十之五》中又說：「損有餘以補不足，天之道也，悠悠之議，恐不足恤，

〔註93〕《王文公文集》卷二十七。
〔註94〕《王文公文集》卷二十七。
〔註95〕高振農《大乘起信論校釋》第36頁，中華書局，1992年。
〔註96〕《中國哲學十九講》第274頁，上海古籍出版社，1997年。
〔註97〕《王文公文集》卷二十八。
〔註98〕《王文公文集》卷二十五。
〔註99〕《王文公文集》卷二十七。

在力行之而已。」〔註100〕而最終他又將這一切歸之人心：「先王之道德，出於性命之理，而性命之理，出於人心。」〔註101〕這與《壇經》中「故知一切萬法，盡在自身中，何不從於自心頓現真如本性。……識心見性，自成佛道」何其相似。〔註102〕所以「荊公新學」是真正的「內聖外王」之道，既重視知命而力行，又重視心性方面的修養。而這一段時間內王安石對於佛教影響的接受，也主要是落實在建構他的學術、以施展他經世致用的抱負的方面。

二

　　晚年的王安石，罷相之後，隱居鍾山，作詩參禪成了他寂寞生涯的一種撫慰。而此時他對佛教的理解，也更多偏向於「萬事皆空」即「出」的一面，比較符合佛教作為一種解脫學說的本意。如他在《宿北山示行詳上人》中寫道：「是身猶夢幻，何物可攀緣？坐對青燈落，松風咽夜泉。」（卷二十二）〔註103〕在《中年》中云：「中年許國邯鄲夢，晚歲從家壙埌遊。」（卷四十二）在《示寶覺二首其二》中云：「重將壞色染衣裙，共臥鍾山一片雲。客舍黃粱今始熟，鳥殘紅柿昔曾分。」（卷四十三）在《次吳氏女子韻二首其二》中云：「能了諸緣如夢事，世間唯有妙蓮花。」（卷四十五）在《春日即事》中云：「細思擾擾夢中事，何用悠悠身後名。」（卷四十八）在《寄道光大師》中云：「遙知宴坐無餘念，萬事都從劫火燒。」（同上）在《雨過偶書》中云：「誰似浮雲知進退，才成霖雨便歸山。」（卷三十一）意識到人世擾擾，猶如一夢，但其中卻讀不出多少感傷。這一方面因為王安石是一個性格堅強的人，不肯輕易讓悲傷、失意之類的消極的情感隨隨便便地流露；另一方面也是因為他學佛有素，樂天知命，早就抱定了當進則進、當退則退的人生哲學。

　　感到世事如夢只是王安石晚年心態的一個方面，在另外一些詩中，我們仍然能夠隱隱感受到他那拔出流俗、傲兀不群的荊公面目，以及不甘寂寞、執著人間的救世熱腸。如著名的《梅花》詩：「牆角數枝梅，凌寒獨自開。遙知不是雪，為有暗香來。」（卷四十）《北陂杏花》：「一陂春水繞花身，身影妖饒各占春。縱被春風吹作雪，絕勝南陌碾作塵。」（卷四十二）明顯是借吟詠梅花、杏花以自託心跡。又如《六年》：「六年湖海老侵尋，千里歸來一寸

〔註100〕《王文公文集》卷四。
〔註101〕《王文公文集》卷三十四《虔州學記》。
〔註102〕〔唐〕慧能著、郭朋校釋《壇經校釋》，中華書局，1983年。
〔註103〕本文所引王詩均出李之亮《王荊公詩注補箋》，巴蜀書社，2002年。

—87—

心。西望國門搔短髮，九天宮闕五雲深。」李壁注云：「此見公深追神宗之遇，雖已在田裏，不忘朝廷也。」（卷四十四）又如《雜詠六首其六》：「百年禮樂逢休運，千里江山極勝遊。那似鮑照空寫恨，不為王粲只消憂。」李注云：「公閒居詩大率如此，怨懟譏刺者，視之有愧矣。」（卷四十六）更有《偶書》一詩云：「穰侯老擅關中事，長恐諸侯客子來。我亦暮年專一壑，每逢車馬便驚猜。」清人沈欽韓注謂「此詩未能忘情在丘壑者也」。（卷四十八）王安石晚年並不能夠完全忘記他的變法大業是實，但這正是他的真率之處，心中有所想，絕不去作故意的迴避，所謂大家的「大」也正就是體現在這些地方。但他當然明白，在當時的局勢下，即使再回朝也很難會有什麼真正的作為，這也正是他罷相的原因。宋人陳岩肖《庚溪詩話》卷下評此詩云：「王荊公介甫辭相位，退居金陵，日遊鍾山，脫去世故，平生不以世利為務，當時少有及之者。然其詩曰：『……』既以丘壑存心，則外物去來，任之可也，何驚猜之有，是知此老胸中尚蒂芥也。如陶淵明則不然，曰：『結廬在人境，而無車馬喧。問君何能爾，心遠地自偏。』然則寄心於遠，則雖在人境，而車馬亦不能喧之。心有蒂芥，則雖擅一壑，而逢車馬，亦不免驚猜也。」〔註104〕鑿之過深，則反而似乎錯過了荊公的本意。

事實上，王安石晚年歸隱鍾山，既沒有因信仰佛教而偏向於灰滅枯寂，也不是繫心於世務而難以忘懷，而是進入了一種泯滅榮辱、隨緣所適的自由境界。宋王從《清虛雜著補闕》中有這樣一段有趣的記載：

> 王荊公領觀使歸金陵，居鍾山下，出即乘驢。予嘗謁之，既退，見其乘之而出，一卒牽之而行。問其指使：「相公何之？」指使曰：「若牽卒在前，聽牽卒；若牽卒在後，即聽驢矣。或相公欲止，即止。或坐松石之下，或田野耕鑿之家，或入寺。隨行未嘗無書，或乘而誦之，或憩而誦之。仍以囊盛餅十數枚，相公食罷，即遺牽卒，牽卒之餘，即飼驢矣。或田野閒人持飯飲獻者，亦為食之。蓋初無定所，或數步復歸，近於無心者也。」〔註105〕

「近於無心者」正是王安石晚年生活態度的絕好寫照。可以想像，他那些諸如「紅綠紛在眼，流芳與時競。有懷無與言，佇立鍾山暝」（卷四《獨臥有懷》）、「獨飯牆陰轉，看雲坐久如」（卷二十二《獨飯》）、「取簟且一息，拋

〔註104〕載丁福寶輯《歷代詩話續編》，中華書局，1983 年。
〔註105〕載《中華野史‧宋朝卷一》，泰山出版社，2001 年。

書還少年」（卷四十《臺上示吳願》）、「經世才難就，田園路欲迷。殷勤將白髮，下馬照清溪」（同上《秣陵道中口占二首其一》）、「細數落花因坐久，緩尋芳草得歸遲」（卷四十二《北山》）、「春風日日吹香草，山北山南路欲無」（卷四十三《悟真院》）、「茅簷相對坐終日，一鳥不鳴山更幽」（卷四十四《鍾山即事》）、「終日看山不厭山，買山終待老山間。山花落盡山長在，山水空流山自閒」（同上《遊鍾山》）、「午梵隔雲知有寺，夕陽歸去不逢僧」（卷四十七《遊鍾山》）、「紛紛擾擾十年間，世事何嘗不強顏。亦欲心如秋水靜，應須身似嶺雲閒」（卷四十八《贈僧》）的美妙詩句，正是他那「近於無心」的隱逸生活的真實記錄。他或坐、或立、或行，看水、看山、看雲，人們禁不住想問：這位歷盡滄桑的老人，他究竟在想些什麼呢？

　　《答蔣穎叔書》是王安石晚年的一篇非常重要的佛學論文，其中有著王安石對於佛學的相當全面而成熟的見解。其書云：「所謂性者，若七大是也。所謂無性者，若如來藏是也。雖無性而非斷絕，故曰一性所謂無性，曰一性所謂無性，則其實非有非無，此可以意通，難以言了也。惟無性，故能變。若有性，則火不可以為水，水不可以為地，地不可以為風矣。長來短對，動來靜對，此但令人勿著爾。若了其語意，則雖不著二邊而著中邊，此亦是著。故經曰：『不此岸，不彼岸，不中流。』」「若知應生無所住心，則但有所著，皆在所訶，雖不涉二邊，亦未出三句。若無此過，即在所可，三十六對無所施也。」「佛所有性，無非第一義諦，若第一義諦，有即是無，無即是有，以無有象計度言語起而佛不二法。離一切計度言說，謂之不二法，亦是方便說耳。此可冥會，難以言了也。」[註106] 以非空非有之如來藏來統攝有無。究其實，仍然不出上面所提到過的如來藏系統「一心開二門」的格局。

　　可以說，對世間萬物莫生執著、莫生分別，既無善也無惡，無可無不可，一言不如一默，委運任化，類似這樣的思想在王安石晚年的思想中佔據了主導的因素。這樣的思想普遍反映在他此期的詩歌中。如《題半山寺壁二首其二》云：「寒時暖處坐，熱時涼處行。眾生不異佛，佛即是眾生。」（卷四）《讀〈維摩經〉有感》：「身如泡沫亦如風，刀割香塗共一空。宴坐世間觀此理，維摩雖病有神通。」（卷四十八）《懷古二首其二》云：「謾知談實相，欲辯已忘言。」（卷二十二）《和棲霞寂照庵僧雲渺平甫同作》云：「笑謂西來意，雖空亦不空。」（卷二十三）王安石喜歡下棋，曾寫過好幾首很有意

──────────
〔註106〕《王文公文集》卷七。

思的關於圍棋的詩。其中一首云：「莫將戲事擾真情，且可隨緣道我贏。戰罷兩奩收黑白，一枰何處有虧成。」（卷四十一《棋》）頗有一種世事滄桑過後的大徹大悟，其中也包含著對於過去變法期間與政敵所結下的愛恨恩怨的一筆勾銷。

對過去的政敵表示寬恕，是王安石晚年創作中很重要的一個題材。茲舉《擬寒山拾得二十首》（卷四）詩中數首為例。寫得最好的是第四首：

風吹瓦墮屋，正打破我頭。瓦亦自破碎，豈但我血流。我終不嗔渠，此瓦不自由。眾生造眾惡，亦有一機抽。渠不知此機，故自認怨尤。此但可哀憐，勸令真正修。豈可自迷悶，與渠作冤讎。

施害者同時也是受害者，受害者又何嘗不是施害者。如果站在更高的角度來審視世間的一切，那麼芸芸眾生都只是在業報輪迴中苦苦掙扎罷了，都是值得憐憫的。此詩充滿了一種悲天憫人的菩薩情懷，散發出一種偉大的精神氣息。當然，在現實生活中要真正做到這一點其實是很難的，尤其當你已經寬恕了你的敵人，而對方卻仍不肯善罷甘休。這樣每一次見面，就都成了對自己佛法修證的一種考驗。如第十首詩中云：「昨日見張三，嫌他不守己。歸來自悔責，分別亦非理。今日見張三，分別心復起。若除此惡習，佛法無多子。」從這首詩中，我們可以讀出王安石晚年內心的矛盾與鬥爭。而最終他終於領悟到：「眾生若有我，我何能度脫？眾生若無我，已死應不活。眾生不了此，便聽佛與奪。我無我不二，四天王獻缽。」（《其十三》）「無苦亦無樂，無明亦無昧。不屬三界中，亦非三界外。」（《其十五》）這便是他通過佛教信仰在心靈上所獲得的解脫。他與從前政敵關係的和解，最為人們所津津樂道的是在金陵與蘇東坡的會晤。宋蔡絛《西清詩話》卷上云：「元豐中，王文公在金陵，東坡自黃北遷，日與公遊，盡論古昔文字。公歎息謂人曰：『不知更幾百年，方有如此人物。』」〔註107〕即使是對變法派內部曾經受過王安石的提攜但後來又與他反目成仇的呂惠卿，王安石也接過了他伸出的重新和好之手，在《再答呂吉甫書》中云：「觀身與世，如泡夢幻，若不以此洗心而沉於諸妄，不亦悲乎！」〔註108〕

近世論者談論王安石晚期詩歌的風貌，常喜歡引用清人吳之振《宋詩鈔》中的說法：「論者謂其有工致無悲壯，讀之久則令人筆拘而格退。余以為不

〔註107〕載吳文治主編《宋詩話全編》三，江蘇古籍出版社，1997年。
〔註108〕載吳文治主編《宋詩話全編》三，卷六。

然。安石遺情世外，其悲壯即寓閒澹之中。」〔註109〕但筆者以為，若用「近於無心」概括王安石晚年的創作與心態，也許更為確切一些。這是在考察了他晚年學佛的成就之後所得出的結論。鍾山的十年隱居生活，確實使得他的思想獲得了一種超越，進入了人生的一個更高的境界。這當然對他的詩風產生了影響。如宋葉夢得《石林詩話》卷中即云：「王荊公少以意氣自許，故詩語惟其所向，不復更為涵蓄。……晚年始盡深婉不迫之趣。」〔註110〕這應該是比較客觀的評價。

最後讓我們以宋釋惠洪《禪林僧寶傳》卷二十七中的一段對話來結束本文：

> 舒王初丁太夫人憂，讀經山中，與（贊）元遊如昆弟。問祖師旨意，元不答，王益叩之。元曰：「公般若有障三，有近道之質一，更一兩生來恐純熟。」王曰：「願聞其說。」元曰：「公受氣剛大，世緣深，以剛大氣遭深世緣，必以身任天下之重。懷經濟之志，用舍不能必則心未平，以未平之心持經世之志，何時能一念萬年哉？又多怒，而學問尚理，於道為所知愚，此其三也。特視利名如脫屣，甘澹薄如頭陀，此為近道。且當以教乘滋茂之可也。」王再拜受教。〔註111〕

這似可為王安石佛教信仰的一種全面總結，同時也是當時出家人眼裏對居士佛教的一種評價。而王安石晚年在佛教方面的修行，也正是朝著去世緣、去怒、去理這樣的方向去努力的，與他壯年時代對佛教的態度有著很大的不同。但毫無疑問，無論是壯年還是晚年，王安石得益於佛教的滋養，成果都是極其豐碩的。這也正是佛教作為一種外來文化，對中華文化產生了那麼巨大的影響，直到今天，都還值得我們去進行研究的意義所在。

第四節 《水滸傳》與佛教

中國古典四大小說中，相較《西遊記》與《紅樓夢》而言，《水滸傳》與佛教的話題可能是較少為人提起的。佛教作為一種外來文化，歷經魏晉南北

〔註109〕 《宋詩鈔初集‧臨川詩鈔序》，中華書局，1986 年。持此論者如張白山《王安石晚期詩歌評價問題》，載中國社會科學 1980 年第 5 期；周亮《如何評價王安石後期詩歌創作》，載《貴州師範大學學報》1989 年第 4 期。
〔註110〕 載（清）何文煥輯《歷代詩話》，中華書局，1981 年。
〔註111〕 《四庫全書》本。

朝唐宋，可以說已基本完成其中國化歷程，成為中國文化不可或缺的一部分。《水滸傳》成書於元末明初，在當時屬於俗文學。探討《水滸傳》與佛教的關係，一來可以考察佛教在近世中國民間的傳播與存在情況，一來也可以更好地理解《水滸》這部奇書的主旨。蓋中國古代哲學思想，大概而言，無出乎儒、釋、道三家。弄清作者對於佛教的態度，也可有助於我們瞭解他對另外二家的態度。

有論者以為，《水滸傳》作者對於佛教採取一種貶抑的態度。持這種論點者也有一定的道理，《水滸傳》中對於出家人的嘲諷與貶斥，當以裴如海與潘巧雲私通這一段為尤。〔註112〕那裴如海，本是裴家絨線鋪裏小官人，出家在報恩寺中，結拜潘巧雲父親做乾爹，長潘巧雲兩歲，長得眉清目秀，被她呼作師兄。那潘巧雲，也是年輕貌美，先嫁給本府的王押司，不幸沒了，又改嫁給公人楊雄。楊雄雖然生得一表人才，但平時公務繁忙，一個月倒有二十日當牢上宿，這就給了裴如海可乘之機。二個人的私情，一方面是裴如海有意勾引潘巧雲，下了兩年多的工夫，故意結拜潘公做乾爺，只等方便的時候上手；一方面也是因為潘巧雲青春年少，加上水性楊花，耐不得閨房的寂寞。而那裴如海又是一個善會討女性喜歡的，甜言蜜語，曲意奉承，所以兩人從眉來眼去到終於發展成姦情。

整部《水滸傳》中，寫男女間的偷情，最精彩的是兩段。一是潘金蓮偷西門慶。〔註113〕其中從潘金蓮的不幸身世寫起，她本是大戶人家的使女，因為不肯聽從大戶的糾纏，被嫁給了人稱「三寸釘谷樹皮」的武大郎。這本是一椿不班配的婚姻，當他的叔叔打虎英雄武松出現時，潘金蓮對武松起了愛意，故時常將語言來撩撥。怎奈武松是一條頂天立地的好漢，結果當然是自討沒趣。偏偏又出來了個破落戶財主西門大官人西門慶，盯上了潘金蓮，請王婆定出十條挨光計。最後兩人終成姦情，一不做二不休，為了防止事情外泄，潘金蓮毒死了親夫武大郎。從此引出了武松殺嫂、鬥殺西門慶的驚天動地的故事來。另一篇就是這潘巧雲偷裴如海的故事。故金聖歎《讀〈第五才子書〉法》中歎道：「潘金蓮偷漢一篇，奇絕了，後面卻又是有潘巧雲偷漢一

〔註112〕 施耐庵、羅貫中著，李永祜點校《水滸傳》第四十五回《楊雄醉罵潘巧雲，石秀智殺裴如海》，中華書局，2001年。

〔註113〕 第二十四回《王婆貪賄說風情，鄆哥不忿鬧茶肆》，第二十五回《王婆計啜西門慶，淫婦藥鴆武大郎》，第二十六回《鄆哥大鬧授官廳，武松鬥殺西門慶》。

篇，一發奇絕。」〔註114〕

　　另外還有如閻婆惜通張文遠，盧俊義妻賈氏通僕人李固，這些故事都有一個共同點：就是這些人都沒有什麼好下場，除了張文遠是漏網之魚外，最後全部送了命。由此也可以看出作者對於男女婚外通姦的厭惡。雖然其中大多是男子主動勾引，但在作者看來，男女雙方並沒有什麼本質的差別。都屬於好色之徒，一旦淫心發動，便置禮義於不顧，所以都是為人所不齒而死有餘辜的。裴如海是一個和尚，因此尤其罪不可恕。《水滸傳》四十五回中這樣寫道：「善惡報應，如影隨形。既修二祖四緣，當守三歸五戒。叵耐緇流之輩，專為狗彘之行。辱莫前修，遺臭後世，庸深可惡哉！」又不知從哪裏引來的蘇東坡學士道：「不禿不毒，不毒不禿；轉禿轉毒，轉毒轉禿。」又云：「一個字便是僧，兩個字是和尚，三個字鬼樂官，四字色中餓鬼。」寫一堂和尚在潘巧雲家為她前夫做法事，見那婦人喬素梳妝，拈香禮佛，那些和尚也都七顛八倒起來：

> 班首輕狂，念佛號不知顛倒。闍黎沒亂，誦真言豈顧高低。燒香行者，推倒花瓶。秉燭頭陀，錯拿香盒。宣名表白，大宋國稱做大唐。懺罪沙彌，王押司念為押禁。動鐃的望空便撇，打鈸的落地不知。敲鋙子的軟做一團，擊響磬的酥做一塊。滿堂喧哄，繞席縱橫。藏主心忙，擊鼓錯敲了徒弟手。維那眼亂，磬槌打破了老僧頭。十年苦行一時休，萬個金剛降不住。

又如寫裴如海誘潘巧雲入僧房看佛牙：「色中餓鬼獸中狨，弄假成真說祖風。此物只宜林下看，豈堪引入畫堂中。」真是極盡譏罵之能事。

　　作為一個出家人而言，裴如海最大的過錯是犯了淫戒。佛教中有不得殺生、偷盜、邪淫、妄語、飲酒的五戒規定。可同樣是破戒，另一位喜歡喝酒、吃肉、殺人的花和尚魯智深，作者卻完全是用欣賞的筆墨來描繪的。魯智深正直，豪爽，好替人打抱不平。他軍官出身，人稱魯提轄，只因三拳打死了強娶民女又誣陷金老父女三千貫文書的惡霸鄭屠，為逃避官府的追捕，出家在五臺山做了和尚。首座眾僧都覺得他形容醜惡，相貌凶頑，智真長老卻對大家說：「只顧剃度他。此人上應天星，心地剛直。雖然時下凶頑，命中駁雜，久後卻得清淨，證果非凡，汝等皆不及他。」〔註115〕摩頂受記之時，也不曉得戒壇答應「能」「否」二字，卻應道「洒家記得」，引得眾僧大笑。才住上幾

〔註114〕馬蹄疾編《水滸資料彙編》第 34 頁，中華書局，1977 年。
〔註115〕第四回《趙員外重修文殊院，魯智深大鬧五臺山》。

個月，便覺「口中淡出鳥來」。於是便引出了魯智深大鬧五臺山這一場。又是喝酒，又是吃狗肉。打倒了金剛，推翻了亭子，直鬧得選佛場眾僧人「卷堂大散」。最後五臺山也呆不下去了，被長老推薦去了東京大相國寺，在菜園子裏做了一個菜頭。

　　但就是這樣一個看似不講理的花和尚，卻有一身的正氣。桃花山小霸王周通強搶民女，被他一頓鐵拳；瓦官寺的和尚、道士無惡不作，成了他杖下之鬼；野豬林暗中護送好友林沖，真可謂赤膽忠心。和梁山泊上的大多數好漢一樣，魯智深的第一條好處是不貪色，這也正是作者刻意要凸現的。王仕雲醉耕堂刻《出像評點水滸傳》中評曰：「魯智深止不犯淫邪，便參上乘。那殺生妄語，偷盜貪酒，四條都應未減。」〔註116〕歷代評家對魯智深評價最高的莫高於李贄，他在容與堂刻《忠義水滸傳》中評道：「此回文字（第四回）分明是個成佛作祖圖。若是那班閉眼合掌的和尚，決無成佛之理。何也？外面模樣盡好看，佛性反無一些。如魯智深吃酒打人，無所不為，無所不做，佛性反是完全的，所以到底成了正果。算來外面模樣看不得人，濟不得事，此假道學之所以可惡也歟，此假道學之所以可惡也歟！」〔註117〕「率性而行，不拘小節，方是成佛作祖根基」。「如今世上都是瞎子，再無一個有眼的。看人只是皮相，如魯和尚卻是個活佛，倒叫他不似出家人模樣，請問似出家人模樣的，畢竟濟得恁事，模樣要他做恁？假道學之所以可惡、可恨、可殺、可剮，正為忒似聖人模樣耳。」袁無涯刻《忠義水滸全傳》李贄第四回評亦曰：「智深好睡，好飲酒，好吃肉，好打人，皆是禪機。此惟真長老知之，眾和尚何可與深言。」〔註118〕看重的也是魯智深的真性情。魯智深最終是上了梁山，但誠如第九十回宋江五臺山參禪，對智真長老講的：「智深和尚與宋江做兄弟時，雖是殺人放火，忒心不害良善，善心常在。」征方臘結束後，魯智深有擒方臘之功，卻不願還京做官，只圖有個「囫圇屍首」。後於浙江聞錢塘潮至，以為戰鼓響，待要出去廝殺。當得知是潮信時，想起了師父曾經對他說過的「聽潮而圓，見信而寂」的話頭。於是焚起一爐好香，在禪床上坐化而去，顯然已是證得正果。故書中頌曰：「平生不修善果，只愛殺人放火。忽地頓開金枷，這裡扯斷玉鎖。咦！錢塘江上潮信來，今日方知我是我。」〔註119〕

〔註116〕《水滸資料彙編》第 237 頁。
〔註117〕《水滸資料彙編》第 91 頁。
〔註118〕《水滸資料彙編》第 110 頁。
〔註119〕第九十九回《魯智深浙江坐化，宋公明衣錦還鄉》。

　　《水滸傳》中還有一人，被後人稱作「梁山泊第一尊活佛」〔註120〕，那就是黑旋風李逵。李逵是個好殺人的漢子，「雖是愚蠢，不省禮法，也有些小好處：第一，鯁直，分毫不肯苟取於人；第二，不曾阿諂於人，雖死其忠不改；第三，並無淫慾邪心、貪財背義，敢勇當先」〔註121〕。所以連羅真人也說「這人是上界天殺星之數，為是下士眾生作業太重，故罰他下來殺戮」。李逵最可貴的就是他的真性情，毫無半點的矯飾。陳忱《〈水滸後傳〉論略》中云：「李逵不顧性命，不貪名節，殺人以爽快為主，吃酒以大醉為主，純是赤子之心。斯民也，三代之所以直道而行也。」〔註122〕他與宋江初次相識，便問宋江要了銀子去賭錢。〔註123〕金聖歎曾評這一段：「看他要銀子賭，便向店家借，要魚請人，便向漁戶討，一若天地間之物，任憑天地間之人公同用之，不惟不信世有慳吝之人，亦並不信世有慷慨之人。不惟與之銀子，不以為恩，又並不與銀子，不以為怨。夫如是而宋江之權術，獨遇斯人而窮矣。」〔註124〕而宋江之欣賞李逵，也正在於他的生性之真實不假。

　　在梁山諸好漢中，李逵是最富有造反精神的。江州劫法場，智取無為軍後，宋江說起了那首「縱橫三十六，播亂在山東」的民謠，是李逵第一個跳將起來道：「便造反，怕怎地！晁蓋哥哥便做大宋皇帝，宋江哥哥便做小宋皇帝；吳先生做個丞相，公孫道士便做個國師，我們都做個將軍。殺去東京，奪了鳥位，在那裏快活，卻不好？不強似這個鳥水泊裏？」〔註125〕柴皇叔被高知府的妻舅殷天錫奪去了屋宇花園，又毆罵柴進，柴進氣得要回家去取丹書鐵券來和他打官司。李逵道：「條例，條例，若還依得，天下不亂了！我只是前打後商量！」當他打死了殷天錫，奔回梁山，晁蓋怪他「又做出來」時，李逵道：「柴皇叔被他打傷，嘔氣死了，又來占他房屋，又喝教打柴大官人，便是活佛也忍不得。」〔註126〕李贄贊曰：「我家阿逵，只是直性，別無回頭轉腦心腸，也無口是心非說話。」〔註127〕晁蓋命喪曾頭市後，梁山泊的第一把交椅

〔註120〕明懷林《批評〈水滸傳〉述語》，《水滸資料彙編》第5頁。
〔註121〕第五十三回《戴宗二取公孫勝，李逵獨劈羅真人》中戴宗對羅真人語。
〔註122〕《水滸資料彙編》第263頁。
〔註123〕第三十八回《及時雨會神行太保，黑旋風鬥浪裏白跳》。
〔註124〕貫華堂刻《第五才子書水滸》卷四十二第三十七回評，《水滸資料彙編》第177頁。
〔註125〕第四十一回《宋江智取無為軍，張順活捉黃文炳》。
〔註126〕第五十二回《李逵打死殷天錫，柴進失陷高唐州》。
〔註127〕容與堂刻本，《水滸資料彙編》第100頁。

空缺了出來。盧俊義被賺上山後，宋江要把交椅讓給盧俊義，李逵叫道：「哥哥偏不直！前日肯坐，坐了，今日又讓別人。這把鳥交椅便真個是金子做的，只管讓來讓去。不要討我殺將起來。」「若是哥哥做個皇帝，盧員外做個丞相，我們今日都住在金殿裏，也值得這般鳥亂。無過只是水泊子裏做個強盜，不如仍舊了罷。」真是快人快語，宋江讓他氣得說不出話來。〔註 128〕盧俊義活捉了史文恭之後，按照晁蓋的遺願，宋江又要讓位。此時又是李逵第一個叫將起來：「你只管讓來讓去假甚鳥！我便殺將起來，各自散火！」〔註 129〕難怪金聖歎嫌惡宋江虛偽，只因李逵實在是太真率。壽張縣李逵喬坐衙，將富貴功名看得與戲子穿上戲服演戲一般，又不知要令人間多少利祿之徒羞死。〔註 130〕李贄於此處又贊曰：「李大哥做知縣、鬧學堂，都是逢場作戲，真個神通自在，未到不迎，既去不戀，活佛，活佛！」〔註 131〕

　　所以說《水滸傳》並不是一味地排斥佛教，如書中一首格言所云：「心慈行孝，何須努力看經。意惡損人，空讀如來一藏。」〔註 132〕作者恨的是那些表面三歸五戒，背地裏卻男盜女娼的假道學。而作者贊的是那些率直、良善，不貪女色，講兄弟義氣的好漢們。魯智深、李逵雖然都有一些小缺點，如喜歡喝酒、吃肉，性格急躁，甚至有一些強盜的習氣，但卻都是善惡分明、待人真誠的性情中人。而裴如海之流雖然生得外表斯文，日日誦經念佛，但由於言行不一，萬惡淫為首，所以是獅子身上蟲，佛門之敗類，必除之而後快。正是從這樣的一種觀念出發，作者才借裴如海罵盡了天下那些徒有其名之輩，而認為像魯智深這樣的花和尚卻一定可以成佛。

　　同樣，有論者以為《水滸傳》對於儒教持一種讚賞的態度，其實這也未必。《水滸傳》中誠然是有一些符合儒家道德的內容，比如他們所打出的「替天行道」、「忠義雙全」的大旗〔註 133〕。一部《水滸傳》從高俅的發跡寫起，正表明是官逼民反，亂自上作。而水滸豪傑之反抗官府，反的是貪官污吏，而不是當時的最高統治者皇帝。所以阮小五才會唱道：「酷吏贓官都殺盡，忠心報答趙官家。」宋江與武松在孔家莊分手之時，臨別交待之言也是：「如得

〔註 128〕第六十七回《宋江賞馬步三軍，關勝降水火二將》。
〔註 129〕第六十八回《宋公明夜打曾頭市，盧俊義活捉史文恭》。
〔註 130〕第七十四回《燕青智撲擎天柱，李逵壽張喬坐衙》。
〔註 131〕容與堂刻本，《水滸資料彙編》第 105 頁。
〔註 132〕《水滸傳》第 516 頁。
〔註 133〕第七十一回《忠義堂石碣受天文，梁山泊英雄排座次》。

朝廷招安，你便可攛掇魯智深投降了。日後但是去邊上，一槍一刀，博得個封妻蔭子，久後青史上留得一個好名，也不枉了為人一世。」〔註134〕日後的接受招安，破大遼，征方臘，「忠心報國，死而後已」，都是這種忠君愛國思想的反映，這種思想當然是屬於儒家的。又比如梁山泊的立寨宗旨是劫富濟貧，與一般的強盜並不完全相同。「途次中若是客商車輛人馬，任從經過；若是上任官員，箱裏搜出金銀來時，全家不留。所得之物，解送山寨，納庫公用；其餘些小，就便分了。」（第七十一回）這種均貧富的思想，也未始不是體現了儒家「不患寡而患不均」的民本思想，甚至有點烏托邦的色彩。

　　但同時我們也要看到，《水滸傳》中有很多與正統儒家思想不盡相符的地方。首先，《水滸》英雄們畢竟是一幫殺人放火的「強盜」，雖然他們更多的是殺富濟貧，除暴安良，但結果往往難免傷及無辜，甚至玉石俱焚。畢竟「革命不是請客吃飯，不是做文章，不是繪畫繡花，不能那樣雅致，那樣從容不迫，文質彬彬，那樣溫良恭儉讓」〔註135〕。這也是《水滸傳》這本書長期為封建統治階級所禁燬，甚至到現在還有很多讀者對於其中的一些人物形象感到不可思議的最主要原因。而這與儒學自漢代以後升格為官方哲學，其主要職能是維護封建帝王的統治，越來越從「臣道」降格為「奴道」，顯然是不一致的。其次，《水滸傳》對於當時那些心胸狹窄、陰陽怪氣的俗儒，是持一種批判的態度。比如林沖火並王倫這一段，作者借林沖之口罵道：「量你是個落第窮儒，胸中又沒文學，怎做得山寨之主！」〔註136〕李贄評曰；「天下秀才都會嫉賢妨能，安得林教頭一一殺之也。」「可惜王倫那廝，卻自家送了性命。昔人云：『秀才造反，十年不成』，豈特造反，即做強盜也是不成。底嘗思天下無用可厭之物，第一是秀才了。」〔註137〕又比如矮腳虎王英劫了清風寨知寨劉高的妻子，宋江勸他把人放掉，王英道：「況兼如今世上，都是那大頭巾弄得歹了，哥哥管他則甚？」（第三十二回）結果宋江救了這個女人後，好心沒有好報，反被劉高抓去打得皮開肉綻，真是應了王英之言。又如史進被抓在華州城，魯智深急於要去救他，朱武勸他要從長計議。魯智深罵道：「都是你這般慢性直娘賊，送了俺史家兄弟！只今性命在

〔註134〕第三十二回《武行者醉打孔亮，錦毛虎義釋宋江》。
〔註135〕毛澤東《湖南農民運動考察報告》，《毛澤東選集》第一卷，人民出版社，1952年。
〔註136〕第十九回《林沖水寨大並火，晁蓋梁山小奪泊》。
〔註137〕容與堂刻本，《水滸資料彙編》第94頁。

他人手裏，還要飲酒細商！」〔註138〕可以說對於那些百無一用的書生態度甚為輕蔑，崇尚的仍是那些敢作敢當、有血性的真英雄！

對於道教可以說也是如此。有論者根據《水滸傳》第一回張天師祈禳瘟疫，洪太尉誤走妖魔，龍虎山放出了三十六天罡，七十二地煞；又宋江還道村受九天玄女三卷天書；忠義堂石碣受天文等，便認為《水滸傳》是崇道的。這其實也是未必然的。《水滸傳》這部書的主旨，一是提倡民權，反對專制壓迫；一是打倒假道學，崇尚真性情。竊以為凡欲討論《水滸》與宗教之關係者，都應從這二點出發。還應該看到，《水滸傳》中所談論的佛教也好，儒教也好，更多代表的是一種民間的理解，與正統的佛教、儒教並不是一回事。要明白《水滸傳》並不是一本專門討論宗教的小說，雖然事實上任何一本小說，總是有這樣或那樣的思想作其基礎。所以《水滸傳》與佛教可謂是一種不即不離的關係，既不反對佛教，但也絕不是佞佛。其貶斥裴如海之流，歌頌魯智深，代表的是一種民間的樸素的對於善惡的界分。其對於女色之過分嫌惡，雖略有不近人情之處，但可以說也是出於對於英雄人格刻畫之需要。抑惡揚善，崇真去偽，是《水滸傳》的真精神，這又何嘗不是儒、釋、道三教之真精神！只有從這樣的高度去理解《水滸傳》，才不至於認為《水滸傳》有毒，不至於認為武松、李逵有時是在濫殺無辜。蓋《水滸傳》是一部奇書，施耐庵也是一千古傷心之人。懷才不遇，寄憤於此書。讀《水滸傳》不可過分在意一枝一葉，否則必然得出相反結論。讀《水滸傳》而能讀出其中所寄寓的「獨立之人格與自由之精神」，方可謂善讀《水滸》者。

第五節　《續比丘尼傳》初探〔註139〕

《續比丘尼傳》六卷，民國釋震華（1908～1947）撰。作者俗姓唐氏，江蘇興化人，曾任上海玉佛寺主持。「師長於詩，擅畫竹蘭，頗有才藝。又精研佛史，嘗編《佛教人名大辭典》，稿成，未及行世而示寂，世壽三十九」〔註140〕。《續比丘尼傳》上續梁釋寶唱的《比丘尼傳》，著錄梁、陳、北齊、隋、唐、五代、宋、元、明、清、民國比丘尼二百零一人，附見四十七人。該書之寫成頗為不易，據他的學生超塵法師回憶，作者曾用三年時間，積稿

〔註138〕　第五十八回《三山聚義打青州，眾虎同心歸水泊》。
〔註139〕　載《高僧傳合集》，上海古籍出版社，1991年，據鎮江竹林寺刊本影印。
〔註140〕　參星雲大師、慈怡編《佛光大詞典》，書目文獻出版社，1993年。

盈尺，值一二八抗戰爆發，稿為弟子攜走遺失。後又追憶前作，於民國二十八年（1939）再成此書〔註141〕。而是書之寫作，正體現了經過現代男女平等思想洗禮的佛教僧尼平等觀念在近代中國的成熟。作者在《自序》中寫到：「原夫法性平等，本無男女差別，良以一切眾生，從無始來，昧失本因，起惑造業，循名著相，橫生計執，遂致形成依正假名，不出根塵妄習，非唯著我耽人，益復重男輕女。抑之不足，至謂無才是德；卑之不足，至謂慰情勝無。積習相傳，古今共轍。暨乎斬絕情塵，歸心釋氏，唯如四河入海，同一鹹味，既無高下之分，何有軒輊之見？」書中收錄了大量高德尼僧的事蹟，包括尼眾創作的詩偈，對於研究中國佛教史、文化史、婦女史、文學史，有著重要的參考價值。

一

　　中國歷代的僧傳，如梁釋慧皎撰的《高僧傳》、唐釋道宣撰的《續高僧傳》、宋釋贊寧撰的《宋高僧傳》、明釋如惺撰的《大明高僧傳》、明釋明河的《補續高僧傳》和民國時期喻謙撰的《新續高僧傳》等，其功用之一，就是在為高僧大德樹碑立傳的同時，對信仰者產生一種感召與榜樣的作用。《續比丘尼傳》中的一些尼僧事蹟，與上述僧傳中的記載相比，可以說毫不遜色。而且因為這些事蹟均出自女性，令人多生出一份敬意。

　　首先是她們在求法、弘法過程中所表現出的堅毅不屈精神。這裡有幾位人物值得特別一提。一位是隨唐鑒真法師東渡日本弘法的藤州通善寺尼智首，鑒真法師六次東渡日本，都遇難折回，到第七次才成功。智首隨法師前往，「冀以大法化彼女眾，雖其餘道跡湮沒不彰，然以愛道孱弱之軀，而能犯萬里鯨波，投身異域，建立法幢，其志節已足多矣。」（卷一）還有一位宋蘇州延聖院尼法珍，「斷臂募刻《大藏經》，三十年始就緒，當時檀越有破產鬻兒應之者」。她去世後，她的學生們「復斷臂續之，更三世其願始滿」。（卷二）其所刊刻之《趙城金藏》，流傳至今，堪稱稀世珍寶。

　　時至近代，隨著尼眾自強自立意識的不斷增強，佛門傑出的女性更是層出不窮。如民國鎮江雨花庵尼素密，早年修習運氣諸法，後因在日本，「見佛教在彼國極盛，若英美之崇奉耶穌無異」，遂一心參究禪旨。「提倡十聲念佛，其法簡便易行，人多奉其教」。在香港鳳凰山建立楞嚴壇，開香港普化佛教風

氣之先。又如民國海會塔院尼覺明，早年與鑒湖女俠秋瑾交往，曾是弘一法師執教上海城東女學的學生。精通臺、賢之學，應邀在奉化法昌佛學院講授《楞嚴經》。「令每人各依一種注解，先講演一遍。明則披剝其瑕疵，抉擇其是非，採取其精華，補充其不足，以圓滿其說」。「明冬不圍爐，夏不揮扇，不赴宴會，不看雜書。渴飲晨鹽，皆用冷水。孤懷凜凜，罕與其匹。」佛學修養精湛，令人想見其神采。又如民國新安靈雲寺尼能修，「志切朝山，不憚跋涉。國內各大名剎，強半有其足跡」。從四川入西藏，「途中大半步行，間以牛馬土車代步。渡水登山，均皆赤足」。「至雪山時，雪深及膝，數日不見一人一屋。從者畏泣，能修挈長徒冒雪獨先，不稍反顧。夜則擁氈踞地，晨起視五人猶在，仍賈勇而西」。至西藏，受到達賴喇嘛的親自接見，並在西藏學習藏文經咒。後回到上海，用自己的實踐向社會各界證明，女性只要發大心，吃大苦，男性能做到的事，女性也一樣能做到。其堅忍不拔之意志，與當年西行求法的法顯、玄奘無異。又如民國江寧保國庵尼識參，為保衛庵產，不畏強權，與洋行作鬥爭，終於獲得勝利。後北伐勝利，當地的農民協會又誣告尼庵侵佔民產，識參歷時數十年，訴訟達五十五次，為保衛庵產，殫精竭慮。而當中日戰爭暴發，京滬沿線居民紛紛避難，流離失所時，識參又成立下關寶塔橋紅萬卍字會難民收容所，先後容納老弱婦孺一萬餘人，維持百餘日始解散。（卷六）是皆法門之龍象，在當時就都有著很大的社會影響，她們共同為中國比丘尼史譜寫了光輝燦爛的篇章。

其次，不少尼眾禪機峻切，慧解超群，在中國禪宗史上，佔據著重要的地位。如梁湖州法華寺尼道跡，達摩將返天竺，命門人各言所得，道跡曰：「我今所解，如慶喜見阿閦佛國，一見更不再見。」被達摩許為得其肉。又如唐韶州曹侯村尼無盡藏，常誦《大涅槃經》，六祖聽後，已解義理。無盡藏奇怪他字都不識，卻能會意。六祖回答道：「諸佛妙理，非關文字。」又如唐溫州淨居寺尼元機，曾去參雪峰義存。「峰問：『甚處來？』機曰：『大日山來。』峰曰：『日出也未？』機曰：『若出則鎔卻雪峰。』峰曰：『汝名甚麼？』曰：『元機。』峰曰：『日織多少？』機曰：『寸絲不掛。』遂禮拜退。才行三五步，峰召曰：『袈裟角拖地也。』機回首，峰曰：『大好寸絲不掛。』即於言下契悟。」又如唐婺州金華山尼實際，俱胝和尚的一指禪即受其激發。（卷一）這些可以說都是一些著名的公案。

如果說在唐以前，很多比丘尼出現在禪宗史上，是由於託名於一些禪師宗

匠，那麼宋以後的比丘尼，開始更多以自己獨立的面目出現，佈道講法。如宋溫州淨居寺尼妙道，受學於徑山大慧宗杲禪師，留下了這樣的語錄：「有時一喝，生殺全威。有時一喝，佛祖莫辨。有時一喝，八面受敵。有時一喝，自救不了。」「拈起拂子曰：『還見麼？若見被見刺所障。』擊禪床曰：『還聞麼？若聞被聲塵所惑。直饒離見絕聞，正是二乘小果。跳出一步，蓋色騎聲。全放全收，主賓互換。所以道欲識佛性義，當觀時節因緣。敢問諸人，即今是甚麼時節？蕩蕩仁風扶聖化，熙熙和氣助升平。」臨濟義玄禪師曾謂僧曰：「有時一喝如金剛王寶劍，有時一喝如踞地師子，有時一喝如探竿影草，有時一喝不作一喝用。汝作麼生會？」〔註142〕峻烈的禪風，頗得臨濟一系之大機大用。（卷二）

二

　　比丘尼是中國婦女中比較特殊的一個群體，由於歷史上婦女長期處於一個比較弱勢的群體，所以今天當我們回顧尼眾們出家求道的經歷，便會倍感其艱辛與不同尋常。

　　分析比丘尼出家的原因可以發現，雖然其中也不乏出身名門甚至帝王之家而立志向道者，但也有很多選擇出家的一個直接動因是由於家庭生活尤其是婚姻的不幸。而這樣一種情況，在明清似乎表現得更為明顯。如明蘇州寒山庵尼竺禮，「幼納周聘，周子無行。禮泣曰：『忍以此身自污耶？』誓死不與成禮。久之，周子死。父母欲改適，又泣曰：『忍以一身許二姓耶？』欲引決。父母強之，乃祝髮為尼。」（卷三）又如清嘉興寶珠庵尼明修，也是因為不願再嫁，而逃入了尼庵，削髮為尼。（卷四）而民國台州某庵尼蓮貞，為了反抗婚姻的不自由，而走上出家道路的故事，則更是令人唏噓不已。蓮貞從小與失去父母的表兄一起長大，相愛並已經私訂婚約。而父母因為表兄家貧，不願提起這事。後來知道女兒已經私下以身相許，怒而將表兄逐出家門。表兄悲憤交並，不得已投金山寺剃度為僧，並將自己的辮髮託人交給了蓮貞。「貞得書併發，欣然曰：『彼不我負，我安可負彼？我本擬一死以謝彼。今彼既為僧，我亦知所處矣。』」遂出家為尼。又民國某縣圓覺庵尼印心的在家經歷，更是舊時代婦女悲慘命運的一個縮影。她在嫁夫三載之後，產下一女，接著丈夫就去世了。後把幼姪過繼為子，公婆以為這對母女剋夫剋父，視她們為

〔註142〕〔宋〕普濟著《五燈會元》卷十一，中華書局，1984年。

不祥之物，妯娌小姑也跟著欺凌她們。好不容易把兒子拉扯成人，竟是個不肖之子，兒媳婦也十分兇悍。乃歎曰：「有子若是，不如無子。予本無子，而必以人子為子，本自尋煩惱。」出於對家庭生活理想的徹底破滅，而毅然走上了學佛的道路。（卷六）

由於婦女缺乏經濟地位，很多比丘尼在修道的過程中，條件是十分艱苦的。英國作家吳爾夫在《一間自己的房間》中曾經說過：「女性始終是貧困的，不僅僅二百年來如此，有史以來就是這樣了。」〔註143〕民國東臺蓮花庵尼印根，棄俗出家，「時庵中殿宇殘破，椽桷欲脫。草徑荒階，等無人境。有妙善、妙守二師，及善女五、六人，寄庵修行。各自炊食，無有主持。望去滿眼煙塵，為狀極苦。印根歎曰：『此庵雖苦，而道甚富。他庵雖富，其道不如。吾今為道而來，其境良宜。」（卷六）貧困的物資條件，激發出的是更加熱烈的向道之心。後來在她堅持不懈的努力下，終於將廟庵漸次修復。

在求道的過程中，很多比丘尼還時時受到來自男性世界的侵凌。如唐蘇州混山尼，就受到了當地一名官吏的騷擾。只得勤念《法華》，求佛祖保佑。後來當這名官吏來庵中寄宿，心懷歹意，向尼房走去時，「少選之間，忽覺半體酸痛，男根遂落。遍身流汗，即發癩瘡；眉毛鬢鬚，一時俱墮」。（卷一）透過這個離奇的故事，我們可以看到女性對於無賴男子潛意識中的恐懼與厭惡。又如元燕京藥師庵尼性悅，原為中書平章闊闊歹之側室，丈夫去世後，為了逃避正室子的糾纏，而入庵為尼。當時的宰相伯顏因為被正室子買通，將她收到官府，百般拷打。性悅寧死不從，持觀音聖號不絕。最後此事不了了之。（卷三）這又是比丘尼不畏強暴、堅持信仰的一個例子。

而對於比丘尼本身來說，出家就意味著要斷滅人世的七情六欲。在這一點上，女性的意志能否像男性一樣地堅強呢？南傳佛教巴利三藏的《長老尼偈陀》中，有一位無名的長老尼出家25年，仍受著貪欲的煎熬，而得不到片刻的寧靜。又有一位悉哈長老尼，坐禪七年，仍不得定慧。最後決定自縊，才突然獲得頓悟。〔註144〕這都是很真實的記載。相比較而言，也許是受到中國傳統儒家思想的影響，《續比丘尼傳》中的尼眾在持戒上特別謹嚴，在修持上尤其精進，從中我們可以強烈地感受到她們的自尊與自強。比如清滄

〔註143〕賈輝豐譯，第94頁，人民文學出版社，2003年。
〔註144〕南傳佛教小部經典之第九《長老尼偈·五偈集》，鄧殿臣、威馬萊拉擔尼合譯，中國社會科學出版社，1997年。

州憩水井尼慧堅，「戒律謹嚴，並糖不食，曰糖亦豬脂所點成也。不衣裘，曰寢皮與食肉同也。不衣綢絹，曰一尺之帛，千蠶之命也。供佛麵筋必自製，曰市中皆以足踏也。焚香必敲石取火，曰灶火不潔也。清齋一食，取足自給」。（卷五）持戒之嚴，甚於男性。又比如清秀州蓮花庵尼可度，為參「萬法歸一」話頭，「寢食都忘，不期年而氣幾絕」。直至後來禪師告訴她「本自現成，多用氣力作麼」，才頓覺心意平貼，豁然開悟。（卷四）清蘇州某庵尼量海，因有感於當時尼界不振，揮筆為《警眾語》一篇，其中寫到：「《華嚴》以人中獅子比佛，五十三善知識獨一比丘尼以獅子為號，可知威神卓越，成就佛心，不以比丘尼而遂弱也……今日大比丘僧，還有諸方叢林，禪堂規策，堂頭長老，開示薰聞。雖自迷昧，漸得明通。我輩比丘尼眾，都無此也。終日暗暗，逐色隨聲。向外馳求，未嘗返省。為師不教，為徒不學。光陰可惜，剎那一生。荏苒人間，而無所益。夫女人出家，當棄女人之習，發勝妙之種，尊重高僧。猛入佛法心，懺悔念清涼。深發大悲心，全行解脫事。方得十方矜式，四眾環興。」（卷五）真可謂披肝瀝膽、振聾發聵之論。

　　而眾比丘尼們在修持道路上，那種彼此影響、親如姐妹、相濡以沫般的情感，讀來尤其令人感動。民國南匯淨心庵尼淨船傳是個典型的個案。她與異姓姐妹淨願同心學佛，開南匯地區婦女出家之風氣。由於她們的勸勉，「四十餘年來，幾無歲無善女人相從落髮現尼相，多時年且達二三十人。尼既日眾，淨心雖大，亦漸不能容。於是乃分居三聖、三昧、大悲、福緣、蓮華等庵，各住尼十餘人乃至數十人不等。蓋舉凡南匯及其比鄰之奉川兩縣各庵所有之比丘尼，幾無一人非船、願二師之剃度弟子與徒孫曾。合已圓寂者計之，當有五百人之多，洵屬希有事也」。而「師徒兄弟之間，旨趣相投，志同道合。無親疏，無恩怨，無吝妒，無偽謙，無猜疑，無嫉忌，無爭競。共學共作，相敬相親，互勉互助，各見以誠。怡怡然，融融然，勝於家庭骨肉。離俗清修之樂，誠非塵世俗惡所可比也」。（卷六）

　　回看比丘尼的產生、發展歷史，當年佛陀在她姨媽大愛道與阿難的反覆懇請下，終於允准女眾出家受具修行，讓很多女性也獲得了接受教育、受人尊敬的權利，對於婦女的地位是極大的提升。但相對來說，尼眾在佛門的地位一直仍然上比較低的。比如「八敬法」的制訂，即一明證。有關「八敬法」的現存記錄，在各部律中，有少許歧異。大致而言，此八法為：「（一）尼百歲禮初夏比丘足，雖百歲之比丘尼，見新受戒之比丘，亦應起而迎逆禮拜，

與敷淨座而請坐。（二）不得罵謗比丘，比丘尼不得罵謗比丘。（三）不得舉比丘過，比丘尼不得舉比丘之罪，說其過失，比丘得說尼之過。（四）從僧受具足戒，式叉摩那（學法女）學戒畢，應從眾僧求受大戒。（五）有過從僧懺，比丘尼犯僧殘罪，應於半月內於二部僧中行摩那埵。（六）半月從僧教誡，比丘尼應於半月中從僧求乞教授。（七）依僧三月安居，比丘尼不應於無比丘處夏安居。（八）夏訖從僧自恣，比丘尼夏安居畢，應於比丘僧中求三事以自恣懺悔。」〔註145〕而譯於北涼的《大愛道比丘尼經》下卷中，至有女人「八十四態」的對於女性的醜化描寫〔註146〕。震華大師寫作《續比丘尼傳》，其用意之一，便是為了要追求僧尼平等。時到今日，有關佛教婦女問題的研究與討論，在全世界更是越來越多，有關廢除「八敬法」的呼聲在臺灣也可謂此起彼伏。可以想見，在未來的社會生活當中，比丘尼在弘法利生、度人淑世方面，必將發揮越來越重要的作用。

三

　　比丘尼對於中國古代女性文學也有著特殊的貢獻，《續比丘尼傳》中就記錄了不少尼眾的創作，而尤以詩偈為多。近年來，隨著佛教文學研究的不斷深入，詩僧們的創作已經進入了研究者的視野〔註147〕，而對於尼眾創作的研究則相對滯後；研究女性文學者，又往往關注的是歷史上的那些才女，鮮有論及尼眾者〔註148〕。這不能不說是一個遺憾。

　　她們的創作，有些是在出家為尼前作的。相比古代閨閣女性的創作，由於平時的生活圈子較為狹小，大多情感纖細，多愁善感，有很大的相似性。如宋西湖五雲山尼楊淑芳，曾為賈似道妾，國破後自度為尼。其《浣溪沙》詞云：「散步山前春草香，朱欄綠水繞吟廊，花枝驚墜繡衣裳。　　或定或搖江上柳，為鸞為鳳月中篁，為誰掩抑鎖雲窗。」（卷二）可謂巧有才思。又如清白下某庵尼淨照，曾為前明宮人，著宮詞百首，其中如「一樹寒花冒雪開，幽香寂寂映妝臺。女官爭簇傳呼近，知是鸞宮選侍來。」「寶妝雲髻軃金衣，嬌小丰姿傍玉扉。新人未諳宮禁事，低頭先拜假純妃。」皆為當時宮中生活

〔註145〕據《佛光大詞典》「八敬戒」條。
〔註146〕《大正藏》第二十四冊，佛陀教育基金會出版部，1990 年。
〔註147〕如覃召文著《禪月詩魂——中國詩僧縱橫談》，三聯書店，1994 年。
〔註148〕參張宏生、張雁編《古代女詩人研究》之附錄部分《20 世紀古代女詩人研究論著目錄索引》，湖北教育出版社，2002 年。

之實錄。（卷四）清長洲某庵尼再生，出家前所作《不寐》云：「殘燈一點蒸孤擎，門外蕭蕭落木聲。風動庭梅疏影亂，露凝修竹暮寒輕。支離瘦骨惟供病，牢落愁懷豈為情？此夜酒醒夢斷處，半簾明月夢無成。」（卷五）幽情別緒，令人讀之銷魂。

　　當然更有代表性的是出家後的作品。如唐西蜀慈光寺尼海印，《全唐詩》尼詩僅收其所作《舟夜》一首，彌可珍貴。其詩云：「水色連天色，風聲益浪聲。旅人歸思苦，漁叟夢魂驚。舉棹雲先到，移舟月逐行。旋吟詩句罷，猶見遠山橫。」（卷一）超然脫俗，才思清峻。又比如元杭州西天目山尼楊妙錫，見梅花而悟道，作詩偈曰：「盡日尋春不見春，芒鞋踏遍嶺頭雲。歸來笑拈梅花嗅，春在枝頭已十分。」（卷三）以詩語禪，更是膾炙人口。以上兩首詩一抒懷，一見性，似乎正代表著比丘尼詩作的兩大內容特點。

　　其抒懷之作，如明莒州某庵尼悟蓮《秋夜即事》：「西風颯颯動羅帷，初夜焚香下玉墀。禮罷真如庭院靜，銀釭高照看圍棋。」（卷三）情致閒雅。而清蘇州水月庵尼元瑛所作的《留別士雲小范兩弟》：「我已生涯一笑空，家駒還仗振遺風。幾年別夢三秋破，千里煙波一棹通。盛世金門多早歲，浙西老衲本江東。歸來別欲乘潮去，搔首輕雲逐斷鴻。」（卷五）則筆力豪健。最耐人尋味的是她們由於擺脫了男女間情愛的糾葛而獲得的那份灑脫。清蘇州洞庭東山尼宛仙，詩才清妙。其《庵中寫懷》云：「禪關晝掩絕塵蹤，前有修篁後有松。野鶴去時人少伴，曉雲起處筆添峰。當時自識塵緣淺，今日誰知道味濃。千里赤繩從此斷，超然何用講三從？」清吳江紫雲庵尼性道，少有才女俠士之目。其《春居》云：「小榻參差竹影斜，衡門芳草鎖煙霞。棱錚傲骨詩為友，淡泊禪心畫作家。暖日不須來燕子，春風爭肯逐桃花。憑闌細雨瀟瀟夜，慷慨悲歌撫鏌鋣。」（卷五）這些詩歌，讓我們看到了中國古代婦女精神生活的另一側面。

　　其見性之作，更多出之以俚俗，而內容上往往驚世駭俗，能道一般婦女所不能言也不敢言者。如宋蘇州西竺寺尼智通，政和間居金陵，設浴於保寧，寫下了這樣的洗浴偈子：「一物也無，洗個甚麼？纖塵若有，起自何來……盡道水能洗垢，焉知水亦是塵？直饒水垢頓除，到此亦須洗卻。」（卷二）真是一篇奇文。又比如宋蘇州李氏庵尼祖懃，為一俗官所作之偈：「終日為官不識官，終年多被吏人瞞。喝散吏人官自顯，揭翻北斗面南看。」（卷二）生動活潑，頗有梵志「翻著襪」之妙。又如明歸德水晶庵尼獨目金剛，倡男女無別，

而說偈曰：「男女何須辨假真，觀音出現果何人？皮囊脫盡渾無用，試問男身是女身？」（卷三）凸現出強烈的男女平等意識。而清南海檀度庵尼無我，「嘗寫通體小影，支頤枕石而臥，蕉陰苔色，上下掩映。題句云：『六根淨盡絕塵埃，嚼蠟能尋甘味回。莫笑綠天陳色相，誰人不是赤身來？』」（卷四）見識高遠，非普通婦女所能及。至如明杭州孝義庵尼袾錦所作的《七筆勾》長詩（卷三），勸導婦女出家，更是尼眾文學史上的一篇名作。

附錄　大乘三系科判淺解

　　大乘三系的科判，太虛法師將之分為三宗，即法性空慧宗、法相唯識宗、法果圓覺宗，其思想來自基師之無漏般若宗、有為唯識宗、無為真如宗三義，並引《瑜伽師地論》第十之法性、法住、法界說以證成。〔註149〕是可為近代以三系判定大乘之先聲。而印順法師在此基礎上，又將其發展成性空唯名、虛妄唯識、真常唯心三大系。〔註150〕以印公在當代佛教界之特殊地位，這種科判已基本為教內教外人士所普遍接受。簡單地說，大乘性空唯名係是依《般若》《中觀》等經論談緣起性空的，虛妄唯識系是以《解深密經》《瑜伽論》等為宗依談法相唯識的，真常唯心系是依《勝鬘》《楞伽》《起信》等經論談如來藏自性清淨心的。「從大乘三系看來，不得不讚歎如來的善巧方便、一轉一轉的，越來越殊勝！」（同上）但一般知識階層的佛教徒，當學佛修行到一個階段時，還是會產生「到底中觀對呢？還是唯識比較對？」「到底阿含經對呢？還是禪比較對？」的困惑。因為印公對這三系的科判，究其實仍是站在性空的緣起觀的立場，而將後二系視作一種方便的。這種以自繫為了義，以他系為不了義的做法，自古以來都是佛教內部引起種種諍論的導火索，以致李元松居士《我有明珠一顆》中竟有「印順法師間接影響禪的式微」一說。〔註151〕筆者以為，若從弘揚佛法的角度出發，佛教內部應當儘量減少目前這種不必要的內耗，彼此尊重，一致對外，思考如何在現代甚至後現代社會中，面對各種新的挑戰，重新找準佛教的自我定位，秉承太虛法師之遺志，推進契理契機的人間佛教。誠如太虛法師在《閱「辨法相與唯識」》中所言：「故

〔註149〕《太虛集》，《再論大乘三宗》，中國社會科學出版社，1995年。
〔註150〕《印順集》，《大乘三系教判》，中國社會科學出版社，1995年。
〔註151〕中國友誼出版公司，1995年。

吾以法性空慧、法相唯識、法界圓覺三宗皆了義，皆究竟也。空宗由一切法即空而達即空假中（佛慧實相）；識宗由一切法唯識而達即空假中；實相宗直觀一切法即空假中而達即空假中。」此實乃更為圓通之論。若進言之，性空唯名以說性空見長，虛妄唯識以說識有見長，而真常唯心論之「一心開二門」正符合佛教之中道正觀，頗得正反合之妙。故三說皆了義，皆為究竟說。下淺析之。

性空唯名系的思想基本可以龍樹的《中論》為代表來談。該書從緣起性空的角度談人法兩空，專破小乘佛教之人空法有。呂澂的《印度佛學源流略講》中即以為，中觀宗就是反對由有部發展而來的婆沙宗對概念實在的極端論而形成的。般若部的《金剛經》全部講的是性空而幻有的問題。而到了小品《寶積》，更把「中道」固定在「正觀」方面運用，比「空觀」又進了一步，破空破有，提倡「中道正觀」。實際上，中觀空思想是直接由緣起空思想發展來的。這裡所謂「空」，就是沒有自性的意思，而不是在有之外，還有一個相對的空，那樣的空是「頑空」，正是《中論》所要破斥的。一部《中論》，其實就是講八不緣起與實相涅槃的。所謂「不生亦不滅，不常亦不斷，不一亦不異，不來亦不出」，即講凡是緣起的，即是假名有，是無自性而空的。好在由於空故，是極無自性的，所以要從緣而起；依於因緣，一切法都可以成立。所以緣起性空的另一面實是性空緣起，由此而開出真諦不離俗諦、俗諦不離真諦的二諦說，不偏於俗，不偏於真，這才是中道。所以此一系之特色正是約如實而無可取之空而言的。而誠如呂澂所指出的，龍樹第一次提出了「假名」這一範疇，由「唯假」到「唯了」（唯識），龍樹的思想中又指示了向唯識發展的方向。

虛妄唯識系的思想在這裡主要以《成唯識論》來談。該系從法相唯識的角度講境無識有，境由識生。這既是對中觀思想的補充發展，又是對其發展到後世所出現流弊的一種糾偏。中觀思想傳至後世，一些學者不解空義，妄執一切皆空，於世俗諦，不施設有；於勝義諦，真理亦無。此謂之「惡取空」，亦稱為「沉空」。故佛滅後九百年傾，無著、世親兩大論師出世，為矯治當時沉空之弊，而標示「有」義。此有，非是小乘外道之諸法實有，而是破我法二執後所顯示的「真空妙有」。這在印度稱為「有宗」，亦稱「瑜伽行學派」。唯識宗認為，世間的一切都是虛幻不實的，都是識變現的，宇宙萬有是所變，識是能變，其中第八識阿賴耶識是最重要的一個識，它可以從前生轉到後生，生生世世相續

不斷，直至涅槃解脫。所以唯識宗靠阿賴耶識建立生死輪迴理論，並有相應的種子論、四分論和三自性論，構成了一個嚴密的理論體系。與第一系之二諦說有所不同，唯識宗建立了三性之說，即依他起性、遍計執性與圓成實性。三性聯繫到「有」、「無」的概念看，遍計所執性是出於遍計的執著，所以是「無」。依他起性是遍計生起的依據，因而是「有」，但這個有不是實有，而是「假有」。到了圓成實，才可以說是「實有」。這樣來說中道觀，比起龍樹顯然又進了一步，而其源頭據呂澂所言則可追溯到《般若經》。歷史上，瑜伽派與中觀派曾經鬥得你死我活。如清辨的中觀學派曾對三性說進行過專門批判。清辨認為以世俗諦可以說三性有，但在勝義諦則都無，這叫俗有真無。瑜伽派與此相反，認為世俗諦為無，勝義諦為有，因為勝義諦是聖智之所行。其後又有月稱與月官之爭，一以中觀無自性的說法來講中道，一以瑜伽唯識性的說法來講中道。而到了寂護的瑜伽中觀派，更是努力為這兩家作了調和。說在世俗諦，是唯心無境；在勝義諦，心境俱無。兩家的爭論很多，誰也說服不了誰。但誠如法尊法師在《〈唯識三十頌〉懸論》中所言：「中觀和唯識的大不同處，便是唯識說境無識有，中觀說要說沒有實境，便該識也非實有；沒有所取的實境，便也沒有能取的實在的識。要說有實識，也該有實境。」「所以唯識宗承認識是實有的。如果說識也是假有，便入到中觀宗的範圍之內去了，便是中觀，不是唯識。」〔註152〕所以從唯識學的立場出發，唯識的「識」畢竟還是勝義有。但從整個大乘佛法三系的角度來看，則我們不妨說中觀是從體上談「空」的，唯識是從用上談「有」的。空是真空，有是假有。兩家各有殊勝，互有融合。這一系的特色正如太虛法師所言是在於極空而無可取之識。

真常唯心系的思想在此主要以《大乘起信論》為例來談。雖然王恩洋、呂澂等一大批學者都紛紛認為該書是偽書，但是如來藏、自性清淨心的思想是確實可以在佛典中找到依據的，如《勝鬘》《楞伽》等經，所以不能以為印度傳來的就一定都是好的，中國人作的就一定都是錯的。真常唯心系的出現，主要是為了要解決一個輪迴的主體問題。沒有我體，怎麼會有輪迴？剎那生滅，那前生與後生，又怎樣連繫？而佛說如來藏，主要是以常住不變、自性清淨的法體作為生死與涅槃的所依。至《大乘起信論》更提出著名的「一心開二門」的觀念，也就是先肯定有一超越的真常心，由此真常心再開出「真如」

〔註152〕《海潮音》1933 年第十九卷第二、三號。

與「生滅」二門，牟宗三《中國哲學十九講》中對此架構讚歎不已。並以為中國人之所以特別喜歡真常經，與中國人的文化傳統有關係。如《孟子》一開始就強調「人人皆可以為堯舜」，這和《大般涅槃經》中「一切眾生皆有佛性」實有相通之妙。誠如《大乘起信論》中所說：「所謂不生不滅與生滅和合，非一非異，名為阿黎耶識。」〔註153〕不生不滅是針對自性清淨心這一面講的，而生滅則指的是生死流轉法；不生不滅與生滅兩者和合起來，不一不異，就叫做阿賴耶識。在此即把阿賴耶識系統融攝進來，所以阿賴耶是兩頭通的。如來藏才是非有非無、一性無性的中道實體，是溝通有無、超越有無的自在之物。宋代天台宗的知禮在《四明尊者教行錄》卷四中與禪僧清泰曾有這樣一段關於佛性的問答：

> 一問：無明與法性，為有前後？為無前後？若云有前後者，何云法性無初，無明亦無有始、又云無明即是佛性耶？若言無前無後，何故佛果位中，斷盡無明，方成佛果？既云斷盡，應斷佛性耶？
>
> 答：若論本具，平等一性，則非真非妄，而不說有無明、法性，亦不論於有始有終；但眾生自無始忽然不覺，迷理而生無明，無明有薰真之用，法性有隨妄之能，真妄和合，名為緣起。故《金錍》曰：「無有無波之水，未有不濕之波，在濕詎間於混澄，為波自分於清濁；雖則有清有濁，而一體無殊。」所謂清濁波者，真妄兩用也；清濁濕性者，一體無殊也。無明、法性一體，故起無前後。故《起信論》云「如來藏無前際故，無明之相，亦無有始」是也。若覺悟時，達妄即真，了無明即是法性。約修門說，義當斷妄，雖曰斷妄，妄體本真，妄何所斷？故曰地明亦無有終。……〔註154〕

是一個很好的闡述。而遵式在《天竺別集》卷下中更有「三因佛性」說：

> 天台所談佛性，與諸家不同。諸家多說一理真如名為佛性，天台圓談十界，生、佛互融，若實若權，同居一念。一念無念（空），即「了因佛性」；具一切法（假），即「緣因佛性」；非空非有（中），即「正因佛性」。是即一念生法，即空、假、中，……圓妙深絕，不可思議。〔註155〕

〔註153〕高振農校釋，中華書局，1992年。
〔註154〕《大正藏》，第46冊。
〔註155〕《大正藏》，第57冊。

所以太虛法師稱這一系為法界圓覺正是直從佛法界及約眾生可能成佛這佛性而言。若以對中國佛學的影響而言，這一系實是最重要的，故絕對不可偏廢，其實從佛理上來講，筆者以為比前兩系更越發地圓滿了。因為空宗長於說空，有宗長於說有，而此真常唯心宗空、有兼顧，更加符合佛教的中道觀。

　　至於中國佛學在宋後的衰落，那是有多種原因的。任何事物都是有盛必有衰的，若要永遠充滿活力，必須不斷地有新鮮的血液注入。這不但是佛教界，也是一切事物發展的規律。故當前佛教界最嚴峻的任務也許是如何在提高自身素質的同時，增強自己的吸引力，而這就需要很好地研究當前世界的政治、經濟、文化方面的各種最新動態，把握時代發展的脈搏。畢竟一切出世間法是不離世間法的，必須認真吸取二十世紀人類文明的各種最新成果，對當前佛教界現狀實行整頓改革，並且要有所創新，為自己作出準確的定位。如此方能真正為現代人指出一條解脫之路，保證二十一世紀佛教能夠獲得長足的發展。

第三章　佛法與詩法

第一節　東坡詩法與佛禪

　　南宋嚴羽《滄浪詩話》論「詩體」，述及北宋詩學部分，以時而論，則有「元祐體（蘇黃陳諸公）」、「江西宗派體（山谷為之宗）」；以人而論，則有「東坡體」、「山谷體」、「後山體（後山本學杜，其語似之者但數篇，他或似而不全，又其他則本其自體耳）」、「王荊公體（公絕句最高，其得意處高出蘇、黃、陳之上，而與唐人尚隔一關）」、「邵康節體」、「陳簡齋體（陳去非與義也，亦江西之派而小異）」、「楊誠齋體（其初學半山、後山，最後亦學絕句於唐人。已而盡棄諸家之體而別出機杼，蓋其自序如此也）」〔註1〕。從中概可見蘇軾在北宋中後期文學界的崇高地位，不但是元祐詩壇的領袖人物，而其「東坡體」，亦足與「荊公體」、「山谷體」鼎足而三。後「江西詩派」出，才出現所謂的蘇、黃之爭。而究其實，一方面「江西詩派」的領導人物諸如黃庭堅、陳師道皆出自「蘇門」；另一方面「江西詩派」所提倡的一系列作詩技法，諸如「奪胎換骨」、「點鐵成金」，在蘇軾詩中也在在可見。故欲詳論北宋詩學，「江西詩派」追源溯流必及王安石、蘇軾。他們在詩歌創作乃至理論中所呈現出的種種相似聯繫，與他們都受到佛禪的影響是分不開的。

　　關於蘇軾與佛教的研究，在學術界可以說是一個熱點，前賢在這方面已經有了不菲的積累。如孫昌武《禪思與詩情》、楊曾文《宋元禪宗史》、陳中

〔註1〕〔清〕何文煥輯《歷代詩話》，中華書局，1981年。

浙《蘇軾書畫藝術與佛教》，對於蘇軾與禪林人物的交往多有所考訂〔註2〕。又比如劉石《蘇軾與佛教三辨》，對於蘇軾最早接觸佛教的時間也有所考辨〔註3〕。另外諸如蘇詩多用佛典，蘇詩富於佛理，這類的研究也可謂層出不窮，皆為不爭的事實。本文擬以蘇詩與江西詩學的迎拒為切入點，對於東坡詩法與佛禪的關係再作一番考察，以更清楚地呈現自「荊公體」到「東坡體」再到「山谷體」的北宋中晚期詩壇風氣的演化過程。

有關黃庭堅與蘇軾的交誼，可參看楊慶存《蘇軾與黃庭堅交遊考述》〔註4〕。蘇軾與黃庭堅的關係，可以說是在師友之間。二人互相引重，惺惺相惜，如宋王楙《野客叢書》所云：「漁隱云：元祐文章，世稱蘇、黃，然二公爭名，互相譏誚。東坡謂魯直詩文如蝤蛑江珧柱，格韻高絕，盤餐盡廢，然不可多食，多食則發風動氣。山谷亦曰『蓋有文章妙一世，而詩句不逮古人者。』此指東坡而言也。殊不知蘇、黃二公同時實相引重，黃推蘇尤謹，而蘇亦獎成之甚力。黃云東坡文章妙一世，乃謂效庭堅體，正如退之效孟郊盧仝詩。蘇云讀魯直詩如見魯仲連、李太白，不敢復論鄙事。其互相推許如此，豈爭名者哉！」〔註5〕

而二人互相尊重，並不代表文學觀點就完全一致。比如黃庭堅雖然尊重蘇軾，但確實曾經說過「東坡文章妙天下，其短處在好罵，慎勿襲其軌也」這樣的話〔註6〕。更主要的是，隨著江西詩派在二宋之際詩壇的影響越來越大，黃庭堅的詩歌創作與理論已非「元祐體」所能完全牢籠。故宋吳炯《五總志》云：

（黃庭堅）至中年以後，句律超妙入神，於詩人有開闢之功。始受知於東坡先生，而名達夷夏，遂有蘇、黃之稱。坡雖喜出我門下，然胸中似不能平也。故後之學者因生分別：師坡者萃於浙右，師谷者萃於江右。以余觀之，大是雲門盛於吳，臨濟盛於楚。雲門老婆心切，接人易與，人人自得，以為得法，而於眾中求腳根點地者，百無二三焉。臨濟棒喝分明，勘辯極峻，雖得法者少，

〔註2〕《禪思與詩情》第十四章《蘇軾與禪》，中華書局，1997年；《宋元禪宗史》第七章《宋代儒者士大夫和禪宗》第四節《蘇軾與禪僧的交遊》，中國社會科學出版社，2006年；《蘇軾書畫藝術與佛教》第一章《蘇軾與佛教的因緣》第二節《蘇軾與佛僧的交往》，商務印書館，2004年。
〔註3〕《有高樓雜稿》，商務印書館，2003年。
〔註4〕《齊魯學刊》1995年第4期。
〔註5〕卷七，《四庫全書》本。
〔註6〕《豫章黃先生文集》卷十九《答洪駒父書》，《四部叢刊》初編本。

往往嶄然見頭角，如徐師川、余荀龍、洪玉父昆弟、歐陽元老皆黃門登堂入室者，實自足以名家。噫，坡、谷之道一也，特立法與嗣法者不同耳。彼吳人指楚人為江西之流，大非公論。〔註7〕

既看到了兩家的聯繫與相似，也看到了兩家法嗣之不同。

據宋釋惠洪《冷齋夜話》卷五，東坡嘗云：「詩以奇趣為宗，反常合道為趣。」〔註8〕周裕鍇《宋代詩學術語的禪學語源》中云：「『反常合道』就是超乎常規而合乎常理」〔註9〕。在禪宗語錄中，又常被稱為「返常合道」，屢見不鮮。「反常合道」在蘇軾的詩學中居於一個重要的核心地位，其實質是一種創新精神，此也正是荊公、東坡、山谷三家詩法得以貫通之處。

荊公作詩多喜翻案，東坡同樣如此。清劉熙載《藝概》卷三即云：「東坡詩跌倒扶起，無施不可，得訣只在能透過一層，及善用翻案耳。」〔註10〕《蘇軾詩集》中，這樣的例子很多。如《鳳翔八觀・秦穆公墓》：「昔公生不誅孟明，豈有死之日而忍用其良。乃知三子徇公意，亦如齊之二子從田橫。古人感一飯，尚能殺其身。今人不復見此等，乃以所見疑古人。」〔註11〕以秦穆公不殺孟明，翻《詩經・秦風・黃鳥》小序「哀三良也，國人刺穆公以人從死」〔註12〕之案。又如《戲書吳江三賢畫像三首》其二詠張翰：「浮世功勞食與眠，季鷹真得水中仙。不須更說知機早，直為鱸魚也自賢。」〔註13〕翻用秋風鱸魚之事，而更高一格。《次韻答孫侔》：「千里論交一言足，與君蓋亦不須傾。」查慎行注：「鄒陽云：傾蓋如故。孫侔與東坡初不相識，以詩寄坡，坡和云：與君蓋亦不須傾。此翻案法也。」〔註14〕晚年更是自翻己案，《和陶詠三良》云：「殺身固有道，大節要不虧。君為社稷死，我則同其歸。」〔註15〕異於且高於早年議論矣。

江西詩派倡「奪胎換骨」、「點鐵成金」，注重構思與造語的推陳出新，其

〔註7〕《四庫全書》本。
〔註8〕日本五山版《冷齋夜話》，載張伯偉編校《稀見本宋人詩話四種》，江蘇古籍出版社，2002年。
〔註9〕《文藝理論研究》1998年第6期。
〔註10〕上海古籍出版社，1978年。
〔註11〕〔清〕王文誥集注、孔凡禮點校《蘇軾詩集》卷三，中華書局，1982年。
〔註12〕〔漢〕毛亨傳、鄭玄箋、〔唐〕孔穎達疏《毛詩正義》卷六，北京大學出版社，1999年。
〔註13〕《蘇軾詩集》卷十一。
〔註14〕《蘇軾詩集》卷十九。
〔註15〕《蘇軾詩集》卷四十。

法門也可以說是開自荊公與東坡。《冷齋夜話》卷一：「山谷云：詩意無窮，而人之才有限；以有限之才，追無窮之意，雖淵明、少陵，不得工也。然不易其意而造其語，謂之換骨法；窺入其意而形容之，謂之奪胎法。」惠洪《天廚禁臠》卷中亦云：「『河分崗勢斷，春入燒痕青。』僧惠崇詩也。然『河分崗勢』不可對『春入燒痕』，東坡用之，為奪胎法。曰：『似聞決決流冰缺，盡放青青入燒痕。』以『冰缺』對『燒痕』，可謂盡妙矣。」〔註16〕除惠洪外，後人於此亦多有評述。如宋楊萬里《誠齋集》卷一百五十五：

庾信《月》詩云：渡河光不濕。杜云：入河蟾不沒。唐人云：因過竹院逢僧話，又得浮生半日閒。坡云：殷勤昨夜三更雨，又得浮生半日涼。杜《夢李白》云：落月滿屋樑，猶疑照顏色。山谷《簟》詩云：落日映江波，依稀比顏色。退之云：如何連曉語，只是說家鄉？呂居仁云：如何今夜雨，只是滴芭蕉？此皆用古人句律而不用其句意，以故為新，奪胎換骨。〔註17〕

還有將文點化入詩與將詩點化入文的，如宋史繩祖《學齋占畢》卷二「坡文之妙」：

東坡《泗州僧伽塔》詩：「耕田欲雨刈欲晴，去得順風來者怨。」此乃檃括劉禹錫《何卜賦》中語，曰：「同涉於川，其時在風，沿者之吉，泝者之凶；同刈於野，其時在澤，伊穜之利，乃稑之厄。」坡以一聯十四字而包盡劉禹錫四對三十二字之義，蓋奪胎換骨之妙也。至如《前赤壁賦》尾段一節，自「惟江上之清風，與山間之明月」至「相與枕藉乎舟中，不知東方之既白。」卻只是用李白「清風明月不用一錢買，玉山自倒非人推」一聯十六字，演成七十九字，愈奇妙也。〔註18〕

不但詩文，詞亦如此，如宋曾季貍《艇齋詩話》云：

東坡《和章質夫楊花詞》云：「思量卻是，無情有思。」用老杜「落絮游絲亦有情」也。「夢隨風萬里，尋郎去處，依前被鶯呼起。」即唐人詩云「打起黃鶯兒，莫教枝上啼。幾回驚妾夢，不得到遼西。」「細看來不是楊花，點點是離人淚。」即唐人詩云：「時人有酒送張八，惟我無酒送張八。君看陌上梅花紅，盡是離人眼中血。」皆奪胎換骨手。〔註19〕

〔註16〕日本寬文版《天廚禁臠》，載《稀見本宋人詩話四種》。

〔註17〕《四庫全書》本。

〔註18〕《四庫全書》本。

〔註19〕丁福寶輯《歷代詩話續編》，中華書局，1983年。

　　有用前人之語，也有用前人之意的，要在能夠自出己意，度越前人。宋葉夢得《石林詩話》卷中云：「讀古人詩多，意所喜處，誦憶之久，往往不覺誤用為己語。『綠陰生晝寂，孤花表春餘』，此韋蘇州集中最為警策，而荊公詩乃有『綠陰生晝寂，幽草弄秋妍』之句。大抵荊公閱唐詩多，於去取之間，用意尤精，觀《百家詩選》可見也。如蘇子瞻『山圍故國城空在，潮打西陵意未平』，此非誤用，直是取舊句縱橫役使，莫彼我為辨耳。」〔註20〕而至有被後人以為剽竊者：「東坡詩云：『惆悵東闌一枝雪，人生能得幾清明？』此偷杜牧之『砌下梨花一堆雪，明年誰倚此闌干』句也。然風調自別。」〔註21〕

　　又《冷齋夜話》卷四：「用事琢句，妙在言其用而不言其名。此法惟荊公、東坡、山谷三老知之。」宋趙令畤《侯鯖錄》卷一：「予詩中有『青州從事』對『白水真人』，公極稱之，云『二物皆不道破為妙』。」〔註22〕南朝宋劉義慶《世說新語·術解》：「桓公有主簿善別酒，有酒則令先嘗。好者謂『青州從事』，惡者謂『平原督郵』。青州有齊郡，平原有鬲縣。『從事』言到臍，『督郵』言在鬲上住。」〔註23〕《後漢書·光武帝記》：「及王莽篡位，忌惡劉氏，以錢文有金刀，故改為貨泉。或以貨泉字文為『白水真人』。」〔註24〕其實說的就是酒和錢，但蘇軾以在詩中不道破為妙。蘇軾自己的作品中，也有很多這樣的例子。宋吳曾《能改齋漫錄》卷六：「東坡詩：『留我同行木上座，贈君無語竹夫人。』按，慧日至夾山，夾山問：『與甚麼人同行？』日云：『有個木上座。』蓋謂拄杖也。」〔註25〕木上座就是拄杖，竹夫人是夏天的消暑用具。

　　這樣的一種文字遊戲，不作正面描述，更有表現為所謂「白戰」者。宋阮閱《詩話總龜》前集卷二十引《王直方詩話》云：

> 歐陽文忠守潁日，因小雪，會飲聚星堂，賦詩，約不得用玉、月、梨、梅、練、絮、白、舞、鵝、鶴等事。歐公篇略云：「脫遺前言笑塵雜，搜索萬象窺冥漠。」自後四十餘年，莫有繼者。元祐

〔註20〕《歷代詩話》。

〔註21〕〔清〕袁枚《隨園詩話補遺》卷三，顧學頡校點《隨園詩話》，人民文學出版社，1960年。

〔註22〕《四庫全書》本。

〔註23〕卷下之上，〔南朝宋〕劉義慶著，〔南朝梁〕劉孝標著，余嘉錫箋疏，上海古籍出版社，1993年。

〔註24〕卷一，〔南朝宋〕范曄著，中華書局，1965年。

〔註25〕《四庫全書》本。

六年，東坡在潁，因禱雪於張龍公獲應，遂復舉前令，篇末云：「汝南先賢有故事，醉翁詩話誰能說？當時號令君聽取，白戰不許持寸鐵。」〔註26〕

其實蘇軾在嘉祐四年（1059）即曾作有《江上值雪，效歐陽體，限不以鹽玉鶴鷺絮蝶飛舞之類為比，仍不使皓白潔素等字，次子由韻》詩，洋洋灑灑，因難見巧。因為必須避去題中所提到的詠雪常用之字，所以通篇多從側面描寫，如：「沾裳細看若刻鏤，豈有一一天工為」，「野僧斫路出門去，寒液滿鼻清淋漓」〔註27〕。禪家機鋒，強調「說似一物即不中」，不可作正面的回答：「（南嶽懷讓）詣曹溪參六祖。祖問：『什麼處來？』曰：『嵩山來。』祖曰：『什麼物恁麼來？』曰：『說似一物即不中。』祖曰：『還可修證否？』曰：『修證即不無，污染即不得。』祖曰：『只此不污染，諸佛之所護念。汝既如是，吾亦如是。』」〔註28〕宋人詩法，多受此影響。而從體物到禁體物，也正體現了唐詩到宋詩在表現手法方面的發展。〔註29〕

東坡、山谷除倡以故為新，又倡以俗為雅，故多遊戲文字之作，深得禪家遊戲神通三昧〔註30〕。清趙翼《甌北詩話》卷五：

孔毅父集古人句成詩贈坡，坡答曰：「天邊鴻鵠不易得，便令作對隨家雞。」又云：「路旁拾得半段槍，何必開爐鑄予戟。」又云：「不如默誦千萬首，左抽右取談笑足。」又云：「千章萬句卒非我，急走捉君應已遲。」似譏集句非大方家所為。然坡又有集淵明《歸去來辭》作五律十首，則不惟集句，且集字矣。坡又有《題織錦回文》三首，此外又《回文》八首，大方家何至作此狡獪！蓋文人之心，無所不至，亦遊戲之一端也。《戲孫公素懼內》詩云：「披扇當年笑溫嶠，握刀晚歲戰劉郎。不須戚戚如馮衍，便與時時說李陽。」則仍典雅不作惡戲。《席上代人贈別》云：「蓮子擘開須見臆（憶），楸枰著盡更無棋（期）。破衫會有重縫（逢）處，一飯何曾忘卻匙（時）。」

〔註26〕人民文學出版社，1987年。

〔註27〕《蘇軾詩集》卷一。

〔註28〕〔宋〕釋道元著《景德傳燈錄》卷五，成都古籍書店，2000年。

〔註29〕參程千帆、莫礪鋒、張宏生師著《被開拓的詩世界》之《火與雪：從體物到禁體物》，上海古籍出版社，1990年。

〔註30〕蘇軾《東坡志林》卷九云：「詩須要有為而後作，當以故為新，以俗為雅，好奇、新乃詩之病。」《四庫全書》本。黃庭堅也認為「以俗為雅，以故為新。百戰百勝，如孫吳之兵；棘端可以破鏃，如甘蠅、飛衛之射，此詩人之奇也」。《豫章黃先生文集》卷六，《四部叢刊》本。

此本是古體，如「石厥生口中，銜碑不得語」之類，非另創體也。劉監倉家作餅，坡曰：「為甚酥？」潘邠老家釀酒甚薄，坡曰：「莫錯著水否？」因集成句曰：「已傾潘子錯著水，更覓君家為甚酥。」則一詩戲笑，村俚之言，亦併入詩。又有口吃詩，因武昌西山多楢葉，其旁即元結湖，多荷花，因題句云：「玄鴻橫號黃楢峴，皓鶴下浴紅荷湖。」座客皆笑，請再賦一首。坡詩云：「江干高居堅關扃，鍵耕躬稼角掛經。高竿繫舸菰茭隔，笳鼓過軍雞狗驚。解襟顧景各箕踞，擊劍賡歌幾舉觥。荆笋供饋愧攪聒，乾鍋更憂甘瓜羹。」又《和正甫一字韻》詩云：「故居劍閣隔錦官，柑果姜薑交荆菅。奇孤甘掛汲古綆，僥覬敢揭鉤金竿。已歸耕稼供槁秸，公貴干蠱高巾冠。改更句格各蹇吃，姑固狡獪加間關。」此二詩使口吃者讀之，必至滿堂噴飯。〔註31〕

《蘇軾詩集》卷四十八又有《戲作切語竹詩》：「隱約安幽奧，蕭騷雪藪西。交加工結構，茂密渺冥迷。引葉油雲遠，攢叢聚族齊。奔鞭逬壁背，脫籜吐天梯。煙筱散孫息，高竿拱桷杅。漏闌零露落，庭度獨蜩啼。掃洗修纖筍，窺看詰曲溪。玲瓏綠醽醴，邂逅盍閒攜。」雖非大雅之作，亦可聊備一格。

以文為戲，在蘇軾詩中尚有多例，可以說是他經常使用的創作技法。如《戲子由》中的幽默詼諧：「宛丘先生長如丘，宛丘學舍小如舟。常時低頭誦經史，忽然欠伸屋打頭。」〔註32〕《聞辯才法師復歸上天竺，以詩戲問》的亦莊亦諧：「寄聲問道人：『借禪以為詼，何所聞而去，何所見而回？』道人笑不答，此意安在哉。昔年本不住，今者亦無來。此語竟非是，且食白楊梅。」〔註33〕《贈虔州慈雲寺鑒老》的噱而不虐：「居士無塵堪洗沐，道人有句借宣揚。窗間但見蠅鑽紙，門外唯聞佛放光。遍界難藏真薄相，一絲不掛且逢場。卻須重說圓通偈，千眼薰籠是法王。」《洗兒戲作》的玩世疾俗：「人皆養子望聰明，我被聰明誤一生。但願孩兒愚且魯，無災無難到公卿。」〔註34〕《戲書》中的見性通達：「五言七言正兒戲，三行兩行亦偶而。我性不飲只解醉，正如春風弄群卉。四十年來同幻事，老去何須別愚智。古人不住亦不滅，我今不作亦不止。」〔註35〕《戲答佛印》的以文滑稽：「遠公沽酒飲陶潛，佛印

〔註31〕郭紹虞選編《清詩話續編》，上海古籍出版社，1983年。
〔註32〕《蘇軾詩集》卷七。
〔註33〕《蘇軾詩集》卷十六。
〔註34〕《蘇軾詩集》卷四十七。
〔註35〕《蘇軾詩集》卷四十七。

燒豬待子瞻。採得百花成蜜後，不知辛苦為誰甜。」〔註36〕蘇軾曾評價黃庭堅的書法：「魯直以平等觀作欹側字，以真實相出遊戲法，以磊落人書細碎事，可謂三反。」〔註37〕「以真實相出遊戲法」，蘇軾自己的詩文創作又何嘗不是如此？！

凡此種種，乃至「以詩為詞」、「以文為詩」之「破體」，皆符「反常合道」之理。宋李清照不解其詞：「至晏元獻、歐陽永叔、蘇子瞻，學際天人，作為小歌詞，直如酌蠡水於大海，然皆句讀不葺之詩爾。又往往不協音律者何邪？」〔註38〕又阮閱《詩話總龜》後集卷三十一：

> 《後山詩話》謂：「退之以文為詩，子瞻以詩為詞，如教坊雷大使之舞，雖極天下之工，要非本色。」余謂後山之言過矣。子瞻佳詞最多，其間傑出者，如「大江東去，浪淘盡千古風流人物」（赤壁詞）；「明月幾時有？把酒問青天」（中秋詞）；「落日繡簾卷，庭下水澄空」（快哉亭詞）；「乳燕飛華屋，悄無人，桐陰轉午」（初夏詞）；「明月如霜，好風如水，清景無限」（夜登燕子樓詞）；「楚山修竹如雲，異材秀出千林表」（詠笛詞）；「玉骨那愁瘴霧，冰肌自有仙風」（詠梅詞）；「東武南城，新堤固，漣漪初溢」（宴流杯亭詞）；「冰肌玉骨，自清涼無汗」（夏夜詞）；「有情風萬里卷潮來，無情送潮歸」（別參寥詞）；「缺月掛疏桐，漏斷人初靜」（秋夜詞）；「霜降水痕收，淺碧鱗鱗露遠洲」（九日詞）。凡此十餘詞，皆絕去筆墨畦徑間，直造古人不到處，真可使人一唱而三歎。若謂以詩為詞，是大不然。子瞻自言平生不善唱曲，故間有不入腔處，非盡如此。

後山乃比之教坊雷大使舞，是何每況愈下，蓋其謬耳！

宋胡寅《斐然集》卷十九：「（詞）唐人為之最工。柳耆卿後出，掩眾製而盡其妙，好之者以為不可復加。及眉山蘇氏，一洗綺羅香澤之態，擺脫綢繆宛轉之度，使人登高望遠，舉首高歌，而逸懷浩氣，超然乎塵垢之外，於是《花間》為皁隸，而柳氏為輿臺矣。」〔註39〕宋王灼《碧雞漫志》卷二：「長短句雖至本朝盛，而前人自立與真情衰矣。東坡先生非心醉於音律者，

〔註36〕 《蘇軾詩集》卷四十八。

〔註37〕 《跋山谷為王晉卿小書爾雅》，孔凡禮點校《蘇軾文集》卷六十九，中華書局，1986年。

〔註38〕 〔宋〕胡仔編著《苕溪漁隱叢話》後集卷三十三，《四庫全書》本。

〔註39〕 《四庫全書》本。

偶而作歌，指出向上一路，新天下耳目，弄筆者始知自振。今少年妄謂東坡移詩律作長短句，十有八九，不學柳耆卿，則學曹元寵，雖可笑，亦毋用笑也。」〔註40〕都道出了蘇詞在詞史上的創新意義。

其「以文為詩」，則如清趙翼《甌北詩話》卷五所云：「以文為詩，自昌黎始。至東坡益大放厥詞，別開生面，成一代之大觀。今試平心讀之，大概才思橫溢，觸處生春，胸中書卷繁富，又足以供其左旋右抽，無不如志。其尤不可及者，天生健筆一枝，爽如哀梨，快如並剪，有必達之隱，無難顯之情，此所以繼李、杜後為一大家也。」亦足以成一大家。

既然青青翠竹，鬱鬱黃花，山河大地，無非是禪，則無施不可，而無物不可入詩矣。「世間故實小說，有可以入詩者，有不可以入詩者，惟東坡全不揀擇，入手便用。如街談巷說，鄙俚之言，一經坡手，似神仙點瓦礫為黃金，自有妙處。」〔註41〕「蓋公天才飆發，學海淵泓，而機鋒遊戲，得之禪悅，凡不可摹之狀，與甚難顯之情，一入坡手，無不躍然。以故模山范水，隨物肖形；據案占辭，百封各意。凝雲結藻於清真，□思結韻於婉轉；嬉笑怒罵，無非文章；巷語街談，盡成風雅矣。」〔註42〕「蘇公詩無一字不佳者。青蓮能虛，工部能實；青蓮唯一於虛，故目前每有遺景，工部唯一於實，故其詩能人而不能天，故大能化而不能神。蘇公之詩，出世入世，粗言細語，總歸玄奧，恍惚變怪，無非情實。蓋其才力既高，而學問識見，又迴出二公之上，故宜卓絕千古。至其遒不如杜，逸不如李，此自氣運使然，非才力之過也。」〔註43〕而於文章亦然。明方以智《通雅》卷首三：

謝疊山曰：「東坡自莊子覺悟來。」袁中郎曰：「坡評道子畫，如燈取影，橫見側出，逆來順往，各相乘除。余謂公文亦然：舞女走竿，市兒弄丸，橫心所出，腕無不受。其至者如晴空鳥跡，水面風痕，有天地來，一人而已。」〔註44〕

宋魏慶之《詩人玉屑》卷七論「對句法」：

〔註40〕轉引自四川大學中文系唐宋文學研究室《蘇軾資料彙編》上編（二），中華書局，1994年。
〔註41〕〔宋〕朱弁《風月堂詩話》卷上，《四庫全書》本。
〔註42〕〔明〕焦竑《東坡二妙集》卷首，轉引自《蘇軾資料彙編》上編（三）。
〔註43〕〔明〕袁宏道《袁宏道集》卷二十一《答梅客生開府》，轉引自《蘇軾資料彙編》上編（三）。
〔註44〕《四庫全書》本。

> 對句法，人不過以事、以意、出處備具謂之妙。荊公曰：「平昔
> 離愁寬帶眼，迄今歸思滿琴心。」又曰：「欲寄荒寒無善畫，
> 賴傳悲壯有能琴。」不若東坡奇特。如曰：「見說騎鯨遊汗漫，
> 亦曾捫蝨話辛酸。」又曰：「龍驤萬斛不敢過，漁舟一葉從掀
> 舞。」以「鯨」為「蝨」對，「龍驤」為「漁舟」對，大小氣焰之不等，其意若玩世，
> 謂之秀傑之氣，終不可沒。〔註45〕

亦可謂遊戲神通，出入自由矣。

又此後江西詩派所高倡之諸種詩法，如「活法」、如「詩眼」，在東坡詩中，皆已有先聲。如著《江西宗派圖》的呂本中曾云：「學詩當識活法。所謂活法者，規矩備具而能出於規矩之外，變化不測而亦不背於規矩也。是道也，蓋有定法而無定法，無定法而有定法，知是者則可以與語活法矣。謝玄暉有言：『好詩流轉圓美如彈丸。』此真活法也。」〔註46〕蘇詩則亦云「新詩如彈丸，脫手不暫停」〔註47〕。又如倡「一祖三宗」之元方回，《瀛奎律髓》論詩多好講詩眼，而惠洪《冷齋夜話》卷五則早已指出：「造語之工，至於荊公、東坡、山谷，盡古今之變。荊公曰：『江月轉空為白晝，嶺雲分暝與黃昏。』又曰：『一水護田將綠繞，兩山排闥送青來。』東坡《海棠》詩曰：『只恐夜深花睡去，高燒銀燭照紅妝。』又曰：『我攜此石歸，袖中有東海。』山谷曰：『此皆謂之句中眼，學者不知此妙，語韻終不勝。」

要之，東坡、山谷在作詩技法方面，因同受佛禪影響，故多有不約而同之處。後出之江西詩派諸作詩技法，不僅在東坡、甚至在荊公的詩歌創作中，即多有使用。蘇軾雖是黃庭堅的老師，而在作詩方面，彼此亦確實處於相互競賽的境地。後人對蘇黃的評價，有放在一起持批評態度的。如宋張戒《歲寒堂詩話》卷上：「《國風》《離騷》固不論。自漢魏以來，詩妙於子建，成於李、杜，而壞於蘇、黃。余之此論，固未易為俗人言也。子瞻以議論作詩，魯直又專以補綴奇字，學者未得其所長，而先得其所短，詩人之意掃地矣。」〔註48〕南宋嚴羽《滄浪詩話·詩辯》：「近代諸公乃作奇特解會，遂以文字為詩，以才學為詩，以議論為詩；夫豈不工，終非古人之詩也，蓋於一唱三歎

〔註45〕《四庫全書》本。
〔註46〕〔宋〕劉克莊《江西詩派小序·呂紫微》，《歷代詩話續編》。
〔註47〕《蘇軾詩集》卷十八《次韻答參寥》。
〔註48〕《歷代詩話續編》。

之音，有所歉焉。……至東坡、山谷始自出己意以為詩，唐人之風變矣。山谷用工尤為深刻，其後法席盛行，海內稱為江西宗派。」〔註49〕這種論調，甚至一直到了明清仍有迴響。如明胡應麟《詩藪》內編卷二：「禪家戒事理二障。余戲謂宋人詩，病政坐此。蘇、黃好用事，而為事使，事障也；程、邵好談理，而為理縛，理障也。」〔註50〕清施補華《峴傭說詩》：「東坡五古，有禪理者甚佳，用禪語者甚劣。」〔註51〕這些對於蘇黃的批評，其實也是對宋詩流弊的批評，應該說是有一定道理的。但並不全面，沒有完全認識到蘇、黃詩歌的價值，無損於蘇、黃詩在宋代詩壇、乃至整個古典詩壇的崇高地位。

　　而於東坡、山谷之間，軒輊也正自不少。宋朱弁《風月堂詩話》卷上云：「東坡文章，至黃州以後，人莫能及。唯黃魯直詩，時可以抗衡。晚年過海，則雖魯直，亦若瞠乎其後矣。或謂東坡過海雖為不幸，乃魯直之大不幸也。」金代詩壇，亦是崇蘇抑黃，如王若虛《滹南遺老集》卷三十九：

　　　　東坡，文中龍也。理妙萬物，氣吞九州，縱橫奔放，若遊戲然，莫可測其端倪。魯直區區持斤斧準繩之說，隨其後而與之爭，至謂「未知句法」。東坡而未知句法，世豈復有詩文！而渠所謂法者，果安出哉！老蘇論揚雄，以為使有孟軻之書，必不作《太玄》。魯直欲為東坡之邁往而不能，於是高談句律，旁出樣度，務以自立而相抗，然不免居其下也。彼其勞亦甚哉！向使無坡壓之，其措意未必至是。世以坡之過海為魯直不幸，由明者觀之，其不幸也舊矣。〔註52〕

　　　　山谷之詩，有奇而無妙，有斬絕而無橫放，鋪張學問以為富，點化陳腐以為新，而渾然天成，如肺肝中流出者不足也。此所以力追東坡而不及歟！或謂「論文者尊東坡，言詩者右山谷。」此門生親黨之偏說。（同上）

　　而清趙翼亦謂「坡詩不以鍊句為工，然亦有研煉之極，而人不覺其煉者。如『年來萬事足，所欠惟一死』，『饑來據空案，一字不堪煮』，『周公與管蔡，

〔註49〕《歷代詩話》。
〔註50〕上海古籍出版社，1979年。
〔註51〕丁福寶輯《清詩話》，上海古籍出版社，1999年。
〔註52〕《四庫全書》本。

恨不茅三間』，『人間無正味，美好出艱難』，『劍米有危炊，氈針無穩坐』，『舌音漸獠變，面汗嘗騂羞』，『雲碓水自舂，松門風為關』，『潛鱗有饑蛟，掉尾取渴虎』。此等句在他人雖千錘萬杵，尚不能如此爽勁，而坡以揮灑出之，全不見用力之跡，所謂天才也。」〔註53〕

又謂：

> 北宋詩推蘇、黃兩家，蓋才力雄厚，書卷繁富，實旗鼓相當，然其間亦自有優劣。東坡隨物賦形，信筆揮灑，不拘一格，故雖瀾翻不窮，而不見有矜心作意之處。山谷則專以拗峭避俗，不肯作一尋常語，而無從容游泳之趣。且坡使事處，隨其意之所之，自有書卷供其驅駕，故無捃摭痕跡。山谷則書卷比坡更多數倍，幾於無一字無來歷，然專以選才庀料為主，寧不工而不肯不典，寧不切而不肯不奧，故往往意為詞累，而性情反為所掩。此兩家詩境之不同也。〔註54〕

元袁桷《清容居士集》卷四十八云：

> 自西崑體盛，襞積組錯。梅、歐諸公，發為自然之聲，窮極幽隱，而詩有三宗焉：夫律正不拘、語腴意贍者，為臨川之宗；氣盛而力誇，窮抉變化，浩浩焉滄海之夾碣石也，為眉山之宗；神清骨爽，聲振金石，有穿雲裂竹之勢，為江西之宗。二宗為盛，惟臨川莫有繼者，於是唐聲絕矣。〔註55〕

視荊公、東坡、山谷為宋詩「三宗」。其實蘇軾對於詩律也非不重視，如「敢將詩律鬥深嚴」〔註56〕，「出新意於法度之中，寄妙理於豪放之外」，〔註57〕均可見其於規矩法度之重視。蓋蘇、黃詩法固然因同受佛禪影響而有聯繫，而最大之歧異則在於東坡因同時受到《莊子》影響，而更加自然灑脫，不落痕跡也，不似山谷更多斧鑿之痕，更斤斤於句法。中國古典詩學，歷來重「言志」、「言情」，而宋詩尤其江西詩派，多講詩法，其實於作詩大旨本不廢也。實欲在傳統詩學的基礎上，後出轉精，所謂「百尺竿頭，更進一步」。後代學者，無蘇、黃之才情，學之而流為「點鬼簿」、「獺祭魚」，空洞說理，馳騁叫囂，唯作詩技法是講，是豈蘇、黃之過哉？

〔註53〕《甌北詩話》卷五。
〔註54〕《甌北詩話》卷十一。
〔註55〕《書湯西樓詩後》，《四庫全書》本。
〔註56〕《蘇軾詩集》卷十二《謝人見和前篇二首》其一。
〔註57〕《蘇軾文集》卷七十《書吳道子畫後》。

第二節　山谷詩法與佛禪

　　黃庭堅與佛教的關係，龍延《黃庭堅與禪宗》一書對其禪林交遊、所接受的禪宗典籍、詩歌與禪都有較深入的論述〔註58〕。金劉迎云：「詩到江西別是禪」〔註59〕，本文擬對山谷詩法與佛禪再作一番研討，以考察其文學創作在整個江西詩派發展歷程中的重要作用。

　　山谷詩法最為後人所樂道的是「奪胎換骨」、「點鐵成金」，其實質是受到佛禪的影響，在詩歌創作的立意構思、遣詞造句各方面的力求創新。而這種創作上的傾向與新變，實質自荊公、東坡已導其源矣，與宋初白體、晚唐體、西崑體諸詩風均有所不同。至山谷而更加發揚蹈厲，形成系統的理論，法乳後人，其影響至於後代江西詩派，乃至晚清宋詩派餘響不歇。故江西詩派堪稱宋代乃至中國古代最重要的詩歌流派，其重「通變」之詩法理論，在整個中國古典詩歌理論中，亦足與「言志」、「言情」、「風骨」、「比興」、「意境」諸最重要詩學範疇相併立。江西詩派的出現，直接啟動了其後數百年聚訟紛紛、宗唐祧宋的唐宋詩之爭。而黃庭堅作為這一詩派當之無愧的盟主，雖在後代不斷受到「剽竊之點」、「形式主義」等的誤解與惡諡，其詩歌創作與理論，沾溉後人實多，值得珍視與研究。

　　「奪胎換骨」之說，出自宋釋惠洪《冷齋夜話》卷一：「山谷云：詩意無窮，而人之才有限；以有限之才，追無窮之意，雖淵明、少陵，不得工也。然不易其意而造其語，謂之換骨法；窺入其意而形容之，謂之奪胎法。」〔註60〕周裕鍇、莫礪鋒兩先生曾就其發明權展開過嚴謹而有趣的討論〔註61〕。筆者更傾向於莫先生的觀點，即「奪胎換骨」首創權屬於黃庭堅，惠洪只是較早地記錄而已。但筆者同時認為，「奪胎換骨」在黃庭堅乃至整個江西詩學中，居於一個較重要的位置。其名稱雖然來自於佛禪，實與《周易》以來的文學「通變」觀相貫通，其實質是推陳出新。又雖然黃庭堅本人在詩文中，甚少提及「奪胎換骨」，但此一詩學上極重要的創作方法的運用與總結，實與他

〔註58〕群言出版社 2005 年版。

〔註59〕《題吳彥高詩集後》，〔清〕康熙《御選宋金元明四朝詩》之《御選金詩》卷十三，《四庫全書》本。

〔註60〕日本五山版《冷齋夜話》，載張伯偉編校《稀見本宋人詩話四種》，江蘇古籍出版社，2002 年。

〔註61〕參周裕鍇《惠洪與換骨奪胎法——一樁文學批評史公案的重判》，莫礪鋒《再論「奪胎換骨」說的首創者——與周裕鍇兄商榷》，《文學遺產》2003 年第 6 期。

有莫大關係，而後人事實上也是這樣認為的。故本文仍將「奪胎換骨」視作山谷詩學的較重要組成予以論述。

「奪胎」與「換骨」的具體含義，可以說歷來都沒有一個確定的說法。如惠洪在給出兩種作詩法的定義後，又作如此例解：

> 如鄭谷《十月菊》曰：「自緣今日人心別，未必秋香一夜衰。」此意甚佳，而病在氣不長。西漢文章雄深雅健者，其氣長故也。曾子固曰：詩當使人一覽語盡，而意有餘，乃古人用心處。所以荊公《菊》詩曰：「千花萬卉凋零後，始見閒人把一枝。」東坡則曰：「萬事到頭終是夢，休休休，明日黃花蝶也愁。」又如李翰林詩曰：「鳥飛不盡暮天碧」，又曰「青天盡處沒孤鴻。」然其病如前所論。山谷作《登達觀臺》詩曰：「瘦藤挂到風煙上，乞與遊人眼界開。不知眼界闊多少，白鳥去盡青天回。」凡此之類，皆換骨法也。顧況詩曰：「一別二十年，人堪幾回別。」其詩簡緩而立意精確。舒王作與故人詩云：「一日君家把酒杯，六年波浪與塵埃。不知烏石岡邊路，到老相逢得幾回？」樂天詩曰：「臨風杪秋樹，對酒長年身。醉貌如霜葉，雖紅不是春。」東坡南中作詩云：「兒童誤喜朱顏在，一笑那知是醉紅？」凡此之類，皆奪胎法也。學者不可不知。〔註62〕

從所引詩例看來，「奪胎」與「換骨」其實講的都是在前人詩歌的立意與構思的基礎上，推陳出新，很難看出有什麼特別的區別。故後人於此多有質疑，如明朗瑛《七修類稿》卷二十七云：

> 《冷齋夜話》載：山谷曰：「不易其意而造其語，謂之換骨；規摹其意而形容之，謂之奪胎。」覺範復引樂天「醉貌如霜葉，雖紅不是春。」至東坡則曰：「兒童誤喜朱顏在，一笑那知是酒紅。」此謂奪胎。予以山谷之言自是，而覺範引證則非矣，蓋東坡變樂天之醉，正是換骨，如陳無己《換南豐》云：「邱原無起日，江漢有東流。」乃變老杜「爾曹身與名俱滅，不廢江河萬古流。」皆此類也。若安石《即事》云：「靜憩鳩鳴午」，乃取唐詩「一鳩鳴午寂」，《紅梅》云：「北人初未識，渾作杏花春。」即晏元獻「若更遲開三二月，北人應作杏花看。」此乃奪胎也。山谷之言，但加數字，尤見明白。則覺範亦不錯認，如「造」字上加「別」字，「形」字

上加「復」字可矣。〔註63〕

　　周裕鍇先生《宋代詩學通論》認為：「由於『奪胎』與『換骨』都是在仿傚前人詩意的基礎上尋求新的語言表現手法，借鑒前人的構思而出之以自己的藝術技巧，內在精神相通，因而這二者在宋詩話中常被人們混為一談，不是例示顛倒，就是不作區別，統稱連用。基於此，以下的討論亦將二者視為一體。」〔註64〕實不失為一種通達之論。

　　「奪胎」與「換骨」在佛教典籍中都能夠找到相應的出處。如《五燈會元》卷十七「黃龍死心悟新禪師」傳：「師因王正言問：『嘗聞三緣和合而生，又聞即死即生，何故有奪胎而生者？某甚疑之。』師曰：『如正言作漕使，隨所住處即居其位。還疑否？』王曰：『不疑。』師曰：『復何疑也？』王於言下領解。」〔註65〕黃庭堅與黃龍派祖心、死心禪師都有很深的交往，對於禪宗「奪胎」的術語應該耳熟能詳。又《五燈會元》卷一「二祖慧可大師」傳：「祖知神助，因改名神光。翌日，覺頭痛如刺。其師欲治之，空中有聲曰：『此乃換骨，非常痛也。』祖遂以見神事白於師，師視其頂骨，即如五峰秀出矣。」卷五「南陽慧忠國師」傳：「師問僧：『近離甚處？』曰：『南方。』師曰：『南方知識以何法示人？』曰：『南方知識只道一朝風火散後，如蛇退皮，如龍換骨，本爾真性，宛然無壞。』師曰：『苦哉，苦哉。南方知識說法，半生半滅。』曰：『南方知識即如是，未審和尚此間說何法？』師曰：『我此間身心一如，身外無餘。』可以看出，與江西詩派所說的「奪胎」、「換骨」並不完全是一回事。江西詩派更多是借禪宗的術語，來表達作詩技法上的推陳出新。

　　應該承認的是，黃庭堅本人的詩文中，確實很少談及「奪胎」與「換骨」。直接用「奪胎」的，在現存詩文中，可以說是沒有。至於「換骨」，《贈子真歸》有云：「大宗垂紫髯，貴氣已森列。小宗新換骨，健啖頗腴悅。」〔註66〕與文學批評無關。倒是《贈陳師道》：「陳侯學詩如學道，又似秋蟲噎寒草。」〔註67〕說的是陳師道「學詩如學仙，時至骨自換」〔註68〕，但與惠洪《冷齋夜話》中的「換骨法」仍並不完全相同。

〔註63〕中華書局，1959年。
〔註64〕第191頁，巴蜀書社，1997年。
〔註65〕〔宋〕普濟著，蘇淵雷點校，中華書局，1984年。
〔註66〕《山谷別集》卷一，《四庫全書》本。
〔註67〕《山谷外集》卷四，《四庫全書》本。
〔註68〕《次韻荅秦少章》，〔宋〕陳師道《後山集》卷二，《四庫全書》本。

　　山谷詩法享「脫胎換骨」之大名，確實與惠洪的歸納與推介有很大關係。除此以外，後人也多把此一江西詩派的作詩秘法，與黃庭堅的詩歌創作直接聯繫起來。有單論「換骨」的，如惠洪《天廚禁臠》卷中：「《春日》：『有情芍藥含春淚，無力薔薇臥曉枝。』又『白蟻拔醅官酒熟，紫綿揉色海棠開。』前少游詩，後山谷詩。夫言花與酒者，自古至今，不可勝數，然皆一律。若兩傑，則以妙意取其骨而換之。」〔註69〕葛立方《韻語陽秋》卷二：

　　　　詩家有換骨法，謂用古人意而點化之，使加工也。李白詩云：
　　「白髮三千丈，緣愁似個長。」荊公點化之，則云：「繰成白髮三千
　　丈。」劉禹錫云：「遙望洞庭湖翠水，白銀盤裏一青螺。」山谷點化
　　之云：「可惜不當湖水面，銀山堆裏看青山。」孔稚圭《白紵歌》云：
　　「山虛鍾磬徹。」山谷點化之，云：「山空響筊弦。」盧仝詩云：「草
　　石是親情。」山谷點化之，則云：「小山作朋友，香草當姬妾。」學
　　詩者不可不知此。〔註70〕

　　後人也有將「奪胎」與「換骨」放在一起來討論的。如宋曾季狸：「山谷詠明皇時事云：『扶風喬木夏陰合，斜谷鈴聲秋夜深。人到愁來無處會，不關情處亦傷心。』全用樂天詩意。樂天云：『峽猿亦無意，隴水復何情。為到愁人耳，皆為斷腸聲。』此所謂奪胎換骨者是也。」〔註71〕宋楊萬里《誠齋集》卷一百五十五：「杜《夢李白》云：『落月滿屋樑，猶疑照顏色。』山谷《簟》詩云：『落日映江波，依稀比顏色。』……此皆用古人句律而不用其句意，以故為新，奪胎換骨。」〔註72〕金王若虛也將「奪胎換骨」歸於山谷名下，不過承金代詩壇之風氣，對黃提出了嚴厲的批評：「戲論誰知是至公，蜻蜓信美恐生風。奪胎換骨何多樣，都在先生一笑中。」〔註73〕事實上，惠洪從來沒有說過「奪胎換骨」作詩法是自己的發明，後人也從來沒有把這一江西詩派作詩技法歸於惠洪者。至清吳之振《論詩偶成》仍云：「奪胎換骨義難羈，詩到蘇黃語益奇。一鳥不鳴翻舊案，前人定笑後人癡。」〔註74〕

〔註69〕　日本寬文版《天廚禁臠》，載《稀見本宋人詩話四種》。
〔註70〕　〔清〕何文煥輯《歷代詩話》，中華書局，1981年。
〔註71〕　《艇齋詩話》，丁福寶輯《歷代詩話續編》，中華書局，1983年。
〔註72〕　《四庫全書》本。
〔註73〕　《山谷於詩每與東坡相抗，門人親黨遂謂過之，而今之作者亦多以為然，予嘗戲作四絕雲》其三，《滹南遺老集》卷四十五，《四庫全書》本。
〔註74〕　《黃葉村莊詩集》後集，轉引自傅璇琮編《黃庭堅和江西詩派資料彙編》上冊，中華書局，1978年。

吳詩更多是將「奪脫換骨」視作一種自王安石、蘇軾至黃庭堅以來的宋詩作詩技法。結合北宋詩歌發展的事實規律，這一觀點是比較平允的。

相較於「奪胎換骨」，「點鐵成金」詩法為山谷所發明，是沒有什麼疑問的。黃庭堅《答洪駒父書》云：「自作語最難，老杜作詩，退之作文，無一字無來處。蓋後人讀書少，故謂韓、杜自作此語耳。古之能為文章者，真能陶冶萬物，雖取古人之陳言入於翰墨，如靈丹一粒，點鐵成金也。」〔註75〕講的是借前人詩文中使用過的語言，自己加以重新組織，變舊為新，使之煥發出新的生命力。「點鐵成金」雖來源於道教煉丹術，但同樣也被禪師們在教導學人時廣泛使用。如《五燈會元》卷七「杭州龍華寺靈照真覺禪師」傳：「問：『還丹一粒，點鐵成金。至理一言，轉凡成聖。請師一點。』師曰：『還知齊雲點金成鐵麼？』曰：『點金成鐵，前之未聞。至理一言，敢希垂示。』師曰：『句下不薦，後悔難追。』」卷十七「隆興府黃龍慧南禪師」傳：「峰曰：『雲門如九轉丹砂，點鐵成金。澄公藥汞銀徒可玩，入煆則流去。』師怒，以枕投之。」又如《宗鏡錄》卷一：「神丹九轉，點鐵成金。至理一言，轉凡成聖。狂心不歇，歇即菩提。鏡淨心明，本來是佛。」〔註76〕《圓悟佛果禪師語錄》卷一：「如今在山僧拄杖頭上。指山山崩，指海海竭。點鐵成金，點金成鐵。攪長河為酥酪，化酥酪為長河。」卷十：「萬物之根，亙古亙今；堅固之體，包含萬有。毫茫得意，可以點鐵成金，可以轉凡作聖。如理如事，即處即真。一念不生，前後際斷。」〔註77〕《五燈會元》視黃庭堅為黃龍派法嗣，所以黃庭堅以「點鐵成金」論詩文，明顯是借鑒了禪宗的用語。

「點鐵成金」雖是借用前人成句，但關鍵還在於要能出新意，能夠度越前人。如宋周紫芝《竹坡詩話》：

> 梁太祖受禪，姚垍為翰林學士，上問及裴延裕行止，曰：「頗知其人，文思甚捷。」垍曰：「向在翰林，號為下水船。」太祖應聲曰：「卿便是上水船！」議者以垍為急水灘頭上水船。魯直詩曰：「花氣薰人慾破禪，心情其實過中年。春來詩思何所似，八節灘頭上水船。」
> 山谷點化前人語，而其妙如此，詩中三昧手也。〔註78〕

又如元祝誠《蓮堂詩話》卷上：「宋黃山谷詩云：『翰墨場中老伏波，菩

〔註75〕《山谷內集》卷十九，《四庫全書》本。
〔註76〕五代宋初永明延壽集，《大正藏》第 48 冊。
〔註77〕《大正藏》第 47 冊。
〔註78〕《歷代詩話》。

提坊裏病維摩。近人積水無鷗鷺，唯有歸牛浮鼻過。」蓋用《北夢瑣言》陳詠詩曰：『隔岩水牛浮鼻渡，傍溪沙鳥點頭行。』此本陋句，一經山谷妙手，神采頓異。」〔註79〕當然並不是所有的改異前人成句都可喚作「點鐵成金」，如宋《道山清話》：

> 曾紆云：山谷用樂天語作黔南詩，白云：「霜降水返壑，風落木歸山。舟舟歲將晏，物皆復本原。」山谷云：「霜降水返壑，風落木歸山。舟舟歲華晚，昆蟲皆閉關。」白云：「渴人多夢飲，饑人多夢殖。春來夢何處？合眼到東川。」山谷云：「病人多夢醫，囚人多夢赦。如何春來夢，合眼在鄉社。」白云：「相去六千里，地絕天邈然。十書九不到，何以開憂顏？」山谷云：「相望六千里，天地隔江山。十書九不到，何用一開顏？」紆愛之，每對人口誦，謂是點鐵成金也。范寥云：寥在宜州嘗問山谷，山谷云：「庭堅少時誦熟，久而忘其為何人詩也。嘗阻雨衡山尉廳，偶然無事，信筆戲書爾。」寥以紆點鐵之語告之，山谷大笑曰：「烏有是理，便如此點鐵！」〔註80〕

曾紆誤將山谷年輕時的戲書前人詩句當作「點鐵成金」，引起了山谷的大笑。

「奪胎換骨」重的是立意構思上的因舊出新，「點鐵成金」更重的是遣詞造句上的化舊為新。兩者既有區別，也有聯繫，有時甚至會出現混用，很難截然區分得清，其實質都是在前人創作基礎上的一種提煉與提高。這可以說是歷代詩文名家在創作中都要遵循的通律，而在江西詩派，則更加自覺地運用。唐皎然《詩式》中有「偷語」、「偷意」、「偷勢」之說：「偷語詩例，如陳後主《入隋侍宴應詔詩》：『日月光天德』，取傅長虞《贈何劭王濟詩》：『日月光太清』。上三字同，下二字義同。偷意詩例，如沈佺期《酬蘇味道詩》：『小池殘暑退，高樹早涼歸』，取柳惲《從武帝登景陽樓詩》：『太液滄波起，長楊高樹秋。』偷勢詩例，如王昌齡《獨遊詩》：『手攜雙鯉魚，目送千里雁。悟彼飛有適，嗟此罹憂患。』取嵇康《送秀才入軍詩》：『目送歸鴻，手揮五弦。俯仰自得，遊心太玄。』」「偷語最為鈍賊」〔註81〕。黃庭堅詩文中，化用前人詩意、詩語的類似例子很多。其中大部分都是有新意的，也有一些引起了後人的爭議甚至非議，

〔註79〕《黃庭堅和江西詩派資料彙編》上冊。
〔註80〕佚名，《四庫全書》本。
〔註81〕《歷代詩話》。

我們並不可以說這只是一種簡單的抄襲，因為其中很多實蘊含了詩人的再創造。

最多的是化用前人成句。如《苕溪漁隱叢話》後集卷三十三：「苕溪漁隱曰：杜牧之詩云：『蔫紅半落平池晚，曲渚飄成錦一張。』又云：『平生五色線，願補袞衣裳。』魯直皆用其語，詩云：『菰葉蘋花飛白鳥，一張紅錦夕陽斜。』又云：『公有胸中五色線，平生補袞用功深。』」〔註82〕《能改齋漫錄》卷六：「唐朱晝《喜陳懿至》詩云：『一別一千日，一日十二憶。苦心無閒時，今夕見玉色。』乃知山谷『五更歸夢三百里，一日思親十二時』之句，蓋取此。」卷七：「豫章《題陽關圖》絕句：『斷腸聲裏無聲畫，畫出陽關更斷腸。』按李義山《贈歌妓》詩云：『紅綻櫻桃含白雪，斷腸聲裏唱陽關。』豫章所用也。」卷八：

> 歐陽文忠公《詩話》：「陳公時得杜集，至蔡都尉『身輕一鳥』，下脫一字。數客補之，各云疾、落、起、下，終莫能定。後得善本，乃是過字。」其後東坡詩「如觀老杜飛鳥句，脫字欲補知無緣」，山谷詩「百年青天過鳥翼」，東坡詩「百年同過鳥」，皆從而傚之也。

同卷：「東萊先生呂居仁愛豫章少年時作泰和縣樓詩：『木葉千山天遠大，澄江一道月分明。』然白樂天亦有《江樓夕望》詩云：『燈火萬家城四畔，星河一道水中央』之句。」可見此種創作手法為山谷所慣用。

還有摹仿變化前人詩體的。如《苕溪漁隱叢話》前集卷二十九：

> 苕溪漁隱曰：永叔《送原甫出守永興》詩云：「酌君以荊州魚枕之蕉，贈君以宣城鼠須之管，酒如長虹飲滄海，筆若駿馬馳平阪。」黃魯直《送王郎》詩云：「酌君以蒲城桑落之酒，泛君以湘累秋菊之英，贈君以黟川點漆之墨，送君以陽關墮淚之聲。酒澆胸中之磊落，菊制短世之頹齡，墨以傳千古文章之印，歌以寫從來兄弟之情。」近時學者以謂此格獨魯直為之，殊不知永叔已先有也。

又如《步里客談》卷下：「古人作詩斷句，輒旁入他意，最為警策。如老杜云『雞蟲得失無了時，注目寒山倚江閣』是也。魯直《水仙詩》，亦用此體：『坐對真成被花惱，出門一笑大江橫。』至陳無己云：『李杜齊名吾豈敢，晚風無樹不鳴蟬。』直不類矣。」〔註83〕又如《詩人玉屑》卷八：「一日，因坐客論魯直詩體致新巧，自作格轍，次客舉魯直題子瞻伯時畫竹石牛圖詩云：

〔註82〕〔宋〕胡仔撰，《四庫全書》本。
〔註83〕〔宋〕陳長方撰，《四庫全書》本。

『石吾甚愛之，勿使牛礪角；牛礪角尚可，牛斗殘我竹。』如此體制甚新。公（韓駒）徐云：『獨漉水中泥，水濁不見月；不見月尚可，水深行人沒。』蓋是李白《獨漉篇》也。」〔註84〕又如《野客叢書》卷八：「魯直詩曰：『管城子無食肉相，孔方兄有絕交書。』今謂此體魯直創見。僕謂不然，唐詩此體甚多，張祜曰：『賀知章口徒勞說，孟浩然身更不疑。』李益曰：『柳吳興近無消息，張長公貧苦寂寥。』貫休曰：『郭尚父休誇塞北，裴中令莫說淮西。』杜荀鶴曰：『卷一箔絲供釣線，種千林竹作漁竿。』皆此句法也。讀之似覺齟齬，其實協律。」〔註85〕

又山谷作詩重翻案，《山谷內集》卷三十《書梵志翻著襪詩》云：「『梵志翻著襪，人皆道是錯。乍可刺你眼，不可隱我腳。』一切眾生顛倒，類皆如此，乃知梵志是大修行人也。昔茅容季偉，田家子爾，殺雞飯其母，而以草具飯郭林宗。林宗起拜之，因勸使就學，遂為四海名士。此翻著襪法也。」其實也可看作是「奪脫換骨」、「點鐵成金」創做法的某種延伸。今以其《酴醾》詩以美丈夫比花為例，後人對此多有讚譽。如宋朱翌《猗覺寮雜記》卷上：「詩人論魯直《酴醾》云：『露濕何郎試湯餅，日烘荀令炷爐香』，不以婦人比花，乃用美丈夫事。不知魯直此格亦有來歷。李義山《早梅》云：『謝郎衣袖多翻雪，荀令薰爐更換香。』亦以美丈夫比花。魯直為工。」〔註86〕宋楊萬里《誠齋集》卷一百十五：「白樂天《女道士》詩云：『姑山半峰雪，瑤水一枝蓮。』此以花比美婦人也。東坡《海棠》云：『朱唇得酒暈生臉，翠袖卷紗紅映肉。』此以美婦人比花也。山谷《酴醾》云：『露濕何郎試湯餅，日烘荀令炷爐香。』此以美丈夫比花也。山谷此詩出奇，古人所未有，然亦有是用荷花似六郎之意。」〔註87〕宋吳沆《環溪詩話》卷中更有對山谷作詩「以物為人」的精闢概括：

> 環溪仲兄又問：「山谷詩亦有可法者乎？」環溪曰：「山谷除拗體似杜而外，唯以物為人一體最可法，於詩則為新巧，於理則未為大害。」仲兄云：「何謂以物為人？」環溪云：「山谷詩文中，無非以物為人者，此所以擅一時之名而度越流輩也。然有可有不可。如『春至不窺園，黃鸝頗三請』，是用主人三請事；如《詠竹》云：『翩

〔註84〕〔宋〕魏慶之編著，上海古籍出版社，1978年。
〔註85〕〔宋〕王楙著，《四庫全書》本。
〔註86〕《四庫全書》本。
〔註87〕《四庫全書》本。

翩佳公子，為政一窗碧』，是用是亦為政事，可也。又如『殘暑已俶裝，好風方來歸；苦雨已解嚴，諸峰來獻狀』，謂暑俶裝，風來歸，雨解嚴，峰獻狀，亦無不可。至如『提壺要酤我，杜宇賦式微』，酤我、式微，皆是用毛詩，然以提壺而要酤我，杜宇而賦式微，則近於鑿，不可矣。下如杞菊避席，雲月供帳，黃花韜光，白鷗起予，蘭含章而鳥許可，以至《廣雅》一篇。大抵以物為人，而不失為佳句，則是山谷所以取名也。」仲兄曰：「善。」〔註88〕

對於山谷「以物為人」詩法的得失辨析甚善。此翻案法，溯其源亦與佛禪有關。金趙秉文《閒閒老人滏水集》論山谷書法：「涪翁參黃龍禪，有倒用如來印手段，故其書得筆外意，如莊周之談大方，不可端倪；如梵志之翻著襪，刺人眼睛。」〔註89〕要言之，皆重在翻新出奇。

對於「奪胎換骨」、「點鐵成金」，後人的批評當然也不少，矛頭主要是指向模擬、抄襲。如金王若虛《滹南遺老集》卷四十：「魯直論詩，有奪胎換骨、點鐵成金之喻，世以為名言。以予觀之，特剽竊之點者耳。魯直好勝，而恥其出於前人，故為此強辭而私立名字。夫既已出於前人，縱復加工，要不足貴。」又如清趙翼《甌北詩話》卷二十四：「古今人往往有詩名相同者。……白居易《寄元九》詩：『百年夜分半，一歲春無多。』而黃魯直詩有云：『百年中分夜半去，一歲無多春暫來。』……此皆不得謂非抄襲也。」〔註90〕平心而論，「奪胎換骨」、「點鐵成金」中比較容易讓人當作抄襲的，是化用前人成句而又不能出彩的一類，類似於皎然「三偷」中的「偷語」，若一概誣之以剽竊，則失實矣。另一類批評則指向黃庭堅作詩，只知在前人集子中作活計，缺少自然之致。如明王夫之《夕堂永日緒論》：「人譏西崑體為獺祭魚，蘇子瞻、黃魯直亦獺耳，彼所祭者肥油江豚，此所祭者吹沙跳浪之鱨鯊也。除卻書本子，則更無詩。」〔註91〕矛頭直指蘇、黃之以學問、以文字為詩。而為其辯護者如宋朱弁《風月堂詩話》卷下則謂魯直「用崑體工夫，而造老杜渾成之地，今之詩人少有及此者，禪家所謂更高一著也」〔註92〕。清方東樹《昭昧詹言》卷十亦謂涪翁「杜、韓後，真用功深造，而自成一家，遂開古

〔註88〕《四庫全書》本。
〔註89〕《題涪翁草書文選詩後》，《四庫全書》本。
〔註90〕郭紹虞編選《清詩話續編》，上海古籍出版社，1983年。
〔註91〕《黃庭堅和江西詩派資料彙編》上冊。
〔註92〕《四庫全書》本。

今一大法門，亦百世之師也。」〔註93〕真可謂褒貶不一。

今舉著名者《猩猩毛筆》《接花》兩詩為例。先看批評的意見，金王若虛對此兩詩可以說均無好評：「《猩毛筆》云：『身後五車書。』按惠子多方，其書五車。非所讀之書，即所著之書也，遂借為作筆寫字，此以自肯耳。而呂居仁稱其善詠物而曲當其理，不亦異乎？只『平生幾量屐』，細味之亦疏，而拔毛濟世事尤牽強可笑。以予觀之，此乃俗子謎也，何足為詩哉！」《接花》云：『雍也本犁子，仲由元鄙人。升堂與入室，只在一揮斤。』『揮斤』字無乃不安，且取喻何其迂也。」〔註94〕贊之者如宋楊萬里《誠齋詩話》：「詩家用古人語，而不用其意，最為妙法。如山谷《猩猩毛筆》是也。」〔註95〕元方回《瀛奎律髓》卷二十七評《和師厚接花》：「山谷最善用事，以孔門變化雍由，譬接花而繳以莊子揮斤語，此江西奇處。」〔註96〕同樣一首詩歌，在不同時代、不同評論家的眼裏，評價相殊如此，何也？

蓋禪宗有「參活句不參死句」之說，江西詩派至呂本中更有所謂「活法」之說，而其實此法之集大成者，仍非山谷莫屬。如宋《圓悟佛果禪師語錄》卷十一：「他參活句，不參死句。活句下薦得，永劫不忘。死句下薦得，自救不了。」活用之句稱活句，不活用之句稱死句。活句係超越分別的靈妙之句。禪宗又有「死蛇活弄」之說，宋《明覺禪師語錄》卷三：「師云：『雖是死蛇，解弄也活。誰是好手者？試請辯看。』」〔註97〕作詩用事古已有之，如南朝宋顏延之、唐李商隱，均為喜用事者。宋詩發展至山谷，承東坡之後，必須另闢新路，方能稱雄一代。如上舉《猩猩毛筆》《接花》二詩，雖句句用事，但一句不肯襲人之後，旁出樣度，不落窠臼，化堆垛為煙雲，宋詩以文字為詩，至此亦可謂極矣。此後詩壇有唐宋詩之爭，後人於此褒貶不一，亦其宜矣。

山谷集中似此等標新立異之句，尚有很多。如「公詩如美色，未嫁已傾城。嫁作蕩子婦，寒機泣到明」〔註98〕、「平生割雞手，聊試發硎刀」〔註99〕、

〔註93〕人民文學出版社，1961年。
〔註94〕《滹南遺老集》卷四十《詩話》。
〔註95〕《歷代詩話續編》。
〔註96〕〔元〕方回選評、李慶甲集評校點《瀛奎律髓選評》，上海古籍出版社，2005年。
〔註97〕《大正藏》第47冊。
〔註98〕《次韻劉景文登鄴王臺見思五首》其五，《山谷內集》卷二。
〔註99〕《送舅氏野夫之宣城二首》其二，《山谷內集》卷九。

「白髮齊生如有種，青山好去坐無錢」〔註100〕、「語言少味無阿堵，冰雪相看有此君」〔註101〕、「湘東一目誠甘死，天下中分尚可持」〔註102〕，皆新巧可喜，超越流俗，遂開宋詩一新境界。《苕溪漁隱叢話》前集卷四十九云：

> 宋子京《筆記》云：「文章必自名一家，然後可以傳不朽。若體規畫圓，准方作矩，終為人之臣僕。」古人譏屋下架屋，信然。陸機曰：「謝朝花於已披，啟夕秀於未振。」韓愈曰：「惟陳言之務去。」此乃為文之要。苕溪漁隱曰：「學詩亦然。若循習陳言，規摹舊作，不能變化，自出新意，亦何以名家？魯直詩云：『隨人作計終後人。』又云：『文章最忌隨人後。』誠至論也。」

《易·繫辭下》：「窮則變，變則通，通則久。」〔註103〕山谷可謂深得此理。

又山谷論詩倡「以俗為雅，以故為新。百戰百勝，如孫吳之兵；棘端可以破鏃，如甘蠅、飛衛之射，此詩人之奇也」〔註104〕。反常合道，亦佛家之常談也，故山谷詩文同荊公、東坡，亦多遊戲之作。有同儕之間以詩嘲戲的：「王直方詩話云：（山谷）謝王炳之惠玉版紙詩云：『王侯鬚若緣坡竹。』此出《髯奴傳》。炳之大以為憾。送零陵主簿夏君玉詩末云：『因行訪幽禪，頭陀煙雨外。』蓋君玉頭甚大，故以此戲之。」〔註105〕有戲謔詠物之作，如《戲詠暖足瓶二首》：「少姬暖足臥，或能起心兵。千金買腳婆，夜夜睡天明。」「腳婆元不食，纏裹一衲足。天明更傾瀉，頮面有餘燠。」〔註106〕《乞貓》：「秋來鼠輩欺貓死，窺甕翻盤攪夜眠。聞道狸奴將數子，買魚穿柳聘銜蟬。」〔註107〕宋陳師道《後山詩話》評《乞貓》詩「雖滑而可喜，千載而下，讀者如新」〔註108〕。有遊戲文字的邊傍詩：「逍遙近道邊，憩息慰㦤憰。晴暉時晦明，謔語詣謯謻。草萊荒蒙蘢，室屋壅塵坌。僕僮侍偪仄，涇渭清

〔註100〕《次韻裴仲謀同年》，《山谷外集》卷六。
〔註101〕《次韻外舅謝師厚喜王正仲三文奉詔禱南嶽回至襄陽舍驛馬就舟見過三首》其三，《山谷外集》卷六。
〔註102〕《弈棋二首呈任公漸》其二，《山谷外集》卷七。
〔註103〕〔魏〕王弼注、〔唐〕孔穎達疏《周易正義》，北京大學出版社，1999年。
〔註104〕《山谷內集》卷六。
〔註105〕《苕溪漁隱叢話》前集卷四十八。
〔註106〕《山谷內集》卷七。
〔註107〕《山谷外集》卷六。
〔註108〕《歷代詩話》。

濁混。」〔註109〕還有以藥名為詩的：「四海無遠志，一溪甘遂心。牽牛避洗耳，臥著桂枝陰。」〔註110〕（其一）山谷還作有不少的集句詩。清吳喬《圍爐詩話》卷五云：「蘇、黃以詩為戲，壞事不小。」〔註111〕其實，這與荊公、東坡、山谷同受佛教影響，以真實相出遊戲法，受到同樣的文學思想影響是分不開的。

　　元方回《瀛奎律髓》倡江西詩派「一祖三宗」，論詩著重「詩眼」，其實也是受山谷詩論啟發。《山谷內集》卷十二《贈高子勉四首》其四云：「拾遺句中有眼，彭澤意在無弦。顧我今六十老，付公以二百年。」《山谷別集》卷十《題李西臺書》：「余嘗評西臺書，所謂字中有筆者也。字中有筆，如禪家句中有眼。他人聞之瞠若也，惟蘇子瞻一聞便欣然耳。」可見山谷此論，亦受禪宗影響。雲門說禪，有「言中有響，句裏藏鋒」〔註112〕、「問中具眼」〔註113〕之說。又《圓悟佛果禪師語錄》卷七：「棒頭有眼明如日。」《佛果圓悟禪師碧巖錄》卷三：「問處有眼，答處亦端的。」〔註114〕《後山集》卷三《答魏衍》云：「句中有眼黃別駕，洗滌煩熱生清涼。」〔註115〕詩歌論「眼」，實來源於佛教「法眼」之說。

　　宋代受佛教影響的文學家，在思想上或多或少都有某種「心學」化的傾向，黃庭堅亦不例外。如《豫章黃先生文集》卷二十《孟子斷篇》：「孔子以來力學者多矣，而才有孟子。由孟子以來力學者多矣，而才有揚雄。來者豈可不勉？方將講明養心治性之理，與諸君共學之。惟勉思古人所以任己者。」〔註116〕《山谷內集》卷二十《覺民對問》：「覺民曰：『我始於何治而可以比於先民之覺？』問之曰：『若善琴何自而手與弦俱和？』曰：『心和而已。』『若善篆何自而手與筆俱正？』曰：『心正而已。』曰：『然則求自比於先民之覺獨不始於治心乎？』」《山谷內集》卷二十五《跋雙林心王銘》：「不識心而云解《論語》章句，吾不信也。後世雖有作者，不易吾言矣。」又如談學

〔註109〕《沖雨向萬載道中得逍遙觀遂托宿戲》，《山谷內集》卷七。
〔註110〕《荊州即事藥名詩八首》，《山谷外集》卷五。另如《藥名詩奉送楊十三子問省親清江》，《山谷外集》卷十二。
〔註111〕《清詩話續編》。
〔註112〕《雲門匡真禪師廣錄》卷上，《大正藏》第47冊。
〔註113〕《雲門匡真禪師廣錄》卷中。
〔註114〕《大正藏》第48冊。
〔註115〕《四庫全書》本。
〔註116〕《四部叢刊》初編本。

書之法，《山谷內集》卷二十九《跋與張載熙書卷尾》：「凡作字，須熟觀魏晉人書，會之於心，自得古人筆法也。」但與蘇軾不同的是，兩人之思想雖均有「心學」傾向，蘇軾之心性論為一儒、釋、道三家的混合體，而出之以莊子、《華嚴》精神，故表現在文學上無施不可，天才奔放；而山谷之心性論更多為修身養性之具，而在文學上轉受禪宗之影響為多，故「奪胎換骨」、「點鐵成金」更多側重作詩技法上的推陳出新。清方東樹《昭昧詹言》卷十二：「坡公每於終篇之外，恒有遠境，匪人所測。於篇中又各有不測之遠境，其一段忽從天外插來，為尋常胸臆中所無有。不似山谷於句上求遠也。」正道出了蘇、黃之不同。

作為「一祖三宗」的「三宗」之首，山谷學杜的得失，也為後人所關注。《苕溪漁隱叢話》前集卷四十七：「《禁臠》云：『魯直換字對句法，如「只今滿坐且尊酒，後夜此堂空月明」、「清談落筆一萬字，白眼舉觴三百杯」、「田中誰問不納履，坐上適來何處蠅」、「秋韆門巷火新改，桑柘田園春向分」、「忽乘舟去值花雨，寄得書來應麥秋」，其法於當下平字處以仄字易之，欲其氣挺然不群，前此未有人作此體，獨魯直變之。』苕溪漁隱曰：『此體本出於老杜，如「寵光蕙葉與多碧，點注桃花舒小紅」、「一雙白魚不受釣，三寸黃柑猶自青」、「外江三峽且相接，斗酒新詩終日疏」、「負鹽出井此溪女，打鼓發船何郡郎」、「沙上草閣柳新暗，城邊野池蓮欲紅」。似此體甚多，聊舉此數聯，非獨魯直變之也。余嘗效此體作一聯云：「天連風色共高運，秋與物華俱老成。」今俗謂之拗句者是也。』」認為山谷善學杜詩的拗句。《風月堂詩話》謂魯直「用崑體工夫，而造老杜渾成之地」。《昭昧詹言》卷二十：「欲知黃詩，須先知杜；真能知杜，則知黃矣。杜七律所以橫絕諸家，只是沉著頓拙，恣肆變化，陽開陰合，不可方物。山谷之學，專在此等處，所謂作用。」其實山谷之學杜，即使在南宋，就有非常嚴厲的批評。張戒《歲寒堂詩話》卷上：「子美之詩，得山谷而後發明。……往在桐廬見呂舍人居仁，余問：『魯值得子美之髓乎？』居仁曰：『然。』『其佳處焉在？』居仁曰：『禪家所謂死蛇弄得活。』余曰：『活則活矣，如子美「不見旻公三十年，封書寄與淚潺湲；舊來好事今能否？老去新詩誰與傳？」此等句魯直少日能之。「方丈涉海費時節，元圃尋河知有無」、「桃源人家易制度，橘州田土仍膏腴」，此等句魯直晚年能之。至於子美「客從南溟來」、「朝行青泥上」，《壯遊》《北征》，魯直能之乎？如「莫自使眼枯，收汝淚縱橫。眼枯卻見骨，天地終無情」，此等句魯直能到乎？」

居仁沉吟久之，曰：『子美詩有可學者，有不可學者。』余曰：『然則未可謂之得髓矣。』」〔註117〕

　　佛教起源於印度，自兩漢之際傳入中國，從此在中國生根發芽，開始了其中國化歷程。而其中淨土與禪宗，卒成為中國佛教勢力最盛之兩支，流傳至今。中國向來號稱詩的國度，《詩經》與《楚辭》堪稱中國古典詩歌的兩大源流。自佛教傳入中國之後，第一流詩人之中，多有受到佛教尤其是禪宗影響者，遂為古詩開一新境界。唐詩是中國古典詩歌的最高峰，佛教的傳入，禪宗之興盛，對於唐代詩人影響最著者可數王維。而王維詩歌最為人所盛稱者，則不僅是其中的佛教名詞與禪宗思想，而更多是其詩畫合一、妙不可言之意境。可以說，意境在詩歌創作與批評上的運用與成熟，是魏晉至唐代詩壇上的第一大事，而這些與佛教都有著密不可分的關係。進入宋代以後，面對著唐詩無法逾越的高度，詩人們更多是從作詩技法等方面下工夫；因為若僅是學唐，不可能找到出路，所以宋初詩歌沿襲晚唐遺風，還不能彰顯真正的宋詩特色。從梅堯臣到王安石，宋調漸開；發展至元祐，隨著蘇軾、黃庭堅這些優秀詩人登上詩壇，唐宋詩之分野才真正形成。而其中江西詩派所推崇的各種作詩技法，其實都與禪宗有著密切聯繫。從這點上來說，佛教之沾溉中國文學，可謂多且勤矣。而山谷在宋代詩人中，可稱得上最具代表者。正如宋詩之後，不管是元詩、明詩還是清詩，似乎再也沒有能走出宗唐祧宋的路數，晚清的同光體詩派力主鎔鑄唐宋，而終為中國古典詩歌之結穴。而宋以後中國古典詩歌受到佛禪的影響，也罕有能逸出意境或詩法兩途，再開一新生面者。禪宗最興盛的時期也恰好是在唐宋，此後逐漸走向衰弱。從這點上來說，山谷生逢其時，因緣際會，正處於中印文化交匯之成熟黃金時期，又處於古典詩歌發展之重要嬗變時期，在中國古典詩人中之境遇與地位，亦可謂幸且高矣。

第三節　沈曾植與佛教

　　同光體詩人中，對佛教浸潤最深的，毫無疑問是沈曾植（1851～1922）。其佛學造詣之精深，詩作中佛典使用之繁多，均遠超乎同儕。故欲研究沈曾植之詩歌藝術，不妨先從其與佛教之淵源來作一番探討。

〔註117〕《歷代詩話續編》。

　　王蘧常《清末沈寐叟先生曾植年譜》曰：「初公論學尚實用。於人心世道之
隆污，政治之利病，必窮其源委。（王《序》）」〔註118〕確實，光緒六年（1880），
沈曾植三十一歲，中式第二十四名貢士，同榜李慈銘也虛心推服，在日記中寫
道：「其經文四首，皆博而有要。第五策言西北徼外諸國，鉤貫諸史，參證輿圖，
辨音定方，具有心得，視余作為精彩矣。」〔註119〕聚奎堂批《光緒六年庚辰科
會試同年齒錄》云：「觀五策，於許書最熟，而於朔方事，歷歷如數掌紋，淹博
無匹。合二三場觀，知小學、地輿、經史無不淹貫，洵是通人。」〔註120〕則沈
曾植之究研佛教，當在此之後。《沈寐叟年譜》光緒十五年（1889）云：「公早
又沉潛有宋諸子之學，久之並旁通二氏。案公梵學最深，始業當在四十前
後。……又考公所有梵經序跋皆在戊戌（1898）、丁未（1907）間。……錄此以
見公中年學佛之一斑。又案袁爽秋太常，亦湛深梵學，公必受其影響。庚寅
（1890）有和公詩……」（第25頁）考訂頗為詳盡〔註121〕。

　　作為一位學者、官員兼文人，沈曾植之於佛教，在義理、考據、辭章方
面均有所發明建樹。在義理方面，他其實有意通過佛教來融通東西文化衝突，
解決各種現實與思想領域的矛盾，而這種佛學又是與儒學互為表裏的。他曾
這樣感慨過：「噫，國其殆哉。夫道器文質，體用經權，理事神跡，非可二也，
而今學士皆二之。道與德，政與教，知與行，定與慧，名與實，學與業，生
與義，非可離也，而今學士皆歧視之。自他、心物、真妄、新故、今古、有
無、是非、善惡，相待而著，非定有也，而今學士皆固執其成見焉。」〔註122〕
康有為《贈乙庵尚書四章》其一云：「盡通文史儒玄學，證入慈悲喜捨禪。」
〔註123〕此語庶幾得之。

　　沈曾植主張儒、釋、道相通，尤其是儒、釋，不可偏廢。毫無疑問，他
是主張治學當以儒學為先的。《沈寐叟年譜》1918年條云：「公嘗云欲復興亞
洲，須興儒術。欲興儒術，須設立經科大學。先當創設亞洲學術研究會。」
但沈曾植同時又批評「儒門刻急」：「儒門澹薄，容不得豪傑。此宋時某師之

〔註118〕第33頁，臺灣商務印書館，1982年。

〔註119〕《沈寐叟年譜》第15頁。

〔註120〕許全勝撰《沈曾植年譜長編》第38頁，中華書局，2007年。

〔註121〕錢仲聯《海日樓箚叢》及《海日樓題跋》之《前言》亦云：「沈氏治佛學，開
　　　　　始在四十歲前後。光緒末，遊日本，得《大藏經》全帙回國，致力益勤。」
　　　　　遼寧教育出版社，1998年。

〔註122〕《沈寐叟年譜》第99頁。

〔註123〕錢仲聯《海日樓詩注》卷八，《沈曾植集校注》，中華書局，2001年，第1084頁。

言也。今日儒門一味刻急，吾恐天下豪傑，將有望望然去之患也。止為儒者不能擺脫世緣，故風俗愈惡薄，儒者亦愈刻急。(《潛究室札記》)」〔註124〕又謂「禪令人薄」：「禪令人薄，學焉而知所不足可也。(《潛究室札記》)」(同上)認為「近世禪學不振，由不讀儒書之過」：「近三十年，緇徒隨世轉移，重科學，輕儒學。儒學疏，而佛學亦浸衰矣。有俗諦，而後有真諦。有世間法，而後有出世間法。所謂轉依者，轉世間心理為出世間心理。曾不識世間心理，將何從轉之。」〔註125〕辛亥革命後，沈曾植成為遺民，他取法黃宗羲：「案存南雷說，贊以知非章。」〔註126〕錢仲聯先生注引彭紹升《居士傳》云：「黃宗羲言明季士大夫學道者，多入宗門。如金先生及蔡懋德、馬世奇、錢啟忠皆是也。然皆以忠義名一世。宗門以無善無惡為宗，然諸公者，血心未化，乃儒家所謂誠不可掩者，在宗門不謂之知性也。」可見儒學、佛學是他的兩大精神支柱。他欣賞白居易的「外襲儒風，內宗梵行」(《雜家言》)〔註127〕。又認為「佛理與莊子相通」(《雜記》)〔註128〕這些，都可以看作是他在義理方面欲構建一圓融世界的努力。

在儒、釋相通方面，沈曾植還有一個值得注意的觀點，即認為《易》通於密。他寫有這樣的詩句：「《易》教審顯密，書禪會波戈。」〔註129〕錢仲聯先生引李翊灼《海日樓詩補編序》云：

　　庚戌(1910)訪叟嘉興，偕作西湖遊，十日之中，晴晦、雨雪、風月，幾無不備。寂然境中，妙現神變，枯木寒岩，頓有生意。予歎曰：「乾陽無死，《易》義故不虛耳。」叟曰：「余於是亦悟《易》義惟密，頗覺以密通《易》，應無不合，子能為我言作證乎？」予曰：「可。夫《易》之為義，即神變也。神變，即密之大用也。故《繫辭》傳謂「君子洗心，退藏於密」。蓋不密寧復能《易》哉？且《乾》，金剛智界也；《坤》，胎藏界理也。《乾》《坤》生六子，兩界開四部也。《乾》《坤》變化而有八卦，兩界瑜伽而成曼陀羅也。演八卦而為明堂位，曼陀羅而現三昧耶也。如是義證，不勝枚舉。《易》為儒

〔註124〕錢仲聯輯《海日樓箚叢》卷四，第137頁。
〔註125〕錢仲聯輯《海日樓箚叢》卷五，第198頁。
〔註126〕《海日樓詩注》卷八《金正希先生山水畫冊為金籛生題》，第1086頁。
〔註127〕《海日樓箚叢》卷四，第143頁。
〔註128〕《海日樓箚叢》卷五，第177頁。
〔註129〕《海日樓詩注》卷三《石欽證剛詩詠斐亹讀之有見獵之喜晨興忍寒復得古體五首》其五，第395頁。

密，又何疑哉？」叟笑曰：「誠哉是言！然而彼之軒輊儒佛者，匪唯不知佛，抑亦不知儒已。」

不僅僅儒、釋、道圓融，沈曾植對佛門各宗派也一視同仁，沒有偏頗之見。他認為「釋迦乃否定外道者，非否定《吠陀》者」（《雜記》）〔註130〕。他融通小乘與大乘，認為「羅漢是出世法，菩薩是世間法」（《札記》）。對於中國佛教，他認為「禪宗、淨土宗、戒律宗，為北方實際的佛教。三論、天台，為南方理論的佛教。北華嚴，為緣起論宗。南法華，為實相論宗。……佛學元與儒學不異」（《札記》）。其稱引「龍樹四教」：「龍樹四教（出《華嚴經隨疏演義抄》）：『龍樹論師，乃西天第十三祖。嘗立四教，判釋經論。一、有門，謂《阿含》小乘等經，說因果。二、空門，謂《大品般若》諸經，說真空實相之理。三、亦有亦空門，謂《深密》諸大乘經，說有說空，互相無礙。四、非有非空門，謂《中論》等說，即空之有，是非有；即有之空，是非空。互泯互融，是第一義。』按：此是三論宗所判教義。發端龍樹，時代最先。」（《東軒手鑒》）頗為留意於龍樹的判教思想。他的這種各宗派平等以及判教意識，對於此後太虛法師的佛教改革，可以說不無啟迪意義。

他所作的《頻伽精舍校刊大藏經序》，剖析中國佛教發展源流，亦甚為詳備。其文云：

洪惟我國佛教之隆，莫先於晉。士大夫好學深思，窮研心理，感彼西哲，聯袂偕來。學泯町畦，情忘畛域。爾乃圖澄密行，揚覺華於戈戟之林；道安清範，植慧根於饑歉之世。逮夫羅什諸德，振錫渭濱，開方等，出《楞嚴》，顯菩提，宏《般若》，繹三論，頌五禪，敷《妙蓮》，陳《梵網》，左把《成實》，右領《婆沙》，耀文殊之珠，表普賢之相，彰慈氏之受訣，贊彌陀之度生。於時雲影疏其中觀，道生申其頓悟，東林則專修安養，青眼則嚴護毗尼，華藏教誨，覺賢譯其文，涅槃地持，曇摩發其秘。溯彼法流，汪洋泓演，歷宋、齊、梁、陳、魏、周、齊、隋、唐，迄吳越、遼、宋、元、明，以至於清。若成實，若俱舍，若淨土，若般若，若智論三論，若法華、涅槃，若地論，若攝論，若唯識，若華嚴，若真言，若律，若禪定，若牛頭，若曹溪，若臨濟、溈仰、曹洞、雲門、法眼諸宗，與夫高句麗之所傳，日本之所述，南海西洋各邦之所授受，無不導源於是時

> 者。……其談心識也，則洞達性源；其示行相也，則備詮萬德；其
> 析物質也，則辨極鄰虛；其衍法數也，則引而至於不可說，洵所謂
> 大無外，小無內，窮三際，遍十方者矣。佛以一圓音演說妙法，歷
> 代宗師，紹承申繹，名理奧義，日新不窮。隋、唐而下，闡途尤眾，
> 所以廣建法幢，啟靈關而厝眾生之謟求者，殆源源而無已。雖其間
> 各樹義宗，或正授，或別傳，或顯或密，有種種之殊態，跡其大權
> 妙用，異派分流，要無非趣入一佛教誨，聖智出世，應眾生根而為
> 說法，亦各因其時耳。〔註131〕

其中對於中國佛教有相當高的評價，即使對於今日之學術界也甚有啟迪。漢傳佛教相較於印藏、日本乃至歐美佛教，不管是在教義還是研究方面，本來就應有其殊勝與無可取代之處，不可因為清末佛法、國運衰微，而妄自菲薄也。

沈曾植在佛教考訂方面，也是多發前人所未發，最有成就。對於上座部佛教、禪宗、密宗的研究，都給今人以視野開闊、孤明先發的鮮明印象，遠早於胡適後來對於禪宗史的考索與質疑。葛兆光先生《世間原未有斯人——沈曾植與學術史的遺忘》〔註132〕，對此類問題已有較為詳盡論述。

沈曾植在晚清民國，雖然是第一流的大學者，但作為一個傳統意義的知識分子，他恪守傳統儒家的綱常信條，效忠於大清。他早年雖有維新思想，但到了清政府晚期，與當時不斷前進的時代潮流，常常有捍格不入之處。1908年，「聞九年立憲之詔下，公歎曰：『乾坤之毀，一成而不可變。』於是更號曰『睡翁』，謂不忍見不能醒也。」〔註133〕1909年，「與某公書云：『財政岌岌，官司解體，中外相疑。舉海上妄人之說，一切悉納諸憲政之中，作繭自纏，背水陣更無躲閃，波土覆轍，可為寒心。」〔註134〕入民國後，他成了一位遺老，樓居上海：「若與人世間隔，常以途人為魚鳥，闤闠為峰崎，廣衢為大川，而高囱為窣堵波。據《海日樓文集》卷下《余堯衢古希偕老圖序》。」〔註135〕其後1917年張勳復辟，也積極北上參與，且抱定必死之志。《沈寐叟年譜》云：「案公此行亦自知其難為，特一心忠耿，生死利鈍，乃所不顧，

〔註131〕沈曾植《海日樓佚序》上，《文獻》1990年第3期，第183頁。
〔註132〕《讀書》1995年第3期。高山杉先生的不同意見，亦可參《佛學艱深海日樓》一文，載《東方早報》2010年2月28日。
〔註133〕《沈寐叟年譜》第52頁。
〔註134〕《沈寐叟年譜》第55頁。
〔註135〕《沈寐叟年譜》第58頁。

有可藉手，即投袂而起耳。……蓋殉國之志，身後之謀，早決也。其後事未成而志未遂，天也，非人也。時代不同，見解亦因之而異。後之人，敬其志，哀其遇，可也。」〔註 136〕瞭解了他在現實生活中的這些困境與矛盾，我們就更能看清佛教對於他維持心理平衡所起到的特別作用，這些在他的詩歌中表現得尤為集中。

1900 年在武昌，沈曾植即作有《病僧行》，自注云：「詩作於庚子（1900）競起，是群言競起，臥病江潭，有感而作。」〔註 137〕此詩因為多用佛典，邃於佛學，受到了陳衍的稱讚。1910 年，又作《自題僧服小影》，自注：「爾時著僧衣，同攝者：證剛、端士、石欽也。庚戌七月。」王蘧常《沈寐叟年譜》：「宣統元年己酉（1909），公六十歲。時國事日非，公嘗作僧服以歐法攝景寄朋儕題詠以寄意。明年自題云云。」其詩曰：「了此宰官身，即是菩薩道。無佛無眾生，靈源同一照。」（卷三）1918 年所作《病起自壽詩》其三云：「亦元亦史亦畸民，亦宰官身長者身。成住壞空看已盡，黃農虞夏沒焉陳。平生師友多仙佛，至竟形神孰主賓。驀地黑風吹海去，世間原未有斯人。」（卷九）著語沉痛，是他當時心態的真實寫照。至如《倚裝答石遺雜言》其七：「思是無明思，怒亦無明怒。身到鷲峰頭，那不解佛語？」（卷十）《和庸庵韻》其二之：「事去只如夢，心空無所為。」（卷十）《七月廿七日為檗宧百日禮懺於清涼下院病不能興哭不成聲詩不成句魂兮歸來哀此病叟》其九之「萬古原無續命湯，百年臧谷等亡羊。」（卷十二）《小除夕有感》之：「世間路已盡，天界路休迷。」晚年心境之淒涼，可見一斑。

沈曾植作詩的一大特點是喜歡用典，經史子集，經常是信手拈來，而且用典的密度大得讓人透不過氣來。這些典故中，當然也包含了大量的佛典。錢仲聯先生《近百年詩壇點將錄》稱他「學人為詩，佛藏道笈，僻典奇字，層見迭出。蓋碩儒大師，出其緒餘，一弄狡獪，而見者則驚為西藏之曼荼羅畫也。」〔註 138〕其實沈曾植並不僅是在詩中有意炫博，他是有自己完整的詩學體系的。其一即是「雅人深致」說。他在《瞿文慎公止菴詩集序》中說：

昔者曾植與濤園論詩於公，植標舉謝文靖之「訏謨定命，遠猶辰告」，所謂「雅人深致」者，為詩家第一義諦；而車騎所稱「昔我往矣，楊柳依依」

〔註 136〕第 68～69 頁。
〔註 137〕《海日樓詩注》卷三，第 300 頁。
〔註 138〕《當代學者自選文庫‧錢仲聯卷》第 673 頁，安徽教育出版社，1999 年。

者，為勝義諦。非獨以是正宋、明論詩者之祖師禪而已，有聖證焉。夫所謂雅人者，非即班孟堅魯詩義「小雅之材七十二，大雅之材三十二」之雅材乎？夫所謂雅材者，非夫九能之士，三代之英，博文強識而讓，敦善行而不怠之君子乎？夫其所謂深致者，非夫涵雅故，通古今，明得失之跡，達人倫政刑之事變，文道管而光一是者乎？五至之道，詩與禮樂俱，準跡熄王降之義，雅體尊，風體卑，正樂雅頌得所，不言風，有較四國之徽言，固未可與槃澗寐歌等類觀之而次列之。自四家詩說略同。詩教衰而五言作，才性於漢魏之交，清言於晉，新變於梁陳，風降歌謠，鏤畫者殆不識雅為何字？至於唐之行卷，宋之江湖，聲義胥湮，而陋者復淆以宗門幻語，詩終為小道而已。嘗發此意於《漁洋生日詩》，公不余非也。〔註139〕

　　一方面是以禪喻詩，其實很難說清楚第一義諦和勝義諦有什麼區別，幾乎就是一回事，說明沈曾植對於兩謝之論詩，並無優劣之判，而是同等重視；一方面其實仍然是宋詩派以學問為詩詩論的延續，不過更加強調了詩歌的儒學內涵，增強了內容上的時代性〔註140〕。

　　沈曾植更完整的詩學理論的表述是在《與金甸丞太守論詩書》〔註141〕中。金蓉鏡學詩於沈曾植，也是同光體浙派的代表人物。此文為眾多研究者所引用，因為內容重要，今不憚煩，復徵引如下：

　　　　吾嘗謂詩有元祐、元和、元嘉三關，公於前兩關均已通過，但
　　　　著意通第三關，自有解脫月在。元嘉關如何通法？但將右軍蘭亭詩
　　　　與康樂山水詩，打並一氣讀。劉彥和言：「莊老告退，而山水方滋。」
　　　　意存軒輊，此二語便墮齊、梁人身份。須知以來書意、筆、色三語
　　　　判之，山水即是色，莊老即是意；色即是境，意即是智；色即是事，
　　　　意即是理；筆則空、假、中三諦之中，亦即遍計、依他、圓成三性
　　　　之圓成實性也。康樂總山水莊老之大成，開其先支道林。此秘密平
　　　　生未嘗為人道，為公激發，不覺忍俊不禁，勿為外人道，又添多少

〔註139〕錢仲聯輯《沈曾植海日樓佚序（下）》，《文獻》1991年第1期，第177頁。
〔註140〕詳參李瑞明博士論文《雅人深致——沈曾植詩學略論稿》，2003年。但他《沈曾植的詩學觀：「雅人深致」說》一文，將勝義諦理解為俗諦，則明顯有誤。文載《文藝理論研究》1999年第6期。又他在文中認為沈曾植的《漁洋生日詩》批評嚴羽只知妙悟，及王士禛雖然晚年視野有所放寬，但仍有所缺憾，則言之成理。
〔註141〕《學術集林》卷三，錢仲聯輯《沈曾植未刊遺文（續）》，上海遠東出版社，1995年，第116頁。

公案也。尤須時時玩味《論語》皇疏，（與紫陽注止是時代之異耳。）……
湘綺雖語妙天下，湘中《選》體，鏤金錯采，玄理固無人能會得些
子也。其實兩晉玄言，兩宋理學，看得牛皮穿時，亦只是時節因緣
之異，名文句身之異，世間法異，以出世法觀之，良無一無異也。

　　就色而言，亦不能無抉擇，李、何不用唐後書，何嘗非一法門，
（觀劉後村集，可反證。）無如目前境事，無唐以前人智理名句運用之，
打發不開。真與俗不融，理與事相隔，遂被人呼偽體。其實非偽，
只是呆六朝，非活六朝耳。凡諸學古不成者，諸病皆可以呆字統之。
在今日學人，當尋杜、韓樹骨之本，當盡心於康樂、光祿二家。（所
謂字重光堅者。）康樂善用《易》，光祿長於《詩》。兼經緯。……

　　……謝傅「遠猶辰告」，固是廊廟徽言；車騎「楊柳依依」，何
嘗非師貞深語。鄙近嘗引此旨序止菴詩，異時當錄副奉教。

此文作於 1918 年〔註142〕。文中相對於陳衍的「三元」說而提出「三關」
說，體現出了沈曾植除了唐宋詩歌外，對於六朝詩歌的同樣重視。又其中對
於劉勰「莊老告退，而山水方滋」的批評，極其值得玩味。因為在沈曾植的
詩學體系中，莊老（玄理）與山水（色、事）原本就應該打並作一氣而不可
割裂。並以佛教的三諦、三性理論來證成此說。法相宗以遍計所執性為妄情，
故判為空；以依他所起性為眾緣和合，故判為假有；以圓成實性為真實如常，
故判為真空妙有，而與中道相契合。所以在沈曾植看來，一首好的詩歌，山水
與莊老、色與意、境與智、事與理，應該是相統一的。所以「謝傅『遠猶辰
告』，固是廊廟徽言；車騎『楊柳依依』，何嘗非師貞深語」，兩者沒有優劣之
分，是同等地重要。只有兩者相結合，既有文學形象，又有思想內涵，寫出
來的才是一首好詩。他覺得自己的詩之所以強於湖湘派的王闓運，正是因為
自己的詩中有玄理，而不僅僅是「緣情綺靡」。

其實對於我們今天的讀者，在歎服沈曾植詩歌深博奧衍的同時，可能更加
能夠欣賞的，還是他的那些相對比較清通而又富於理趣的作品，其中不乏多用
佛典者。正如陳衍在《石遺室詩話續編》卷一所言：「乙庵詩雖多詰屈聱牙，
而俊爽邁往處，正復不少。」〔註143〕其贈人之作如《寄蘇庵》之：「一椎開法

〔註142〕參許全勝《沈曾植年譜長編》，第 469～470 頁。
〔註143〕錢仲聯編校《陳衍詩論合集》，福建人民出版社，1999 年，第 488 頁。

席，九變計民功。丈六身光在，超然鏡影中。」（卷一）《答散原》其二之「君苦不能禪，我苦不能醉。醉鄉無町畦，仙佛會一致。」（卷四）《闇伯有悼亡之感久無音問懷抱可知輒寄短章用廣其意》之：「情瀾一決愛河干，湖水鴛鴦咽不喧。香火緣深成眷屬，冤親盡處到泥洹。」《易實甫過談》其一之：「蟲沙變化朱顏在，服食從容素女俱。世界是空還是色，先生非有且非無。」《散原六十壽詩》其二之：「名山無量壽，滄海有情癡。」《雲門偕子勤過談歸後貽詩次答》之：「詩懷淡欲味無味，物態靜觀生不生。」（卷五）《十月望日超社第十二集完巢招集樊園分韻得五物各賦七言古體》之：「報施直為通三有，生滅聊須觀八不。」《和完巢自壽》之：「與君且作須臾計，露電光中壽者身。」《伯嚴諸君探梅鄧尉歸庸庵尚書觴諸花近樓唱詩竟日》之：「若阿字觀真言宗，一相兼存空假中。」（卷八）《奉和西岩相國病起簡同社韻》：「一念熾無明，千生墮無間。」《題蒼虬惜仲落花詩後》：「花落春焉在，憑君善巧觀。南山無相佛，籬下舉頭看。」（卷九）題畫之作如《題沈雲畫渡海達摩像》：「眼光爍破四天下，不共諸師諍王舍。波濤浩湧龍宮遷，世界無盡慈無緣。不瓶不缽不袈裟，非報非應非曇摩。梁皇殿前一語多，少室十年禪則那。」（卷三）《為倫叔題文待詔畫冊》其五之：「佛如優缽曇，常在人世間。古寺晚鐘聲，分明識唵字。」（卷四）《題畫》之「先生非有畫是有，世界法華能轉無。」（卷六）感懷之作如《聽歌》其一：「子野聞歌復奈何，江城只是落花多。金剛香鬘人天眼，迴向維摩一懺摩。」（卷二）《西園絕句》其三之：「但得心如境自如，方塘鑒影我知魚。拈花一笑三禪喜，恰有回風與懺除。」《曉起》其一之「當時盡作纏綿意，直下難為露電身」，其二之「龍荒已無乾淨土，大旱冥隨金石焦」（卷五）。《玄夜》：「玄夜萬緣寂，真符豁開呈。一花一世界，一塵一香城。」（卷九）皆雋永有味，不同凡俗。《石遺室詩話》卷三十云：「昔沈子培論詩，以爛熳為最佳境。」〔註144〕信然。沈曾植的很多詩歌，其實正是將學問、玄理與深摯的情感打並作一氣，難怪錢仲聯先生贊之為五彩斑斕的曼荼羅畫。

其實在詩中用佛典，是歷代文人慣技。沈曾植倡「三元」說，「三元」的大詩人如謝靈運、韓愈、白居易、蘇軾、黃庭堅等的詩歌，均多有受到佛教影響之處〔註145〕。如果要說有什麼不同，則唐代詩人受影響多體現在詩歌意境方面，宋代詩人受禪宗影響，更多體現在「奪胎換骨」等作詩技法上。即

〔註144〕《陳衍詩論合集》，第 427 頁。
〔註145〕詳參拙著《北宋文人與佛教論稿》，華東師範大學出版社，2012 年。

使到了清代、近代，這些文學現象仍然大範圍地存在著。辛亥後，當時與沈曾植唱和的超社、逸社詩人中，詩作中就多有用佛典的。如梁鼎芬《癸丑（1913）浴佛日伯嚴於樊園招餞林侍郎遊泰山題詩何詩孫圖上》：「死生聚散海一漚，不如登岱瞻魯鄒。」〔註146〕《逸社第一集止菴相國觴同社諸公於敝齋相國與庸庵尚書詩先成曾植繼作》吳慶坻同作其三「閉門學枯禪，出門求友聲。」（卷七）《玉胎羹以晚香玉花瀹竹孫湯清雋有味散原命此名》王乃徵同作：「惟誦西方教，須究六塵滅。貪著色香味，毋乃有習結。」瞿鴻禨《重九日同集乙庵海日樓完巢病起即次其近作五首韻》其五：「人生自古愛重九，佛法於今悲大千。」皆可視作同聲相求，遺老們在易代之變後，通過佛教來獲取心理平衡在詩歌中的一種表現。

浙派另一位重要詩人袁昶（1846～1900），也一樣喜歡在詩中用佛典。如前所述，王蘧常《年譜》甚至認為沈曾植的耽於內學，是受到了袁的影響。不管怎麼說，袁接觸佛教，應該比沈要更早一些，這從各自的詩集中可以看得出來。不過兩人的交往，其實遠早於庚寅（1890）。《沈曾植年譜長編》光緒七年辛巳（1881），「十月二十三日（12月14日），袁昶來訪。」並引是日《袁昶日記》：「暮訪沈子培、子豐兄弟，此亦今之王逢原、深父也。」金天翮《再答蘇戡先生書》，稱袁詩「能從山谷溯太白，而得蒙莊之神。凡藝事有獨至，必真率互見，喬松怪石，不掩其醜。漸西好用道藏佛典，乃為累耳。」〔註147〕其實袁昶的詩歌造詣很深，陳衍《石遺室詩話》卷三以為「樊榭、定庵兩派，樊榭幽秀，本在太初之前；定庵瑰奇，不落子尹之後。然一則喜用冷僻故實，而出筆不廣，近人惟寫經齋、漸西村舍近焉；一則麗而不質，諧而不澀，才多意廣者，人境廬、樊山、琴志諸君時樂為之。」袁昶的佛理詩，意境幽寒，清新脫俗，真實地體現出他在仕與隱之間徘徊的矛盾心態〔註148〕。而「法不孤起，仗境方生」〔註149〕，可以說一直是他的詩學祈向，與沈曾植的意、筆、色之論，正有異曲同工之妙。而在用典方面，則又不如沈詩那麼密集與炫博，而多了一份清靜與流利。

〔註146〕《海日樓詩注》卷五，第593頁。

〔註147〕《天放樓文言》卷十，《天放樓文集》，上海古籍出版社，2007年，第798頁。

〔註148〕參孫之梅《袁昶的仕隱困境與「玄又玄」詩歌風貌》，《南京師大學報》2009年第4期。

〔註149〕《安般簃詩續鈔序》，《續四庫全書》本，第1565冊，上海古籍出版社，2002年，第510頁。

其較偏於說理者，如《漸西村人初集》〔註150〕卷四之《劉石庵相國有談禪雜詠戲和其八題》之《觀我詩》，論生、老、病、死：「生非汝有物常攖，脆似甘蕉只暫榮。知否諸天方便力，堅牢須向止觀生。生」「雪裏山看紺髮皤，風來面皺亦觀河。如何駐景丹丘訣，偏說收功一漑多。老」「道人示病即無衣，日減支離舊帶圍。到底蒙莊能作達，柳生肘喜客將歸。病」「怪見壺邱似濕灰，月逢納乙亦輪迴。友人莊中白言：易氣最重消息。（《參同》云：節盡相禪與，繼體復生龍。悄剝入川，息復出震。觀此似大轉四輪之說，良非無因。三番多事鳩摩咒，笑荷劉生一鍤來。）死」多有融通釋道之語。又如《至人》：「世緣常有焚和厄，道術便於斷際歸。莫誤千金礬作散，勿為五技鼠張機。何須辟穀追黃石，不待穿雲入翠微。但守至人真訣在，非真非俗兩無譏。」〔註151〕《戲題撲不倒翁》其一：「是翁造請應不妄，榮辱都將物論齊。誰謂眼前行路窄，充然試隱一丸泥。」〔註152〕《夜讀寒山大士集》：「得道者如麻竹葦，經聲洶湧波濤中。亦有奔蜂化藿蠋，試拈絃索送歸鴻。道人手未入塵尾，倦僕頭已觸屏風。塊然槃特亡一句，燈花爆落茶毗融。」〔註153〕

至於那些「寫蕭寥獨往之趣，寄虛己遊世之指」〔註154〕的詩作，更多是情、景、理交融之作。如《西湖雜詩時居孤山下詁經精舍》其十之：「日蕩雲成水，湖明艇接天。興來成獨往，佳處輒參禪。」〔註155〕《遊煙雨樓三首》其二：「疊空出天籟，圓靈納虛鏡。動搖青頗黎，一水含一性。」〔註156〕《鄰寺》：「夢回月淡樹陰移，微鍾忽度青松枝。蒼茫危坐不肯曙，兔角焦芽何所思？」〔註157〕《夜起》：「欲知兀兀騰騰趣，只在蕭蕭黯黯間。寒角鳴陣雞唱卯，夢回一枕富春山。」又如《獨遊華嚴寺》：「衰王不常嗤桔梗，世身皆脆悟芭蕉。獨尋疏磬穿林至，小件芒鞋遶市囂。經葉蠹穿僧廢律，花光凌亂客攀條。呼僮沽酒日西去，綠荔支攜春一瓢。」〔註158〕《爰居》：「爰居真託避風鄉，截鶴憐鳧孰短長。用事軍中非葛亮，為工柱下有東方。無端造化小兒

〔註150〕《續四庫全書》本，第1565冊，第310頁。
〔註151〕《漸西村人初集》卷七，第346頁。
〔註152〕《安般簃詩續鈔》丁，第467頁。
〔註153〕《安般簃詩續鈔》己，第496頁。
〔註154〕《於湖小集》自題詞，《續四庫全書》本，第1565冊，第553頁。
〔註155〕《漸西村人初集》卷一，第294頁。
〔註156〕《漸西村人初集》卷五，第320頁。
〔註157〕《漸西村人初集》卷十，第372頁。
〔註158〕《安般簃詩續鈔》丙，第446頁。

困，何處波羅提木參。一剎那間心土淨，侯封蟻穴兩俱忘。」〔註 159〕《答和子培》：「入春禪病皆詩病，客慧頑空總未刪。忽枉新篇動寥廓，入晞家行得原顏。眼花已廢鈔書課，足繭渾無作吏閒。只欲低頭拜東野，逃虛伐翳藉追扳。」及《九月十二日又至皖口》：「樅陽江畔清可憐，何處射蛟臺屹然。浮空楚岫不斷碧，映水吳楓無數鮮。腐儒誰請尚方劍，學佛猶賒離欲天。（自恨持戒律太淺，不辦了界內因果，何敢更望出界外因果。）風塵琭琭插手版，夜望北斗闌干懸。」〔註 160〕玄理、佛理，憂世之心、出世之心，打並作一氣也。

浙派另一位代表詩人金蓉鏡（1856～1929），學詩於沈曾植，也邃於佛學。其《潛書．說佛》三篇〔註 161〕，期於打通儒佛，而達到世界大同。中且多有談論佛教與科學的，可謂用現代思維來觀照佛教之較早者：「其言天眼也，能辨水中微生物，即今之顯微鏡。佛以專精練目，西人以專精練鏡，其理一也。其言處胎也，窮盡一千九節，八萬戶蟲，今之圖生殖器合。信氏以剖解得之，佛以煉性明之。其言四天下，即今之五大洲，詳於鄒衍之談。其言百億世界，即今之言行星天、恒星天，工於璿機之察。懸斷於千載之上，而千載下應之，非聖能之乎？」（《說佛上》）沈曾植曾叮囑金蓉鏡除元祐、元和外，要努力打通元嘉一關，可見沈認為金除了學習宋詩派的學人之詩外，於晉宋之玄理、山水詩，還要更加著力。金蓉鏡《論詩絕句寄李審言》其九云：「乙翁硬句接朱翁（謂竹垞），不怕新來火雨攻。未到崑崙誰信及，中天原有化人宮。（乙庵師論詩，不取一法，不壞一法，此為得髓。即竹垞詩不入名家意同一關捩。）」〔註 162〕又有《和乙庵師自壽詩》其三云：「推情合性是玄關，無得無名心地閒。佛法眼前觀自在，先生胸次沒遮攔。」〔註 163〕評述乙庵詩法，稱頌乃師，亦浙派之後勁也。

第四節　落花與殘棋——陳寶琛與佛教

晚清詩人中，陳寶琛以寫落花詩而著名。《滄趣樓詩集》中最早出現的這類題材的詩歌是《感春四首》：

〔註 159〕《安般簃詩續鈔》庚，第 499 頁。

〔註 160〕《於湖小集》卷三，第 593 頁。

〔註 161〕此書刻於光緒三十四年戊申（1908），《四庫未收書輯刊》，第八輯第十五冊，北京出版社，1997 年影印。

〔註 162〕《滮湖遺老集》卷二，民國 17 年（1928）刻本。

〔註 163〕《滮湖遺老集》卷三。

　　一春誰道是芳時？未及飛紅已暗悲。雨甚猶思吹笛驗，風來始悔樹籓遲。蜂銜撩亂聲無準，鳥使逡巡事可知。翰卻玉塵三萬斛，天公不語對枯棋。

　　阿母歡娛眾女狂，十年養就滿庭芳。那知綠怨紅啼景，便在鶯歌燕舞場。處處鳳樓勞剪綵，聲聲羯鼓促傳觴。可憐買盡西園醉，贏得嘉辰一斷腸。

　　倚天照海倏成空，脆薄原知不耐風。忍見化萍隨柳絮，偏因集蓼毖桃蟲。到頭蝶夢誰真覺，刺耳鵑聲恐未終。苦學挈皋事澆灌，綠陰涕尺種花翁。

　　北勝南強較去留，淚波直注海東頭。槐柯夢短殊多事，花檻春移不自由。從此路迷漁父棹，可無人墜石家樓。故林好在煩珍護，莫再飄搖斷送休。〔註164〕

此詩作於 1895 年，正是甲午戰敗、《馬關條約》簽訂之時。陳衍《石遺室詩話》曾收錄此詩，並為作箋釋：

　　滄趣有《感春》四律，作於乙未（1895）中日和議成時，其一云：「……」三、四略言冒昧主戰，一敗塗地，實毫無把握也；五言臺諫及各衙門爭和議，亦空言而已；六言初派張蔭桓、邵友濂議和，日人不接待，改派李鴻章以全權大臣赴馬關媾和，遲遲不行；七、八則賠款二百兆，德宗與主戰樞臣坐視此局全輸耳。其二云：「……」此首言孝欽太后以海軍經費浪用諸建築頤和園與諸娛樂之事。是年適六旬壽辰，當大慶賀，以戰事敗衂而罷。其三云：「……」此首言海軍告熸，末聯言北洋枉學許多機器製造，付諸一擲而已；六句言翁同龢以南人作相也。其四云：「……」首聯言俄、德、法三國代爭已失之遼南，而移禍於割臺也；三句言臺撫唐景崧自立民主國，僅數日而已；四句言李經方充割臺使，在艦中定約簽字。此四詩見之已久，作者秘不欲宣。時世滄桑，又方有刻集之議，屢與余商定去留。余為刪存六百首，因詳此詩所指，以告觀覽者。〔註165〕

詩中所用典故的詳細注解，可參張帆《「淚波直注海東頭」——陳寶琛詩〈感

〔註164〕《滄趣樓詩集》卷一，《滄趣樓詩文集》，上海古籍出版社，2006 年，第 29 頁。
〔註165〕《石遺室詩話》卷十七，《陳衍詩論合集》，福建人民出版社，1999 年，第 235 頁。

春〉評析》。〔註166〕感春詩歷代文人多有寫作，其中較著名者，如唐代詩人韓愈集中就有不少這樣題材的作品。其《感春四首》其一云：「我所思兮在何所？情多地逷兮遍處處。東西南北皆欲往，千江隔兮萬山阻。春風吹園雜花開，朝日照屋百鳥語。三杯取醉不復論，一生長恨奈何許！」〔註167〕辭多哀怨。同光體詩人陳曾壽，亦作有《感春四首次昌黎韻》。〔註168〕陳寶琛此詩，與一般的感春詩描寫個人身世不同，而是用比興的手法，表達對於歷史大事件的關懷；用典平妥精雅，遣詞富麗蘊藉，融唐宋詩於一爐，宜乎受到了大家的矚目。

陳寶琛又有《次韻遜敏齋主人落花四首》，作於1919年，《閩縣陳公寶琛年譜》云：「雖以次遜敏齋主韻為題，實即用公乙未《感春》原韻，大抵皆哀清亡及悲身世之意，亦為時傳誦。」〔註169〕其詩云：

> 樓臺風日憶年時，茵溷相憐等此悲。著地可應愁踏損，尋春只自怨來遲。繁華早懺三生業，衰謝難酬一顧知。豈獨漢宮傳燭感，滿城何限事如棋。
>
> 冶蜂癡蝶太猖狂，不替靈修惜眾芳。本意陰晴容養豔，那知風雨趣收場。昨宵秉燭猶張樂，別院飛英已命觴。油幕彩旛竟何用，空枝斜日百迴腸。
>
> 生滅元知色是空，可堪傾國付東風。喚醒綺夢憎啼鳥，胃入情絲奈網蟲。雨裏羅衾寒不耐，春闌金縷曲初終。返生香豈人間有，除奏通明問碧翁。
>
> 流水前溪去不留，餘香駘蕩碧池頭。燕銜魚唼能相厚，泥污苔遮各有由。委蛻大難求淨土，傷心最是近高樓。庇根枝葉從來重，長夏陰成且小休。〔註170〕

遜敏齋主人即載澤（1868～1929），清末重臣，立憲派人物。黃濬《花隨人聖庵摭憶》云：「此四詩亦有本事，先生未嘗詳述其寓意。以余測之，大抵皆為哀清亡之作，自憾身世，以及洵濤擅權行樂，項城移國，隆裕宴駕之類。」〔註171〕詩中的典故疏證，可參孫愛霞《遜清文人的落花之傷——陳寶琛〈次

〔註166〕《閩江職業大學學報》2002年第1期。
〔註167〕《韓昌黎詩繫年集釋》卷四，上海古籍出版社，1984年，第368頁。
〔註168〕《蒼虯閣詩》卷一，《蒼虯閣詩集》，上海古籍出版社，2009年。
〔註169〕《滄趣樓詩文集·附錄三》，第759頁。
〔註170〕《滄趣樓詩文集》卷八，第180頁。
〔註171〕第51頁，上海書店出版社，1998年。

韻遜敏齋主人落花四首〉探析》。〔註172〕此詩在當時影響甚大，據說王國維在 1927 年自盡前一日，還曾以其中三、四兩首為人書扇。〔註173〕吳宓後亦作有《落花詩八首》：

序曰：古今人所為落花詩，蓋皆感傷身世。其所懷抱之思想，愛好之事物，以時衰俗變，悉為潮流卷蕩以去，不可復睹，乃假春殘花落，致其依戀之情。近讀王靜安先生臨歿書扇詩，由是興感，遂以成詠。亦自道其志而已。

（一）花落人間晚歲詩，如何少壯有悲思。江流世變心難轉，衣染塵香素易緇。婉婉真情惜獨抱，綿綿至道繫微絲。是知生滅無常態，怨綠啼紅枉費辭。（此首總起，言世變俗易。我所愛之理想事物，均被潮流淘汰以去。甘為時代之落伍者也。）

（二）色相莊嚴上界來，千年靈氣孕凡胎。含苞未向春前放，離瓣還從雨後開。根性豈無磐石固，蕊香不假浪蜂媒。辛勤自了吾生事，瞑目濁塵遍九垓。（此首言我之懷抱未足施展，然當強勉奮鬥，不計成功之大小，至死而止。）

（三）無上蓬萊好寄身，雲霞歲歲望長春。桑成忽值山河改，葵向難禁日月淪。鐵騎橫馳園作徑，饑黎轉死桂為薪。飄茵墮溷尋常事，痛惜靈光委逝塵。（此言我生之時，中國由衰亂而瀕於亡。）

（四）曾到瑤池侍宴遊，千年聖果付靈修。故家非是無長物，仙國從來多勝流。苦煉金丹經九轉，偶憑凤慧照深幽。同仁普渡成虛話，瘖口何堪眾楚咻。（此言我至美洲，學於白璧德師。比較中西文明，悟徹道德之原理。欲救國救世，而新說偽學流行，莫我聽也。）

（五）枝頭穠豔最天然，造物何心巧似顛。典則斧柯隨手假，情思神理賦形妍。遙期萬古芳菲在，莫並今朝粉黛鮮。綠葉成陰空結子，春歸卻悔讓人先。（此言吾有志於文學創造及著述之業，恐終至奄忽而無成也。）

（六）一夜罡風變古今，千紅萬紫墮園林。每緣失意成知己，不計纏綿損道心。鵑血啼干人共笑，蠶絲縛定恨偏深。漫疑輕薄傷

〔註172〕《文藝評論》2010 年第 9 期。
〔註173〕《滄趣樓詩文集·前言》。

－150－

春意，白日韜光世已沉。（時衰俗變，不重學德，無復感情，故朋友中之賢者多不得志，而某女士之身世亦可傷也。）

（七）本根離去便天涯，隨分飄零感歲華。歷劫何人求淨樂，寰中無地覓煙霞。生前已斷鴛鴦夢，天上今停河漢槎。渺渺香魂安所止，拼將玉骨委黃沙。（宗教信仰已失，無復精神生活。全世皆然，不僅中國。）

（八）浪蝶游蜂自在狂，春光羨汝為情忙。未容涗涊污真色，恥效風流鬥豔妝。千曲琴心隨逝水，三生孽債供迴腸。歌成不為時人聽，望裏白雲是帝鄉。（新文化家新教育家主領百事，文明世運均操其手。）

胡曉明先生在其博客中，曾稱之為「中國文化的花果飄零」。

陳寶琛還有一組落花詩作於 1928 年，即《蔭坪疊落花前韻四首索和己未（1919）及今十年矣感而賦此》，其詩云：

恨紫愁紅又一時，開猶瀎淚落滋悲。世塵起滅優曇幻，風信蹉跎苦楝遲。水面成文隨處可，泥中多日自家知。綠陰回首池塘換，忍覆長安亂後棋。

驀地風來似虎狂，荃蘭曾不改芬芳。濛濛留坐香三日，草草辭枝夢一場。含笑蜜脾從汝割，將離荾尾有誰觴。無端更茹冬青恨，天上人間總斷腸。

柳綿榆莢各漫空，輪轉閻浮共一風。啼曉相聞奈何鳥，抱香不死可憐蟲。東扶西倒渾如醉，北勝南強未有終。為謝研光麞舞曲，鬢絲禿盡淨名翁。

底急韶華不我留，餘春惜取曲江頭。縱橫滿地誰能掃，高下隨風那自由。幾樹棠梨差可館，舊時花蕚豈無樓。夜闌猶剔殘燈照，心戀空林敢即休。[註174]

吳宓《空軒詩話》稱第一首為「總敘辛亥革命以來中國之情形」，第二首指「民國十三年馮玉祥以兵逼清帝出宮，劫取故宮珍寶」，第三首「似言中國各派軍閥之混戰興滅」，第四首「似言清帝居津及作者忠愛之意」。[註175]

[註174]　《滄趣樓詩集補遺》，《滄趣樓詩文集》。
[註175]　《民國詩話叢編》六，第 27～28 頁，上海書店出版社，2002 年。

　　1931 年，陳寶琛作有《次韻仁先春盡日賦落花》：「一場如夢太悠悠，洗盡鉛華不鑄愁。誰信酖釀成結局，難從鶗鴃說來由。闌殘有分依行幄，飄泊何心戀禁溝？猶剩綠蔭須護惜，年來數遍過江流。」〔註 176〕陳仁先《蒼虬閣詩》卷七中同年作有《落花簡自玉》詩：「風信番番付謬悠，閒庭開謝只供愁。亦知輕命難酬顧，可奈同心不自由。夢裏樓臺存息壤，尊前涕笑此鴻溝。落紅一片猶難惜，才盡蓬山第一流。」〔註 177〕龔鵬程《〈蒼虬閣詩集〉與〈爰居閣詩〉張眉叔先生批語輯抄》中，稱此詩「寫析津密謀，事多暌阻，閒庭花落心情。」〔註 178〕陳仁先其實是晚清陳寶琛外，又一位喜歡作落花詩的詩人，且所作多富於風神意味。如其早年也作有《感春四首次昌黎韻》及《落花》詩（《蒼虬閣詩》卷一），1914 年又作有《落花四首》：

　　　　海竭天荒有別離，義山斷腸未曾知。關心嬌寵都成夢，立望偏反尚可疑。萬里陰濃愁未暮，三山事息憶成癡。幾回雨後仍相見，一爾風前便永期。（其一）

　　　　日夕懷人人未歸，難憑孤注送殘菲。尋知池館來何暮，惜到芳樽願已違。一樹穠盈酬夜雨，諸天縹渺共斜暉。紛紛蜂蝶休猜怨，莫是東皇杜德機。（其四）〔註 179〕

張眉叔先生批語稱「第一首殆諷遜清顯宦之入仕民國者」。

　　1918 年，陳曾壽又作有《落花十首》，其詩云：

　　　　微嫋春衣寸角風，依然三界落花中。身來舊院玄都改，名署仙班碧落空。一往清狂曾不悔，百年惆悵與誰同？天回地轉愁飄泊，猶傍殘陽片影紅。（其一）

　　　　慵起朝朝廢掃除，流塵生意竟何如？巾因奉佛餘心結，衣為留仙有皺裾。碧海青天存怨府，綠陰幽草付閒居。繞階泉去漂紅盡，別館清涼枕道書。（其二）

　　　　不盡相思瀉御溝，恨來欲挽海西流。珮逢猘犬憎方急，黛損顰蛾妒未休。早識漏因償漏果，豈知深色換深愁。還鄉腸斷韋端己，再見期期誓白頭。（其三）

〔註 176〕 《滄趣樓詩集》卷十，第 233 頁。
〔註 177〕 《蒼虬閣詩集》，上海古籍出版社，2009 年，第 205 頁。
〔註 178〕 《詩詞學》第一輯，暨南大學出版社，2010 年。
〔註 179〕 《蒼虬閣詩》卷二，第 57 頁。

生小凝妝不自前，忽驚飛絮共蹁躚。殘脂未淨還過雨，飄雪難蹤更化煙。隔日樓臺成隱秀，早時天地入中年。新陰交影簾櫳暗，風味聊堪中酒眠。（其四）

啼笑難分態萬方，九迴腸後剩迴腸。餘妍猶作千春好，輕別重經小劫長。香色有情甘住著，虛空無盡極思量。惜芳片偈無題處，夢斷梭伽變相廊。（其五）〔註180〕

張眉叔先生批語稱「此寓記復辟前後諸事，憤惋深矣」。清末清流瞿鴻禨（1850～1918）也曾作有《效二宋體落花詩》，〔註181〕宋代宋庠、宋祁兄弟以作《落花》詩而知名，宋祁詩云：「墜素翻紅各自傷，青樓煙雨忍相忘。將飛更作回風舞，已落猶成半面妝。滄海客歸珠迸淚，章臺人去骨遺香。可能無意傳雙蝶，盡付芳心與蜜房。」〔註182〕宋庠詩云：「一夜春風拂苑牆，歸來何處剩淒涼。漢皋佩冷臨江失，金谷樓危到地香。淚臉補痕煩獺髓，舞臺收影費鸞腸。南朝樂府休賡曲，桃葉桃根盡可傷。」〔註183〕程千帆先生《宋詩精選》評宋祁此詩：「一般人都以花比喻美女，而宋祁卻反過來，以美女比花，以美女的快舞形容花之飛空，以美女殘妝形容花之委地。這正是作者的匠心所在。」〔註184〕梁鴻志《爰居閣詩》卷六亦有《落花和張堅白元韻》，則被張眉叔先生批為「此等詩自有寄託，意不足，搜典砌湊，句亦僵硬，視聽水詩，此真塵土矣」。

這種對於時局無可挽回的失落感，陳寶琛詩中還常以殘棋作譬。如1888年，《蕢齋自塞上和前詩疊韻寄京師》之：「觀棋聞又入長安，金玦三年信誓寒」〔註185〕；前述1895年甲午兵敗後《感春四首》其一之「輸卻玉塵三萬斛，天公不語對枯棋」；1905年《滬上逢幾道有詩酬之》：「此事可憐成古調，餘生相對看枯棋」（卷三）；1906年《廣州雜詩》其一云：「既秋願夏又經時，嶺海衣冠已似棋」（卷四），《館故甲必丹葉來宅葉蓋土人擁以平亂者既因惠潮客民不協質成於英人遂隸英時有演說革命者援此曉之》：「螳雀相乘鷸蚌時，開門延敵悟來遲。扶餘尚乏虯髯主，枉眂中原劫後棋」；1908年《金陵唔陶齋賦贈》：

〔註180〕《蒼虯閣詩》卷三，第107頁。
〔註181〕《瞿鴻禨集》，《瞿文慎公詩選》，第102頁，湖南人民出版社，2010年。
〔註182〕《兩宋名賢小集》卷二十四，〔宋〕陳思輯，《四庫全書》本。
〔註183〕《兩宋名賢小集》，卷二十三。
〔註184〕第22頁，江蘇古籍出版社，1992年。
〔註185〕《滄趣樓詩集》卷一，第5頁。

「棋局中間凡幾變，酒壚強半已長眠」（卷五）；1909 年《文文忠師畫山水小帆同年屬題》：「江河世局非難挽，箕尾忠魂不可招」（卷六）1911 年《述懷未子侄》其二：「餘生樂命復奚疑？戀闕難酬最後知。豈有雞群堪鶴立，何曾狐腋勝羊皮？殘棋收局猶爭劫，深井觀瓶總近危。霜月滿庭對蒼檜，相憐不及未寒時」。

1912 年又有《三月廿四日再訪小帆靭叟淶水村居》其一：「昨來臘盡頃春殘，棋局長安總未安」（卷七），1915 年《吳柳堂御史圍爐話別圖為仲昭題》：「角弓翻反局一變，竄謫流放隨春星。（甲申（1884）樞府變易，賁齋以閱牆禦侮諷醇邸，請留恭邸總譯署，逢怒出外，以至譴謫，自是言路貶斥無復余矣）」，1916 年《次韻答旭莊》：「亂棋滿局須看竟，萬一殘年作幸民」；1925 年《秦子質來津奔問因同入都》：「世以神州為博局，天留我輩看桑田」（卷八）；1926 年《次韻答愔仲見題己酉（1909）後詩稿》：「華髮重來已墮顛，剩能傳言說開天。全輸此局無終局，痛哭當年故少年。成佛甘居靈運後，編詩忍溯義熙前？流離與子何多言，蟻磨風輪任轉旋。」（卷九），《次韻愔仲五月十三日公雨酒座感賦》：「黃屋堯心本不期，諸酋自置亦如棋。何辜世竟淪重劫，未死誰能鏟積悲」；1928 年《蔭坪疊落花前韻四首索和己未（1919）及今十年矣感而賦此》其一：「綠陰回首池塘換，忍覆長安亂後棋」；1930 年《仁先以梁文忠鄂臬乞病並在講筵兩次謝摺裝卷屬題》：「初元重九僧房話，廿二年中幾局棋。（己酉（1909）秋，節庵以文襄之喪至都，九日，招集廣化寺仁先齋中）」（卷九）；1931 年《次韻仁先春盡日賦落花》：「誰信酖醾成結局，難從鵙鳩說來由」（卷十），《辛未（1931）九月十七日文文忠師祠生日作》：「為神知尚眷皇州，全局殘闋及故邱」，《次韻管洛聲移居》：「世局如棋從反覆，禪心似木孰榮枯」，《以丁巳（1917）藏酒分餉仁先有懷愔仲》：「此局倘非孤注博，故鄉合有一成田」；1935 年《疊韻均東宗白秋樸》其二：「世事如棋無定著，區區恐負故人期」〔註 186〕。

陳寶琛還作有《壺中天殘棋》詞：

一枰零亂，欠猢兒替我，從新翻卻。越是收場須國手，不管饒先爭著。休矣縱橫，究誰勝敗，局罷同丘貉。可憐燈下，子聲敲到花落。　　兀自坐爛樵柯，神州卵累，眼看全盤錯。大好河山供打劫，試較是非今昨。蜩甲枯餘，玉塵翰盡，說甚商山樂？羨他岩老，

夢邊那省飛電。〔註187〕

時局的不堪，加上陳寶琛個人的遭際，使他和晚清很多士大夫一樣，思想中越來越多出現佛教的因素，這些在他的詩作中多有表現，當然也包括在上述落花與殘棋詩中。尤其在甲申（1884）兵敗，清流黨人風流雲散，此後他退居鄉里長達二十五年之久。為此，好友張佩綸曾有《復陳弢庵閣部》書，加以規勸：

> 承示近遁而學禪，鄙意不以為然。宋儒如橫渠、橫浦，何嘗不通內典？即豫章、延平，亦未脫然。然攻之者固屬吹毛求疵，入之者究屬旁門左道。以公絕頂聰明，原不必墮入理障，而內治心、外治世，學問無窮，豈可蹈彼教寂滅之談、為吾心渣滓之累哉？坡穎喜言釋氏，亦是謫居無聊，藉以自遣耳。侍且不學之，況公盛年小挫，清望彌高，指顧祥禪，未必不東山特起。即從此遂初養志、藏器待時，名教中自有樂地，捨孔戒而守釋迦戒何也？佩綸不講學亦不闢佛，芻蕘之言，幸垂察焉。〔註188〕

並稱陳為「忽儒忽釋，而周妻何肉，結習未除」，其實這正是晚清士大夫佛教的特點之一，既關心國事，忠於舊朝，而又欲從佛法中尋求心靈解脫。以下就陳寶琛詩歌中與佛教有關聯者，略作分析。

退居故里期間，參禪悟道、尋寺訪僧成了陳寶琛日常起居、調節心態的一個重要組成部分。而世局的江河日下，更多是增強了這種悲憤與空幻感。如《夜到湧泉寺》：「一星銜殿鴟，徹曉光如炬。平生獨往心，就佛亦無語」（卷一），《次韻答幾道即以贈別》：「江風破禪墮奇句，一笑短髮奚能為」；《華嚴精舍》其六：「花如人半醉，亭在水中央。變滅元空相，蕭條剩晚芳」（卷二），《枚如丈和前詩憶及石鼓三疊奉教兼約後遊》：「籃輿若續穹樓夢，佛火僧鐘是切鄰」，《聽水齋雜憶》其一：「攜稚山齋理梵書，廿年人事幾乘除」；《實甫再迭見和並示長至三疊之作再疊奉答》：「吾儕稔憂患，強半坐識字。百年只空華，茵溷底飄墜」（卷三）；《次韻答幾道》其三：「攢眉蓮社猶迴避，稟性從來恥尚同」（卷五）、其四「斷腸最是清歌夜，些子禪塵忍便除」。

1909年，陳寶琛重返政壇，由於從政的道路並不平坦，溥儀的小朝廷在辛亥之後，一直處於風雨飄搖之中，可以說煩惱比家居時代來得還要更多，

〔註187〕《聽水齋詞》，《滄趣樓詩文集》，第 290 頁。
〔註188〕《澗於集‧書牘》卷四，第 520 頁，《續四庫全書》本。

因此也常常在詩中以佛理自我寬解。如《訪舊七首·天寧寺菊》：「禪房客斷僧亦稀，塔上數鈴自相語」（卷六），《四月二十夜試院賦呈李蔭墀唐春卿二尚書》：「一笑重來選佛場，冬烘換得滿頭霜」，《自西山歸瑞臣見示三疊之作依韻再和》：「孔跖俱塵輸一醉，楚凡同坐定誰亡？夜來洗得心如水，松月風泉滿佛廊」，《重遊戒壇潭柘二寺得詩六首示嘿園幸平因寄蕫腴》其一：「此心本無住，所見孰真妄？聞梵各灑然，無為憶曩向」，《淨師別於鼓山二十餘年矣頃復相遇撫今感舊賦呈》：「小草出山慚欲死，孤雲戀日黯無言」；《九月二十九夜大風不寐作》：「餘生飯佛戀桑下，敢望身及黃河清」（卷七），《疊前韻和樊山臘八日見贈》：「可憐孟德一世雄，博得王莽傳數紙。若以如來法眼觀，閏祚五年一彈指」；《題鄧守瑕禮塔園圖萬松老人磚塔在宣武門內稱為磚塔胡同》：「佛耶儒耶二是一，謂可將相非溢言」（卷八）；《次韻愔仲張園海棠》：「幽香自媚無人覺，結習全空到處家」（卷九）；《四月朔觀牡丹崇效寺》其二：「還披圖卷憩僧房，六十年來夢幾場」（卷十）。

晚年的陳寶琛，經常生活在對同光盛世悽楚回憶的感慨之中。《郭春榆掌院六十壽序》中云：「余常謂，光緒一朝，興替之鍵，亦得失之林也。」〔註189〕1934 年所作《郭春榆宮太保七十壽序》云：「寶琛自宣統初元始與公同朝共事，十有六年於茲，近十年來尤密洽。……世運人才之相因，非一朝夕之故，吾兩人懷鉛捧牘，三復光緒初政，愾然作開元、元祐之思，又何以為情也哉！」對於甲申（1884）戰敗，陳寶琛始終認為歸罪於清流黨人是不公平的：「無論甲申，即甲午（1894）亦豈能為戰罪哉！」〔註190〕表現在詩歌中，如 1909 年《畏廬愛蒼招集江亭》：「盲僧能說同光盛，歌者何戡恐亦無」（卷六），1911 年《瑞臣屬題羅兩峰上元夜飲圖摹本》：「不須遠溯乾嘉盛，說著同光已惘然」；1918 年《贈朱聘三》：「同光追話恍夢寐，況溯文物思乾隆」（卷八）；1928 年《春寒》：「酒歡如可續，花事與重尋。歷歷同光世，閒來並上心」（卷九），1929 年《上海嚴氏三世耄耋圖》：「乾嘉極盛身親見，壽域全家取次躋」；1931 年《題傅沅叔藏園校書圖》：「一樓雙鑒松聲裏，已傲同光幾輩人」（卷十），1934 年《柯鳳孫上元留王靜庵夜話詩稿為王復廬題》其一：「隔巷春回又元夜，更誰燈下說同光」。

一方面有著強烈的傳統儒家的忠君思想，並且從年輕時代起就曾是「前

〔註189〕《滄趣樓文存》卷上，《滄趣樓詩文集》，第 335 頁。
〔註190〕《族弟鏗臣七十壽序》，《滄趣樓文存》卷上，第 359 頁。

清流」的代表人物，激揚文字，指斥時弊；一方面又在長達二十五年的投閒置散後，以六十多歲的高齡，出來輔佐幼君溥儀。亦儒亦佛，亦官亦隱，而文字皆中正平和，溫柔蘊藉。陳寶琛復出後，在 1910 年曾作有《大悲寺秋海棠》：「當年亦自惜秋光，今日來看信斷腸。澗谷一生稀見日，作花偏又值將霜。」（卷六）是自況，也是自歎，正是他一生遭際的絕好寫照。這種既堅韌頑強又虛無空幻的文化品格，也正是陳寶琛落花與殘棋詩發生的內在根源。

第五節　陳三立與佛教

　　佛教作為中國傳統文化的重要組成部分，在晚清近代同光體詩人這些文化保守主義者身上，當然具有著特殊的意義，雖然對於陳三立來說，他當然更主要是以儒家思想為立身根本。和儒家思想、古典詩學一樣，傳統佛教在近代也面臨著現代化的問題。這些，勢必會在這些舊派詩人身上有所反映，他們和佛教之間的互動，究竟和古代詩人（如唐宋）與佛教的關係有什麼同與不同；他們所面對的，到底更多是一種困境而無法突圍呢，還是已經有異變的因素在悄然萌動，或者傳統文化正是他們得其所哉、優哉游哉的淵藪，這些，都是我們感興趣而想要加以探討的問題。

　　陳三立與佛教的關係主要體現在幾個方面。首先是他與佛教界人士的交往，其中包括僧人與居士。陳三立方外之交中，交往最多最深的，當屬八指頭陀詩僧釋敬安了。釋敬安與陳家三代都有著良好的關係。陳三立與釋敬安最早當相識於光緒十一年（1885）的碧湖雅集，是年釋敬安作有《六月十三日，與劉北固、王君豫、曾重伯、陳伯嚴、陳伯濤雅集上林寺》：「雖無杯中物，不見攢眉人。希蹤遠公社，永好託芳鄰。」〔註191〕次年（1886）九月再集，陳三立作有《酒集碧湖佛寺，贈寄上人》：「霞斷新晴色，天清選佛場。自來無去住，於汝閱滄桑。」〔註192〕光緒十三年（1887），釋敬安又作有《丁亥三日，陳伯嚴、涂稚衡禊集碧湖》：「時鳥宣法音，微言契真諦。既愜少長

〔註191〕《八指頭陀詩文集》，第 78 頁，嶽麓書社 2007 年版，下直接標頁碼。另可參楊萌芽《古典詩歌的最後守望——清末民初宋詩派文人群體研究》第一章第一節《碧湖詩社：陳三立在湖湘的交遊》，武漢出版社，2011 年。
〔註192〕潘益民、李升軍輯注《散原精舍詩文集補編·詩錄第二》，江西人民出版社，2007 年，第 39 頁。

情，緬懷永和世。」（第 90 頁）《贈陳伯嚴》（第 91 頁），《六月二十八日，出小吳門沿溪行至龍潭，宿李真人廟，書寄陳伯嚴、羅順循》：「心跡貴沉冥，世情任欺詆。松喬去已遙，余懷誰與亮？」（第 93 頁）並有《贈陳童子師曾》詩，稱讚陳三立的長子：「童齡具耆德，頭角方崢嶸。頻伽發妙響，玉樹敷新榮。」（第 99 頁）陳師曾亦有《陳童子和詩》，稱敬安：「高禪志修己，不為世俗移。甘心守寂寞，袈裟良足披。」（同上）

此後陳三立與釋敬安詩信來往不斷，光緒十四年（1888），釋敬安有《之九疑，緣湘行，夾岸峭石飛泉，蒼藤古木。書寄陳伯嚴、羅順循，並柬雁舟、蓉瑞昆仲》：「念茲山川遠，貽我友朋思。勝遊不克偕，中道使余悲。」（第 105 頁）並有《致陳伯嚴書》（第 370 頁）。又有《呈義寧廉訪》（第 111 頁）詩致陳寶箴。陳三立是年亦作有《還長沙，道中寄懷敬安上人於九疑》：「猛力攝龍象，智炬燭山河。呐呐妙之門，上教貴柔和。」（《詩錄》第二）次年（1889）釋敬安又有《復陳伯嚴、羅順循書》（第 374 頁），陳三立在去信中稱讚釋敬安「亮節高風，與世殊絕」。

光緒二十年（1894），釋敬安有《歲暮懷陳吏部漢陽，六疊前韻》：「久懷陳吏部，歲暮若為情。積雪凝寒素，孤鍾傳遠聲。」（第 148 頁）光緒二十四年（1898），釋敬安有《梅癡子乞陳師曾為白梅寫影，屬贊三首》，其一云：「意中微有雪，花外欲無春。冷入孤禪境，清如遺世人。」其二云：「淡然於冷處，卓爾見高枝。能使諸塵淨，都緣一白奇。」（第 176 頁）同年又有《四月二十三日，與陳師曾兄弟齊集徐筱谷棗香書屋》：「故人成邂逅，高論入元虛。何用參禪悅？園蔬味有餘。」（第 181 頁）《病中憶徐小谷、陳師曾》：「五更鐘梵殘燈裏，一息微微念故人。」（第 183 頁）是年戊戌變法失敗，湖南新政也宣告結束，這對於陳家可謂毀滅性的打擊。光緒二十五年（1899），釋敬安作《對梅懷陳考功》：「花伴枯禪發，根從死地生。風霜憐往劫，天地惜孤清。」（第 194 頁）詩中充滿了對於好友的同情與思念。光緒二十六年（1900），陳寶箴病歿於西山崝廬，釋敬安作《義寧陳中丞挽詩二首》以示哀悼，其一云：「疾雨驚雷挾嶽馳，天南一柱遂難支。滄波東海橫流急，白首西山拄笏遲。功罪一時原未定，春秋轇轕古豈能私！鄂州遺愛何容泯，應為公刊墮淚碑。」（第 210 頁）

陳、俞兩家是通家之好，釋敬安與兩家人也都同樣保持著友誼。光緒二十七年（1901），釋敬安作《辛丑夏，俞壽臣既歸江南，為詩補贈湘江之別，

並寄其兄恪士觀察、陳伯嚴考功兩家父子，次錢牧齋贈別蕭白玉原韻十首》，其八曰：「慎郎（恪士子）及師子（伯嚴子），與我有幽期。皎月光初滿，浮雲變豈知？分飛從此日，把晤更何時？天地荊榛塞，徒然眷所思。」（第219頁）是年並有《聞陳考功窮居江南，尚能周恤死友黃蓉瑞大令。感其風義，作此寄之》：「天上玉樓傳詔夜，人間金幣議和年。哀時哭友無窮淚，夜雨江南應未眠。」（第222頁）光緒二十八年（1902），釋敬安又有《懷義寧陳吏部三立，再疊前韻》：「聞君打槳返章門，拄杖時尋郭外村。襟上長餘山氣潤，花間微覺鳥聲喧。」（第226頁）及《寄陳公孫師曾，五疊前韻》：「山色當窗常在定，潮音振海了無喧。曾參柏子禪宗話，（僧問趙州如何是祖師西來意？州云：庭前柏樹子。）錯認桃花倩女魂。」（第227頁）

　　光緒二十九年（1903），釋敬安作《寄懷俞恪士觀察江南，並柬陳伯嚴吏部十二首並序》，其序云：「元宵後一日，舍弟子成自金陵來，盛稱觀察俞公雅意，因為七絕十二首奉懷，並柬陳吏部。蓋歲己丑（1889），吾鄉鄧彌芝先生應許仙屏方伯聘，主講金陵曾文正書院，約余由衡州同舟東下。時觀察與吏部及曾重伯、吳雁舟兩太史俱自京師還湘，會於白門，日事遊眺，一時盛會也。今許、鄧均歸道山，曾、吳皆遠宦蠻荒，公以道員需次兩江，吏部亦作寓公於此云。」其七：「斷岩千尺一枝藤，終日凝然萬慮澄。為我寄聲陳吏部，匡山留待白頭僧。（吏部與余有『歸老匡山』之約。）」其八：「白門佳會幾何時？回首人間鬢已絲。記否秦淮雙槳過，花枝爭拜老禪師。（昔公與陳吏部約余遊北極閣，歸舟過秦淮河，吏部獨上岸，使女士數人於樓上合掌呼『八指禪師』者再。）」（第236頁）同年釋敬安至江寧，陳三立為作《白梅詩題記》：「余方自南昌還白下，適寄師亦以天童住持飛錫來遊。……師故好苦吟枯索，半字未安，或應時改定，或廢寢食以求其是。余視人文字，亦好掎摭利病，於師尤不少假借。兩人者今雖各老去，然結習癡癖，猶復如昔，成佛生天，殆不免坐此為累，可笑人也。」[註193]並有《贈敬安上人還天童》：「袈裟帶海氣，吟嘯接花晨。奪我秦淮月，歸防猿鶴嗔。」[註194]釋敬安亦有《白下別陳伯嚴考功》：「晚年情更苦，舊社事多違。此後休相憶，孤雲無定依。」（第246頁）兩位好朋友都已年過五十。

〔註193〕　《散原精舍文集集外文》，李開軍校點《散原精舍詩文集》，上海古籍出版社，
　　　　　2003年，第1228頁。

〔註194〕　《散原精舍詩》卷上，《散原精舍文集集外文》，李開軍校點《散原精舍詩文
　　　　　集》，第73頁。

　　光緒三十年（1904），釋敬安又有《寄義寧公子陳伯嚴二首》，其一云：「俗子紛紛據要津，憐君寂寞臥松筠。流枯滄海哀時淚，只作神州袖手人。（公子有『憑欄一片風雲氣，來作神州袖手人』之句。）」其二云：「何處煙霞息見聞？匡廬山色淨塵氛。相期共結蓮花社，傳語青猿守白雲。」（第 257頁）陳三立亦有《次韻答寄禪上人海上見寄》二首，其一云：「碧湖花雨照迷津，十五年前挾老筠。（客湘時，屢與郭筠仙侍郎諸公同集碧浪湖詩社。）石火光中吾未死，乾坤毀後汝何人。」其二云：「縹緲潮音倚雁聞，樓臺歌嘯隔霾氛。虯鬚白足自來去，想得袈裟生海雲。」〔註195〕充滿了對於昔日美好時光的回憶以及友朋間的關切。同年，陳三立又作有《江上從船人假閱報紙有別士酬君遂惺庵諸什蓋與寄禪上人前作同列入平等閣詩話者也根觸舊遊率爾成詠》：「寄禪句有煙霞癖，別士襟涵海水秋。」（同前）釋敬安報以《暮秋閱報奉懷》，其序云：「暮秋閱報紙，見義寧公子由金陵返豫章九江舟中之作，因憶曩與君陪郭筠仙侍郎於長沙碧浪湖作展重陽會，彈指十五年矣。」詩中寫道：「題糕應憶碧湖社，載酒曾陪白髮遊。十五年前思舊事，不禁淚濕海雲頭。」（第 260 頁）

　　光緒三十一年（1905），釋敬安作《聞陳師曾由日本返金陵，再次前韻奉寄》《陳師曾次韻見答，再疊一首寄之》詩，其中前一首詩云：「滄海愁生青鬢雪，碧湖冷侵白鷗魂。（往在長沙，與君父子開碧湖詩社，酬唱甚樂。）世情已逐浮雲變，神契惟應爾我存。」（第 270 頁）仍是對往昔碧湖詩會的美好回憶。光緒三十二年（1906），釋敬安又有《懷江南友人四絕句》，其中三、四為「懷陳伯嚴吏部」，其三云：「為問江南陳吏部，春懷著酒近何如？」（第 274頁）同年作《重至金陵毗盧寺，陳伯嚴吏部步月見顧，話及亡弟子成，淒然賦此》：「三年重到石頭城，野寺蕭寒百感生。衰鬢更逾前度白，佛燈猶照夜禪明。」（第 279 頁）

　　此後直到宣統元年（1909）兩人才有詩篇來往。是年釋敬安有《滬上晤陳伯嚴吏部，喜贈》詩云：「壓潮歌吹沸如湯，喜與幽人話夕陽。陡覺廬山飛瀑布，還如湘渚泛煙航。滄桑歷歷卅年事，燈火昏昏一舉觴。六十老僧頭雪白，相邀回憶碧湖旁。（君在湘時，屢約為碧湖之會。）」（第 323 頁）陳三立亦有《滬上遇八指頭陀賦詩見詒於燈下和之》：「天童長老雪髯髭，來看

〔註195〕《散原精舍詩》卷上，《散原精舍文集集外文》，李開軍校點《散原精舍詩文集》，第 130 頁。

侏儒萬騎馳。偶向人叢素馳坐，怳吞大象戲螺師。安危到汝今能覺，燈火搖歌自寫悲。行卷訝飛苔石氣，貪收郊島入新詩。」〔註196〕

　　宣統二年（1910），釋敬安作《寄題陳伯嚴吏部散原精舍詩集》二首，其一云：「吾家詩祖仰涪翁，獨闢西江百代宗。更有白頭陳吏部，又添波浪化魚龍。」（第335頁）同年又有《金陵重贈義寧陳吏部》：「一別長沙碧浪湖，西風兩鬢各蕭疏。江山所遇非故物，歲月相爭成老夫。天際白雲隨杖遠，尊前明月照心孤。他年肯入蓮花社，不待攢眉酒可沽。」（第342頁）又有《陳師曾自日本歸，遇於金陵，感而有作》（第344頁），及《余既晤陳師曾，感贈以詩，師曾亦為余寫茅庵入定圖以為紀念，題二絕句於上》，其二云：「念子東瀛學力增，歸來道骨鬱崚嶒。風濤看盡魚龍舞，猶憶蒲團一個僧。」（第345頁）釋敬安與陳三立次子陳隆恪（大排行第五）也有交往，同年作有《贈陳吏部第五郎七截五章並序》，其序云：「吏部五郎為長沙上林寺慧舲老宿後身。……庚戌（1910）秋，余來白下，問吏部，則五郎年已十七，訪余於毗盧寺，一見如故。其言簡氣肅，酷肖老宿。」其一云：「此身未得證菩提，羅漢投胎性亦迷。後果前因誰省識？天人墜作落花泥。」其二云：「前身汝是慧舲師，來作陳家第六兒。記否峨眉金頂夜，長看五色佛燈垂？」（第346頁）

　　此後陳三立又有《喜敬安上人自天童至》詩：「吃僧狎蛟海，自抱鍾磬音。冷月浸趺坐，乾風吹夜吟。翥魂落島嶼，捧記抽天琛。悲涕了初地，湛湛無漏心。」〔註197〕此詩當作於上海，時間大概在宣統三年（1911）。民國元年（1912），釋敬安有《招樊雲門、陳伯嚴、熊秉三、易實甫於滬上靜安寺作重陽會，次云老韻二首》，其一云：「雪竇禪機遲且鈍，雲門句子淡而香。年來已熟黃粱夢，回首邯鄲是覺場。」（第363頁）陳三立亦作有《重九敬安上人招同樊山秉三實甫集靜安寺》：「瀕海乏崇山，末由展登眺。上人媚幽尋，古寺邀吟嘯。」〔註198〕此年，釋敬安為保護寺產，成立中華佛教總會，並被推舉為會長。在把新的佛教改革草案送到北京時，因受到內務部官員的侮辱，憤而示寂，成了「民國第一位為佛教事業而獻身的義士」〔註199〕。陳三立為作《雪中靜安寺追悼會所哭敬安上人》：「遊俠生平圓苦行，貪嗔文字讖奇才。

〔註196〕《散原精舍詩續集》卷上，第278頁。
〔註197〕《散原精舍詩續集》卷上，第327頁。
〔註198〕《散原精舍詩續集》卷上，第337頁。
〔註199〕〔美〕霍姆斯・維慈著《中國佛教的復興》，王雷泉等譯，第30頁，上海古籍出版社，2006年。

虛堂像說圍飛雪，猶認期期詠白梅。上人口吃，別有詠白梅詩一卷。」〔註200〕，以寄哀悼。

綜觀陳三立與釋敬安的交往，可以說最主要是一種詩友間的文字交往。交往的最初，當然是起於碧湖詩社，而陳三立早年的詩歌也確實有學漢魏學唐的傾向。從現存詩稿來看，好像是釋敬安寫給陳三立的詩歌要更多一點。但這也很難確定，因為陳三立在編訂自己詩集的時候，去取非常嚴格，所以極有可能一些早年的詩歌並沒有被收入詩集。同樣，陳師曾寫給釋敬安的不少詩歌，在今人劉經富所編的《陳衡恪詩文集》〔註201〕中，也看不到，說明有可能佚失了。不管怎麼說，碧湖詩社對於陳三立與釋敬安一生的交往來說，都是一段美好的文學回憶。除了各自的詩才外，釋敬安還敬重陳家三代的品格與才華，陳三立也敬重釋敬安的人格與修為。

從總體上來說，釋敬安的思想是比較保守的，這也是他與當時很多舊派文人之間互相交往的基礎。比如，他們都忠誠於滿清朝廷，但又都有一定的變革的要求。眼看著大清王朝江河日下，那種世事皆空的心態當然很容易在彼此間產生共鳴。除了陳三立以外，釋敬安與俞明震、易順鼎、樊增祥等其實都有詩歌往來與交往，這一方面當然還與釋敬安酷愛詩歌有關係。光緒二十四年（1898），他有《題哭庵觀察所藏張夢晉畫軸》詩三首贈易順鼎，其三云：「身後身前何足論，君自言為夢晉後身。都緣業識弄精魂。多生結習宜除淨，莫認空潭水月痕。」（第 178 頁）對於喜好妄託前身又在行為上比較放浪的易順鼎，或多或少是一種規勸。光緒三十年（1904），俞明震往天童山訪釋敬安不遇，作有《甲辰六月十六日登天童山訪寄禪長老不遇留贈二首》，其二云：「人世至今無可說，相逢端合話來生。交公四海公垂老，愁入深山雨易成。料得歸來應有淚，不因禪定便無情。華嚴法界人能到，容我蹉跎聽梵聲。」〔註202〕又有《待寄師不至留居山中七日》詩，盡顯兩人之交誼。

民國元年（1912），釋敬安在上海靜安寺舉行重陽集會，易順鼎、樊增祥皆有詩篇吟詠，易作有《寄禪上人招集靜安寺作重九並觀第六泉即席和散原天琴韻》〔註203〕，樊作有《九日八指頭陀招同伯言秉三石甫素食靜安寺乙庵以病个全》二首，其一云：「蓮社居然酒百觴，遠公招客作重陽。大千界裏風輪

〔註200〕《散原精舍詩續集》卷上，第 343 頁。
〔註201〕江西人民出版社，2009 年。
〔註202〕《觚庵詩存》卷二，上海古籍出版社，2008 年，第 20 頁。
〔註203〕《琴志樓詩集》卷十七，上海古籍出版社，2004 年。

轉，第六泉頭井脈荒。（寺外第六泉荒萊特甚。）九廟神糕禾黍盡，一餐僧飯菊苗香。十洲浩浩蟲沙劫，如此人天作道場。」〔註204〕當釋敬安在北京為維護寺產而圓寂之時，易又作有《寄公為護三寶入都不數日示寂於法源寺距重九唱和僅浹旬也驚詫之餘輒依原韻賦挽詩以志哀悼》〔註205〕。

陳三立的方外之交可以說並不算多，除了釋敬安外，從詩文集中還能找到幾位，但有的並不算是深交。如光緒十八年（1892）《湖口嵩壽寺東山深處遇茅庵眇僧，因贈一首》，中云：「世界因心滅，江湖合眼寬。閒門雲作檻，斷缽月留餐。」〔註206〕又如光緒十九年（1893），陳三立應易順鼎之邀，再上廬山，作有《海會寺題贈至善上人》：「諸天懸粟界，屢劫有蓮池。長老符清靜，壇場自得師。」〔註207〕對至善上人苦修募化，重興海會寺予以了稱讚。1914年，陳三立又作有《伯沆舣庵同登掃葉樓題示星悟上人》，中云：「上人海市還，殘鐘復相遇。解移香積廚，不使蛟涎污。（上人近設禪悅館於滬瀆，以齋食供十方。）末法仍超然，於汝忘去住。惡飲還陽泉，駐顏永惡趣。（寺旁還陽泉，相傳久飲鬢髮不變，上人以此泉烹茗餉客。）」〔註208〕又有《掃葉樓近為住持惺悟上人重建嘉其有唐僧澄觀之風題句寄懷》：「換年喧壯觀，度世接餘情。願雜澄觀坐，銜襟二水明。」及《雪後訪伯沆圖書館不遇遂登掃葉樓作兼示惺悟上人》等。1920年，作有《三月三日鶴亭自丹徒至攜同宗武公及蒼厓上人泛舟秦淮夜還飲水榭與鶴亭別》：「岳僧咳唾底，寫石影吾輩。（上人於舟中為鶴亭畫扇。）低昂今古情，嬉春從闖世。」〔註209〕1922年，又作有《寄題湖心寺示慧之上人》：「不見旻公三十年，杜陵舊句搖懷抱。（上人以丁酉（1897）歲別余於長沙，今垂三十年矣。）兵戈喋血證初地，分我鍾磬迷魂曉。」〔註210〕

除了方外之交外，陳三立與晚清、民國兩位最重要的佛教居士楊仁山、歐陽竟無也都有著較深的交往。1901年，他作有《過楊仁山居士聽說法》〔註211〕，當是他移居江寧後，與楊仁山相識之初。據歐陽漸《散原居士事

〔註204〕 《樊山集外》卷三，《樊樊山詩集》，第1834頁。
〔註205〕 《琴志樓詩集》卷十七。
〔註206〕 《散原精舍詩文集補編·詩錄第三》，第65頁。
〔註207〕 《散原精舍詩文集補編·詩錄第四》，第107頁。
〔註208〕 《散原精舍詩續集》卷中，《散原精舍詩文集》，第403頁。
〔註209〕 《散原精舍詩續集》卷下，第600頁。
〔註210〕 《散原精舍詩別集》，《散原精舍詩文集》，第623頁。
〔註211〕 《散原精舍詩》卷上。

略》：「光緒丁未（1907），散原督辦南潯鐵路，恨無獻替，則施其薪於金陵刻經處辦祇桓精舍。」〔註212〕陳三立為什麼要這樣做？不得不說和他變法失敗，對世事心灰意冷有一定的關係。陳三立《支那內學院簡書後》中亦云：「佛說入中國，於晉唐為顯學，中微弗絕，迄今世皖有楊仁山居士，居金陵，究尋遺緒，刊布經論，黨徒附之，玄風稍振矣。余於教旨雖自外，然頗喜與居士遊，聽其講授。光緒丁未春夏間，遂贊居士設祇洹精舍，邀遠近學者課習梵乘，為廣厥傳。」〔註213〕1908年，又有《過楊仁山居士方與居士營梵校齎生徒赴印度兼圖學畢先布教錫蘭各島》：「老向一切佛，夢中開錫蘭。為言菩提樹，枯盡忽糾蟠。西去飾徒眾，東歸飛鷲鸞。光明還震旦，初念已彌漫。」〔註214〕與楊文會籌畫遣祇洹精舍生徒赴印度、錫蘭各地布教，這可謂陳三立為近代佛學做的又一件極有意義之事。

　　1909年，又作有《過楊居士》：「聖處力安到，意行迷始終。一過居士語，悲涕發餘衷。露地牛忘拽，諸天鷲映空。三千年法窟，相喻畫圖中。（居士出示中印度二千五百餘年《祇洹精舍圖》，為世界第一。）」〔註215〕據馬衛中、董俊鈺《陳三立年譜》，1910年9月，楊文會在金陵刻經處內成立佛學研究會，陳三立與沈曾植、章炳麟、夏曾佑、狄葆賢、歐陽漸等亦俱為發起人〔註216〕。就在辛亥革命前兩天，楊文會於1911年10月8日與世長辭。對於佛教，晚清民國因為推行地方自治，當時有侵佔寺產之風。當時比較激進的太虛等人為了推行佛教改革，曾經在1912年上演了「大鬧金山」的一幕〔註217〕。陳三立對太虛等人這種做法是明確反對的，《與南京孫大總統、內務部、教育部書》云：「前因太虛、仁山二僧假佛教協進會名義，以武力劫制金山寺，曾電乞保護，蒙飭教育部查辦在案。……迫切電請速救倒懸，不勝待命之至。章炳麟、陳三立、狄保賢、汪德淵、梅光遠、蒯壽樞暨佛學研究會全體會員同叩。」〔註218〕太虛曾經從八指頭陀受具足戒，又在楊文會的祇洹精舍學習過佛學，但陳三立對他這種做法極不認可。從這一事件中我們可以看出陳三立對於當時的佛教

〔註212〕《散原精舍詩文集・附錄上》，第1200頁。
〔註213〕《散原精舍詩文集集外文》，《散原精舍詩文集》，第1137頁。
〔註214〕《散原精舍詩》卷下，第234頁。
〔註215〕《散原精舍詩續集》卷上，第261頁。
〔註216〕第332頁，蘇州大學出版社，2010年，所引文獻為《江蘇文史資料選輯》第十輯之徐平軒《金陵刻經處》。
〔註217〕詳參《中國佛教的復興》第二章《爭取全國領導權的鬥爭》。
〔註218〕《散原精舍詩文集補編》之《詩文補遺》，第267頁。

改革也是屬於穩健派，而非激進派。

又據歐陽漸《散原居士事略》：「光緒丙午（1906）予始識散原，因梁任公談道定交，乃在民國壬戌（1922）。」1916 年，陳三立作有《贈學佛人歐陽鏡芙並序》詩，其序云：「宜黃歐陽鏡芙學佛於楊仁山之門有年矣，焚修精進，無異枯僧。居士既蛻化，而經論刊布未竟，鏡芙乃走關隴，就同修鐫生，獲資歸，完居士之悲願遺畫焉。一日相過話故舊，寫示留隴上諸詩，喜其奇宕，賦餉一篇。」詩中寫到：「焉得金布地，終煩火傳薪。絕續一大事，挺起扶法輪。」〔註219〕對於近代佛學界的奇傑、倡居士護法的歐陽竟無給予了極高的評價。1918 年，歐陽竟無於金陵刻經處籌辦支那內學院，沈曾植、陳三立都參與其事，陳三立並作有《支那內學院簡章書後》：「余誦其科目簡章，踴躍而歆歡。區區之懷，蓋以為世變環轉而靡持之者，陷溺不出，無往而非階亂造劫之具而已。謬冀進之悲智清淨之要道，涵泳人心，窺本真，澹嗜欲，淑其才而維其世業，挽窮無復之運會於百一，非侈導於生天作祖，為余所不測者也。」陳三立學佛之希冀與抱負，希望通過推廣佛學來改良世道人心，從中也表露無遺，真可謂是夫子自道。

1922 年秋，梁啟超至南京，與歐陽竟無、陳三立相聚於散原別墅，痛飲話舊。「散原乃自陳矢，今後但優游任運以待死，不能思索，詩亦不復作也。」〔註220〕1931 年，歐陽竟無與陳三立又在廬山聚首。歐陽竟無有《謝散原約遊黃龍觀雙樹，並示悲鴻、次彭》三首，其一云：「剩有娑婆一散原，開工鬼使滯征轅。（散原已上車赴北平，忽覺不適，返廬山。）才探《般涅槃經》奧，便示娑羅雙樹痕。（作《涅槃敘》久不得成，住廬山月餘，乃得脫稿。觀畢事而散原導遊黃龍觀娑羅，誠不可思議。）」其二云：「散木斧斤終莫夭，至人淵嘿總無言。黃華翠竹都饒笑，秀北能南兩弗諼。」〔註221〕陳三立也作有《題黃龍寺倚樹攝影圖》：「鍾動靈山鵲語騰，虯龍驤首破雲層。兵戈四海無歸處，來作娑羅樹下僧。」〔註222〕據歐陽竟無《散原居士事略》：「自後一晤於支那內學院而住北平，遂不復見。寄余（歐陽）書曰：住北平，終日不出戶庭，寂坐如枯僧。予以為優游任運以待死也，而豈知發憤不食，忿怒亡哉！吾知之矣。」故歐陽竟無極其欽佩陳三立的人格，1937 年日寇侵華，陳三立在北平

〔註219〕《散原精舍詩續集》卷下，第 513 頁。
〔註220〕《散原居士事略》。
〔註221〕陳小從《圖說義寧陳氏》，第 87 頁，山東畫報出版社，2004 年。
〔註222〕《散原精舍詩別集》，第 705 頁。

絕食殉國後，歐陽竟無撰文稱頌他為「固古之性情肝膽中人，始終一純潔之質者也」。

除了與僧人、居士的交往外，陳三立一生遊歷佛寺無數，這也是他親近佛教文化很重要的一個途徑。現存陳三立的詩歌中，較早涉及佛寺的，是 1881年作於武陟的《九日出東門，入視法雲寺殯宮。既還置酒，不樂作》〔註223〕，1880年陳三立的妻子羅孺人病逝，曾殯於法雲寺。1886年陳三立在長沙，多有遊歷，又作有《於萬壽寺經白鶴泉，遂登雲麓宮，望湘水》〔註224〕等。1892年，陳三立與梁鼎芬應易順鼎之邀登廬山，作有《入廬山，由三峽泉登五老峰下白石寺，因觀李公擇藏書處》〔註225〕等。1893年，陳三立再上廬山，作有《晚抵東林寺宿》，中云：「慧遠陶潛不在世，哲人風跡乃敢侮。吾於佛說劇茫昧，但睊廢興生歎憮。」〔註226〕則此時於佛教已經稍稍措意矣。又有《歸宗寺夜宿待月上》：「屢劫升萬靈，四界沈一想。苔苔物我遺，疊疊德心長。」確實有大謝的風調。又有《萬杉寺五爪樟歌》，《由玉淵至棲賢寺，觀羅漢畫像》：「臨階捧視羅漢圖，國初以來遺百軸。乍披一二意慘淡，怪變已足駭童僕。徐尋眾妙軼萬象，大千不值藏一粟。吾愛尊者無言說，但騎龍鸞跨獅鹿。遊翔九州島彈指耳，戲傾海水為悲哭。」則有學習韓愈《山石》詩、蘇軾《鳳翔八觀》的痕跡在。又有《棲賢寺舍利》二首，其一云：「古寺來尋劫外花，忽驚靈塔氣蒸霞。悲心更有非非想，毀盡元黃覓一沙。」及《慈航寺，是去歲梁節庵、黃仲方、易由甫及予同宿處》等。廬山濃鬱的佛寺文化，確實給了陳三立不少潛移默化的薰陶。

1901年，陳三立作有《竹林寺》：「坐看枯僧供煮茗，鐘聲吾與滅虛空。」〔註227〕當作於鎮江。又於江寧作有《靈谷寺》：「一念劫蟲沙，四據氣龍虎。摧落垣衣痕，穿漏日色午。斜通禪榻深，坐久風來語。陰吹萬竹寒，零葉秋能舞。」1905年在湖北，作有《九日從抱冰宮保至洪山寶通寺餞送梁節庵兵備》：「嘯歌亭館登臨地，今日都成隔世尋。半壑松篁藏梵籍，十年心跡照秋陰。」〔註228〕1908年作有《三月二十七日陪同弢庵閣學師登雞鳴寺楊子勤

〔註223〕《精原精舍詩文集補編·詩錄第一》。
〔註224〕《精原精舍詩文集補編·詩錄第二》。
〔註225〕《精原精舍詩文集補編·詩錄第三》。
〔註226〕《精原精舍詩文集補編·詩錄第四》，第 94 頁。
〔註227〕《散原精舍詩》卷上，第 28 頁。
〔註228〕《散原精舍詩》卷下，第 162 頁。

太守吳康伯觀察亦從遊》：「竹林光掠發，柳行涼染袂。斜蹬引穹岩，乃陟南朝寺。」1913 後在杭州，作有《理安寺》：「入林撫身手，擲躅此寄命。拾級禪堂幽，靈泉滴可聽。三載烽燧顏，鑒我滌悔吝。飯了各捫腹，借榻軒廊淨。」〔註229〕1914 年作有《庸庵尚書主逸社分詠龍樹寺古槐》〔註230〕、《登雞鳴寺豁蒙樓》等。

　　1916 年，陳三立遊杭州，作有《法相寺古樟同仁先恪士作》：「疑灌菩薩泉，漫比精忠柏。天留表靈山，依汝如古德。」1917 年，作有《自靈隱登韜光》。1918 年，又有《攜家尋靈穀石徑格車不得進步行里許遂憩觀音寺瞻方石徑而還》：「親鬢蘭若存，入憩蒲牢吼。佛堂課村童，論語喧在口。」《虞山紀勝三篇康更生王病山胡琴初陳仁先黃同武同遊》，其一《破山寺》云：「常建句中破山寺，結構果然幽且敻。劈岩分流幻跡存，不改禪房通曲徑。……遊侶蹴踏五洲歸，（謂更生。）入座氣與諸天定。舊識老衲惜死去，（住持月霞上人，善講經，嚴戒律，今世之高僧也。）未及說法演大乘。當年故相作逐臣，扶杖屢至親鍾磬。收拾家國一團蒲，非懺非悟佛燈映。」其二《藏海寺覽尚湖拂水厓劍門諸勝》云：「入堂爐香靜，收視味法喜。有僧參寥徒，雅詠壓案几。」《胡翔東避暑牛首山寺還示所得詩因題贈》等。又有《雞鳴寺倚樓作》，《琴初貞長劍丞過湖居偕往看桂花滿覺壟遂至理安寺》：「深入草木皆佛性，斷續溪聲初引睡。俄驚栟竹上穿霄，十年重認牛眠寺。寫經作塔諸天寂，竄影入林飛翩避。遺基補築松巔閣，圍帶列屏蓄山氣。」1923 年有《三月十日譚芝雲翰林招同徠之宗武諸君靈谷寺看牡丹》：「丈室聚蜂聲，叢朵初鏤鍱。盛鬋態婀娜，光影諸天接。」〔註231〕

　　1929 年，陳三立再入廬山頤養。作有《造黃龍寺觀古木一銀杏兩柳杉也》：「誰移赤水三珠樹，只伴殘僧百衲衣。直幹瓊姿保今古，斧斤所赦與歡欣。」1930 年又有《二月二十日楊居士德洵招邀山中鄰客二十許人集黃龍寺寶樹下寺僧青松長老為蜀人薦鄉制豆花饗客罷餐取影復過黃龍潭觀瀑題以紀興》：「列坐廣場白日麗，櫻花插砌暖相對。蜀僧盆盎煮黎祁，遍滴法乳誇鄉味。群嬉勝地影婆娑，鏡中相幻添維摩。自竄空荒老無樂，向開笑口山之阿。」尋寺訪僧，對於陳三立更多是寄託一種幽情別趣；這種愛好，可以說從他青壯年起

〔註229〕《散原精舍詩續集》卷中，第 378 頁。
〔註230〕《散原精舍詩續集》卷下。
〔註231〕《散原精舍詩別集》，第 628 頁。

即已養成，而不僅僅是在變法失敗之後。「古人詩字恥無僧」〔註232〕，這句話在陳三立身上也同樣適用。

陳三立的詩中，還經常使用佛典。如作於 1901 年的《移居》：「片念微茫千劫換，一椽人海閱枯禪。」〔註233〕作於 1903 年的《過季祠》其二：「已解螺師吞大象，還迷蛛網掛遊蜂。道人說法諸天現，狡獪都過自在胸。（君好佛，故云。）」1913 年《風雨連朝俞園女嬰來告海棠新花飄委滿地悵然成詠》：「亭亭絕代姿，一瞬成自污。世事莫不然，呼酒憑頓悟。」〔註234〕又有《偕濤園過乙庵晚歸飲市樓》：「歲闌衢巷昏寒雨，同車往尋居士語。窺簾隱几參《楞伽》，示疾維摩一教父。暫幸責言斷消息，猶獲促坐相嫗煦。零章銜袖字欹斜，重重帝網摹天女。（更生賦《金光夢》，為傷逝而作，居士和之，方屬草稿未定。）……」〔註235〕此詩通篇驅使佛典，在陳三立集中甚為罕見，當是因為沈曾植詩中好用佛典，故意仿之。

1917 年《石欽有詠紅葉之句乙庵琴初仁先咸依韻和之餘亦繼作》：「海冷紅霜飛，神光無斷絕。片片飄佛座，寫經同貝葉。」〔註236〕1918 年《更生於去歲六十生日滬上游舊置酒為壽因繪九老圖索補題一詩》：「十九年歸公老矣，三千界壞佛何如。」1918 年《向夕病臥聞鐘聲》：「幽幽丈室炷香清，示疾餘光道不成。默誦《楞嚴》今悟否，浮魂滯魄散鐘聲。」1930 年在盧山，《雪不止口占》：「我如臥疾維摩室，日散天花作道場。」〔註237〕

除了陳三立外，近代與佛教有淵源的古體詩人還有很多，如江湜、沈曾植、袁昶、陳寶琛、陳曾壽、易順鼎等，每個人的具體情況又都略有不同。這些，都值得我們去作更深入的探討。

〔註232〕《和平甫招道光法師》，〔宋〕王安石《臨川先生文集》卷十九，《四部叢刊》初編本。
〔註233〕《精原精舍詩》卷上，第 3 頁。
〔註234〕《散原精舍詩續集》卷上，第 359 頁。
〔註235〕《散原精舍詩續集》卷中，第 446 頁。
〔註236〕《散原精舍詩續集》卷下，第 549 頁。
〔註237〕《散原精舍詩別集》，第 701 頁。

第四章　中與西的融通

第一節　漢譯《雜阿含經》之譬喻研究

　　漢譯《雜阿含經》五十卷，劉宋印度高僧求那跋陀羅譯，該經為有部傳本，梵文本由法顯從斯里蘭卡取回。此經「被認為是最接近早期佛經原貌的佛陀言論……是阿含的根本。」〔註1〕其重要性，尤其是對於南傳佛教上座部而言，是不言而喻的。陳士強《大藏經總目提要》認為：「從總體上來說，《雜阿含經》因所收小經較為碎雜而得名。數十字乃至數百字的小經，有三四百種，因而可以大致地稱為『短阿含經』。……在編集《雜阿含經》時，《增一阿含經》也已編集了。」〔註2〕此經由於編次存在混亂，尤其是卷二十三、二十五兩卷，實為《阿育王譬喻》的部分異譯，卻被誤編在《雜阿含經》內，故實際上現存只有四十八卷，內容存在缺失不全。印順法師依據《瑜伽論‧攝事分》，於上世紀八十年代，撰成《雜阿含經論會編》，霑溉學界〔註3〕。近人王建偉、金暉《〈雜阿含經〉校釋》，參以巴利三藏，補譯兩卷佚經，後出轉精。前賢們的努力，使得我們今天的漢譯《雜阿含經》研究，有了一個比較堅實的文獻基礎。

　　作為小乘佛教的一部最原始與重要的經典，《雜阿含經》中收入的本生故

〔註1〕王建偉、金暉校釋《〈雜阿含經〉校釋（一）‧前言》，第3、4頁，華東師範大學出版社，2014年。以下簡稱《校釋》。

〔註2〕陳士強著《大藏經總目提要‧經藏二》之「雜阿含部」，第4、5頁，上海古籍出版社，2007年。

〔註3〕釋印順著《雜阿含經論會編》，中華書局，2011年。

事並不多。比如釋依淳《本生經的起源及其開展》中，在談到《阿含經》時，《中阿含》《長阿含》《增一阿含》中，都有一些本生談，唯獨《雜阿含》付之闕如。〔註4〕這可能是因為《雜阿含》產生時間較早，又都是以一些小經為主，所以本生這種形式用得還不多。王慧慧編著《漢譯佛經中的本生故事》，則收錄了《雜阿含經》中的兩則故事，來作為本生故事的萌芽。第一則為卷二十四「羅婆鳥與鷹智鬥」、第二則為卷四十三「龜縮身野干不得其便」。〔註5〕值得注意的是，這些故事中沒有出現本生故事中一般常見的今生故事、前生故事、及其對應等，而只有過去世時的故事。所以這些故事尚不具備嚴格意義上的完整的本生故事的形式，只是與本生故事類似，雖然後來諸如《本生經》《法苑珠林》等經書引用到了這些故事。

目前針對《雜阿含經》的文學研究，更多集中在譬喻方面。這方面的研究，尤以臺灣學者用力甚勤。其中如丁敏《佛教譬喻文學研究》〔註6〕、林韻婷《〈雜阿含經〉譬喻故事研究》〔註7〕、釋傳徹《漢譯〈雜阿含經〉中譬喻的種類》〔註8〕。國內關於佛教譬喻文學的研究則如吳海勇《中古漢譯佛經敘事文學研究》〔註9〕、李小榮《漢譯佛典文體及其影響研究》〔註10〕、馮國棟《〈大般涅槃經〉譬喻研究》〔註11〕等，大致將譬喻分為修辭的譬喻與故事的譬喻兩類。具體到《雜阿含經》，則明顯可以感受到因為經文短小，所以故事的譬喻、尤其是那種首尾完整、情節曲折的譬喻沒有別的經文中來得多。但《雜阿含經》作為佛經譬喻最早的開創者，仍有很多值得我們關注的地方。本文嘗試就此問題，作進一步的探討。

《雜阿含經》中已經出現了完整的「十二分教」的名稱區分，如卷四十一：「佛告二比丘：『汝等持我所說修多羅、祇夜、受記、伽陀、優陀那、尼陀那、阿波陀那、伊帝目多伽、闍多伽、毘富羅、阿浮多達摩、優婆提舍等

〔註4〕釋依淳《本生經的起源及其開展》，佛光出版社，1987年。
〔註5〕王慧慧《漢譯佛經中的本生故事》，甘肅教育出版社，2017年。
〔註6〕丁敏《佛教譬喻文學研究》，東初出版社，1996年。
〔註7〕林韻婷《〈雜阿含經〉譬喻故事研究》，玄奘大學宗教學系碩士班2005年碩士學位論文。
〔註8〕釋傳徹《漢譯〈雜阿含經〉中譬喻的種類》，南華大學宗教學研究所碩士二年級，2012年。
〔註9〕吳海勇《中古漢譯佛經敘事文學研究》，學苑出版社，2004年。
〔註10〕李小榮《漢譯佛典文體及其影響研究》，上海古籍出版社，2010年。
〔註11〕收於馮國棟《佛教文獻與佛教文學》，宗教文化出版社，2011年。

法，而共諍論』」，〔註12〕這裡的阿波陀那（巴 apadāna，梵 avadāna），就是
譬喻經，說佛及聖弟子過去、現在種種事蹟。其間往往貫穿著業報因緣的內
容，故而與本生、因緣混為一體，目的在於教化之用。〔註13〕丁敏《佛教譬
喻文學研究》中，對於《雜阿含經》的論述，也是更多偏重於詞句即修辭的
譬喻，而於阿波陀那，僅舉了卷五山鬼手打舍利弗頭、卷四十六波斯匿王向
佛敘說長者摩訶男慳吝、卷四十帝釋行慈夜叉消隱三例。〔註14〕這當然是由
此經的性質決定的。

　　故事性的譬喻，如《雜阿含經》卷四十三也講述了一則與音樂相關的故
事：

> 過去世時，有王聞未曾有好彈琴聲，極生愛樂，耽湎染著，問
> 諸大臣：「此何等聲？甚可愛樂！」大臣答言：「此是琴聲。」語大
> 臣：「取彼聲來。」大臣受教，即往取琴來，白言：「大王！此是琴
> 作好聲者。」王語大臣：「我不用琴，取其先聞可愛樂聲來。」大臣
> 答言：「如此之琴，有眾多種具，謂有柄、有槽、有麗、有弦、有皮，
> 巧方便人彈之，得眾具因緣乃成音聲。非不得眾具而有音聲，前所
> 聞聲，久已過去，轉亦盡滅，不可持來。」
>
> 爾時，大王作是念言：「咄！何用此虛偽物為？世間琴者是虛偽
> 物，而令世人耽湎染著；汝今持去，片片析破，棄於十方。」大臣
> 受教，析為百分，棄於處處。如是，比丘！若色、受、想、思、欲，
> 知此諸法無常、有為、心因緣生，而便說言：「是我、我所。」彼於
> 異時，一切悉無。諸比丘！應作如是平等正智，如實觀察。〔註15〕

在這則寓言中，大臣指出，音樂是因緣和合而成，無法持有，需要樂器和知
樂者的配合；以此來譬喻諸法無常，和合而成。此譬喻亦見於《中阿含經》
卷十六、《長阿含經》卷七《弊宿經》，乃至《大般涅槃經・聖行品》第七之
三、《大智度論》卷三〇等。〔註16〕

〔註12〕《〈雜阿含經〉校釋（三）》，第405～406頁。以下對《雜阿含經》的引用，卷
　　　　數參照《大正藏》（第2冊）舊例，以便檢閱，文字及頁數則使用《〈雜阿含
　　　　經〉校釋》。
〔註13〕《佛教譬喻文學研究》，第10～11頁。
〔註14〕《佛教譬喻文學研究》，第77～78頁。
〔註15〕《〈雜阿含經〉校釋（一）》，第347頁。
〔註16〕詳見拙文《蘇軾〈琴詩〉之再探討》，刊於《江蘇師範大學學報》2017年第1
　　　　期。

又如《雜阿含經》卷二十四，述士夫持油缽一其心念，不失一滴的故事：

佛告比丘：「若有世間美色、世間美色者，在於一處，作種種歌舞、伎樂、戲笑，復有大眾雲集一處。若有士夫不愚不癡，樂樂背苦，貪生畏死，有人語言：『士夫，汝當持滿油缽，於世間美色者所及大眾中過，使一能殺人者，拔刀隨汝，若失一滴油者，輒當斷汝命。』云何？比丘！彼持油缽士夫能不念油缽，不念殺人者，觀彼伎女及大眾不？」

比丘白佛：「不也，世尊！所以者何？世尊！彼士夫自見其後有拔刀者，常作是念：『我若落油一滴，彼拔刀者當截我頭。』唯一其心，繫念油缽，於世間美色及大眾中徐步而過，不敢顧眄。」

「如是，比丘！若有沙門、婆羅門正身自重，一其心念，不顧聲色，善攝一切心法，住身念處者，則是我弟子，隨我教者。云何為比丘正身自重，一其心念，不顧聲色，攝持一切心法，住身念處。如是，比丘！身身觀念，精勤方便，正智正念，調伏世間貪憂，受、心、法法觀念住亦復如是。是名比丘正身自重，一其心念，不顧聲色，善攝心法，住四念處。」〔註17〕

此故事亦見於《經律異相》卷二十九，常被佛教用來生動形象地形容定力的重要。

《雜阿含經》卷二十九驢作牛聲的譬喻，則有可能是柳宗元《黔之驢》的最早出典：

譬如驢隨群牛而行，而作是念：「我作牛聲。」然其彼形亦不似牛，色亦不似牛，聲出不似，隨大群牛，謂己是牛，而作牛鳴，而去牛實遠。

如是，有一愚癡男子違律犯戒，隨逐大眾，言：「我是比丘，我是比丘。」而不學習勝欲增上戒學、增上意學、增上慧學，隨逐大眾，自言：「我是比丘，我是比丘。」其實去比丘大遠。〔註18〕

陳允吉師《柳宗元寓言的佛經影響及〈黔之驢〉故事的淵源和由來》，認為這個故事源自《佛說群牛譬經》：

譬如群牛，志性調良，所至到處，擇軟草食、飲清涼水。時有

〔註17〕《〈雜阿含經〉校釋（二）》，第265～266頁。
〔註18〕《〈雜阿含經〉校釋（三）》，第82～83頁。

一驢，便作是念：「此諸群牛，志性調良，所至到處，擇軟草食、飲清涼水。我今亦可效彼，擇軟草食，飲清涼水。」時彼驢入群牛中，前腳跑土，觸嬈彼群牛，亦效群牛鳴吼，然不能改其聲：「我亦是牛，我亦是牛。」然彼群牛，以角骶殺，而捨之去，此亦如是。……

時惡比丘——修惡法；無沙門行，言是沙門；無梵行，言修梵行；少聞、有諸惡見——便入彼眾多精進比丘所，欲效彼威儀禮節——行步來往、屈申俯仰、著衣持缽——如彼微妙比丘精進、修善法，行步來往、屈申俯仰、著衣持缽，便作是言：「我是沙門，我是沙門。」時微妙比丘皆悉證知，此比丘不精進，言精進；非沙門，言是沙門；不修梵行，言修梵行；不多聞、有諸邪見。時諸微妙比丘便擯出界外：「汝速出去，莫住我眾。」譬如彼群牛，志性調良，驅出彼驢。〔註19〕

與《雜阿含經》相比較，可以看出淵源所自與踵事增華。

此故事流傳甚廣，有很多變形。如季羨林譯《五卷書》中，就有驢蒙虎皮偷吃麥子，最後被人打殺的故事。〔註20〕同書第一卷第二十個故事中，還講述了一隻獅子起先害怕公羊的外貌，後來見它吃草，覺得沒什麼好可怕的，撲上去將它殺死〔註21〕。同卷第十一個故事，則講述一隻豺狼掉進了染缸，因為相貌怪異，引起了獸群的恐慌，都尊它為王。後來它因為得意，發出了豺狼的叫聲，結果被獅子識破，被老虎殺死。〔註22〕以上故事均與《黔之驢》相類似。《伊索寓言》中，也有驢穿獅皮的故事。這個故事很早就有中譯，如1840年〔英〕羅伯聃、〔清〕蒙昧先生合譯的《意拾喻言》，第十三則：

驢穿獅子皮，眾獸見則畏懼，而奔避之。驢則自以為能，目無忌憚。一日歡呼大叫，聲入各獸之耳，始知其為驢也。所避之獸，群起而殺之，一旦粉身碎骨。是驢之不慎故也。使驢若能知機，終身不叫，則驢身獅勢，豈不快哉。甚矣，假威風之不能長久也。俗云：狐假虎威。其驢露出馬腳來，而弄巧反拙矣。〔註23〕

〔註19〕《大正藏》第4冊，〔西晉〕法炬譯，陳文見氏著《唐音佛教辨思錄》（修訂本），第220～221頁，復旦大學出版社，2018年。

〔註20〕季羨林譯《五卷書》，第四卷第七個故事，第334～335頁，人民文學出版社，2001年。

〔註21〕季羨林譯《五卷書》，第四卷第七個故事，第125頁。

〔註22〕季羨林譯《五卷書》，第四卷第七個故事，第93～95頁。

〔註23〕莊際虹編《〈伊索寓言〉古譯四種合刊》，上海大學出版社，2014年，第27頁。

又如英文版 *Aesop's Fables* 中，還有一個 *The Ass，the Cock，and the Lion* 的有趣故事（Towndend 107=Perry 82）：

> An Ass and a Cock were in a straw-yard together when a Lion, desperate from hunger, approached the spot. He was about to spring upon the Ass, when the Cock（to the sound of whose voice the Lion, it is said, has a singular aversion）crowed loudly, and the Lion fled away as fast as he could. The Ass, observing his trepidation at the mere crowing of a Cock summoned courage to attack him, and galloped after him for that purpose. He had run no long distance, when the Lion, turning about, seized him and tore him to pieces.
>
> *False confidence often leads into danger.*〔註24〕

此故事亦可視作是某種變形，結句指出是用來諷刺那些徒有虛名的自大者，卻不自知已經身陷危險之中。

　　修辭性質的譬喻，陳望道《修辭學發凡》中，分作明喻、隱喻與借喻。〔註25〕並提出：「要用譬喻，約有兩個重要點必須留神：第一，譬喻和被譬喻的兩個事物必須有一點極其相類似；第二，譬喻和被譬喻的兩個事物又必須在其整體上極其不相同。」〔註26〕臺灣黃慶萱《修辭學》中，則提出有關譬喻的「（一）消極的原則：（1）不可太類似；（2）不可太離奇；（3）不可太粗鄙；（4）避免晦澀的譬喻；（5）避免『牽強的類比』」與「（二）積極的原則：（1）必須是熟悉的；（2）必須是具體的；（3）必須富於聯想；（4）必須切合情境；（5）喻體與喻依在本質上必須不同；（6）必須是新穎的。」〔註27〕《雜阿含經》中的譬喻，有的設想奇特，運用了誇張的手法，已經成為後世佛經文學中的經典譬喻；有的則源自生活，自然貼切，且使用了重疊的手法，反覆叮嚀，讓人不得不信服。

　　其堪稱經典者，則如《雜阿含經》卷十：「世尊告諸比丘：『眾生於無始生死，無明所蓋，愛結所繫，長夜輪迴生死，不知苦際。諸比丘！譬如狗繩繫著

〔註24〕〔古希臘〕伊索著，《伊索寓言》，上海世界圖書出版公司，2009 年，第 2～3 頁。所據版本為喬治・法伊勒・湯森（George Fyler Townsend，1814～1900）的譯本。

〔註25〕陳望道《修辭學發凡》，第 73～81 頁，上海世紀出版集團，2001 年。

〔註26〕陳望道《修辭學發凡》，第 76 頁。

〔註27〕黃慶萱《修辭學》，三民書局，1975 年，第 242～250 頁。

柱，結繫不斷故，順柱而轉，若住、若臥，不離於柱。如是凡愚眾生，於色不離貪欲、不離愛、不離念、不離渴、輪迴於色，隨色轉，若住、若臥，不離於色。如是受、想、行、識，隨受、想、行、識轉，若住、若臥不離於識。」〔註28〕以狗順柱而轉，來譬喻眾生由於貪愛，不能出離色受想行識五蘊。

又如《雜阿含經》卷九：「尊者舍利弗答尊者摩訶拘絺羅言：『非眼繫色，非色繫眼，乃至非意繫法，非法系意，尊者摩訶拘絺羅，於其中間，若彼欲貪，是其繫也。尊者摩訶拘絺羅！譬如二牛，一黑一白，共一軛鞅縛繫，人問言：「為黑牛繫白牛，為白牛繫黑牛。」為等問不？』答言：『不也，尊者舍利弗！非黑牛繫白牛，亦非白牛繫黑牛，然於中間，若軛、若繫鞅者，是彼繫縛。』『如是，尊者摩訶拘絺羅！非眼繫色，非色繫眼，乃至非意繫法，非法系意，中間欲貪，是其繫也。』」〔註29〕這個比喻之所以經典，在於形象地說明了眼、耳、鼻、舌、身、意與色、法之間的關係，是互相依存的，而起決定性作用的是欲、貪。這樣的思想發展到後來的世親《唯識二十頌》，更是生成了「唯識無境」的理論〔註30〕。

又如以彈琴來譬喻精進，見《雜阿含經》卷九：「佛告二十億耳：『我今問汝，隨意答我。二十億耳，汝在俗時，善彈琴不？』答言：『如是，世尊！』復問：『於意云何？汝彈琴時，若急其弦，得作微妙和雅音不？』答言：『不也，世尊！』復問：『云何？若緩其弦，寧發微妙和雅音不？』答言：『不也，世尊！』復問：『云何善調琴弦，不緩不急，然後發妙和雅音不？』答言：『如是，世尊！』佛告二十億耳：『精進太急，增其掉悔，精進太緩，令人懈怠，是故汝當平等修習攝受，莫著、莫放逸、莫取相。』」〔註31〕這正是佛教中道精神的體現。

《雜阿含經》卷十一，尊者難陀通過屠牛譬喻，教導比丘尼以智慧利刃斷除一切結、縛、煩惱：

> 譬如善屠牛師、屠牛弟子手執利刀，解剝其牛，乘間而剝，不
> 傷內肉、不傷外皮，解其枝節筋骨，然後還以皮覆其上。若有人言：
> 「此牛皮肉全而不離。」為等說不？……
>
> 姊妹！我說所譬，今當說義：牛者，譬人身粗色，如《篋毒蛇

〔註28〕《〈雜阿含經〉校釋（一）》，第 84～85 頁。
〔註29〕《〈雜阿含經〉校釋（一）》，第 311 頁。
〔註30〕梵漢對勘《唯識論三種》，黃寶生譯注，中國社會科學出版社，2017 年。
〔註31〕《〈雜阿含經〉校釋（一）》，第 323～324 頁。

經》廣說；肉者，謂內六入處；外皮者，謂外六入處；屠牛者，謂學
見跡；皮肉中間筋骨者，謂貪喜俱；利刀者，謂利智慧。多聞聖弟
子以智慧利刀斷截一切結、縛、使、煩惱、上煩惱、纏。〔註32〕

這個譬喻讓人想起《莊子》中的「庖丁解牛」〔註33〕，而意趣則全然不同。

又如盲龜浮木的譬喻，見《雜阿含經》卷十五：

世尊告諸比丘：「譬如大地悉成大海，有一盲龜壽無量劫，百年
一出其頭。海中有浮木，止有一孔，漂流海浪，隨風東西。盲龜百
年一出其頭，當得遇此孔不？」

阿難白佛：「不能。世尊！所以者何？此盲龜若至海東，浮木隨
風，或至海西，南、北四維圍繞亦爾，不必相得。」

佛告阿難：「盲龜浮木，雖復差違，或復相得。愚癡凡夫漂流五
趣，暫復人身，甚難於彼。」〔註34〕

這裡使用了誇張的手法，來比喻墮惡趣之人，獲得人身的艱難。此譬喻亦見
於《中阿含經》卷五十三、《大般涅槃經》卷二等，流傳甚廣〔註35〕。

至如為古今學者文人所津津樂道的博喻〔註36〕，在《雜阿含經》中亦多有
使用。如《雜阿含經》卷十：

譬如田夫，於夏末秋初深耕其地，發荄斷草。如是，比丘！無
常想修習多修習，能斷一切欲愛、色愛、無色愛、掉、慢、無明。

譬如，比丘！如人刈草，手攬其端，舉而抖擻，萎枯悉落，取
其長者。如是，比丘！……

譬如菴羅果著樹，猛風搖條，果悉墮落。如是，……

譬如樓閣，中心堅固，眾材所依，攝受不散。如是，……

譬如一切眾生跡，象跡為大，能攝受故。如是，……

譬如閻浮提一切諸河，悉赴大海，其大海者，最為第一，悉攝
受故。如是，……

〔註32〕《〈雜阿含經〉校釋（一）》，第389頁。
〔註33〕〔晉〕郭象注，《莊子·內篇》第二卷「養生主」，上海古籍出版社，「十大古
典哲學名著」叢書，第42～44頁，1995年。
〔註34〕《〈雜阿含經〉校釋（二）》，第138頁。
〔註35〕參馮國棟《〈大般涅槃經〉譬喻研究》，第359～360頁。
〔註36〕如周振甫、冀勤編著《錢鍾書〈談藝錄〉讀本》，「博喻」，第455～458頁，上
海教育出版社，1992年。

譬如日出，能除一切世間闇冥。如是，……

譬如轉輪聖王，於諸小王最上、最勝。如是，無常想修習多修習，能斷一切欲愛、色愛、無色愛、掉、慢、無明。〔註37〕

又如《雜阿含經》卷五敘尼乾子（即耆那教徒）欲與佛徒辯論，薩遮尼乾子起先很自負，認為自己勝券在握：

譬如士夫刈拔荄草，手執其莖，空中抖擻，除諸亂穢；我亦如是，與沙門瞿曇論議難詰，執其要領，進卻回轉，隨其所欲，去其邪說。

如沽酒家執其酒囊，壓取清醇，去其糟滓；我亦如是，詣沙門瞿曇論議難詰，進卻回轉，取其清真，去諸邪說。

如織席師，以席盛諸穢物，欲市賣時，以水洗澤，去諸臭穢；我亦如是，詣沙門瞿曇所，與共論議，進卻回轉，執其綱領，去諸穢說。

譬如王家調象之師，牽大醉象，入深水中，洗其身體、四支、耳、鼻，周遍沐浴，去諸塵穢；我亦如是，詣沙門瞿曇所，論議難詰，進卻回轉，隨意自在，執其要領，去諸穢說。〔註38〕

最後卻節節敗退，遭人譏諷：

譬如有人執持斗斛，於大聚穀中，取二三斛，今此薩遮尼犍子亦復如是。世尊！譬如長者巨富多財，忽有罪過，一切財物悉入王家，薩遮尼犍子亦復如是。所有才辯悉為如來之所攝受。譬如城邑聚落邊有大水，男女大小悉入水戲，取水中蟹，截斷其足，置於陸地，以無足故，不能還復入於大水。薩遮尼犍子亦復如是。諸有才辯悉為如來之所斷截，終不復敢重詣如來命敵論議。〔註39〕

一些重要的佛教名相，通過譬喻變得更加明白易懂而有條理。《雜阿含經》卷十五，佛將自己比喻為成就四諦的大醫王：

有四法成就，名曰大醫王者，所應王之具、王之分。何等為四？

一者善知病，二者善知病源，三者善知病對治，四者善知治病已，當來更不動發。

〔註37〕《〈雜阿含經〉校釋（一）》，第 90～91 頁。

〔註38〕《〈雜阿含經〉校釋（一）》，第 231 頁。

〔註39〕《〈雜阿含經〉校釋（一）》，第 237 頁。

　　……如來、應、等正覺為大醫王，成就四德，療眾生病，亦復如是。云何為四？謂如來知此是苦聖諦如實知、此是苦集聖諦如實知、此是苦滅聖諦如實知、此是苦滅道跡聖諦如實知。〔註40〕

又如以猿猴被膠，來比喻比丘當依止四念住。《雜阿含經》卷二十四：

　　大雪山中，寒冰險處，尚無猿猴，況復有人。或復有山，猿猴所居，而無有人。或復有山，人獸共居，於猿猴行處，獵師以黐膠塗其草上，有黠猿猴遠避而去，愚癡猿猴不能遠避，以手小觸，即膠其手；復以二手欲解求脫，即膠二手；以足求解，覆膠其足；以口齧草，輒復膠口。五處同膠，聯卷臥地。獵師既至，即以杖貫，擔負而去。……

　　如是，比丘！愚癡凡夫依聚落住，晨朝著衣持缽，入村乞食。不善護身，不守根門，眼見色已，則生染著；耳聲、鼻香、舌味、身觸，皆生染著。愚癡比丘內根外境被五縛已，隨魔所欲。是故，比丘！當如是學，於自所行處父母境界依止而住，莫隨他處、他境界行。云何比丘自所行處父母境界？謂四念處——身身觀念住，受、心、法法觀念住。〔註41〕

　　有關偈頌的研究，陳允吉師《東晉玄言詩與佛偈》《中古七言詩體的發展與佛偈翻譯》中，均有論及。〔註42〕這方面的專著，則如孫尚勇《佛教經典詩學研究》〔註43〕、王麗娜《漢譯佛典偈頌研究》〔註44〕等。《雜阿含經》中也多用偈頌，其中如卷九以帶有譬喻的偈頌來表達八聖道：

時，舍利弗即說偈言：

　　　久殖諸梵行，善修八聖道，

　　　歡喜而捨壽，猶如棄毒缽。

　　　久殖諸梵行，善修八聖道，

　　　歡喜而捨壽，如人重病癒。

　　　久殖諸梵行，善修八聖道，

〔註40〕《〈雜阿含經〉校釋（二）》，第 121～122 頁。
〔註41〕《〈雜阿含經〉校釋（二）》，第 259～260 頁。
〔註42〕戴氏撰《佛教與中國文學論稿》，上海古籍出版社，2010 年版。
〔註43〕孫尚勇《佛教經典詩學研究》，中編「佛偈與中古詩歌關係研究」，高等教育出版社，2013 年版。
〔註44〕王麗娜《漢譯佛典偈頌研究》，商務印書館，2016 年版。

如出火燒宅，臨死無憂悔。

久殖諸梵行，善修八聖道，

以慧觀世間，猶如穢草木。

不復更求余，余亦不相續。〔註45〕

《雜阿含經》中的有些譬喻，還被譯成專經流行。如《大正藏》第2冊中的《佛說馬有八態譬人經》《佛說月喻經》等。其中《佛說馬有八態譬人經》，標後漢西域三藏支曜譯，《雜阿含經》卷三十三則翻譯如下：

世尊告諸比丘：「世間馬有八態。何等為八？謂惡馬臨駕車時，後腳踏人，前腳跪地，奮頭齧人，是名世間馬第一態。復次，惡馬就駕車時，低頭振䑗，是名世間惡馬第二之態。復次，世間惡馬就駕車時，下道而去，或復偏厲車，令其翻覆，是名第三之態。復次，世間惡馬就駕車時，仰頭卻行，是名世間惡馬第四之態。復次，世間惡馬就駕車時，小得鞭杖，或斷韁折勒，縱橫馳走，是名第五之態。復次，世間惡馬就駕車時，舉前兩足，而作人立，是名第六之態。復次，世間惡馬就駕之時，加之鞭杖，安住不動，是名第七之態。復次，世間惡馬就駕之時，叢聚四腳，伏地不起，是名第八之態。

如是，世間惡丈夫於正法、律有八種過。何等為八？……」〔註46〕

翻得比舊譯要更加明白曉暢。

第二節　《摩訶僧祇律》中的環保思想與文學故事

《摩訶僧祇律》四十卷，略稱《僧祇律》，東晉佛陀跋陀羅與法顯共譯。收於大正藏第二十二冊，為部派佛教大眾部所傳之律藏。本書乃大眾部所傳之廣律，與《四分律》《五分律》《十誦律》共稱古來四廣律。本文擬從佛教環保思想以及其中所敘述故事文學性兩方面，對此律作一初步的探討。

數十年前，筆者曾撰有《佛教故事群中的女性——以〈經律異相〉之記載為中心》〔註47〕一文，其中涉及到律藏通過故事形式所宣揚的佛教思想及其所體現的文學性。《僧祇律》作為一部佛律，與規範僧尼的行為規範緊密相關。從現代人的角度來看，雖然不見得全部合理，但其中的佛教思想，如果

〔註45〕《〈雜阿含經〉校釋（一）》，第314～315頁。
〔註46〕《〈雜阿含經〉校釋（三）》，第456～457頁。
〔註47〕《新疆大學學報》2004年第1期。

從現在流行的環保角度來看，包括心靈環保與生態環保，對於今人仍富於啟迪意義。〔註48〕

　　佛教以殺、妄、淫、盜為四重禁戒，《僧祇律》同樣如此，而尤其重視禁淫與殺。「萬惡淫為首」，其中一些禁斷的案例，原本只是寫給僧團內部交流學習，在古代在家人是不得閱讀的。在今天作為研究者，從弘揚佛法的立場出發，則不妨作一客觀的審察。可以說，如何戰勝情慾始終是修行道中要戰勝的第一魔障。《僧祇律》卷一講述了比丘耶舍，出家後為了續種，而破戒遭人嘲笑的故事。佛陀這樣訓斥耶舍道：「汝愚癡人，寧以利刀割截身生，若著毒蛇口中，若狂狗口中，若大火中，若灰炭中，不應與女人共行婬欲。」如果這個故事只是讓人覺得荒唐以外，則緊接著還有很多讓人匪夷所思的記載。如同卷載比丘心戀天女，後天女變作死馬，比丘與之行淫一事，又有比丘與猿猴行非法事。「佛告比丘：『汝不知佛制戒不得行婬法耶？』『世尊我知制戒，自謂不得與人非人，不謂畜生。』佛言：『比丘犯畜生者。亦波羅夷。比丘當知有三事犯波羅夷。何等三。人非人畜生是為三。』」所謂波羅夷，為比丘、比丘尼所受持之具足戒之一。乃戒律中之根本極惡戒。修行人若犯此戒，則：（一）失其比丘、比丘尼資格，道果無分。（二）自教團中放逐，不得與僧同住。（三）死後必墮地獄。此罪如同斷首之刑，不可復生，永被棄於佛門之外，故稱極惡。比丘之四波羅夷指殺、盜、淫、妄等四罪。

　　包括不得口交，乃至姦屍等。如卷二：「畜生女有命及死，三處行婬三時受樂，是比丘得波羅夷罪，不應共住。」又不得手淫，如卷五：「彼比丘於晝臥，覺心念形起，手自觸身生，即失不淨。失不淨已便得安樂，所患即差。便作是念：此好方便可得除患，不妨出家。」因此而遭到世尊的訓斥：「癡人，此甚不可。此非梵行而言梵行，此非安隱而言安隱。癡人，云何以是手受人信

〔註48〕陳紅兵《佛教生態哲學研究》一書，提出了「利樂有情，莊嚴佛土」、「眾生平等」、「無情有性」等生態價值觀，以及「心淨——行淨——眾生淨——佛土淨」等的佛教生態德性論。宗教文化出版社，2011 年版。更早的劉元春《共生共榮——佛教生態觀》一書，提出了「自利與利他——人間之友愛」、「正報與依報——環境之保護」等觀念。宗教文化出版社，2002 年。另有 Mary Evelyn Tucker、Duncan Ryuken Williams 所編之《佛教與生態》，江蘇教育出版社，2008 年，英文版為 *Buddhism and Ecology: The Interconnection of Dharma and Deeds*, Harvard University Press, 1997。以及 *Environmental Ethics in Buddhism：A virtus approach*, Pragati Sahni, London and New York: Routledge Taylor & Francis Group, 2008. *Buddhism, Virtue and Environment,* David E Cooper and Simon P. James, Ashgate, 2005.

施，復以此手觸失不淨。汝常不聞我無量方便呵責欲想讚歎斷欲耶？汝今作此惡不善事，此非法非律非如佛教，不可以此長養善法。」包括不得淫語。卷五：「若比丘婬欲變心，與女人說醜惡語，隨順婬欲法，如年少男女者，僧伽婆尸沙。」僧伽婆尸沙，指戒律中僅次於波羅夷之重罪。犯者尚有殘餘之法命，依僧眾行懺悔法，除其罪，猶可留於僧團。此亦相對於波羅夷之無殘而言。

這些較輕的觸犯還包括，如卷五：「若比丘婬欲變心，與女人身相摩觸，若捉手若捉髮編，及餘身份摩觸，受細滑者僧伽婆尸沙。」「若比丘染污心捉女人髮編，若舉若按，若牽若推，若抱若鳴，若推若拍者。僧伽婆尸沙。」「若比丘與女人共一床坐非威儀，若起欲心越比尼罪。故動床不相觸者偷蘭罪。若共一器食若共盤食，一床坐臥亦如是。」所謂偷蘭，意譯大罪、重罪、粗罪、粗惡、粗過、大障善道。為佛制戒六聚之一，七聚之一。乃觸犯將構成波羅夷、僧殘而未遂之諸罪；不屬於波羅夷等五篇之罪，除突吉羅罪外，其餘一切或輕或重的因罪、果罪皆總稱為偷蘭遮。此類禁戒甚多甚細，文煩且有礙觀瞻，故不多引。總的說來，佛教戒律只是規定哪些行為不能做，即應該躲避欲望；但為什麼不能做，怎麼控制欲望等，顯然並不是戒律的重點所在。卷一金色鹿王的故事，也只是簡單提到：「彼中仙人以二事除欲。一者苦行，二者閒居。」這些資料對於今人瞭解當時僧人性行為與性心理，都十分有參考價值。當然這些行為，應該只存在於少數僧眾中，並不具有普遍性和代表性。

戒淫以外，排第二位的是不殺生。佛教反對暴力，這其實也是印度文化的一大特點。卷二將人類文明之初的三惡法羅列為：「一者不與取，二者妄言，三者以杖打人。」卷四還有不得殺病比丘，助其了斷的戒律。佛制戒道：「若比丘自手斷人命，求持刀者令奪人命，是比丘得波羅夷，不應共住。」「若比丘自手斷人命，求持刀與殺者，教死譽死，是比丘得波羅夷，不應共住。」卷十九還有反對捕殺動物的戒律。卷三十二有明確不得食人肉、喝人血治病的規定。「一人肉，二龍肉，三象肉，四馬肉，五狗肉，六烏肉，七鷲鳥肉，八豬肉，九獼猴肉，十師子肉。蒜者，生熟皮葉，一切盡不聽食。若須外用塗瘡聽用。若塗已不得眾中住，當在邊小房中住。差已應淨洗浴還聽入眾，是名肉蒜法。」卷三十三中，還規定造房子不准砍花果樹。卷八佛陀還談到種樹之法：「（婆羅門）於一面坐，白世尊言：沙門瞿曇，云何方便種菴婆羅樹，能使根莖堅固枝葉茂盛，花果成就扶疎生長，不相妨礙？時世尊告婆羅門言：以五肘弓量七弓種一樹，如是種者，能令彼樹根莖堅固枝葉茂

盛，花果成就扶踈生長，各各不相妨礙。時婆羅門歡喜，便作是言：善哉，沙門瞿曇，知種殖法，真一切智。」這些都符合今人愛惜生命，愛護動物、植物的環保精神。

人類的各種欲望，其實都因為貪婪引起，所以佛教提倡少欲知足。這對現代人尤其具有針貶意義，因為地球資源有限，而商業經濟卻提倡通過消費來促進生產。人類作為地球的主宰，理應愛惜地球資源，包括人力物力，這樣才是長久之計。在《僧祇律》中，也有很多提倡節約、節欲的規定。如卷六：「佛告諸比丘：飛鳥畜生尚嫌多求，況復世人。汝等比丘莫為營事，多欲多求。令彼信心婆羅門居士苦捨財物，供給沙門衣服飲食床臥病瘦醫藥。」又卷八，佛陀在冬天，為僧眾制定三衣之制：「後於一時冬中八夜大寒雨雪。時世尊初夜著一衣，在有覺有觀三昧。至中夜時，覺身小冷，復著第二衣。至後夜時，復覺身冷，著第三衣。便作是念：我諸弟子齊是三衣，足遮大寒大熱，防諸蚊虻，覆障慚愧，不壞聖種。若性不堪寒者，聽弊故衣，隨意重納。」又如卷十規定，不准以舊缽換新缽。卷十六規定，不聽處處食，即不准趕場子。卷十七規定，不得乞討美食。卷二十規定，不聽過量作床。卷二十八記載了這樣一個故事：「佛住舍衛城，廣說如上。爾時有比丘人間遊行，載滿車衣來。佛知而故問：是誰衣？答言：世尊，是我衣。復問：此是時衣非時衣？答言：時衣。佛言：是衣太多。減半與僧，是名時衣。」佛教還提倡平等精神，如卷十四：「若行乳粥酪粥胡麻粥魚肉粥，若行如是種種粥時，若滿杓與上座，上座不應便受。上座應言：平等與。」

佛教還有一點值得讚賞的是，非常講究個人衛生。卷十三特別提到了如廁時應該注意的禮儀。卷十五提到了飲水用的過濾小蟲子的濾囊。卷十七論勤洗手。卷十八論半月一浴：「復次佛住舍衛城，廣說如上。爾時世尊制戒不聽浴，諸比丘不得浴故身垢污臭。爾時世尊為諸大眾說法，諸比丘在下風處坐，恐污臭薰諸梵行人故。佛知而故問：諸比丘何故獨一處坐？似如恨人。諸比丘白佛言：世尊制戒不聽浴故身垢污臭，恐薰梵行人，故在下風而住。佛言：從今日後聽半月一浴。復次佛住舍衛城，廣說如上。爾時諸比丘春月熱，不得洗故身體癢悶。諸比丘以是因緣往白世尊。佛言：從今日後聽熱時二月半得浴，春後一月半夏初一月。是名二月半。」卷三十四，因有比丘隨處大便，再提如廁的禮儀：「佛言：從今日後，上廁法應如是知。云何如是知？不得臨急已然後上廁，應當如覺欲行便往。往時不得默然入應彈指，若內有人亦應逆彈指。若

大急者，應背蹲先人應兼容處，不得未至便高舉衣來，當隨下隨褰。不得著僧臥具上廁，不得廁上嚼齒木覆頭覆右肩，應當偏袒。不得在中誦經禪定不淨觀及以睡眠令妨餘人。起時不得高舉衣起去，應隨下隨起。」還有關於吐痰的規矩：「若在食上欲唾者，不得大喀著地，使比坐比丘噁心。應唾兩足中間以腳磨之。若大多出不止者，當出外唾已還坐。若和上阿闍梨前欲唾者，當至屏處。若聚落中欲唾者應唾足邊，以腳磨之。若是末吐無罪。」都是關於文明禮貌的。但以腳磨之，是印度古代習俗，在我們現代人看來，似乎仍然不夠文明衛生。卷三十五還有關於沐浴的儀規。

　　佛門還有很重要的一點就是重視僧團的團結，眾生平等，這也與建立當代和諧社會的理念相吻合。卷七稱：「長老提婆達多破和合僧，最是大惡重罪，當墮惡道入泥犁中，經劫受罪。」卷十二又有「種類毀呰有七事，種姓業相貌病罪罵結使」的提法，明確不得以種姓、職業、相貌、疾病等歧視他人。以上皆為《僧祇律》中值得引起今人注意的環保思想。

　　《僧祇律》中還有不少經典故事與生動的文學描寫，同樣值得我們關注。〔註49〕如卷四「大意抒海」的故事，還見於《賢愚經》卷九《大施抒海品》，並影響到中國元尚仲賢的《張生煮海》等戲曲作品。卷七所述「猴子撈月」的故事，也廣為人知：

> 　　佛告諸比丘：是六群比丘不但今日同語同見，徒自受苦，過去世時已曾如是。諸比丘白佛言：已曾爾耶？唯願說之。佛告諸比丘：過去世時，有城名波羅奈，國名伽尸。於空閑處，有五百獼猴，遊行林中。到一尼俱律樹，樹下有井，井中有月影現。時獼猴主見是月影，語諸伴言：月今日死，落在井中，當共出之。莫令世間，長夜闇冥。共作議言：云何能出？時獼猴主言：我知出法。我捉樹枝，汝捉我尾。展轉相連，乃可出之。時諸獼猴即如主語，展轉相捉。小未至水，連獼猴重。樹弱枝折，一切獼猴，墮井水中。爾時樹神便說偈言：是等駭棒獸，癡眾共相隨。坐自生苦惱，何能救世間。
> 　　佛告諸比丘：爾時獼猴主者，今提婆達多是。爾時餘獼猴者，今六群比丘是。爾時已曾更相隨順受諸苦惱，今復如是。

一個生動有趣的動物故事，被佛教吸收，成了說教的好材料。

〔註49〕龍延、陳開勇發表有《〈摩訶僧祇律〉記述之文學故事概觀》，《古籍研究》2001年第3期，已有部分論述。

　　類似的故事還有不少。如卷四諷刺狼守齋的故事，就非常地幽默。結以伽陀偈頌：「若有出家人，持戒心輕躁。不能舍利養，猶如狼守齋。」所謂伽陀，為九部教之一，十二部經之一。又作伽他、偈佗、偈。伽陀與祇夜（即重頌）二者之差別在於祇夜雖亦為韻文，但重複述說長行經文之內容，伽陀則否。又如卷五，載婆羅門女守貞不欲嫁人，一天為父親田間送飯，其父見色起意，不應觸處父輒觸之：「時婆羅門即便念言：此女嵩渠常不樂欲，眾人所歎。今我觸之而不大喚，似有欲意。即說偈言：今我觸汝身，低頭長歎息。將不欲與我，共行婬欲法。汝先修梵行，眾人之所敬。而今軟相現，似有世間意。爾時嵩渠女以偈答父言：我先恐怖時，仰憑於慈父。本所依怙處，更遭斯惱亂。今在深榛中，知復何所告？喻如深水中，而更生於火。根本蔭覆處，而今恐怖生。無畏處生畏，所歸反遭難。林樹諸天神，證知此非法。不終生養恩，一朝見困辱。地不為我開，於何逃身命？時婆羅門聞女說頌，大自慚愧即便而去。」刻畫細膩，兩人對話，很像現代歌劇中的對唱。

　　又如卷六所載婆羅門以陳年冰豆交換呆驢的故事，其中對話令人忍俊不禁：「爾時豆主便作是念。今得子，便即說頌曰：婆羅門法巧販賣，陳久冰豆十六年。唐盡汝薪煮不熟，足折汝家大小齒。爾時驢主亦作頌曰：汝婆羅門何所喜，雖有四腳毛衣好。負重著道令汝知，針刺火燒終不動。爾時豆主復說頌曰：獨生千秋杖，頭著四寸針。能治敗態驢，何憂不可伏。爾時驢主復瞋，即說頌曰：安立前二足，雙飛後兩蹄。折汝前板齒，然後自當知。豆主謂驢頌曰：蚊盲毒蟲螫，唯仰尾自防。當截汝尾腳，令汝知辛苦。驢復答言：從先祖已來，行此懺悔法。今我故承習，死死終不捨。爾時豆主知此弊惡畜生，不可以苦語，便更稱譽。頌曰：音聲鳴徹好，面白如珂雪。當為汝取婦，共遊林澤中。驢聞軟愛語即復說頌曰：我能負八斛，日行六百里。婆羅門當知，聞婦歡喜故。」此故事《經律異相》也有採錄。又如同卷，記龍因仙人慾其咽上寶珠而遁去，以喻不可貪求無厭：「龍聞乞珠聲。心即不喜，徐捨而去。明日龍來，未至之間仙人見已，遙說偈言：光耀摩尼寶，瓔珞莊嚴身。若龍能施我，乃為善親友。時龍即說偈答言：畏失摩尼珠，猶執杖呼狗。寶珠不可得，更不來看汝。上饌及眾寶，由此摩尼尊。是終不可得，何足慇懃求。多求親愛離，由是更不來。爾時有天於虛空中，而說偈言：厭薄所以生，皆由多求故。梵志貪相現，龍則潛於淵。佛告營事比丘：龍是畜生，尚惡多求，豈況於人？汝等比丘莫為多營事務，廣索無厭。」卷七迦羅訶童子，「無

親遊他方，欺誑天下人。粗食是常食，但食復何嫌」故事，《經律異相》亦有記載。同卷王因不喜聞狗叫聲，而將所有狗盡數驅出：「狗復問言：一切狗盡被驅出耶？答言：盡驅出。又問：王家二狗，亦被驅耶？答言：王家二狗不驅，餘者盡驅。狗便瞋恚言：是王無道，隨愛隨瞋，隨怖隨癡。狗即說頌曰：若以狗為患，一切應驅出。而今不盡驅，如是王無道。家自養二狗，不遣獨驅我。當知是惡王，隨愛瞋怖癡。」一般而言，以韻語伽陀所寫出的，往往是整個故事的精華部分，因此尤其精彩。

第三節　蘇軾《琴詩》之再探討

蘇軾在黃州期間，曾經作有一首《琴詩》，關於此詩之探討，近年來頗不寂寥。此詩收於孔凡禮先生點校、清王文誥輯注《蘇軾詩集》卷四十七，題為《題沈君琴》。〔註50〕全文如下：

> 武昌主簿吳亮君采，攜其友人沈君十二琴之說，與高齋先生空同子之文、太平之頌以示予。予不識沈君，而讀其書，乃得其義趣，如見其人，如聞其十二琴之聲。予昔從高齋先生遊，嘗見其寶一琴，無銘無識，不知其何代物也。請以告二子，使從先生求觀之此十二琴者，待其琴而後和。元豐六年（1083）閏六月。

> 若言琴上有琴聲，放在匣中何不鳴？若言聲在指頭上，何不於君指上聽？

在歷代的琴詩中，此詩以其富於禪趣，別具一格，而引起了眾多讀者與研究者們的關注與爭論。

首先關於此詩之文體，劉尚榮先生通過版本學的考訂，認為它最早是偈而不是詩。〔註51〕此詩出現較晚，「各種宋、元刊本之〈東坡集〉、〈東坡後集〉及宋刊〈施顧編年注蘇詩〉、〈百家注分類東坡詩〉等，均不收此篇。最早將它攔入詩集的是明成化四年（1468）程宗編刊的〈東坡續集〉，標題作〈琴詩〉。」並引了孔凡禮先生點校的《蘇軾文集》卷五十七《尺牘·與彥正判官一首黃州》一文（最早亦見於上述明《東坡續集》）作為例證：

> 古琴當與響泉韻磬，並為當世之寶，而鏗金瑟瑟，遂蒙輟惠，

〔註50〕　第 2534～2535 頁，中華書局，1982 年。
〔註51〕　《蘇軾〈琴詩〉不是詩》，《文史知識》2008 年第 8 期。

拜賜之間，赧汗不已。又不敢遠逆來意，謹當傳示子孫，永以為好
也。然某素不解彈，適紀老枉道見過，令其侍者快作數曲，拂歷鏗
然，正如若人之語也。試以一偈問之：「若言琴上有琴聲，放在匣中
何不鳴？若言聲在指頭上，何不於君指上聽？」錄以奉呈，以發千
里一笑也。寄惠佳紙、名荈，重煩厚意，一一捧領訖，感怍不已。
適有少冗，書不周謹。〔註52〕

既然蘇軾本人稱偈，則可見後世所謂的《琴詩》，其實最初當是一首遊戲、悟
道之作。

又關於此詩之佛經出典，清代馮景（1652～1715）注云：

《楞嚴經》：譬如琴瑟、箜篌、琵琶，雖有妙音，若無妙指，終
不能發。汝與眾生，亦復如是。又，偈云：聲無既無滅，聲有亦非
生。生滅二緣離，是則常真實。此詩宗旨，大約本此。〔註53〕

皆引《楞嚴經》為作解說。此間萬物，皆為因緣湊合。而在佛法看來，則既無
生，也無滅。

而明末虞山琴派代表人物徐上瀛（約1582～1662），於所著《溪山琴況》
中，更是以佛理論琴，而論及此詩：

貝經云：「若無妙指，不能發妙音。」而坡仙亦云：「若言聲在
指頭上，何不於君指上聽。」未始是指，未始非指。不即不離，要
言妙道，固在指也。修指之道，由於嚴淨，而後進於玄微。指嚴淨
則邪滓不容留，雜亂不容間，無聲不滌，無彈不磨，而只以清虛為
體，素質為用。習琴學者，其初惟恐其取音之不多，漸漸陶熔，又
恐其取音之過多。從有而無，因多而寡，一塵不染，一滓弗留，止
於至潔之地，此為嚴淨之究竟也。指既修潔，則取音愈希。音愈希，
則意趣愈永。吾故曰：欲修妙音者，本於指。欲修指者，必先本於
潔也。〔註54〕

近年來，一些研究者從錢鍾書先生《管錐編》受到啟發，又為此詩尋找到
新的佛經來源。錢先生文見《老子王弼注　九則》之三九章「分散冒論」：

佛書每忘己事之未工，而笑他人之已拙，如《百喻經》之四四：

〔註52〕第1729頁，中華書局，1986年。
〔註53〕《蘇軾詩集》，第2535頁。
〔註54〕《續四庫全書》，第1094冊，第482頁，「潔」況。

「有人因饑，食七枚煎餅」食六枚半已，便得飽滿。其人悔悔，以手自打，言：「我今飽足，由此半餅，前六餅唐自捐棄，設知半餅能充足者，應先食之」；或如《長阿含經》之七《弊宿經》中婆羅門縛賊，剝皮，臠肉，截筋，打骨以求「識神」，小兒吹灰、搗薪以求火，村人以為聲在貝中，觸貝命作聲，不知須以口吹貝。夫聚諸材方得車、因五指有拳，正如積六枚餅乃能飽、合貝與口氣而作聲。即以子矛攻子盾也可。歷來文士，不識此故，以分散之悖謬為剖析之精微，紛紛祖構。韋應物《聽嘉陵江水聲》：「水性自云靜，石中本無聲，云何兩相激，雷轉空山驚？」語尚含渾。歐陽修《鐘莛說》：「甲問於乙曰：『鑄銅為鐘，削木為莛，以莛叩鐘，則鏗然而鳴。然則聲在木乎？在銅乎？』乙曰：『以莛叩垣則不鳴，叩鐘則鳴，是聲在銅。』甲曰：『以莛叩錢積則不鳴，聲果在銅乎？』乙曰：『錢積實，鐘虛中，是聲在虛器之中。』甲曰：『以木若泥為鐘則無聲，聲果在虛器之中乎？』」蘇軾《為沈君〈十二琴說〉作詩》：「若言琴上有琴聲，放在匣中何不鳴？若言聲在指頭上，何不於君指上聽？」皆拾《楞嚴經》「非於根出，不於空生」之牙慧，知肝膽為胡越，而不省齊楚為眉目（語本嚴遵《道德指歸》），無以過於觸貝之村人、搗薪之小兒焉。〔註55〕

此論為今人范子曄《〈琴詩〉的妙理與法螺的妙音》所採。〔註56〕錢先生且於此條之增補中云：

　　《大般涅槃經‧聖行品》第七之三舉燧火、酪酥等喻以明「眾緣和合」，有曰：「譬如因鼓、因空、因皮、因人、因枹，和合出聲。鼓不念言：『我能出聲』乃至枹亦如是。聲亦不言：『我能自生。』」可以解歐陽修、蘇軾之難矣。〔註57〕

　　《大智度論》卷三〇《釋初品中十八空》：「如車以輻、輞、轅、轂，眾合為車；若離散各在一處，則失車名。五眾和合因緣，故名為人；若別離五眾，人不可得。」卷九九《釋曇無竭品第八十九上》：「譬如箜篌聲，……眾緣和合故生。有槽，有頸，有皮，有弦，有

〔註55〕《管錐編》第二冊，第442～443頁，中華書局，1986年。
〔註56〕《中華讀書報》2010年8月18日版。
〔註57〕《管錐編》第二冊，第843頁。

—187—

柱，有棍，有人以手鼓之，眾緣和合而有聲。是聲亦不從槽出，不從頸出，不從皮出，不從弦出，不從棍出，亦不從人手出；眾緣和合，乃爾有聲。……諸佛身亦如是。……離五指更無有拳，……離五眾則無有佛。」〔註58〕

可謂歷代以來對於《琴詩》最精彩深入的解釋。

錢先生前文所引之《長阿含經・弊宿經》，記述了佛滅後不久，童子迦葉與婆羅門弊宿，就有無來生轉世、善惡報應等問題展開的生動而激烈的辯論。婆羅門言：

我有親族，遇患篤重。時，我到彼語言：「扶此病人，令右脅臥。」視瞻、屈伸、言語如常；又使左臥，反覆宛轉，屈伸、視瞻、言語如常，尋即命終。吾復使人扶轉，左臥右臥，反覆諦觀，不復屈伸、視瞻、言語，吾以是知，必無他世。

迦葉回答：

諸有智者，以譬喻得解，今當為汝引喻。昔有一國不聞貝聲，時，有一人善能吹貝，往到彼國，入一村中，執貝三吹，然後置地。時，村人男女聞聲驚動，皆就往問：「此是何聲，哀和清徹乃如是耶？」彼人指貝曰：「此物聲也。」時，彼村人以手觸貝曰：「汝可作聲！汝可作聲！」貝都不鳴，其主即取貝三吹置地。時，村人言：「向者美聲，非是貝力，有手有口，有氣吹之，然後乃鳴。」人亦如是，有壽有識，有息出入，則能屈伸、視瞻、語言；無壽無識，無出入息，則無屈伸、視瞻、語言。〔註59〕

《弊宿經》亦見於漢譯巴利三藏《長部》，大意與《長阿含・弊宿經》相仿，而描寫要更詳盡和生動：

「然，王族！我對卿舉一譬喻，諸有智者，依譬喻得解所說之義。王族！往昔有一吹貝者，攜帶螺貝至邊國。彼往至一村落，立於村之中央，三度吹奏螺貝，從螺貝放置於地而坐一面。王族！時，彼邊地之諸眾人，如是思惟：『斯音如是迷惑人、如是可愛、如是令人陶醉、如是令人〔心〕恬、如是令人神迷、究竟是何之音聲？』彼等集來，言彼吹貝者曰：『友！斯音聲如是迷惑人、如是

〔註58〕《管錐編》第五冊，第 36 頁。
〔註59〕〔後秦〕佛陀耶舍、竺佛念譯《長阿含經》卷七，《大正藏》第 1 冊。

可愛、如是令人陶醉、如是令人〔心〕恬、如是令人神迷，究竟是
何之音聲耶？』『汝等！斯音如是迷惑人、如是可愛、如是令人陶
醉、如是令人〔心〕恬、如是令人神迷，此乃名為螺貝之音聲。』
彼等令彼螺貝仰臥：『汝螺貝！出聲！汝螺貝！出聲！』但彼螺貝
皆無出聲。彼等又令彼螺貝俯臥，……乃至……令之右側臥之……
乃至……令之左側臥……乃至……令之起立……乃至……令之倒
置……乃至……用手撲之……乃至……以杖撲之……乃至……以
刀劍撲之……乃至……上下左右振盪之：『汝螺貝！出聲！汝螺
貝！出聲！』然，彼螺貝皆無出聲。王族！時，彼吹貝者如是思惟：
『實愚昧哉，此邊地之諸人。彼等追求螺貝之音聲，是如何不適當
耶！』彼取起彼眾人圍觀之螺貝，三度吹奏螺貝，攜帶螺貝而去。
王族！時，彼邊地諸人，如是思惟：『此螺貝實是由人之用力吹風，
始出音聲也。此螺貝若人不用力吹風，則不出音聲。』王族！此身
體亦復如是。若此身體，有俱備壽、暖、識之時，即能為行住坐臥，
以眼見色，以耳聞聲，以鼻嗅香，以舌味味，以身感觸，以意識法。
此身體不俱備壽、暖、識之時，即不能行住坐臥，眼不見色，耳不
聞聲，鼻不嗅香，身不愛觸，意不識法。王族！依此論據，汝當相
信：『有斯他世、有化生之有情、有善惡業之果報。』」〔註60〕

　　巴利文《長部·弊宿經》之「法螺喻」，文本可以在 Pāli Tipiṭaka 的網站
上找到，與巴利聖典協會（Pali Text Socirty）的整理本〔註61〕略有差異。標
題 Saṅkhadhamaupamā 是吹貝者喻的意思，saṅkhadhama 是吹海螺的人的意
思，upamā 是直喻、寓言的意思。丁敏《佛教譬喻文學研究》中，指出「梵
語中 upamā，dṛṣṭānta，avadāna 這三類原本不同意義的文字，在漢譯時皆譯
為『譬喻』。」〔註62〕「『upamā，aupamya』，相當於修辭學中的譬喻。『dṛṣṭānta』
是例證之意。『avadāna』，阿波陀那本身無譬喻意，然以阿波陀那做為教理的

〔註60〕　元亨寺《漢文南傳大藏經》07，《長部經典》二，第 337～338 頁。又可參段晴
　　　　　等譯《長部》，第 376 頁，中西書局，2012 年。英譯則有 Maurice Walshe, *The
　　　　　Long Discourses of the Buddha: A Translation of the Dīgha Nikāya*, Wisdom
　　　　　Publications, 1987。
〔註61〕　1991 年，Oxford，第 337 頁，*The Dīgha Nikāya*，第二卷。
〔註62〕　第一章《緒論》第 13 頁，東初出版社，1996 年。

例證，而有例證的作用。」〔註63〕

許外芳、廖向東《蘇軾〈琴詩〉的譬喻淵源及其藝術評價》〔註64〕一文，在前賢的基礎上，繼續推進，又尋找出《琴詩》在《中阿含經》與《雜阿含經》中的類似源頭。《中阿含經》卷十六云：

> 尊者鳩摩羅迦葉告曰：「蜱肆！復聽我說喻，慧者聞喻則解其義。蜱肆！猶如有人善能吹螺，若彼方土未曾聞螺聲，便往彼方，於夜暗中升高山上盡力吹螺。彼眾多人未曾聞螺聲，聞已，便念：『此為何聲？如是極妙，為甚奇特，實可愛樂，好可觀聽，令心歡悅。』時，彼眾人便共往詣善吹螺人所，到已，問曰：『此是何聲？如是極妙，為甚奇特，實可愛樂，好可觀聽，令心歡悅。』善吹螺人以螺投地，語眾人曰：『諸君！當知即此螺聲。』於是，眾人以足蹴螺，而作是語：『螺可出聲，螺可出聲？寂無音響。』善吹螺人便作是念：『今此眾人愚癡不達，不善曉解，無有智慧。所以者何？乃從無知之物慾求音聲。』是時，善吹螺人還取彼螺，以水淨洗，便舉向口，盡力吹之。時，彼眾人聞已，作是念：『螺甚奇妙。所以者何？謂因手因水因口風吹，便生好聲，周滿四方。』如是，蜱肆！若人活命存者，則能言語共相慰勞，若其命終，便不能言共相慰勞。」〔註65〕

這其實是《長阿含》中《弊宿經》的一個異譯，但描寫更加生動了。

《雜阿含經》卷四十三的故事則是這樣的：

> 過去世時，有王聞未曾有好彈琴聲，極生愛樂，耽湎染著，問諸大臣：「此何等聲？甚可愛樂！」大臣答言：「此是琴聲。」語大臣：「取彼聲來。」大臣受教，即往取琴來，白言：「大王！此是琴作好聲者。」王語大臣：「我不用琴，取其先聞可愛樂聲來。」大臣答言：「如此之琴，有眾多種具，謂有柄、有槽、有麗、有弦、有皮，巧方便人彈之，得眾具因緣乃成音聲。非不得眾具而有音聲，前所聞聲，久已過去，轉亦盡滅，不可持來。」
>
> 爾時，大王作是念言：「咄！何用此虛偽物為？世間琴者是虛偽

〔註63〕第一章《緒論》，第16頁。

〔註64〕文章收於陳允吉師主編《佛經文學研究論集續編》，復旦大學出版社，2011年。

〔註65〕〔東晉〕僧伽提婆譯《中阿含經》卷十六《蜱肆王經》，《大正藏》第1冊。

物，而令世人耽湎染著；汝今持去，片片析破，棄於十方。」大臣
受教，析為百分，棄於處處。如是，比丘！若色、受、想、思、欲，
知此諸法無常、有為、心因緣生，而便說言：「是我、我所。」彼於
異時，一切悉無。諸比丘！應作如是平等正智，如實觀察。〔註66〕
在這則寓言中，大臣其實已經點出，音樂是因緣和合而成，無法持有，需要樂
器和知樂者的配合。

　　其實，類似這樣的比喻，我們還可以在佛經以外的印度古典文獻中找到，
那就是《奧義書》。如產生於佛陀（公元前 566～公元前 486）之前的、約公
元前七八世紀至五六世紀的《大森林奧義書》（*Bṛhadāraṇyaka Upaniṣad*），其
中在對於世界的本源「梵」與「至高自我」的探究中，便認為：

　　　哦，確實，不是因為愛丈夫而丈夫可愛，是因為愛自我而丈夫
可愛。哦，確實，不是因為愛妻子而妻子可愛，是因為愛自我而妻
子可愛。哦，確實，不是因為愛兒子而兒子可愛，是因為愛自我而
兒子可愛。哦，確實，不是因為愛財富而財富可愛，是因為愛自我
而財富可愛。哦，確實，不是因為愛婆羅門性而婆羅門性可愛，是
因為愛自我而婆羅門性可愛。哦，確實，不是因為愛剎帝利性而剎
帝利性可愛，是因為愛自我而剎帝利性可愛。哦，確實，不是因為
愛這些世界而這些世界可愛，是因為愛自我而這些世界可愛。哦，
確實，不是因為愛這些天神而這些天神可愛，是因為愛自我而這些
天神可愛。哦，確實，不是因為愛眾生而眾生可愛，是因為愛自我
而眾生可愛。哦，確實，不是因為愛一切而一切可愛，是因為愛自
我而一切可愛。（5）……

　　　如同擊鼓，外現的聲音不能把握，而把握這鼓或擊鼓者，便能
把握這聲音。（7）

　　　如同吹螺號，外現的聲音不能把握，而把握這螺號或吹螺號者，
便能把握這聲音。（8）

　　　如同彈琵琶，外現的聲音不能把握，而把握這琵琶或彈琵琶者，
便能把握這聲音。（9）〔註67〕

〔註66〕〔南朝宋〕求那跋陀羅譯，《大正藏》第 2 冊。
〔註67〕黃寶生譯《奧義書》，《大森林奧義書》第二章《第四梵書》，第 46～47 頁，商
　　　　務印書館，2010 年。

這裡提出的觀點很有意思，認為聲音雖然不能把握，但我們可以通過研究樂器和演奏者，來達到把握音樂的目的。雖然蘇軾肯定沒有讀過《奧義書》，但佛經在形成的過程中，受到《奧義書》一類書籍思想的影響，則是完全有可能的。

　　為了更好地理解這幾個相關的句子，我們可以再來研讀一下《奧義書》的梵文原文。這裡我們採用美國學者 Patrick Olivelle 的注譯本 *The Early Upanisads, Annotated Text and Translation*。〔註68〕原文轉寫後如下：

　　　　sa yathā dundubher hanyamānasya na bāhyāñ chabdāñ chaknuyād grahaṇāya |

　　　　dundubhes tu grahaṇena dundubhyāghātasya vā śabdo gṛhītaḥ ||

BrhUp_2，4.7 ||

　　　　sa yathā śaṅkhasya dhmāyamānasya na bāhyāñ chabdāñ chaknuyād grahaṇāya śaṅkhasya tu grahaṇena śaṅkhadhmasya vā śabdo gṛhītaḥ ||

BrhUp_2，4.8 ||

　　　　sa yathā vīṇāyai vādyamānāyai na bāhyāñ chabdāñ chaknuyād grahaṇāya vīṇāyai tu grahaṇena vīṇāvādasya vā śabdo gṛhītaḥ ||

BrhUp_2，4.9 ||〔註69〕

以第七句為例，上半句 sa yatha 是就像的意思，dundubhi 是一種大鼓，dundubher 是從格或屬格，hanyamānasya 是擊打的屬格，字根 han，bāhyāñ 是外部的意思，業格，chabdāñ 即 śabdāñ，因為 Sandhi 而詞首發生音變，聲音的意思，業格，chaknuyād 是能夠的意思，句首音變，grahaṇāya 是抓住的意思，為格。下半句 tu 是但是的意思，grahaṇena 抓住的意思，具格，dundubhyāghātasya 是擊鼓者的意思，屬格，vā 是或者的意思，gṛhītaḥ 是抓住的意思。八、九句螺貝 śaṅkha 與琵琶 vīṇā，句法相仿。

　　印度古代有不少談論音樂的書籍，如婆羅多之《舞論》，其中有詳細的對於各種樂器的介紹。〔註70〕而《奧義書》中種種關於不可言說的「大梵」

〔註68〕Oxford University Press, 1998。

〔註69〕第 68 頁。本節之解讀，得到劍橋大學梵文專業博士，現上海師範大學光啟學院 Paolo 教授的幫助，特此致謝。吠陀語法，可參 Arthur Anthony Macdonell, *A Vedic Grammar for Students*, Motilal Banarsidass Publishers Private Limited, Delhi, 1993.以及〔德〕施坦茨勒《梵文基礎讀本》，季羨林譯，北京大學出版社，2009 年。

〔註70〕黃寶生先生《梵語詩學論著彙編》中有節譯，崑崙出版社，2008 年。完整的

的描述，其實與蘇軾受過禪宗洗禮之《琴詩》，在精神氣質上正有某種相似之處。〔註71〕如《自在奧義書》中，稱梵「它既動又不動，既遙遠又臨近，既在一切之中，又在一切之外」。〔註72〕《大森林奧義書》中，稱梵「這個不滅者不粗，不細，不短，不長，不紅，不濕，無影，無暗，無風，無空間，無接觸，無味，無香，無眼，無耳，無語，無思想，無光熱，無氣息，無嘴，無量，無內，無外」。〔註73〕又如《歌者奧義書》：「『什麼是這個世界的根源？』回答說：『空。所有這些事物產生於空，又回歸空。空優先於這一切。空是最後歸宿。』」〔註74〕

蘇軾自元豐三年（1080）二月因烏臺詩案遭貶行到黃州，到元豐七年（1084）四月自黃移汝，四年多的黃州團練副使生涯，正是他一生文學創作的高峰期，而在精神上，他也通過親近佛禪、休閒自適等方式，來努力獲得心理平衡與超越。〔註75〕他傲仿白居易，自號「東坡」。白居易在忠州為刺史之時，正值江州貶謫之後，長安召回任知制誥、中書舍人之前，曾作有《東坡種花二首》〔註76〕，故「東坡」之說，實始於白居易。關於這一點，歷代學者多有指出。北宋洪邁《容齋隨筆·三筆》卷五「東坡慕樂天」條云：「蘇公貶居黃州，始自稱東坡居士。詳考其意，蓋專慕白樂天而然。白公有《東坡種花》二詩云：『持錢買花樹，城東坡上栽。』又云：『東坡春向暮，樹木今何如？』又有《步東坡》詩云：『朝上東坡步，夕上東坡步。東坡何所愛？愛此新成樹。』又有《別東坡花樹》詩云：『何處殷勤重回首？東坡桃李種新成。』皆為忠州刺史時所作也。蘇公在黃，正與白公忠州相似。」南宋周必大《二老堂詩話》「東坡立名」條亦云：「白樂天為忠州刺史，有《東坡種花》

英譯，可以參 Manomohan Ghosh 英譯本，Bharata~Muni，*The Nāṭyaśāstra*，尤其是第二冊，其中有介紹 The Ancient Indian Theory and Practice of Music，第5 頁，Calcutta：Asiatic Sociey of Bengal，1951。

〔註71〕筆者曾撰有《〈奧義〉與〈楞伽〉》一文，於此問題有所討論。文載《阜陽師範學院學報》2003 年第 4 期。

〔註72〕黃譯，第 250 頁。

〔註73〕黃譯，第 65 頁。

〔註74〕黃譯，第 135 頁。不過這裡的空，ākāśa，是空間的意思，與佛教的「空」有所區別。印順法師亦有大乘佛教愈到後期愈是梵化的結論。詳參郭朋著《印順佛學思想研究》中《對於「真常唯心論」的論述》一章，中國社會科學出版社，1993 年。

〔註75〕詳參拙著《心性與詩禪：北宋文人與佛教論稿》，華東師範大學出版社，2012 年。

〔註76〕朱金城箋注《白居易集箋校》卷十一，上海古籍出版社，1988 年。

二詩，又有《步東坡詩》。……本朝蘇文忠公不輕許可，獨敬愛樂天，屢形詩篇。蓋其文章皆主辭達，而忠厚好施，剛直盡言，與人有情，於物無著，大略相似。謫居黃州，始號東坡，其原必起於樂天忠州之作也。」〔註77〕則對蘇、白的立身處世相似之處作了更進一步的比較。

又《赤壁賦》中所說的：「逝者如斯，而未嘗往也。盈虛者如彼，而卒莫消長也。蓋將自其變者而觀之，則天地曾不能以一瞬。自其不變者而觀之，則物與我皆無盡也，而又何羨乎？」〔註78〕宋代朱熹云：「東坡之說，便是肇法師『四不遷』之說也。」〔註79〕後秦釋僧肇《肇論·物不遷論第一》云：「旋嵐偃岳而常靜，江河競注而不流。野馬飄鼓而不動，日月曆天而不周。……不遷，故雖往而常靜；不住，故雖靜而常往。雖靜而常往，故往而弗遷；雖往而常靜，故靜而弗留矣。……今若至古，古應有今。古若至今，今應有古。今而無古，以知不來；古而無今，以知不去。若古不至今，今亦不至古。事各性住於一世，有何物而可去來。」〔註80〕既然萬法性空，則當然既不會來也不會去。其中既有道家「委運順化」的思想，又有佛教空宗「一切皆空」，性宗「如來藏」「不生不滅」的思想，故是一釋道之混合體，而出之以文學的語言。這與其晚年所作《獨覺》中「回首向來蕭瑟處，也無風雨也無晴」〔註81〕，反映的都是同樣的哲理內涵。故清代王昶曾有詩讚曰：「華嚴樓閣筆端生，萬斛源泉任意傾。更有大名兼李杜，烏臺瓊海任遊行。」〔註82〕清方東樹《昭昧詹言》卷十一亦云：「杜公作詩，時作經濟語；坡時出道根語。然坡之道，只在《莊子》與佛理耳；取入詩，既超曠，又善造快句，所以可佳。」〔註83〕

最後對於蘇軾與琴道，略綴數語。蘇軾並不像他自謙的那樣「素不解彈」，而是對於古琴有著很深的感情和造詣。這可以從他一生所作眾多聽琴、彈琴、論琴的詩文中得知。〔註84〕他的審美趣味，應該是比較傳統的。這從其早年所

〔註77〕〔清〕何文煥輯《歷代詩話》，中華書局，1981年。
〔註78〕《蘇軾文集》卷一。
〔註79〕《朱子語類》卷一百三十，中華書局，1986年。
〔註80〕《大正藏》第45冊。
〔註81〕《蘇軾詩集》卷四十一。
〔註82〕《春融堂集》卷二十二《舟中無事偶作論詩絕句四十六首（其十六）》，《蘇軾資料彙編上編（四）》第1303頁，中華書局，1994年。
〔註83〕汪紹楹點校，人民文學出版社，1961年。關於蘇軾與禪宗僧人的交往，可參孫昌武《禪思與詩情》第十四章《蘇軾與禪》，中華書局，1997年。
〔註84〕陳四海《論蘇軾與古琴藝術——兼論其音樂美學思想》，《文藝研究》2002年第2期。

作《舟中聽大人彈琴》一詩，可以看得出來：

> 彈琴江浦夜漏永，斂袵竊聽獨激昂。風松瀑布已清絕，更愛玉
> 佩聲琅璫。自從鄭、衛亂雅樂，古器殘缺世已忘。千年寥落獨琴在，
> 有如老仙不死閱興亡。世人不容獨反古，強以新曲求鏗鏘。微音淡
> 弄忽變轉，數聲浮脆如笙簧。無情枯木今尚爾，何況古意墮渺茫。
> 江空月出人響絕，夜闌更請彈《文王》。〔註85〕

唐朝韓愈作有一首《聽穎師彈琴》：

> 昵昵兒女語，恩怨相爾汝。劃然變軒昂，勇士赴敵場。浮雲柳
> 絮無根蒂，天地闊遠隨飛揚。喧啾百鳥群，忽見孤鳳凰。躋攀分寸
> 不可上，失勢一落千丈強。嗟餘有兩耳，未省聽絲篁。自聞穎師彈，
> 起坐在一旁。推手遽止之，濕衣淚滂滂。穎乎爾誠能，無以冰炭置
> 我腸。〔註86〕

據《蘇軾文集》卷七十一《題跋琴棋雜器·歐陽公論琴詩》：

> 「昵昵兒女語，恩怨相爾汝。劃然變軒昂，勇士赴敵場。」此
> 退之《聽穎師琴》詩也。歐陽文忠公嘗問僕：「琴詩何者最佳？」余
> 以此答之。公言此詩固奇麗，然自是聽琵琶詩，非琴詩。余退而作
> 《聽杭僧惟賢琴》詩云：「大絃春溫和且平，小絃廉折亮以清。平生
> 未識宮與角，但聞牛鳴盎中雉登木。門前剝啄誰扣門，山僧未閒君
> 勿嗔。歸家且覓千斛水，淨洗從前箏笛耳。」詩成欲寄公，而公薨，
> 至今以為恨。〔註87〕

此論引起後世挺韓派的不少爭論，引發了對於琴詩、琴聲、琴技的討論。
〔註88〕就此而論，雖然琴聲既不是在匣中，也不是在指頭上，但對於樂器與
演奏技巧的系統研究，還是大有必要的。〔註89〕

〔註85〕《蘇軾詩集》卷一，第12～13頁。
〔註86〕《韓昌黎詩繫年集釋》卷九，第1005頁，上海古籍出版社，1984年。
〔註87〕第2243～2244頁。
〔註88〕詳參呂肖奐《韓愈琴詩公案研究——兼論詩歌與樂器關係》，《社會科學戰線》
　　　　2011年第3期。
〔註89〕〔東晉〕張湛注《列子·湯問》卷五：「匏巴鼓琴，而鳥舞魚躍。鄭師文聞之，
　　　　棄家從師襄遊。柱指鈞弦，三年不成章。師襄曰：『子可以歸矣。』師文捨其
　　　　琴歎曰：「文非弦之不能鈞，非章之不能成。文所存者不在弦，所志者不在聲。
　　　　內不得於心，外不應於器，故不敢發手而動弦，且小假之以觀其後。』」《諸子
　　　　集成》本。這就是中國古代的「心器相應」說。

第四節　陳衍《近代詩鈔》中的古今文學通變意識

　　陳衍（1856～1937）《近代詩鈔》，初版於民國十二年（1923），再版於民國二十四年（1935）〔註90〕，是近代宋詩派最重要的詩歌選本。陳衍論詩重「三元」說，主張才情與學問相濟、學古而能變化，在此選本中均有所體現。〔註91〕選本作為一種特殊的批評方式，配合《石遺室詩話》的出版，其作用在《近代詩鈔》中被發揮得淋漓盡致。〔註92〕本文擬從古今通變角度，從用俗語、科學精神、詠古樹松柏、鬼趣詩諸角度，來對此選本中的詩學旨趣作一些抉發。

　　使用俗語一直是重學問的宋詩派的不傳之秘，宋詩派的代表人物從鄭珍到江湜莫不如此。即使如生澀奧衍的陳三立，陳衍也認為「然其佳處可以泣鬼神、訴真宰者，未嘗不在文從字順中也。」（《近代詩鈔》第 984 頁，下同）。《近代詩鈔》始於道咸年間宋詩派的代表人物祁寯藻（1793～1866），因為另一位代表人物程恩澤（1785～1837）在陳衍出生時已經去世了，而《近代詩鈔》的《凡例》之一是「是鈔時代斷自咸豐初年生存之人為鄙人所及見者」。「祁寯藻」條開篇即引《石遺室詩話》：「有清一代，詩宗杜、韓者，嘉、道以前，推一錢擇石侍郎；嘉、道以來，則程春海侍郎、祁春圃相國。而何子貞編修、鄭子尹大令，皆出程侍郎之門。益以莫子偲大令、曾滌生相國。諸公率以開元、天寶、元和、元祐諸大家為職志，不規規於王文簡之標舉神韻，沈文慤之主持溫柔敦厚，蓋合學人詩人之詩二而一之也。」（第 1 頁）可謂提綱挈領。程恩澤的詩，張穆《程侍郎遺集初編序》謂：「排奡妥帖，力健志宏，琅琅乎若鸞鳳之嘯於穹霄也」。相較而言，祁寯藻的有些詩要更加平易一點，如《近代詩鈔》中所選的《肩輿道覆夷於右臂作此自遣任邱縣》：

　　　　輿夫本是鉏田夫，強使扛輿捨其鉏。棄長用短計已左，兼之道
　　茀多泥塗。前肩欲進後肩掣，後者崛起前趑趄。兩轅雙杅日掀簸，
　　危坐兀若枯僧枯。一朝步窘肩亦脫，夫僕輿覆誰為扶？倉卒便令柳
　　生肘，逍遙安得尻為車？我謂輿夫爾何愚，不鉏爾田扛我輿。輿夫

─────────────

〔註90〕商務印書館發行，本文引用均按第二版定本。
〔註91〕參拙著《同光全詩人研究》上編《陳衍詩學研究》之第一章《陳衍詩論及其學術品格》，中西書局，2015 年。
〔註92〕有關《石遺室詩話》的出版情況，參楊萌芽《古典詩歌的最後守望──清末民初宋詩派文人群體研究》，第五章《古典詩歌的現代傳播：宋詩派與現代媒體》，武漢出版社，2011 年。

答言為役驅，新麥登場不及儲。官錢傭夫肥吏胥，朽腹乃使充公徒。
我聞此言三歎吁，臂痛若失心轉紆。高牙大纛左右趨，當官豈念民
艱劬？嗚呼，當官豈念民艱劬！（第 3 頁）

詩風淺白流麗，關心民瘼，很好地繼承了白居易提倡的「文章合為時而著，歌
詩合為事而作」〔註93〕的「新樂府」傳統。

而對於何紹基，在稱讚他的本色與真、自寫其性情的同時，也有所批評：
「至間喜用通俗語詞，如『湘省釐捐薪水寬，坐卡如斯況做官』、『鄂州試上
火輪船』、『北看郡桌兩衙門』、『昨日開場大雅班』、『花翎兵備蠻揚譽』、『自
鳴洋鐘將報十』等句，為世詬病，不可謂非本色之過也。」（第 75～76 頁）
至於被譽為「歷前人所未歷之境，狀人所以狀之狀，學杜韓而非模仿杜韓，
則多讀書故也」（第 128 頁）的鄭珍，一方面是《說文解字》專家，一些展
覽學問的詩歌寫得生澀奧衍，一方面則也有很多顯示真性情的流暢平易之
作。故胡先驌《文言白話用典與詩之關係》中認為「然其過人處，正在以俗
話俗字入詩，而能語語新穎，不嫌其俗。」〔註94〕《近代詩鈔》中如《自霑
益出宣威入東川》：「出衙更似居衙苦，愁事堪當異事徵。逢樹便停村便宿，
與牛同寢豕同興。昨宵蚤會今宵蚤，前路蠅逢後路蠅。任詡東坡渡東海，東
川若到看公能。」〔註95〕（第 131 頁）不僅俚俗，而且幽默，絕似胡適《白
話文學史》中稱讚的杜甫詩的「諧趣」。〔註96〕另如《題新昌俞秋農汝本先
生書聲刀尺圖》：「書衣看看昂，兒衣看看長。女大不畏爹，兒大不畏娘。小
時如牧豬，大來如牧羊。血吐千萬盆，話費千萬筐。」（第 138 頁）亦皆鄙
俚如口語，而能抒寫懷抱。值得一提的，當然還有那首《論詩示諸生時代者
將至》：

我誠不能詩，而頗知詩意。言必是我言，字是古人字。固宜多
讀書，尤貴養其氣。氣正斯有我，學贍乃相濟。李杜與王孟，才分
各有似。羊質而虎皮，雖巧肖仍偽。從來立言人，絕非隨俗士。君
看入品花，枝幹必先異。又看蜂釀蜜，萬蕊同一味。文質誠彬彬，
作詩固餘事。人才固難得，自惜勿中棄。我衰復多病，肮髒不宜世。

〔註93〕　《與元九書》，《白居易集箋校》卷四十五，上海古籍出版社，1988 年。
〔註94〕　《胡先驌文存》，江西高校出版社，1995 年，第 41 頁。
〔註95〕　此詩之賞析，參拙文《寫實盡俗，別饒姿致——鄭珍〈自沾益出宣威入東川〉
　　　　　詩賞析》，載《古典文學知識》2000 年第 5 期。
〔註96〕　第 205 頁，第十四章《杜甫》，上海古籍出版社「蓬萊閣叢書」，1999 年。

> 歸去異山川，何時見君輩？念至思我言，有得且常奇。（第 140～141 頁）

則真有一點「詩界革命」的先聲了。

另一位宋詩派詩人江湜，詩人簡介中稱：「《石遺室詩話》：弢叔詩力深透，彭詠莪相國序，以為古體皆法昌黎，近體皆法山谷，無一切諧俗語錯雜其間，戛戛乎超出流俗，固矣。然弢叔近體出入少陵，古體出入宛陵，而身世坎壈，所寫窮苦情況，多東野、後山所未言，近人則鄭子尹、金亞匏未能或之先，尋常命筆，每首必有一二語可味者，咸、同間一詩雄也。」（第 414 頁）其清麗之句如《由江山至浦城雪後度越諸嶺輿中得絕句九首錄三》：「萬竹無聲方受雪，亂山如夢不離雲。」（其一，第 416 頁）《雨餘》：「溪水綠時真是酒，野花香得不知名。」（第 418 頁）《喜得盛艮山書既已作答仍附寄一詩》：「正當昨夜夢君處，一箋飄墜書窗前。不言長相思，不言久離別。心之精微口難說，惟是殷勤問學懷。」（第 420 頁）又如《歲除日戲作二詩》：「有人來算屋租錢，小住三間月二千。使屋如船撐得動，避喧應到太湖邊。」（其二，第 427 頁）《擬寒山詩二十首》：「僕持客刺入，主人怒其僕。何不為我辭？勞我具冠服。出乃握客手，若恨來不數。相對笑嘻嘻，誰知真面目？」（其九，第 433 頁）宋代王安石《擬寒山拾得二十首》其四云：「風吹瓦墮屋，正打破我頭。瓦亦自破碎，豈但我血流。我終不嗔渠，此瓦不自由。眾生造眾惡，亦有一機抽。渠不知此機，故自認愆尤。此但可哀憐，勸令真正修。豈可自迷悶，與渠作冤讎。」〔註 97〕同為以俚俗之語描寫世態人情，純用白描，而能維妙維肖。〔註 98〕

對於詩界革命，同光體並不排斥。所以選黃遵憲，首先就是他的那首《雜感》：「我手寫我口，古豈能拘牽？即今流俗語，我若登簡編，五千年後人，驚為古斑斕。」（第 619～620 頁）陳衍兄長陳書詩學誠齋，即使是悟道之詩也寫得非常口語化。如《見山吟》：

> 舉頭見山多可厭，我今何故同俗情？是山不合長在眼，是我過負愛山名。因知世間無好醜，得意須作珠掌擎。及其既厭等糞壤，過甚當殺真堪驚。四時速速更變換，造物見解殊高明。只我於中復

〔註 97〕《臨川先生文集》卷三，《四部叢刊》本。

〔註 98〕參拙著《心性與詩禪：北宋文人與佛教論稿》，第六章《王安石的詩歌與佛教》，華東師範大學出版社，2012 年。

有說，物本無味味在心。心中好高道山好，心中好潔道水清。此說
之外復有說，有餘不足相將迎。心中傴仄愛山爽，心中崎嶇愛水平。
百千萬億各言說，一碗水作數碗盛。我今見山如見道，閉門山色光
晶瑩。（第 638 頁）

即使是同光體中最有代表性的詩人陳三立，陳衍也認為：「然其佳處可以泣鬼
神、訴真宰者，未嘗不在文從字順中也。而荒寒蕭索之景，人所不道，寫之獨
覺逼肖。」（第 984 頁）

宋詩派詩人格物致知，同光體詩人處身西學東漸之時，一方面堅守傳統
詩道，一方面對西方科技之興趣多有通過詩歌表達者。〔註99〕《近代詩鈔》
中如汪士鐸《程讓堂徵君磬石歌》：「鄭君取譬三角形，虛處邊線橫如雲。短
股長鼓兩腰判，侈弇鈍銳殊難分。倨句之度一炬半，對角之底裁霜斤。觸弦
二字即圖解，精確久式弟子員。」（第 182 頁）通篇以幾何三角入詩取譬，落
想奇特。

又如施山之《原佛》，充滿了對於佛陀的懷疑精神：

東漢有明帝，荒唐夢金神。以何量短長，而曰丈六身？身心既
俱滅，何又具精魂？壯嚴聚百寶，何處來金銀？浮屠出西方，閱世
既多年。寧無經歷人，班馬何未傳？劉向見遺經，小說不足論。故
知象教興，不在秦漢前。或因武帝時，驅兵事開邊。軍中有才人，
窮老絕生還。風高百鳥哀，霜天夜漫漫。黃塵迷歸道，不得夢鄉關。
父母及妻子，恩情忍拋捐。百憂入沉痛，一念回豁然。澄懷擴老莊，
各道玄又玄。豪端戲龍象，高壓《南華篇》。傳之傷心人，藏之慈悲
天。拔苦除煩惱，當作如是觀。如今闍黎徒，猶出鯨豢間。

惜乎考訂不精，純屬臆想，但懷疑精神還是值得肯定〔註100〕。何紹基的《普
賢西向》則是面對民不聊生的現實，開始懷疑菩薩：「菩薩說可憐，斂盡玉
毫光。灰槁木然悲憫向西方。不敢回頭一東顧，萬年枯坐看夕陽。」（第 99
頁）

而袁昶的《地震詩》（第 773 頁），描寫同治十一年（1872）維揚地區的
地震，充滿了政治的隱喻，這正是一個天崩地裂的時代。一些現代新奇意象

〔註99〕 參〔加拿大〕施吉瑞《詩人鄭珍與中國現代性的崛起》，河南大學出版社，2017
　　　　年。
〔註100〕 祁寯藻詩中也有富於科學性的描寫，參《同光體詩人研究》第九章第一節《同
　　　　光體與宋詩派——祁寯藻及其〈䜱䜪亭集〉》。

之進入詩歌，則如李宣龔《徐州道中》：「車行追日落，淮泗失回顧。亂山隱塵埃，野水送飛渡。」（第 1378 頁）較李商隱之《樂遊原》：「向晚意不適，驅車登古原。夕陽無限好，只是近黃昏。」〔註 101〕意境又有所不同。再如鄧方之《火車中望都城諸山》：「車行迅風飆，驚魂與輪迸。揮手謝山神，遙遠見飛鳥影。」（第 1468 頁）周達《乘摩托車馳騁郊外詩以紀之》（第 1604頁）這種在舊體詩中嵌入新名詞與新意境，在陳三立及其同時代的不少舊體詩人作品中都存在著。〔註 102〕「五嶽遍登猶有嶽去年欲遊霍山未果，九州而外尚多州謂英米各國」，〔註 103〕當時知識分子的心胸和眼界，已經非傳統所能牢籠。

　　同光體詩人還喜吟詠古樹松柏，來寄託對於傳統文化的堅守與執著。〔註 104〕這種風氣在《近代詩鈔》中也有集中體現。張之洞作有《戒臺松歌》：「佛法一線在戒臺，叩門先聽松聲寒。橫廣平臺五十步，默默護法排蒼官。墨雲倒垂逾萬斛，壓折白石回闌干。潮音震盪纖埃掃，氣象已足肅群頑。矯如神龍下聽法，赫若天王司當關。十松莊漫皆異態，各各凌霄半蒼黛。一松偃蹇甘獨舞，不與群松論向背。此松問年臆可知，開皇下迄耶律代。」（第485 頁）更多還是對於戒臺十松外在形態的描摩，寫得氣象不凡。與張之洞早年同為清流黨人的陳寶琛，在晚年再次入京後，作有《訪舊六首》，其中《慈仁寺松》云：「慈仁寺燔行十蓂，突見丹碧成崇祠。虯松兩三猶舊姿，自我不見常汝危。身歷浩劫兀不知，卻對霜鬢憐吾衰。吾衰乃有看汝時，向日同遊存者誰？張叟先來聞有詩，可能雪中持一巵？亭林龕前斟酌之，仰讀乾隆御筆碑。」（第 533～534 頁）充滿了庚子事變後物是人非的感慨。慈仁寺現名報國寺，建於遼代，是清初文人交往的一個聚集地。〔註 105〕1900 庚子年，因義和團團民曾於寺內設壇，德軍將寺用炮轟毀。光緒三十年（1904年）由張之洞等以寺基改修昭忠祠。張之洞亦作有《慈仁寺雙松猶存往觀有作》：

　　　　千步廊前車如織，歸來中滿不能食。無聊欲共草木語，城南雙

〔註 101〕《李義山詩集》卷六，《四部叢刊》本。

〔註 102〕詳參《同光體詩人研究》第四章第二節《陳三立詩歌中的新名詞與新意境》。

〔註 103〕何紹基《題襟館消夏一集用劉芙初前輩讀刊上題襟集遙寄賓谷先生韻》其三，第 124 頁。

〔註 104〕參拙著《同光體詩人研究》第八章第三節《同光體與桐城詩派》。

〔註 105〕參劉冰欣、於翠玲《慈仁寺：清初文人交往的一個聚集地》，《濟南大學學報》2015 年第 3 期。

松上胸臆。琳宮百堵無片瓦，遠見精神出草棘。偉哉衣冠綺與黃，曾睹秦火三月熄。龍鱗如掌醜愈妍，返照在頂晃黝碧。崇效僧圖遭掠賣，長椿九蓮難蹤跡。此寺瓷像亦俄空，佛救不得憑誰力？訪舊多為遊岱魂，求如汝壽哪可得？同遊俱是感慨人，藉草相看到曛黑。往年妖亂等一夢，錦庫成灰銅仙泣。遺此區區老禿樹，豈足增壯帝京色。雖不中用亦復佳，留與後來阮亭望溪弄筆墨。（第493頁）

慈仁寺雙松種於元代，康熙年間即已枯萎，此後補種新松，道光年間即已繁茂，後遭芟刈，光緒初年再次補種三株，庚子事變寺雖毀，松仍在。在這裡，松樹已經成了某種頑強不屈的歷史見證人。〔註106〕同時，也勾起了張、陳二人對於往事的回憶，同治年間作為清流的他們，曾與張佩綸、王仁堪同遊此地。而此時好友張佩綸已經過世，回憶往事，怎不讓人唏噓不已〔註107〕。而樊增祥詩作中也選了《張少保師招同王弢父子晦若兩京卿沈子封編修周少樸侍御過慈仁寺廢址看松征賦長句》（第734頁），可見陳衍對於這一類題材的偏愛。

同類題材還有易順鼎在盧山所作的《萬杉寺五爪樟》：

萬杉化去無一杉，惟有寺前老樟在。樟分五體共一本，身歷百齡更千載。旁達澗壑根已深，直干霄空氣不餒。雲垂太陰逗雷霆，風翻白日動光彩。危柯半入煙冥冥，細葉還鋪雪皚皚。化人偉奇丈六身，猛士雄健尺八腰。全張數爪鱗之而，俯視眾木形傀儡。古來賢豪誰撫摩，其人已死不相待。惟有五老之奇峰，共對青天無倦怠。雖言乾坤要支柱，未免得罪庸與狠。下穿已愁傷富媼，上掣又恐妨真宰。獨立無友大哉謷，眾人皆忌甚矣殆。自恃刀斧莫能入，皮堅有類披鐵鎧。大才詎肯腐山林，神物猶思避菹醢。吾聞豫章生七年，便可與龍鬥滄海。何況此樹世希有，壽過凡樟逾百倍。願為樓船擊西夷，知君九死終不悔！（第692頁）

「雖言」以下數句，完全是在自寫懷抱，借樹詠人，而結句更是讓人情緒激昂，為之擊節。易順鼎曾兩次去臺灣，入劉坤一軍，後又協助劉永福籌劃防務。讀此詩，可以想見其當時意氣。

〔註106〕有關慈仁寺的歷史演變，參季劍青《朝市與寺廟：清末北京的文人雅集》，《漢語言文學研究》2012年第1期。

〔註107〕有關晚清詩人對於慈仁寺的吟詠，並可參《同光體詩人研究》第九章第一節《同光體與宋詩派──祁寯藻及其〈䜱䜪亭集〉》。

陳曾壽則作有《柏因社觀柏》：「身行鄧尉心戒壇，非松非柏森屈蟠。西山今生恐不到，對此皮骨空氾瀾。從來柏身尚勁直，故鬥奇肆橫瀾幹。神物中斷霹靂斧，兩活不復資泉源。我疑柏空壽者相，忍辱節解降魔頑。一物精誠有不滅，奈何已死誣蒼天。平生松風滿懷抱，得茲魂夢雙牽連。不須長短較南北，啜茗倚樹鐘聲圓。」（第 1506 頁）柏因社即今光福司徒廟，中有四枝古柏，都還存活，相傳為漢鄧禹親手所植，距今已有兩千年，乾隆觀後命名為清、奇、古、怪。與這些清奇古怪的古柏一樣，此詩也寫得傲兀不群，體現了同光體詩人力求不俗的審美趣向。

又羅聘（1733～1799）在乾隆年間所作的《鬼趣圖》，清代詩人題詠甚眾，成為一道獨特的文化風景，［註108］《近代詩鈔》中也選了好幾首相關詩作，顯示了選者獨特的編選眼光。如何紹基的《題羅兩峰畫鬼趣圖戲呈德畬》：

> 德翁篤耆古，圖史紛在架。牛腰忽成束，送看不煩借。兩峰鬼趣圖，開卷天色詐。奇想構虛無，陰風交醜姹。說鬼古籍多，兒童供喜怕。無端賞其趣，鬼氣從此霸。乾嘉諸老宿，題詩不留罅。豈知鬼情性，喜諛而拒罵。坐令題詩人，袞袞歸長夜。請君亟焚此，形神失憑藉。鬼亦自有國，各使反其捨。界斷人鬼關，清氣調元化。
>
> （第 113 頁）

全詩更多是一種戲謔與揶揄的語氣。俞明震亦有《讀散原鬼趣詩》（第 1257 頁）。而羅惇曧的《題羅兩峰鬼趣圖》：

> 子非鬼，安知鬼之樂，胡然開圖令人愕？偶從非想非非想，青天白日鬼劇作。群鬼作事自謂秘，逢迎萬態胡不至？豈虞鬼後不生眼，一一丹青窮敗類。中有數鬼飄峨冠，自矜鬼術攫美官。果能變鬼如官好，余亦從鬼求奧援。問鬼不語鬼獰笑，鬼似擯我非同調。吁嗟鬼趣今何多，兩峰其如新鬼何？（第 1410 頁）

則完全是借鬼嘲世，借題發揮。《近代詩鈔》選詩注重藝術性，書中直接反映時事的詩作並不多，即使有，也多有較高的藝術性，如王闓運《圓明園詞》（第 343 頁）、金和《蘭陵女兒行》（第 470 頁），這是我們今天在閱讀這個選本時，要注意到的一點。

［註108］詳參程章燦《一場同題競賽的百年雅集——讀南海霍氏藏本羅聘〈鬼趣圖卷〉題詠詩文》，《文藝研究》2011 年第 7 期；申兆敏 2012 屆碩士論文《羅聘的〈鬼趣圖〉研究》；李瑞豪《乾嘉文人與〈鬼趣圖〉》，《古典文學知識》2014 年第 1 期。

附錄　海塞論

　　之所以選擇海塞，也許主要是考慮到自己中國古代文學的專業背景吧，另外也是受了劉小楓《拯救與逍遙》修訂本的影響。該書中提到了海塞，稱他深得莊心，所以便產生了用東方文化的視角，來解讀這位學跨東西的文學大師的最初想法。我用的版本是灕江出版社 1997 年 8 月版的「獲諾貝爾文學獎作家叢書」的海塞分冊，其中收了《荒原狼》《彼得·卡門青德》《席特哈爾塔》《德米安》等四部小說。

　　讀罷一個強烈的感受是，海塞思想其實既融和了東西方而又超越了簡單的照搬和比附。在他的每一部小說中，我們幾乎都能感受到他自己的獨創思想。這就使得他的小說具有了自身獨立的價值，而不止是某種哲學概念的演繹或堆積。如《彼得·卡門青德》是海塞的成名作，寫一個來自農村的青年知識分子與大城市的生活格格不入，最後回到了自己在山區的美麗的故鄉，過起了一種半隱居的生活。這部小說有某種東方式的出世的傾向，但又是面對現實的。小說中批判了大都市空虛的知識界和社交生活，歌頌了下層勞動人民艱苦而又樸實的生活。感到「貴賤並無固定的界限，在小人物、受壓迫者和窮人那裏，生活不僅像富人和顯赫人物那樣豐富多彩，而且更溫暖、更真實，更堪稱典範。」（第 287 頁）主人公最後還和一個整天只能坐在輪椅上的殘疾人成為了好朋友，「在不惑之年，經過充分思考，覺得應當做一位身遭不幸的殘廢人的學生」，（第 305 頁）因為「病人掌握了優越的世界觀，那是一種用善良的幽默實事求是地對待生活的思想」。（第 310 頁）這種對下層社會的多少帶點美化的描寫，不免令人想起《莊子》中的那些全生養性的畸人。但作者這裡的用意，更多還是立足在反對現代文明對人的異化，提倡返歸自然，主導思想是人道主義。這部書雖然不如《荒原狼》來得深刻，但可以說奠定了海塞以後的創作的基調。

　　又如《席特哈爾塔》，寫一個婆羅門青年歷經坎坷，尋求痛苦人生的解脫之道，頗有點類似於釋伽牟尼在《佛本行記》中的故事，但最後卻意識到「愛是一切事物中最重要的」（第 423 頁），這便又回歸到了基督教中對於上帝的愛，而與佛教所宣傳的三法印（「諸行無常」、「諸法無我」、「諸受皆苦」）不完全相符。作品洋溢著一種對塵世生活的熱愛與對理想境界的渴求。為了調和這一對矛盾，作者通過一個船夫之口，道出了「每一種生活，每一種工作，不都是很美好嗎」（第 394 頁）的人生哲理，感悟到「既然時間不真實，

那麼，在塵世與永恆之間、痛苦與極樂之間、惡與善之間似乎存在的差距，便也是一種錯覺」。（第 420 頁）這裡既有莊子式的齊物與無待的思想，又有佛教中觀論中的真諦不離俗諦、《華嚴經》中三界平等的思想。不同的是佛教的平等觀是建立在「性空」的基礎上的，莊子的無待最後導致的是形同槁木、心如死灰，而這裡強調了對人生的熱愛，其旨趣有著巨大的不同。又如《德米安》，描寫了青年人在生活中心靈分裂的苦惱，讚揚了那個「既是上帝又是魔鬼的上帝」「亞伯拉罕」（第 507 頁），「它是天使和惡魔，男女同體，人獸同體，十分善良和極端兇惡並存」，（第 503 頁）其思想明顯衝出傳統基督教之樊籬，尤其是善惡同體這一點，已隱隱逗弄出幾分《荒原狼》的先機。值得注意的是，《荒原狼》之前的寫作，海塞的作品更偏重於對各種對立思想觀念（包括東西方文化）的調和；而《荒原狼》更側重對立衝突的難以解決，現代人生存的困境與危機。事實上，《荒原狼》最引人入勝之處正在於寫出了現代人的焦慮感，在於提出了問題，雖然這種問題也許是永恆的。

《荒原狼》頗似一部海塞版的《浮士德》。一開始對主人公哈立·哈勒的描述，就讓人感到他是個十足的精神分裂症患者。「在他身上人性和狼性互不協調，不但不能互為有益，而且互為死敵，一個只會使另一個受罪。」（第 35 頁）他是厭世的，「目光刺穿了我們整個時代，一切忙忙碌碌，裝腔作勢，一切追名逐利之舉，一切虛榮，一切自負而淺薄的智力的表面遊戲」，（第 8 頁）但又無力放棄久已習慣的中產階級的無聊的生活方式，於是只好悲歎「在如此滿足現狀、如此中產階級化、如此缺少精神的時代，面對著這種建築、這種商業交易、這種政治、這樣的人群，發現上帝的足跡是多麼困難啊！在這樣的一個世界中，我怎麼可能不變成一隻荒原狼，一個粗野的隱士呢！」（第 24 頁）他又是關心現實的，一刻不停地在思考著獲得拯救的道路，事實上，回到狼性正意味著對日趨墮落的現代文明的批判，而要為之注入野性的血液。他的身上充滿了理智與本能、文明與自然的矛盾衝突，既不能完全地入世，也不能完全地出世。「他就是這樣，總是以這一半心靈和行動去欣賞和贊同自己另一半反對和否定的東西」。（第 43 頁）荒原狼可以說是現代人由於工具理性的過分發展，被迫裸露在物質世界之中，與自然失去了聯繫後，找不到靈魂的歸宿，在精神上孤立無援的某種寫照。為此作者為徬徨無路的哈立·哈勒安排了浮士德式的瘋狂與冒險，最終解構了他理想和現實之間的尖銳衝突，而讓他從歌德和莫扎特那裏學會了幽默。在這裡海塞體

現出了「用更高度的統一來解決善與惡的問題」,（諾貝爾獎金頒獎辭,第
563 頁）這種方法在很大程度上得益於佛教的影響。那就是「在這個世界上
生活,好像又不是在這個世界上;尊重法律,可是又高踞於法律之上;佔有,
好像又沒有佔有;放棄,好像又沒有放棄。高度的人生智慧所喜愛和經常提
出的這一切要求,只有幽默才能去實現它」。（第 47 頁）這不便是龍樹《中
論》中所講的「不生亦不滅,不常亦不斷,不一亦不異,不來亦不出」式的
思維方式嗎?其背後是一種徹底的批判精神,即懷疑一切,破除一切。不但
醜惡的現實是要批判的,即使那個純粹的理想也是要批判的,因為它們都是
假名,而非真實義。但是這種真實義又是離不開假名的,真諦不能離開俗諦,
所以「若不依俗諦,不得第一義,不得第一義,即不得涅槃」。一個人即使
有高尚的理想也不應該拒絕世俗的生活,「誰要是不要忍耐而要音樂,不要
消遣而要喜悅,不要金錢而要靈魂,不要忙碌而要真正的工作,不要玩笑而
要真正的熱情,那麼,這個漂亮的世界就不是他的安身之處。」（第 134 頁）
「『永恆』不是別的,是對時間的擺脫,在一定程度上可以說是返回無罪,
返回宇宙。」（第 137 頁）海塞深諳東方哲學的精華,他採取的立場,既不
出,也不入,既不非出,也不非入,是一種全方位的對人性的深入解析。在
《荒原狼》中,我們看到他為現代人尋找精神出路、為溝通東西方文化所作
出的巨大努力。

最後以瑞典皇家學會主席斯格爾德‧庫爾曼的講話來結束本文:

> 凡人都有兩重性,這是免不了的,既被引向善良,也被引向邪
> 惡。只有克服自身的自私自利,我們才能取得和諧與和平。這就是
> 海塞向備受磨難的時代的人民發出的號召,東方和西方都迴蕩著自
> 我剖白的呼聲。（第 569 頁）

第五章　華與梵的交會

第一節　多角度的綜合研究──讀曹虹教授的 《慧遠評傳》[註1]

　　廬山釋慧遠在中國佛教史上是一個值得大書特書的人物。荷蘭學者許理和《佛教征服中國》中，稱他在「諸多方面均成了啟動下一個階段中國佛教的關鍵，同時也是我們所要研究的第一階段中國佛教的最為徹底的終結者」[註2]。這並不是誇大其辭。慧遠所處的時代，正值中西（印度）文化的第一個接榫期的開端。[註3] 作為釋道安最得意的弟子，慧遠為佛教在中國的創造性轉化作出了巨大的貢獻，鑄就了中國佛學的某些特有品格，對後世發生了諸多影響。曹虹新著《慧遠評傳》，在大量翔實的文獻基礎上，對傳主的生平、思想等作了詳盡的考述，多有創見，為我們再現了一代高僧的精神世界與人格魅力，是近年來慧遠研究的一部力作。

　　首先，作為對一個思想家所作的評傳，本書抓住了慧遠一生的重大事蹟與佛學思想，讓讀者感受到了傳主在中國思想史上的地位和份量。慧遠的一生，大體與東晉王朝相始終。他出生在當時戰亂頻仍的北方，「少為諸生，博綜六經，尤善《老》《莊》」[註4]，曾有過隱逸避世的思想。在師從了當時的佛教

[註1] 南京大學出版社，2002 年。
[註2] 第 337 頁，江蘇人民出版社，1998 年。
[註3] 錢文忠《也說文化接榫期》，載《瓦釜集》，文匯出版社，1999 年。
[註4] （梁）釋慧皎撰、湯用彤校注《高僧傳》卷六《晉廬山釋慧遠》，中華書局，1992 年。

領袖釋道安後，他毅然將鑽研、弘揚佛法作為自己畢生的志願。他繼承了道安「本無」義派的般若學思想，在與道恒「心無」義派的辯難中初露頭角。慧遠獨立弘法，是在到達廬山之後，此後他長住廬山三十多年，進入了他一生中佛教事業最鼎盛的時期。他聚徒講學，撰寫學術論文，迎請精於阿毗曇學的僧伽提婆等外國學僧入山譯經，與北方佛教的中心人物鳩摩羅什保持聯繫，融通小乘與大乘學說，使廬山東林寺成為南方最著名的佛學中心與學術淵藪。他倡導彌陀淨土信仰，提出形盡神不滅和因果報應等思想，調和佛、玄、儒三種不同的思想資源，對以後整個中國佛教史乃至思想史進程都發生了深遠的影響。他時時以「方外之賓」自處，又廣泛結納社會上層，面對以桓玄等為代表的反佛教的王權，力爭「沙門不敬王者」與「袒服」等佛教禮制，是一名護法的勇士。以慧遠為中心的廬山教團及其周圍隱士層，還有著高度的文學修養，在文化上具有獨特的吸引力。以上種種，在《評傳》中都得到了很好的表述。

在介紹慧遠的念佛三昧法門時，作者認為慧遠主要依據的是大乘系的《般舟三昧經》，但其中也吸取了小乘禪觀。「這一禪觀見佛三昧實踐既重視禪定，又重視般若，可謂是安世高系的小乘禪觀與支讖系的大乘禪觀統合的結果，這正是以慧遠為中心的廬山禪的特色所在。……其中的篤行精神在南方偏尚義學的風氣中尤顯可貴。」（第 186 頁）通過展開慧遠與善於玄思的桓玄的爭辯，探討了慧遠關於佛教的業報論、法性論、神不滅以及佛教與世俗政治的關係、佛教與儒道二教的關係等重要課題的基本觀點，得出「慧遠所處的時代，佛教在中國的發展到了這樣一個轉折關頭，即從倚傍道家或玄學走向掙脫玄學的纏結。……道安主要是從佛學內部敏感到『格義』對佛學原理的損害，而慧遠更面臨來自世俗上層玄學家的嚴峻挑戰。從捍衛佛教信仰的意義上看，時代似乎為慧遠安排了思想鬥士的角色。」（第 230 頁）又比如通過分析《大乘大義章》中慧遠與鳩摩羅什佛學觀點的相左，認為「中土學僧在接受佛學新知時對某些理論環節的特殊興趣，儘管可能表現為百思不解似的沉吟，或表現為陰錯陽差似的誤讀，但這些理論興趣絕不是消極的存在，往往成為推動中國佛學思想發展軌跡形成的動因。」（第 270 頁）並舉慧遠對頓悟說和判教說的影響為例。這些，都蘊含著作者的深刻洞見。

以往的慧遠研究，更多的是把慧遠當作一個佛教史或思想史上的關節點人物來進行處理，這當然是最基本的，本書也不例外。但正如作者在《後記》中所言，如何避免不必要的重複以及提供有新鮮感的內容，是本書的一個追求

目標。通讀全書，我們可以發現作者在介紹慧遠思想的同時，借助自己在文史方面的優勢，結合目前較流行的文化學闡釋，實際是對傳主進行了一次多角度的綜合研究。該書既體現了一種嚴謹、求實的學風，行文又十分馴雅、優美，做到了義理、考據、詞章的完美結合。這讓我們感到，隨著近年來佛學研究的再度繁榮，各種不同專業背景的研究者的加入，不僅是非常有益的，而且必將在未來打開新的局面。

　　書中常常圍繞一些與傳主有著重要關係的人物與事件展開深入挖掘，來凸顯慧遠這位文化名人的不俗形象，頗有烘雲托月之妙，也表現出作者細密的文心。如慧遠少年時代曾有「就範宣子共契嘉遁」的志向，作者敏感地抓住「以隱遁為生活方式的人，自東漢以來大量出現」這一現象，通過刻畫范宣的不慕榮利與「博綜眾書，尤善三禮」，得出了「慧遠人格志趣的形成，與隱逸文化乃至儒家文化深有聯繫」的結論，為傳主以後思想的發展定下了一個基調。又如慧遠的師承主要出自道安，本書通過對道安時代六家七宗的大乘般若學、道安對「格義佛教」的反省和對漢譯佛典的清理總結、道安襄陽教團佛學實踐的特點等的詳細介紹，道出了慧遠日後法性思想與道安「本無」義的貫通、他對乃師佛教中國化的總體思路的繼承以及他們師生間的相契相得。廬山是中國的一座文化名山，提起它人們就會想起陶淵明、李白、白居易、蘇東坡等一連串響亮的名字。本書作者從廬山文化切入，通過回顧廬山的歷史，認為以慧遠為核心的高賢結社，有力地塑造了廬山作為隱逸德鎮與學術淵藪的形象，開創了廬山人文景觀的新境界。本書還以「清雅有風則」來定位廬山教團的特徵，指出了他們在經濟上雖與世俗權勢者保持聯繫，但在精神上卻追求超越凡俗的獨特生活形態，發前人所未發。作者還對慧遠集團在文學上的成就給予了關注：著名的大詩人謝靈運對慧遠一見心服；慧遠本人在文學觀念上也有很多獨到的見解，如他對「興」的理解，涉及到文學與玄學如何結合實際的時代課題。作者還通過考索歷代對「虎溪三笑」題材的反覆題詠，反襯出這段「千古風流」的令人傾心和仰慕，揭示出它在文化史甚至中韓文化交流史上的意義。即使在臨終前的一刻，慧遠仍有著驚世駭俗之舉，他遺命「露骸松下」，以其特有的方式向印度傳統回歸。在後人的心目中，無論是在佛學的吸納上，還是在人文的氣度上，慧遠都體現出包羅眾象的大家風範，可謂「眾美合流，可久可大」〔註5〕。

〔註5〕　《廬山慧遠法師誄》，顧紹柏校注《謝靈運集校注》第263頁，中州古籍出版社，1987年。

本書在考訂上也頗為精審，幾乎對於每一個重要的人名、地名、年代、數字、書名、事件、文化現象甚至文體，只要有可能，作者都會進行一番細心的追考，且時有新的發現。如對於范宣年齡的考訂，作者取塚本善隆而不取許理和之說，認為范宣比慧遠年長二十歲以上，大約與道安年齡相仿，並提供了三點佐證；又如通過對「頌讚」這類文體的溯源，分析了慧遠《晉襄陽丈六金像贊》一文，讓讀者對他早期的思想與文采均有所領略；關於盧山東林寺的位置、規模及竣工期，史料記載不盡統一，作者也都進行了審慎的取捨；又如關於慧遠「方外之賓」的立意，作者上溯自戰國以來的養客風氣，以及漢代枚乘、司馬相如等人所倡導的君臣間應保持的賓主關係，從而析明「賓」字的含義，探究出其中所蘊含的抗俗深意。凡此種種，均可看出作者嚴謹的治學態度與紮實的文史功底。

評傳是一種介乎傳記與評述之間的文體，既要注重學術性，又要有一定的可讀性。本書在行文上也堪稱行雲流水，文采斐然。作者經常引用一些古典詩文，來增加文字的優美，這在佛教研究著作中也是不多見的。如描寫後人對於盧山十八賢高情遠意的緬懷，引用了孟浩然、白居易、齊己、黃庭堅等名家的詩句，其中如黃庭堅《東林寺》的「勝地東林十八公，盧山千古一清風」，真是最傳神的概括與寫照。另外，全書既有許多精當的大判斷，又有不少別具意味的小結裹，充實了行文的內涵。如論慧遠的擇道安為師，「大凡立志者都會從擇師求友方面積極表現出來」；（第 33 頁）稱慧遠的「儒博」，「儒家最講究在精神或人格高度看待學的重要性」；（第 320 頁）通過劉遺民贊慧遠晚年治學之「勤」，得出「唯其是一種生命方式，故在精勤者本人才能陶然於其中，而不覺其苦」。（第 285 頁）既是對慧遠的稱頌，又可讀為作者對學術人生高致的感悟，令人不禁肅然起敬。

第二節　佛教與中國文學關係研究的晚近力作——讀吳海勇《中古漢譯佛經敘事文學研究》〔註6〕

佛教與中國文學關係的研究，自清末民初沈曾植先生的《海日樓劄叢》、梁啟超先生的《佛學研究十八篇》等著作問世以來，貫穿整個二十世紀，已成一門備受諸多學殖深厚的學者親睞的顯學。究其原因，佛教作為一種異質

〔註6〕學苑出版社，2004 年。

文化，自兩漢之際傳入中土，歷經魏晉南北朝、隋唐兩宋，與我國固有文化
衝撞融合，實是西方文明大規模輸入我國之前，中外文化交流史上一最大事
件。而回顧近現代學術史，前輩學者對於佛教與中國文學的研究，又經歷了
從側重佛經故事題材影響研究、敦煌俗文學研究到兼而關注文人與佛教的關
係、佛教對中國古代文論的影響等等的轉變。凡此種種，實與當今盛行的比
較文學學科之譯介學、中外文學關係研究有著千絲萬縷的聯繫。新近出版的
吳海勇先生著《中古漢譯佛經敘事文學研究》，以中古漢譯佛經為出發點作斷
代研究，在充分吸取前人成果的基礎上，採用平行比較與影響研究相結合的
方法，在佛經翻譯文學、民間文學、敘事分析、佛經翻譯理論、影響研究等
多個方面展開論述，煌煌巨著，創見良多，可謂該領域近年來一部不可多得
的後出轉精的力作。

　　該書第一章是對於佛經翻譯文學的概說。此項研究，上承胡適《白話文
學史》佛經翻譯文學有關章節，近接孫昌武先生在其《佛教與中國文學》一
書中，對於重視「漢譯佛經及其文學價值」的呼籲〔註7〕，同時也是對謝天
振先生將翻譯文學寫入中國文學史這一主張在中國古代文學史中的一個實
踐。作者總攬諸說，並結合佛經實際，將中古譯經文學分為佛傳（含教史與
僧傳）、本生、譬喻（含因緣）、僧伽罪案文學和讚頌文學五大類。每一類別
列舉主要經典，概述該類佛經的形式特點，介紹大致內容，以及相關研究。
其中「僧傳」部分，拈出中古譯經僧傳文學的五部代表經典，即後秦鳩摩羅
什譯《馬鳴菩薩傳》《龍樹菩薩傳》《提婆菩薩傳》與陳真諦譯《婆藪槃豆法
師傳》、失譯附東晉錄的《那先比丘經》，對於當今治中國傳記文學者當不無
啟迪意義。「本生」部分，從「本事」概念切入，將漢譯佛經與巴利文經藏《小
尼迦耶》之十《本生經》作比較，發見南北傳本生經之區別。即北傳本生經
往往間敘佛弟子前生往事，與南傳本生專敘佛陀前生行跡有區別，並舉西晉
竺法護譯《佛五百弟子說本起經》為據，顯示出作者寬闊的研究視域。「譬喻」
部分，臺灣丁敏著《佛教譬喻文學研究》，論之已詳〔註8〕。作者將「譬喻」
分為修辭的譬喻、例證的譬喻，以及寓言或故事的譬喻等三類，其中所引北
涼曇無讖譯《大般涅槃經》卷二九的八類譬喻，對譬喻的剖析既深且廣，允
為中土文學所無。「僧伽罪案文學」其實是對律藏所作的文學研究。出於紀實

〔註7〕第一章「漢譯佛典及其文學價值」，上海人民出版社，1988 年。
〔註8〕（臺北）東初出版社，1996 年。

的需要，且長期以來有俗人不得閱律之規，戒律文學往往具有不避穢俗的特色。作者通過分析《五分律》《四分律》《摩訶僧祇律》《十誦律》等的記載，對僧尼的性意識進行了考察，指出其對於當時閱讀者審美觀念所帶來的衝擊與拓展。這方面的研究無疑是具有開拓性質的。「讚頌文學」部分，主要集中筆墨於兩類菩薩形象——大乘童子與大乘女，指出大乘女是大乘佛教新型女性觀的產物。並詳細討探了讚頌文學的兩大特徵——誇誕與神幻。首章雖是概論，但由於作者是在通讀了中古漢譯佛典近三千萬字的基礎上寫成，所以旁徵博引，舉重若輕，仍可謂新見迭出。

第二章對佛經文學種種域外題材進行專題研究。其中如「種性與職業人」部分，指出中土文學對域外人物的形貌描寫，多停留於深目高鼻的表相，尚未達到文學審美的高度，從中正可看出兩國文學不同的文化背景。「民俗信仰」部分，論述總分結合，在「神秘信仰」下分出神意裁判、乳潼認親、沸血出面、數七崇拜、月宮神話、大海不宿死屍等諸條，以具體實例來顯示古印度文化的神秘特性與佛經文學的神話傅彩。南亞次大陸地域標誌性的動植物候，也是佛經文學的特色組成。作者例舉了獅、龍、象、孔雀、摩竭魚、蓮花等諸物，探討其可能對中土文學所帶來的影響。

第四章敘事分析尤為精彩。「語言風格」部分，受到美國學者韓南《中國白話小說史》對中國古代小說的語體特徵的重視的提示，論定漢譯佛經是界於白話與文言之間的一種文體。有關譯經四字一頓的文體特徵的成因，也是長久以來學者們頗感興趣的一個問題。俞理明先生從漢地的文化背景出發，認為自《詩經》以來，至《漢書》紀傳卷末的四字贊文，到東漢人們已大量運用四字句敘事說理〔註9〕。臺灣丁敏先生則認為應從梵文與漢語文化兩方面去探討佛經四字文體的具體成因。本書作者認為佛經原典首盧偈計數法是四字格重要成因之一，雖然晚清俞樾《茶香室叢鈔》卷十九所引姚範《援鶉堂筆記》已提出這種觀點，但本書的論證無疑是更深入了，可謂踵事增華之論。又中古譯經的偈頌以五言為主，其次是四言、七言。有關七言偈頌對七言詩體的成熟與傳播所起的積極作用，前輩學者已多有論述〔註10〕。作者在此大膽對中古時代絕句的起源提出假設，認為絕句四句一絕的主要體制特徵，有可能是受到了偈頌

〔註9〕《佛經文獻語言》，巴蜀書社，1993年，第26～29頁。
〔註10〕參陳允吉先生《中古七言詩體的發展與佛偈翻譯》，文載《中華文史論叢》第五十二輯，1993年。

四句一偈的影響，而《大正藏》中稱偈為「絕」的例證亦正不少〔註11〕。此說比起羅根澤先生認為絕句來源於聯句似要來得更為合理，至少為絕句的由來這一複雜的學術問題提供了新的思考路數。

第六章影響研究是中古譯經文學研究的自然歸結。作者在研讀《道藏》的基礎上，先從佛教神話、佛經譬喻、敘事體制三個方面探究了佛教對於道經的影響。其中諸如道經文學借鑒佛教的創世神話、老子剖腋而出套用佛陀剖右脅降生、六朝正史中帝王異相（手長過膝、大耳）與佛經中所記佛陀異相對應，而在道經中也有相關記載，均為發覆之見。而由《無上內秘真藏經》所述狐仙故事，聯想到佛經故事中的野干，認為佛教六道輪迴信仰使動物寓言多具人情世態，此類故事對於中土敘事文學中的狐精故事勢必發生重要影響，亦為饒有趣味之論。道教與佛教的關係研究，素為國外學者所重視。日本學者多認為佛教激發了道教的創造，而西方學者由於對道教研究的獨特興趣，對於這種觀點並不信奉〔註12〕。事實上，佛教在剛剛傳入中國時，其生存與發展，對於道教多有仰賴。早期佛典中多用道教語彙翻譯佛教名相即為明證。但是，隨著佛典通過翻譯源源不斷地輸入，佛教與道教之間的「貿易進出口」發生了逆轉。作者這部分的研究，加深了我們對於這一問題的認識。有關佛經傳譯對中土文學題材的影響，從梁啟超《翻譯文學與佛典》到魯迅《中國小說史略》，從霍世休《唐代傳奇文與印度故事》到季羨林《〈列子〉與佛典》，前輩學者論之詳矣。作者並沒有因難止步，而是逐書臚列熔裁佛經的中古小說條文，其勇氣令人欽佩。中印交流究竟始於何時，有的學者將之上推到先秦，並舉兩國民間文學與民間傳說的相似為例。其中如《山海經》記巴蛇吞象、《莊子》中的大鵬鳥、《天問》所含月兔神話、《戰國策・楚策》中的狐假虎威寓言、《呂氏春秋》中的刻舟求劍故事等等，中西學者都認為，同印度有著種種關係〔註13〕。事實上中古文學中受佛經影響痕跡不甚明顯，求證爬梳愈見功力。凡屬前賢抉發的，作者皆有明注，絕不掠美，而獨得之見令人耳目一新，對於釐清中印兩國的文學關係必有很大的價值。至於佛教觀

〔註11〕對於此一問題的進一步探討，可參李小榮、吳海勇《佛經偈頌與中古絕句的得名》一文，載《貴州社會科學》2000 年第 3 期。

〔註12〕參〔法〕安娜・塞德爾著《西方道教研究史》，上海古籍出版社，2000 年，第99～113 頁。

〔註13〕季羨林《佛教與中印文化交流》，江西人民出版社，1990 年，第 150～151頁。

念之於中古敘事文學，晚近學者用力已勤〔註14〕。本書作者僅擇取業報、地獄、懺悔三種釋家觀念為例，來展示梵漢文化交融對中古小說的影響。其中論述業報與復仇部分，將佛經文學缺乏主題鮮明的復仇故事與中國文學強勁的復仇文學傳統相較，認為佛陀的反復仇立場與業報思想及解脫觀息息相通，而《冤魂志》中的高僧在被害後顯形復仇的場面，實際上正反映了佛教因果觀念在中土傳播與流變的事實；又如論釋氏輔教類小說以大量復生故事宣說地獄惡報，正是體現了中土文化自身的特色，皆可謂探驪得珠之論。

另如第三章借用「阿爾奈——湯普森體系」（簡稱「AT 分類法」）對中古漢譯佛經中的民間故事進行搜索與分類，從中土文獻中發抉受佛經文學影響的故事近 60 例，每例前冠以漢譯佛經相應經文，以明示佛經文學中民間故事的存在，則又是一項承重而艱辛的工作。第五章探討中古佛經的翻譯理論，指出梁啟超以直譯、意譯作為兩對立的評判標準之不足，轉而借用嚴復的信達雅說來剖析佛經翻譯言論。認為從翻譯層面而言，中古譯經呈現出從「信」到「達」的發展趨勢。至於譯論中的關於「雅」的言論，實是中國傳統文論在翻譯理論界的翻版，皆不乏獨到之見。

讀罷全書，給人這樣幾個啟迪。一是作者嚴謹的學風，求真的態度。用三年讀博的時間，讀完佛藏的五分之二，這需要何等的勤奮與勇氣。古人云：「以水濟水，豈是學問。」但也正是因為作者充分掌握了第一手資料，對於研究對象有了一個通盤的把握，所以在行文過程中才能夠去膚存液，有條不紊。這和目前有些作者先想好了一個題目框架，再往裏面填充材料的「主題先行」式的學風明顯有著高低之分。二是作者開闊的學術視野與良好的知識結構。佛學研究素被學界公認為是一門國際性的學問，研究佛教與文學的關係，更是需要聚合多種學科知識作交叉研究。可貴的是，作者既沒有「食古」、也沒有「食西」而「不化」，中學、西學相得益彰的地方，在文中隨處可見。作者雖是中國古代文學專業的博士，但書中很多地方卻具有一種比較文學的視野，這無疑也是本書取得成功的一個比較重要的因素。三是佛教與中國文學的研究，無論是對於中國古代文學領域還是比較文學領域，都有著廣闊的發展前景。全書的研究其實可以分為兩大塊。一為關於漢譯佛經文學的研究，二為漢譯佛經文學對中國中古敘事文學所發生的影響。前者是對於「影響源」的清理，後者是文化交流過程中固有文化的改變或「增值」。其實，如果我們

〔註14〕如周次吉《六朝志怪小說研究》，（臺北）文津出版社，1986 年。

從譯介學的角度來分析，諸如為什麼有些佛經翻譯得多，而有些翻譯得少？當時中土的文士其接受心理與佛教文化有何相同或差異？他們閱讀翻譯的佛經是出於創作的需要還是純屬偶然？他們對佛教的反作用如何表現？都可以結合當時的思想、文化現狀進行深入專題剖析。其中之得失，或許對於我們當今所大規模開展並擴大著的東西方文化交流也不無借鑒作用。

第三節　開權顯實　透徹之論——評謝金良《〈周易禪解〉研究》〔註15〕

　　明末高僧智旭法師所著《周易禪解》，是中國思想史上的一部奇書。《易》學博大精深，是儒家經典中最富於哲理思辨的一部，素稱專門之學，令一般研究者望而卻步。而佛教作為一種外來宗教，歷史悠久，派別眾多，又與中國本土思想發生交融，要完全解悟亦非易事。易理與佛理究竟能否打通？在中國歷史上，歷代都不乏嘗試者。明代末年是一個思想相對自由的時期，儒釋交融，異說紛出。釋智旭站在佛教的立場，援佛釋儒，為打通易、禪，作出了創造性的突破。但此書問世以來，不管是在易學界還是佛教界，因為其獨特的思想與理路，並沒有受到足夠的重視。最近巴蜀書社「儒道釋博士論文叢書」出版的謝金良博士《〈周易禪解〉研究》，以專著的形式填補了這一學術空白，將《周易禪解》的研究水平推向了一個新的高度。

　　該書主要採用考據與義理相結合的傳統治學方法，前半部對《周易禪解》的作者、成書、體例的研究，更加注重考訂；後半部對《周易禪解》包括思想來源、創新以及影響的研究，則更注重義理的闡發。全書結構合理，論證全面，層層展開，從容不迫。謝博士早年任職於福建師範大學易學研究所，師從易學專家張善文先生，上承易學專家黃壽祺先生學脈；後又入南京大學哲學系師從佛學專家洪修平先生攻讀博士學位。這樣的知識背景，使得他成為了《周易禪解》一書合適的研究者。再加上他本人擅長思考、善於融會貫通的學風，使得這本研究著作本身，與《周易禪解》一樣，打破了一家一派的樊籬隔閡，充滿了宗教與哲理的透徹之悟。

　　這樣一部著作為什麼會偏偏出於智旭之手呢？書中從外因、內因、起因三方面對此進行了探索。從外因來說，明代末年，心學流行，《周易禪解》中

〔註15〕巴蜀書社，2006 年。

廣泛吸收了心學家解《易》的成果。從起因來說，是由於溫陵郭氏子問《易》義。當然，更主要的原因還在智旭本人身上。據智旭本人所作《八不道人傳》所載，智旭青年時代，學習儒學，曾一度以闢佛自任。後因父親去世，聞《地藏本願經》，才發心出家。曾先後參究禪宗、鑽研天台、倡導律學、歸心淨土，而極不滿意於當時佛教界的分宗別派，互相譏詆。〔註16〕「然後知儒也，玄也，佛也，禪也，律也，教也，無非楊葉與空拳也。」〔註17〕禪教儒釋之不同，都只是俗諦意義上的假名的不同，而在本質上並無違礙。《繫辭傳》云：「作《易》者，其有憂患乎？」除了學理上的轉學多師與長期積累，智旭本人的強烈個性與獨特命運遭際，也是寫作此書的一大原因，故作者進而推斷智旭作此書的根本原因是出於身國的憂患。能夠站在這樣的一個高度來分析寫作緣由，讓我們感受到作者對智旭法師的寫作動機的深刻體認。

對《周易禪解》寫作過程的分析，讀來也讓人耳目一新。《周易禪解》的寫作過程漫長，初創於明崇禎十四年（1641）之福建溫陵（今泉州），清順治二年（1645）又於石城（今江蘇南京）續成之。作者根據書中的內容，發現了智旭與眾不同的寫作思路：「正視《易傳》，由傳說易理，由理契於心，由心達佛性，會通再解經。」（第92頁）這確實是很獨到的見解。歷來的心學派易家有一個雷同的做法，就是不承認孔子的《易傳》，而直接憑己之學解說《易經》，因而大多數難以自圓其說而顯得異常牽強。「智旭考慮的不是直接援用宋明儒學者的思想，而是直接依靠先秦儒家孔子《易傳》的思想，再間接借助理學與心學的思想加以解說；不是逐步推導佛《易》相通之理，而是直接給出相通的結論，再借助儒家的思想逐步尋找依據。」（第93頁）並舉《繫辭上傳》以「易理」與「心之理」、「佛性」作比附的例子。又進一步推導出此書的寫作順序是先傳後經，而且「智旭在解說中，常直接引用前人或時人的言《易》之說，而在解下經後半部分時明顯減少，很可能是由於續解時，因戰亂而躲避在濟生庵，身邊缺少相關易學參考書籍的緣故。」（第96頁）

到底應該如何來為《周易禪解》這樣一本奇書定性呢？從智旭解《易》的方法上來說，作者歸納出了以《易》解《易》、援佛解《易》、以傳解經、援史證《易》、融會諸家、援儒經解《易》、以故事解《易》等諸種方法，這

〔註16〕《靈峰宗論〈自傳〉》，〔清〕嘉慶六年（1801）裕豐刻本。
〔註17〕〔明〕智旭《四書禪解·自序》，施維、周建雄整理，巴蜀書社，2004年。

些方法都是前人經常運用的。而在解《易》的內容上，作者將智旭定位為禪學義理派，以區別於歷史上的儒家義理派、道家義理派、心學義理派等。而以禪解《易》，又與諸如石頭希遷《參同契》之類的以《易》解佛的佛學著作有著本質不同。所以《周易禪解》一書，正如智旭在《〈周易禪解〉序》中所言，亦《易》，亦非《易》，亦《易》亦非《易》，非《易》非非《易》，而歸結於「以禪入儒，務誘儒以知禪」。禪理與《易》理，本來就是不一亦不異的。智旭的這種寫作態度，決定了此書性質的特殊性。

從思想來源來看，作者認為智旭的思想可謂兼收並蓄，而受天台的影響最大。「從其『約佛法』的內容來看，主要是援用天台的判教說和『一念三千』的實相論以及性具善惡的佛性論。……從其『約觀心』的內容來看，主要是援用天台宗的止觀學說和『一心三觀』的觀心論。」（第 184、185 頁）而又兼採華嚴宗、禪宗、淨土宗的思想，如智旭認為《周易》的「交易」、「變易」之理，「實即不變隨緣，隨緣不變，互具互造，互入互融之法界耳」，與華嚴宗「法界三觀」思想頗為契合。（第 192 頁）並認為「『法界一如』、『萬法一心』的思想無疑就是智旭看待事物『同異』的根本準則，也可以說是智旭佛學思想的核心內容。」（第 202 頁）「《周易禪解》中儘管也蘊涵一些陸王心學的思想，但主要的『心法』思想還是歸趨佛家的『萬法唯心』、『心外無法』。」（第 218 頁）

《易》理和佛理到底有哪些相同呢？作者認為，「智旭在解說《周易》的過程中，始終圍繞著一個不變的思維導向，那就是如何證明易理就是『隨緣不變，不變隨緣』的佛理。」（第 239 頁）《靈峰宗論》卷二之五《示馬太昭》云：「客冬聞臺宗一切皆權，一切皆實，一切亦權亦實，一切皆非權非實之語。方知《周易》亦權亦實，亦兼權實，亦非權實。又聞現前一念心性，不變隨緣，隨緣不變之妙，方知不易之為變易，變易之終不易。夫所謂不易者，惟無方無體故耳。使有方有體，則是器非道，何名神？何名易哉？」「周子曰：太極本無極也。亦可曰，陽本無陽也，陰本無陰也。八卦本無卦也，六爻本無爻也。故曰陰陽不測之謂神也。陰陽設有方體，安得名不測也？《論》云：諸法無自性，無他性，無共性，無無因性。無性亦無性，無性之性，乃名諸法實性。噫，此《易》邪？禪邪？小《易》亦禪邪？非《易》非禪邪？居士必能默識之矣。」這裡既有來自《大乘起信論》的心真如門、心生滅門的佛性思想，又有《法華經》的開權顯實思想。而究其實，《周易》講陰陽，陰陽

本來自太極，太極又來自無極。易理與佛理，在形而上的層面是可以互相貫通的，不同的只是表現形式而已。

而要深入瞭解「易道即佛性」的思想，還要明白「易道」與「幹道」的關係，這正是《周易禪解》一書之特色。《周易禪解》卷一解《乾》卦：「佛性常住之理名為乾元。無一法不從此法界而始，無一法不由此法界而建立生長，亦無有一法而不即以此法界為其性情。所以佛性常住之理，遍能出生成就百界千如之法。而實無能生所生，能利所利。以要言此，即不變而隨緣，即隨緣而不變。豎窮橫遍，絕待難思。」《周易禪解》解《坤》卦亦談「佛性」：「今且以陰為惡，以陽為善。善惡無性，同一如來藏性。何疑何戰？惟不達性善性惡者，則有無相傾。起輪迴見而必戰，戰則埋沒無性之妙性。」（卷一）《靈峰宗論》卷二之二《示元印》曰：「《易》曰：天行健，君子以自強不息。用九見群龍無首吉，剛而柔也。地勢坤，君子以厚德載物。用六利永貞，柔而剛也。剛柔合德，定慧力莊嚴。此世、出世法之正印也。」所以作者認為，智旭「主要借『乾之龍象』、『乾之四德』、『幹道變化』、『乾元資始』、『坤元柔順』等《周易》的義理，比喻佛性的常住性、普遍性、變化性，在某種程度上，為傳統佛性論提供了更為感性和理性的根據」（第 264 頁）

「易道」還是「心體」的體現。《周易禪解》卷八《繫辭上傳》：「蓋易即吾人不思議之心體。乾即照，坤即寂。乾即慧，坤即定。乾即觀，坤即止。若非止觀定慧，不見心體。若不見心體，安有止觀定慧？」故《靈峰宗論》卷二之四《示夏蓋臣》云：「堯舜心法，不過危微二字。操則存，舍則亡。……故陸象山云：東南西北海，有聖人出焉，此心此理同也。悟此決不更問天地何所窮際，以心外無天地，天地止是心之相分耳。……知此則儒與佛，均不足以名之。一任名儒與佛，無所不可。」知此則佛理、易理，均不出此心；三教亦不出此心。《靈峰宗論》卷七之四《金陵三教祠重勸施棺疏》云：「故吾謂求道者，求之三教，不若求於自心。自心者，三教之源，三教皆從此心施設。苟無自心，三教俱無；苟昧此心，三教俱昧。苟知此心而擴充之，何患三教不總歸陶鑄也哉？」從中可以看出，智旭確實是以一「心」亦即「如來藏」、「佛性」為基礎，來建構其理論體系的。

作者最後從三個方面概括了《周易禪解》在貫通宗教與哲學方面的思想成就。第一，本體論：萬法唯心，心為太極。第二，方法論：隨緣不變，不變隨緣。第三：認識論：定慧等持，權實並重。（第 292、293 頁）中國大乘佛教向

有空宗、有宗、性宗之分，比如智旭所推崇的永明延壽的《宗鏡錄》中，就是這樣區別的。而智旭與延壽一樣，顯然是受到性宗，即「如來藏」系統的影響要更大一些，並認為性宗可以兼攝空、有二宗。空與有、陰與陽、易與不易，如果從不二法門看來，本身只是同一實相的不同名稱而已。故智旭在《〈周易禪解〉跋》中感慨到：「世事幻夢，蓋不啻萬別千差。交易耶？變易耶？至於歷盡萬別千差世事，時地俱易，而不易者依然如故。吾是以知『日月稽天而不歷，江河競注而不流』，肇公非欺我也。」正是這樣的一種透徹之悟，使得智旭寫出了《周易禪解》這樣一部奇書。

應該怎麼樣評價《周易禪解》這部書呢？作者從佛學、易學、哲學等諸角度，對智旭的融會貫通之功作出了積極的評價。這樣的一種思維方法、治學精神，正是我們這個時代所需要的。如果說中國傳統的學術，在很大程度上可以用「心」這個範疇來統攝的話，那麼當今處在強勢地位的西學，其自然科學、社會科學乃至人文科學的研究，更有點類似傳統中國學術中朱熹所提倡的理學，注重的是對外在客觀世界的把握與探索。心與理、內與外、國學與西學究竟能否統一呢？答案當然是肯定的。宋儒即有「尊德性」與「道問學」之爭，雖然後來由於王陽明心學的盛行，以及近代新儒學的復興，儒家心學從孟子「求放心」到陸王之學大行於世，在本體論與實踐上都更容易與佛教和道教的心性論相貫通，故中國學術從總體上有向內轉的傾向。但理學的發展一直是不絕如縷的，而這種格物致知的理性精神，在我們當今社會，尤其顯得重要與珍貴。其實智旭雖然注重心學，但他始終堅持「心」、「物」是不二的。「三界因果，一切唯心。心外無物，故名物格。」〔註18〕格物其實就是格心，格心又何嘗可以放棄格物？！從這一點上來講，我們對外在世界的探索，每取得一點進步，我們的心智，也會向更高的層面躍進一步。而我們只有始終不斷把自己的心性從愚昧、蒙蔽的狀態中提升、喚醒，我們對外在的世界及其本質才會獲得更加清晰、透徹的領悟。正可謂「條條大道通羅馬」，又豈止只是《周易》與佛教可以相通呢？

第四節　漫遊《迷樓》

對於許多中國讀者來說，宇文所安已經不是一個陌生的名字。這位執教

〔註18〕《靈峰宗論》卷第之三《示馬堯都》。

於哈佛大學東亞系、比較文學系的美國教授，又名斯蒂芬‧歐文，以研究中國詩歌而馳名。我國對於他的學術著作的譯介，自八十年代末以來，先後有《初唐詩》〔註19〕、《盛唐詩》〔註20〕、《追憶——中國古典文學中的往事再現》〔註21〕、《中國文論：英譯與評論》〔註22〕、《他山的石頭記——宇文所安自選集》〔註23〕等。另外諸如莫礪鋒編《神女之探尋——英美學者論中國古典詩歌》〔註24〕、樂黛雲與陳珏編選《北美古典文學研究名家十年文選》〔註25〕等書中，還收有他不少單篇論文。現在，他的關於中西詩學比較的《迷樓——詩與欲望的迷宮》〔註26〕中譯本也終於問世了。與他的其他作品相比，這是一本格外難讀的書。這一方面是因為作者在寫作《迷樓》的時候，所期待的讀者是熟知歐洲傳統的，因此書中充滿了歐洲文學與文化的故實；另外一方面，作者為了抵抗學術界存在的西方概念霸權，採用中國傳統文化中迷樓這一形式，來對中外詩歌進行一視同仁的閱讀欣賞。於是乎，我們被引入了一場「嚴肅的遊戲」，開始了一次在詩與欲望的迷宮之中穿行的冒險。在這裡，沒有今古之別，東西之分，猶如走進隋煬帝的迷樓，讓人留連忘返，盡情享受神遊於其中的酣暢。

《緒論》部分是一篇小型的詩辯，這裡提出了詩歌的作用、它的存在的價值的問題。《毛詩序》中的「故正得失，動天地，感鬼神，莫近於詩。先王以是經夫婦，成孝敬，厚人倫，美教化，移風俗」，可謂純從政教角度立論〔註27〕。梁鍾嶸《詩品序》中：「凡斯種種，感蕩心靈，非陳詩何以展其義？非長歌何以騁其情？故曰：『詩可以群，可以怨。』使窮賤易安，幽居靡悶，莫尚於詩矣。」則涉及到了詩歌在發抒情感方面的作用〔註28〕。在中國文學傳統中，文學的這二種功能可以說是並存著的，並起到了一種互相補

〔註19〕賈晉華譯，廣西人民出版社，1987 年。
〔註20〕賈晉華譯，黑龍江人民出版社，1994 年。
〔註21〕鄭學勤譯，上海古籍出版社，1990 年。
〔註22〕王柏華、陶慶梅譯，上海社會科學院出版社，2003 年。
〔註23〕田曉菲譯，江蘇人民出版社，2003 年。
〔註24〕上海古籍出版社，1994 年。
〔註25〕江蘇人民出版社，1996 年。
〔註26〕程章燦譯，三聯書店 2004 年。關於此書的評述，又請參看程章燦《詩學的迷樓——讀宇文所安〈迷樓：詩與欲望的迷宮〉》，文載《跨文化對話》第 15 期，上海文化出版社，2004 年。
〔註27〕《毛詩正義》卷一，《十三經注疏》本。
〔註28〕載〔清〕何文煥輯《歷代詩話》上，中華書局，1981 年。

充的作用。那麼在西方呢？從古羅馬賀拉斯《詩藝》中：「詩人的願望應該是給人益處和樂趣，他寫的東西應該給人以快感，同時對生活有幫助。」〔註29〕到英國雪萊《為詩辯護》中：「詩人是不可領會的靈感之祭司；是反映出『未來』投射到『現在』上的巨影之明鏡；是表現了連自己也不解是甚麼之文字；是唱著戰歌而又不感到何所激發之號角；是能動而不被動之力量。詩人是世間未被公認的立法者。」〔註30〕我們也可以開列一張很長的名單。但是且慢，這些也許不是宇文教授所要討論的。他要我們關心的是「我們每一個心中都有一隻野獸，它不喜歡身上的枷鎖。詩歌用言詞飼養這只野獸，唆使它恢復反抗和欲望的本性。」（第5頁）「詩歌可以喚起我們心中渴望迷失的那一部分。」（第7頁）就像古希臘詩人阿耳喀羅科斯詩中所描寫的那個為了逃命而丟掉盾牌的士兵，雖然後來受人羞辱，但他的想法卻是很真實的。在正式閱讀這本書之前，我們也必須暫時扔掉我們的那些虛偽的社會責任感，去屏息面對即將要到來的誘惑。

於是我們走進了第一章《誘惑／招引》。一名自稱來自愛爾蘭的女人，邀請我們和她跳舞，引誘我們離開原來那個單調乏味、過於熟悉的世界。（第2頁）每個人的內心都有一種離經叛道的衝動，厭倦於繼續做那個原來的自己了，但欲望的實現從來就不是一帆風順的。當曹子建目睹那位「翩若驚鴻，婉若遊龍。榮耀秋菊，華茂春松」、「襛纖得衷，修短合度。肩若削成，腰若約素」的宓妃踩著凌波微步，飄然遠去而無由得接之時，留下的唯有涕淚與惆悵〔註31〕。而李商隱「滄海月明珠有淚，藍田日暖玉生煙」般惝恍迷離的詩句背後，又有著多少欲說還休的不得已與無奈〔註32〕。愛情在中國，似乎注定是憂鬱而受到限制的。玄學派詩人約翰・多恩在《上床》詩中正在為她的妻子寬衣，「他大聲邀請我們圍聚到他的寢室門外傾聽」，我們被設定為窺視癖者，瞪大了「蠢漢忙碌的眼睛」。（第32～33頁）同樣的描寫，在中國恐怕就成了色情文學，司馬相如的《美人賦》就是最早的這類描寫〔註33〕。而《西遊記》中的美女不是白骨精，就是蜘蛛精。是中國古代的文人太不浪漫，

〔註29〕楊周翰譯，轉引自伍蠡甫、胡經之主編《西方文藝理論名著選編》上卷，北京大學出版社，1985年，第108頁。

〔註30〕繆靈珠譯，轉引自《西方文藝理論名著選編》中卷，第81頁。

〔註31〕〔魏〕曹植《洛神賦》，載〔梁〕蕭統編《文選》卷十九，中華書局，1977年。

〔註32〕〔唐〕《李義山詩集》卷五，《四部叢刊》初編本。

〔註33〕嚴可均輯《全漢文》卷二十二，商務印書館，1999年。

還是根本就經受不住誘惑？我們很少有健康、平等的雙性交流，諸如南宋劉過那樣的詞人作品中對於《美人指甲》《美人足》的刻畫，是將女性當物，且充滿了性的暗示〔註34〕。西方愛情詩中，普遍地「將所有的力量歸屬於女人，並且將藝術成功的榮譽、將受苦受難的罪責都歸於這種力量」，（第54頁）而在中國文化中，除去那個「衝冠一怒為紅顏」〔註35〕的吳三桂，我們聽得更多的是「女人禍水論」。中國讀者也許多少會有些失落感，其實大可不必。作者在此絕沒有作中西愛情詩比較的意圖，而且這麼大的題目，根本不是一本書所能夠解決的。如果這一章你能夠讀得饒有興味，令你浮想聯翩，那就已經足夠受用了。

　　穿過第二章《插曲》，我們來到了第三章《女人／頑石，男人／頑石》，這是略微沉重的一章，談到了情愛的挫折。「拒絕她的愛人的女人是鐵石心腸，像石塊一樣堅硬，像冰塊一樣又冷又硬」。（第87頁）把女人比喻作石頭，在歐洲詩歌裏有很長的歷史，作者在此多少有點擔心，中國的讀者讀來是否會感到隔膜？中國古代有「女媧補天」的故事，「煉五色石以補蒼天，斷鼇足以立四極，殺黑龍以濟冀州，積蘆灰以止淫水。蒼天補，四極正，淫水涸，冀州平，狡蟲死，顓民生」〔註36〕。那是一個驚天動地、扭轉乾坤的神話。《幽明錄》中有「望夫石」的傳說：「武昌陽新縣北山上有望夫石，狀若人立。相傳：昔有貞婦，其夫從役，遠赴國難，婦攜弱子，餞送此山，立望夫而化為立石，因以為名焉。」〔註37〕這也是一個美麗而悠久的故事，但與希臘神話中美杜莎惡毒的目光迥異。當然也有看破紅塵而遁入空門者，清朝蘇州洞庭東山有個尼姑曾經寫過這樣一首詩：「禪關晝掩絕塵蹤，前有修篁後有松。野鶴去時人少伴，曉雲起處筆添峰。當時自識塵緣淺，今日誰知道味濃。千里赤繩從此斷，超然何用講三從？」〔註38〕（《庵中寫懷》）那種因為掙脫了俗世的羈絆而超然自得的心情躍然筆下。還有走向頑石的男人，《紅樓夢》中那位生下來就帶玉的哥哥，最後也是出家做了和尚。在激情冷卻的地

〔註34〕　《龍洲詞‧沁園春》，《四庫全書》本。
〔註35〕　〔清〕吳偉業《梅村家藏稿》卷三《圓圓曲》，《四部叢刊》初編本。
〔註36〕　〔西漢〕劉安著《淮南子‧覽冥訓》卷六，《諸子集成》本。
〔註37〕　〔南朝宋〕劉義慶撰，載《漢魏六朝筆記小說大觀》，上海古籍出版社，1999年。
〔註38〕　釋震華撰《續比丘尼傳》卷五「清蘇州洞庭東山尼宛仙傳」，載《高僧傳合集》，上海古籍出版社，1991年。

方，柔軟的肉體化作了石頭。而藝術家的高超之處，又在於讓石頭獲得生命，如那位偉大的雕塑家米開朗基羅。到底是人生如戲，還是戲如人生，在這裡我們又一次走向迷失。

第四章《置換》寫得更是撲朔迷離。就像《古詩十九首》之二中，「昔為倡家女，今為蕩子婦。蕩子行不歸，空床難獨守」〔註39〕，那張空床是意味深長的。「改變位置與奪取位置，讓出位置與爭奪位置，這種對立的陣形正是我們人類的基本處境」。（第150頁）在文學史上，後來者總是要超越前人，才能獨自成家，雄長一代。《易‧繫辭傳》曰：「窮則變，變則通，通則久。」〔註40〕《南齊書》卷五十二《文學傳論》曰：「若無新變，不能代雄。」〔註41〕至宋朝的江西詩派，更有「脫胎換骨」、「點鐵成金」之說。「不易其意而造其語，謂之換骨法；規模其意形容之，謂之奪胎法。」〔註42〕「古之能為文章者，真能陶冶萬物，雖取古人之陳言入於翰墨，如靈丹一粒，點鐵成金也」〔註43〕。大到一個文學流派，小到一個字句，都處在這樣一種新老交替的境況中。「唐代詩人白居易想要取代一個對這個女人有實際控制權的人；白居易的先驅者是張建封，是一個有很大的政治權力的大臣。宋代詩人蘇東坡則要篡奪前代詩人的位置；他搶奪幻想。」（第165頁）各個不同時期的文學難道真的是這樣一種有你沒我、相互替代的關係嗎？或者它們也有可能在更高的意義上構成了一個多層次的傳統。當白居易為盼盼寫出「醉嬌勝不得，風嫋牡丹花」〔註44〕的詩句時，寫作本身成為了他的欲望的一種替代。「在文藝復興時代的詩歌中有一個常見的主題，即詩人表達願意變成某種異物的欲望——變作一隻昆蟲，一隻動物，一件衣服——為了能夠被他愛的那個女子的身體所接受，為了能夠跨越這冷冰冰的石頭的障礙，實現與她的接觸。」（第216頁）性情恬淡的陶淵明不就寫過《閒情賦》那樣熱烈奔放而纏綿悱惻的詩句嗎？「願在衣而為領，承華首之餘芳；悲羅襟之宵離，怨秋夜之未央。願在裳而為帶，束窈窕之纖身；嗟溫涼之異氣，或脫故而服新。願在髮而為

〔註39〕　《文選》卷二十九。
〔註40〕　《周易》卷八，《十三經注疏》本。
〔註41〕　〔梁〕蕭子顯著，中華書局，2000年。
〔註42〕　〔宋〕釋惠洪《冷齋夜話》卷一，載張伯偉編校《稀見本宋人詩話四種》，江蘇古籍出版社，2002年。
〔註43〕　〔宋〕黃庭堅《答洪駒父書》，載《豫章黃先生文集》卷十九，《四部叢刊》初編本。
〔註44〕　《白氏長慶集》卷十五《燕子樓三首並序》，《四部叢刊》初編本。

澤，刷玄鬢於頹肩；悲佳人之屢沐，從白水以枯煎。願在眉而為黛，隨瞻視以閒揚；悲脂粉之尚鮮，或取毀於華妝。願在莞而為席，安弱體於三秋；悲文茵之代御，方經年而見求。願在絲而為履，附素足以周旋；悲行止之有節，空委棄於床前。……」〔註45〕文學與生活究竟是一種什麼樣的關係呢？是源於生活又高於生活嗎？還是一種不即不離的關係？文學是什麼？沒有答案。「在想像、追憶或是期盼的過程中，詩歌知道它只是影子的影像而已，沒有一點是真實的。其言詞是對在現實世界甚至在精神世界中的行為的置換，既可愛，又有瑕疵。」（第170頁）

第五章《裸露／紡織物》是從對女性的裸體的討論開始的。「神女新娘忒提斯為了觀看那艘出發去尋找金羊毛的大船阿耳戈由此經過，與其他海中神女一起浮出水面，在波濤洶湧中第一次展現她那赤裸的乳房」。（第235頁）正當我們在為中國古代沒有可以與西方相媲美的裸體藝術而感到遺憾之時，討論又轉向了裸露與遮蔽的關係。「披肩、胸衣（罩住乳房）、袖口、在裙邊底下露出的襯裙，還有鞋帶——在這些邊境之地，服裝似乎已做好準備越境而進入肉體世界。」「正是在有破綻、褶邊破裂、線縫崩開的地方，藝術臻於完美無缺；在這種時候，它喚起了既受到約束又失去控制的自然本性。」（第247頁）這不就是萊辛《拉奧孔》中所說的「最能產生效果的只能是可以讓想像自由活動的那一頃刻」、「在一種激情的整個過程裏，最不能顯出這種好處的莫過於它的頂點。到了頂點就到了止境，眼睛就不能朝更遠的地方去看，想像就被捆住了翅膀」〔註46〕嗎？在中國文學中，則稱作「烘雲托月」、「味外之旨」。當葉芝聲稱「我把我的詩變成一件外衣」之時，（第259頁）我們不得不思考這件「外衣」它到底要表達什麼，又要掩蓋什麼？新批評派不是有所謂的「意圖謬見」、「感受謬見」之說嗎？「意圖謬見在於將詩和詩的產生過程相混淆，……感受謬見在於將詩和詩的結果相混淆。」〔註47〕文字能反映、傳達人的思想嗎？《楞枷經》曰：「諸佛及諸菩薩，不說一字，不答一字。所以者何，法離文字故。非不饒益義說。言說者，眾生妄想故。」「如為愚夫，以指指物，愚夫觀指，不得實義。如是愚夫，隨言說指，攝受計著，至竟不

〔註45〕龔斌《陶淵明集校箋》卷五，上海古籍出版社，1996年。
〔註46〕〔德國〕萊辛《拉奧孔》第三章，朱光潛譯，轉引自《西方文藝理論名著選編》上卷，第301頁。
〔註47〕〔美國〕威廉・K・維姆薩特、蒙羅・C・比爾茲利《感受謬見》，黃宏熙譯，載趙毅衡編選《「新批評」文集》，百花文藝出版社2001年，第257頁。

捨。終不能得，離言說指，第一實義。」〔註48〕世人執著於語言文字不放，錯把指月亮的手指當成了月亮。雪萊《為詩辯護》中說：「一切高雅的詩歌都是無限；它就像那第一顆橡子，其中可能包含了所有的橡樹。面紗一層又一層揭去，藏於最深處的赤裸的意義之美卻從來沒有暴露過。」（第277頁）語言是有局限的。可是，當我們讀到杜甫「水流心不競，雲在意俱遲」〔註49〕那樣充滿理趣的悟道之言時，我們又怎敢說思維、存在、言說不能溶為一體？

　　《結語》部分談到了藝術的力量。「藝術能夠將我們納入像所有歷史性現在的現存關係一樣活躍的那些關係之中，這些關係不僅活躍、而且更有誘惑力，因為藝術致力於誘惑我們，而不是征服我們。」（第291頁）藝術的本質究竟是什麼？「藝術不是廢除和抹煞過去，而是把過去作為一種得到確認的失落，因而也是作為一種可能性，包容於現在之中。」（292頁）過去與現在又是什麼關係？太多的疑問，留給讀者去思考。也許，那位古印度的哲人龍樹在《中論》中說得好：「不生亦不滅，不常亦不斷，不一亦不異，不來亦不出。」〔註50〕是的，不一亦不異──東方與西方，真實與虛構，過去與現在，男人與女人。領會了這句五字真言，你盡可以在迷樓中恣意徜徉而無迷失之虞。

　　或者，你還可以跨上宇文教授在《瓠落的文學史》中所提到的那只《莊子》裏無用的大葫蘆，浮乎江海，來一番興之所致的隨無涯之旅〔註51〕。沒有目的，不計得失。沒有邊界，憑虛御風。盡情享受那屬於比較文學的快樂，畢竟，這只是一本書而已，你可以愛怎麼讀就怎麼讀。

〔註48〕南懷瑾著《楞伽大義今釋》卷四，〔南朝宋〕求那跋陀羅譯，復旦大學出版社，2001年版。
〔註49〕《分門集注杜工部詩》卷第五《江亭》，《四部叢刊》初編本。
〔註50〕〔後秦〕鳩摩羅什譯，《中論·觀因緣品第一》，《大正藏》第三十冊。
〔註51〕載《他山的石頭記》。

第六章　古典新韻

第一節　切對專題，乘興隨緣——從陳允吉師《唐音佛教辨思錄》(修訂本)〔註1〕談起

　　上世紀八十年代，國內的古代文學研究在經歷了十年「文革」的荒蕪後，進入了一個蓬勃發展的可喜階段。而在唐代文學界，誠如陳允吉先生在《十幾年來國內唐詩研究綜述》〔註2〕中所介紹的那樣，從文獻整理到作家研究，也是一派欣欣向榮。在眾多的學術成果中，陳允吉先生的唐詩研究，以其能夠打通佛教與中國文學的學科界限，從王維、韓愈、李賀等唐代大詩人的具體個案出發，抉發佛教與文學的交匯互融，在寫作上義理、考據、辭章並重，而成為一道個性鮮明的亮麗風景。這些論文發端於七十年代末，發表在各種學術雜誌上，每出一文都能解決一個具體的問題，並引起學界的關注。至1988年結集為《唐音佛教辨思錄》，由上海古籍出版社出版，並於1992年獲得了第二屆全國優秀古籍圖書一等獎。一晃三十多年過去了，為了方便讀者閱讀與參考這些經典論文，復旦大學出版社於2018年又為此書出版修訂本，並增加了《柳宗元寓言的佛經影響及〈黔之驢〉故事的淵源和由來》(作於1989年)、《中國古代文學理論批評研究中的新收穫——評羅宗強〈隋唐五代文學思想史〉》(發表於《中國社會科學》1987年第2期)與《十幾年來國內唐詩研究

〔註1〕陳允吉著，《唐音佛教辨思錄》(修訂本)，復旦大學出版社，2018年。
〔註2〕陳允吉撰，刊於《中國社會科學》1993年第5期，此次增收入《唐音佛教辨思錄》(修訂本)，第288頁。

綜述》（發表於《中國社會科學》1993 年第 5 期）三篇文章。今天我們重新回過頭來看這些文字，仍然能夠從中獲得諸多啟迪，其學術質量可謂經受住了時光的考驗。陳允吉先生的佛教文學論文，除了《唐音佛教辨思錄》以外，大多已於 2010 年編入上海古籍出版社的《佛教與中國文學論稿》。

今年（2019 年）正好又是陳允吉先生的八十壽辰，以下便從《唐音佛教辨思錄》出發，結合《佛教與中國文學論稿》中的有關文章，對先生的佛教文學研究略作評述，更多是自己自 2001 年考入陳門以來的學習體會，為先生壽。

允吉師的很多論文立意高遠，視野開闊，即使到現在都還有著很強的學術生命力，霑益後學，這與他能夠站在印中文化比較的角度來進行佛教文學研究是分不開的，而不是局限在中國文學的圈子內談中國文學。可以說，對於上個世紀一流的治印度學的中外學者，尤其是中國學者的研究成果，允吉師都很注重吸收，汲取養分。如《佛教與中國文學論稿》序言中，即謂：「《海日》《金明》，孔多參益；《管錐》《梵學》，尤樂誦資。」這種研究特點，在上個世紀九十年代以後撰寫的論文中，表現得尤為明顯，而在八十年代已有這種徵兆。進入新世紀，允吉師曾編有《佛經文學研究論集》〔註3〕、《佛經文學研究論集續編》〔註4〕，其中所收多為友朋、弟子論文，已明顯呈現出這樣一種傾向，即除了研究佛教對中國文學的影響以外，也有很多文章專重於對佛教經、律、論的文學性研究。這樣一種宏闊的視野，再加上允吉師深厚的中國古典文史修養，以及圓融而又透徹的悟諦，使得他的文章從選題到問題意識，都堪稱一流，足與國際學術界對話。這與比較文學中的影響研究，甚有契合之處。

如對於佛偈的研究，《佛教與中國文學論稿》中有一組這樣的論文，多寫作於九十年代。但其實在《唐音佛教辨思錄》中，已有《韓愈的詩與佛經偈頌》一文（作於 1985 年）。反佛鬥士韓愈，詩風奇崛險怪，程千帆先生曾撰有《韓愈以文為詩說》（作於 1979 年），予以論述。〔註5〕允吉師敏銳地捕捉到，這種生硬拗折的詩風，其實是受到了佛偈的影響，並從句式等方面進行了對比論證。提出「在漢譯佛經中，七言偈頌成立頗早，譬如漢魏兩晉時代

〔註3〕陳允吉主編《佛經文學研究論集》，復旦大學出版社，2004 年。
〔註4〕陳允吉主編《佛經文學研究論集續編》，復旦大學出版社，2011 年。
〔註5〕程千帆著，《古詩考索》，第 183 頁，上海古籍出版社，1984 年。

翻出的若干佛典，就已具備比較完整的七言頌體。關於這一點對中國的七言詩所產生的影響，值得列為專題進行研究」。〔註6〕如果說這篇文章還有可能是受到了饒宗頤先生《馬鳴〈佛所行贊〉與韓愈〈南山詩〉》某些啟發的話，〔註7〕那麼九十年代的關於佛偈的系列論文，則真可謂汪洋恣肆，深入探討了佛偈與玄言詩、中古七言體的諸多關係，多有精彩之論。其中如《中古七言詩體的發展與佛偈翻譯》，〔註8〕接著王運熙先生《七言詩形式的發展和完成》〔註9〕往下論述，談到「非常有趣的是，在西晉竺法護譯的《普曜經》卷五《召魔品》裏，其一般性的敘述場合均用五言偈頌，但碰到諸多魔軍恐嚇世尊的話，就各用一首七言四句偈來表述，這一選擇多少能反映出些七言詩在當時人們心目中的地位。」又如對王融十一首《淨住子頌》的分析，稱「他（王融）作為竟陵王西邸文學集團中重要的一員，對蕭子良組織的那些意在溝通佛教與詩歌關係的活動不會無所參預，而且憑著他詩人的敏感和才力，對這裡面的奧妙也必然有相當的悟解。」這都是非常卓越的見解，王融的文學創作與佛教的關係，近年來已經受到越來越多的研究者的關注，其中如林曉光《王融與永明文學時代——南朝貴族及貴族文學的個案研究》。〔註10〕筆者近年來也開始關注佛教本生故事對中國古典詩歌用典的影響，以覘敘事文學與抒情文學之交匯，結果發現第一個將本生故事用在詩歌創作中的，很有可能就是王融。比如他的《迴向門詩》：「朝日夕月竟何取？投崖赴火空捐生。」〔註11〕明顯是用了佛經中投崖飼虎的故事。而允吉師在九十年代初就對王融關注，不禁令人感到由衷欽佩。另外，關於佛教偈頌、翻譯風格等問題，一直都是學界關心的熱點問題。國內如孫尚勇《佛教經典詩學研究》〔註12〕、

〔註6〕陳允吉著，《唐音佛教辨思錄》（修訂版），《韓愈的詩與佛經偈頌》，第154頁。

〔註7〕饒宗頤著，《梵學集》，第313頁，上海古籍出版社，1993年。原文載日本京都大學《中國文學報》第十九冊（1963年）。

〔註8〕陳允吉著，《佛教與中國文學論稿》，《中古七言詩體的發展與佛偈翻譯》，第94～116頁。

〔註9〕《當代學者自選集·王運熙集》，第1頁，安徽教育出版社，1998年。選自《樂府詩論叢》，古典文學出版社，1958年初版。

〔註10〕林曉光著，《王融與永明文學時代——南朝貴族及貴族文學的個案研究》，上海古籍出版社，2014年。

〔註11〕逯欽立輯校，《先秦漢魏晉南北朝詩》（中），齊詩卷二，「王融」，第1400頁，中華書局1983年。

〔註12〕孫尚勇著，《佛教經典詩學研究》，高等教育出版社，2013年。

王麗娜《漢譯佛典偈頌研究》〔註13〕，國際學者如日本的辛嶋靜志《佛典語言及傳承》〔註14〕、美國的那體慧《漢文佛教文獻研究》〔註15〕，均有相關研究，允吉師可謂是得風氣之先者。如果再結合梵、巴、藏等語文的研讀，相信在未來相關的研究仍然還會層出不窮，將是一條非常光明的康莊大道。

允吉師佛教文學研究的另一個特點是不僅僅矚目於抒情文學，對敘事文學尤其是俗文學，也有著很深的造詣。客觀地說，佛教對中國文學的影響，表現在敘事文學上，要比抒情文學更加明顯。研究佛教與中國文學，如果只是關注抒情文學如古典詩歌，而不關心敘事文學與俗文學，將會有很大的缺失。早在上世紀二十年代，魯迅先生在《中國小說史略》中，於此領域已經開疆拓宇。允吉師對羅宗強先生的《隋唐五代文學思想史》評價極高，但在書評中，也委婉地提出，還應該關注「唐代的傳奇、變文、敘事詩、寓言和戲劇等」〔註16〕。《唐音佛教辨思錄》（修訂本）中，這樣的文章收了兩篇。一篇是作於 1985 年的《從〈歡喜國王緣〉變文看〈長恨歌〉故事的構成——兼述〈長恨歌〉與佛經文學的關係》，與一般研究者從《目連變文》出發研究《長恨歌》不同，允吉師追溯到《歡喜國王緣》，並探尋了其在《經律異相》《法苑珠林》等中文文獻中的表現。乃至回顧溫德尼茲（M. Winternitz）以及鄭振鐸認為印度本生經中某些故事與古希臘悲劇《Antigone》的相似，都體現了允吉師寬闊的世界文學的眼光。作於 1989 年的《柳宗元寓言的佛經影響及〈黔之驢〉故事的淵源和由來》，其實可以看作是一篇對於寓言與動物故事的研究。季羨林先生將故事的源頭追溯到《五卷書》《故事海》《益世嘉言集》與巴利文《佛本生經》，允吉師在肯定季先生研究的同時，繼續向前深掘，將源頭鎖定到唐前譯入的《佛說群牛譬經》，認為：

> 揭示出一個本國寓言的域外淵源，並不等於探明了它和這個域外故事原型之間多重複雜的糾葛。中外文學藝術交流互融的大量事實證明，某一個在國外傳播很廣的故事對本土文學發生的影響，往往需經多次的轉遞傳送才能達成，這裡面翻譯所起的作用是至關緊

〔註13〕 王麗娜著，《漢譯佛典偈頌研究》，商務印書館，2016 年。

〔註14〕 〔日〕辛嶋靜志著，裘雲青、吳蔚琳譯，《佛典語言及傳承》，中西書局，2016 年。

〔註15〕 〔美〕那體慧著，〔新〕紀贇譯，《漢文佛教文獻研究》，廣西師範大學出版社，2018 年。

〔註16〕 陳允吉著，《唐音佛教辨思錄》（修訂版），《中國古代文學理論批評研究中的新收穫——評羅宗強〈隋唐五代文學思想史〉》，第 286 頁。

要的。沒有翻譯把作品從一國文字轉變為另一國的文字，那麼作品
之傳入對接受國家的讀者來說就缺乏實際意義，更不用說它對當地
的文學會產生什麼影響。柳宗元生在九世紀的中國，本人又未習梵
字音義之學，他斷然無法直接去掌握《五卷書》《故事海》《益世嘉
言集》和巴利文《佛本生經》等天竺原典，除去已經翻譯入此方的
佛教典籍，沒有其他途徑可以幫助他接觸到這個古印度的寓言傳
說。〔註17〕

此段論述甚得譯介學之精義。臺灣梁麗玲近年還撰有《漢譯佛典動物故事之
研究》，〔註18〕而允吉師在方法論上的這種遠見卓識，至今仍然讓人印象深
刻。

　　另外三篇關於俗文學的研究，收在《佛教與中國文學論稿》中，同樣具
有這種從印中文化交流來建立問題意識的高屋建瓴的宏闊視野，而在具體考
證上又能落實到漢語雅俗文獻，在論證上表裏契合、細密無間的特點。其中
如作於 1994 年的《關於王梵志傳說的探源與分析》，能夠打破入矢義高與戴
密微等人關於「伊尹生於空桑」的猜測，而在印度古老傳說「奈女耆婆」故
事中尋找到可靠線索。而 2005 年作的《論敦煌寫本〈王道祭楊筠文〉為一擬
體俳諧文》則更偏重於漢魏六朝俳諧文學的文體學的研究。

　　1996 年所作《〈目連變〉故事基型的素材結構與生成時代之推考——以
小名「蘿蔔」問題為中心》，尤為精妙，論文從探討唐五代敦煌寫卷《目連變
文》中「蘿蔔」這個小名的由來著手，認為臺灣羅宗濤先生把「優多羅」理
解為梵文的「上」，不能讓人感到滿意。「在俗文學現象的探治方面，舉凡論
證甲事物和乙事物之間的傳遞影響關係，應以明確瞭達的說明為第一義諦，
如果在這兩者中介五一節上兜的圈子越多，對主觀設想的前提和可能性執持
得越牢固，所作出結論的可信性就必然越加薄弱。」〔註19〕允吉師先從唐初
的玄應《大唐眾經音義》與中唐的慧琳《一切經音義》入手，其中將「采菽」
與「菉豆」充當「目犍連」的意譯名。如果我們查 Monier-Williams 的梵英辭
典，則目犍連（Maudgalyāyana）中的 maudga，也確實是有「relating to a bean,

〔註17〕陳允吉著，《唐音佛教辨思錄》（修訂版），《柳宗元寓言的佛經影響及〈黔之
　　　　驢〉故事的淵源和由來》，第 218～219 頁。
〔註18〕梁麗玲著，《漢譯佛典動物故事之研究》，臺灣文津出版社，2010 年。
〔註19〕陳允吉著，《佛教與中國文學論稿》，《〈目連變〉故事基型的素材結構與生成時
　　　　代之推考——以小名「蘿蔔」問題為中心》，第 162 頁。

consisting of beans」的意思。問題是，即使通梵文，也仍然無法解決小名「蘿蔔」的問題。允吉師通過考索陳代真諦《部異執論》中翻譯成「胡豆」，以及更早的梁代僧伽婆羅翻譯的《文殊問經》中翻譯成「萊茯根」，輔以大量的文史例證，認為《翻譯名義集》中的《文殊問經》「萊茯」改自「羅茯」，而最後又變成「蘿蔔」：

> 無論「小名」一說怎樣出自他們的杜撰，像這麼捕風捉影、拆東補西地穿插情節，正好就是俗文學故事創造者的慣用伎倆。對於面向平民大眾的變文講唱來說，要激起聽眾對象的興趣，決不能缺少此類遐想牽合的敏感和敘事能力。〔註20〕

通過這樣一系列合理的推理，從而為此一問題尋找到了一個令人信服的解決方案。文章以小見大，又進而引申出南北朝時代的「唱導」，其實就是變文的早期形式，而《目連變文》應該也就是醞釀、萌生於梁代。整個文章曲折環繞，而又一氣呵成，讀者似乎跟隨作者在古文獻森林中探尋迷宮一樣，其緊湊處讓人目不暇接，最後乃有豁然開朗之感。同門馮國棟《言念吾師》中，曾謂：

> 讀先生文，如涉險道，山環路轉，百折千回，造勝入微處，忽雲開雨霽，冰解的破。……昔柳河東讀昌黎文，歎云：若捕龍蛇、搏虎豹，急與之角而力不敢暇。吾於先生之文得之矣。〔註21〕

《唐音佛教辨思錄》的主體部分，是幾組關於王維、韓愈、李賀等的論文，其研究方法的多樣化給人以耳目一新的感覺。八十年代是個各種研究新方法蓬勃湧現的時代，允吉師認為：「方法問題不僅僅是個理論問題，更主要的是個實踐的問題，而研究方法的拓新是否獲得成功，說到底還必須獲得科研實踐的檢驗。」〔註22〕「科研實踐證明，那些適合於此種歷史文化研究的新方法，一般都比較容易為本土學者所攝取；反之就缺乏實踐品格，殊難形成足夠的氣候。」〔註23〕在關於王維的論文中，《王維「雪中芭蕉」寓意蠡

〔註20〕陳允吉著，《佛教與中國文學論稿》，《〈目連變〉故事基型的素材結構與生成時代之推考——以小名「蘿蔔」問題為中心》，第 172 頁。

〔註21〕陳引馳、胡中行、查屏球、朱剛編《古典詩學會探》，「復旦大學中文系教授榮休紀念文叢：陳允吉卷」，第 639 頁，復旦大學出版社，2006 年。

〔註22〕陳允吉著，《唐音佛教辨思錄》（修訂版），《十幾年來國內唐詩研究綜述》，第 299 頁。

〔註23〕陳允吉著，《唐音佛教辨思錄》（修訂版），第 300 頁。

測》（發表於 1979 年），是允吉師關於唐詩與佛教研究探索嘗試的早期成果之一。此文從畫史的角度切入，「單《宣和畫譜》所錄當時御府所藏王維一百二十六軸畫中，有一半是表現佛教題材的」。〔註 24〕引出王維的佛教信仰與藝術構思，徵引相關佛典，在當時文革剛剛結束的大環境下，這樣的寫法可謂不同凡俗。作於同一時期的《論王維山水詩中的禪宗思想》，則側重於從義理的角度來分析王維山水詩與佛教中觀思想的關係。作者所做的，並不是簡單地用佛教的哲學來與文學作品比附，因為「要從看來單是描狀自然景物的詩篇裏，較為充分而準確地揭示其隱寓著的所謂禪理，比起在詩人其他的作品中舉出一些直接宣揚佛理的詩句，顯然要困難得多」。〔註 25〕允吉師著意論述了「詩人特別喜愛刻畫清寂空靈的山林，表現光景明滅的薄暮，這些從他詩中反映出來的特有現象，都是同他力圖在作品形象中表現禪宗色空思想分不開的。」〔註 26〕

　　《王維與華嚴宗詩僧道光》，能夠跳出禪宗的局囿，得出「可見唐代佛僧酷愛詩歌，絕非某一宗派擅善特擄的專長，而是普遍盛行於緇流之間的一種風尚」〔註 27〕的結論。《王維與南北宗禪僧關係考略》，解決了王維到底是信奉北宗還是南宗的重要理論問題，認為「開元末年，他與神會的『南陽之會』，就是他與南北兩宗關係中的一大轉折。這種交遊對象前後的變化，一方面反映出唐代禪學兩家勢力消長更替的真實情況，另一方面也顯示出王維對禪理的信仰愛好，有一個由北宗向南宗的轉變過程。」〔註 28〕《王維「終南別業」即「輞川別業」考》，通過反證法，並把論述引向王維的「亦官亦隱」：「盛唐時代貴戚官僚在京郊的別業山莊，其中有相當大的一個部分都在從驪山到藍田縣境的靠近商山大道一線。王維把自己的別業安置在這裡，既可以終南山中的隱士自命，又不妨礙他做朝廷命官，這最能符合他『亦官亦隱』的生活理想。」〔註 29〕

〔註 24〕陳允吉著，《唐音佛教辨思錄》（修訂版），《王維「雪中芭蕉」寓意蠡測》，第 4 頁。
〔註 25〕陳允吉著，《唐音佛教辨思錄》（修訂版），《論王維山水詩中的禪宗思想》，第 12 頁。
〔註 26〕陳允吉著，《唐音佛教辨思錄》（修訂版），第 15 頁。
〔註 27〕陳允吉著，《唐音佛教辨思錄》（修訂版），《王維與華嚴宗詩僧道光》，第 47 頁。
〔註 28〕陳允吉著，《唐音佛教辨思錄》（修訂版），《王維與南北宗禪僧關係考略》，第 65 頁。
〔註 29〕陳允吉著，《唐音佛教辨思錄》（修訂版），《王維「終南別業」即「輞川別業」考》，第 83～84 頁。

　　唯一的一篇關於杜甫的《略辨杜甫的禪學信仰》，主要對「門求七祖禪」中的七祖是普寂而非神會進行了考辨。《論唐代寺廟壁畫對韓愈詩歌的影響》，從唐代畫師之圖形地獄，到密宗曼荼羅畫與韓愈詩「奇蹤異狀」之關係，都可謂學術上的想落天外之「出位之思」。從 1979 年開始，允吉師開始研究李賀。《李賀與〈楞伽經〉》從「《楞伽》堆案前，《楚辭》繫肘後」入手，描寫李賀「他歎息美麗絢爛的神仙境界難以達到，就把注意力移到棘草叢生的墓場；他無法肯定生命可以得到長存，就轉而歌頌死亡的永恆，歌頌操縱命運的神秘力量。」〔註30〕《〈夢天〉的遊仙思想與李賀的精神世界》，揭示出了「『筆補造化天無功』，這句話的準確含意，並不僅僅限於說明一種具體的創作方法，而是包含著這位面向內心的詩人對待宇宙人生以及藝術創作的一種特殊的心理狀態。」〔註31〕《李賀〈秦王飲酒〉辨析》，則通過對秦王稱謂的考辨，來確定此詩的主題：「是詩人有感於光陰消逝，年命短促，世變無窮，人生有盡，於此借秦始皇內宮夜宴為題，集中描寫秦始皇追求長生而不得實現的悲劇，抒發詩人自己人壽短暫的感傷情緒，顯示出他思索生命問題而在內心所引起的劇烈衝突。」〔註32〕《佛像之蹤跡與審美》，則與收於《佛教與中國文學論稿》中的《臥佛像的起源與藝術流佈》《敦煌壁畫飛天及其審美意識之歷史變遷》等文一起，體現了作者在佛教藝術領域的造詣與思考。

　　允吉師佛教文學論文的又一特點是不僅義理深遠，考訂精嚴，而且辭章華美，富於情感。如《論王維山水詩中的禪宗思想》：「他非常善於刻畫自然界中一霎那之間的紛藉現象，憑著他細緻入微的筆觸，去精心描繪潤戶中的落花，幽谷中的啼鳥，寒燈下的鳴蟲，微風裏的細枝，在靜謐的整體意境中表現出一點聲息和動態。」〔註33〕又如《王維輞川〈華子岡〉詩與佛家「飛鳥喻」》：「故當詩人向晚偕裴迪登上華子岡、目送眾鳥相繼高飛遠去漸至影蹤消匿之際，憑他平時研飛佛典積累的經驗，能借用這些譬喻於介爾一念間契入悟境，由鳥飛空中之次弟杳逝而了知世上所有事物的空虛無常。就同樹木

〔註30〕陳允吉著，《唐音佛教辨思錄》（修訂版），《李賀與〈楞伽經〉》，第 178 頁。
〔註31〕陳允吉著，《唐音佛教辨思錄》（修訂版），《〈夢天〉的遊仙思想與李賀的精神世界》，第 191 頁。
〔註32〕陳允吉著，《佛教與中國文學論稿》，李賀〈秦王飲酒〉辨析，第 527～528 頁。
〔註33〕陳允吉著，《唐音佛教辨思錄》（修訂版），《論王維山水詩中的禪宗思想》，第 19 頁。

百草春榮秋謝、含生群品死亡相逼一樣，人縱為萬靈之長亦安能歷久住世。」
〔註34〕再如《李賀——詩歌天才與病態畸零兒的結合》：「北方的秋意已濃，
灰白色的曉霧彌漫在山間，露水沾濕了低矮的蔓草，路旁的莎草好像一簇簇
利箭展示著乾瘦的姿態，深藏在灌木叢中的秋蟲在發出嘶呀的哀鳴，一股冷
森的寒氣透過衣裳浸入他的病骨，好像一切都面臨著行將衰謝的厄運。而詩
人自己，也在彷徨和困惑之中逐漸接近他人生旅程的終點。」〔註35〕允吉師
在《佛教與中國文學論稿》序言中，稱自己的研究是「覘文瀾迄不離文，援
佛法未嘗歸佛」，又在《唐音佛教辨思錄》（修訂版）的跋中，謂「茲書所輯，
惟個案是諮，劬於辨思，繫乎實證，無考勤量化之功，固乘興隨緣之作。直
由切對專題，因應具體，適可假寓形以鉤索，援常例而叩求。」嘗有得道高
僧，贊許允吉師具有大乘根器。相信讀者在閱讀了這些義理、考據、辭章兼
善的學術精品論文之後，定會有相同的感受吧！

第二節　閆月珍《葉維廉與中國詩學》〔註36〕書評

葉維廉先生（1937～ ）是二十世紀下半葉海外華人中，研究中西比較詩
學卓有成就的一位大家。他是上世紀五十年代臺灣現代主義詩派的幹將，
1969 年在普林斯頓大學取得比較文學博士學位，博士論文《龐德的〈國泰
集〉》（*Ezra Pound's Cathay*）致力於探索中國古典詩與龐德「意象詩」語言
語法的共通性。七十年代以來，他接連發表的諸如《中國山水美感意識的形
成》《東西比較文學中模子的應用》《無言獨化：道家美學論要》等論文，注
重中西詩學的相互會通，在學界產生了不小的反響，可謂嶄露頭角。八九十
年代，隨著比較文學熱在中國大陸的再度興起，葉維廉越來越受到了中國學
界的關注。比如北京大學出版社在 1987 年，出版有他的《尋求跨中西文化
的共同文學規律：葉維廉比較文學論文選》；生活・讀書・新知三聯書店在
1992 年，出版有他的《中國詩學》，這些都讓他在國內，擁有了越來越多的
學術追隨者。進入二十一世紀，北京大學在 2002 年，為葉先生出版了《道

〔註34〕陳允吉著，《佛教與中國文學論稿》，《王維輞川〈華子岡〉詩與佛家「飛鳥喻」》，
　　　　第 291 頁。
〔註35〕陳允吉著，《佛教與中國文學論稿》，《李賀——詩歌天才與病態畸零兒的結
　　　　合》，第 461 頁。
〔註36〕中國社會科學出版社，2010 年。

家美學與西方文化》，這是他在北大的學術演講的結集。而同年由安徽教育出版社推出的九卷本《葉維廉文集》，更是把這股熱潮推到了頂峰。此後大陸有關葉維廉的研究因之也有了更加堅實的文獻基礎，僅以專著而論，除了劉聖鵬在 2006 年出版的《葉維廉比較詩學研究》〔註37〕外，近出的暨南大學閆月珍教授的《葉維廉與中國詩學》，就是又一部這方面的後出轉精之作。

此書之特色何在呢？誠如作者在《導言》中所言，她主要作了如下幾種工作：「一是還原和描述，對比較詩學理論的建構、對道家美學的闡釋、對西方理論與中國詩學的匯通，構成了葉維廉詩學思想的三大主幹，本書也是以此線索分方向展開的；二是分析和判斷，即考察葉維廉諸詩學主張的源流，特別是其與五四以來中國學者在理論取捨上所顯示出的價值觀念和文化歸宿上的差異。」（第 14 頁）又作者所祈求的學術理想境界是「突破法，認為通過還原和描述讓對象水落石出，則可達到澄澈透明而非五彩斑斕的境地」。（《後記》第 461 頁）通讀全書，深感作者不僅在學術思想的考鏡源流方面是做得成功的，而且憑籍紮實的中西學功底，常常有切中肯綮的分析與判斷。

第一部分即第一章、第二章和第三章，從詩學理論層面分析和評價了葉維廉的比較詩學理論建構。作者指出「葉維廉的學術探索源於其翻譯、創作詩歌的現實感受。中西比較詩學理論、中國古典詩學、道家美學是他對詩歌翻譯、創作問題縱向和橫向的理論思考。」（第 37 頁）而著名的「文化模子」理論，正是脫胎於此，其目標是「走向美學和歷史的綜合」〔註38〕。比如他發現「西方詩歌中非常核心的隱喻的結構（metaphoric structure），在中國詩歌中只佔有非常次要的作用，有許多中國詩，譬如山水詩（尤其是後期的山水詩如王維、孟浩然、韋應物、柳宗元及宋朝的山水詩）往往沒有隱喻的結構」〔註39〕。葉氏在翻譯和創作實踐中，注意到中國古典山水詩翻譯為印歐語言之後存在的質的歪曲，與此同時新批評理論前驅龐德意象詩的成功嘗試也啟發他深入地思考中西詩歌能否、怎樣匯通的問題。如他所言：「『共同的文學規律、共同的美學據點』，要在『同』、『異』的互照互對互比互識的過程中，『找出一些發自共同美學據點的問題，然後才用其相同或近似的表現程序來印證跨文化匯通的可能』。」〔註40〕「文化模子」理論意味著，以中釋西或

〔註37〕齊魯書社，2006 年。
〔註38〕《東西比較文學中模子的應用》，《葉維廉文集》壹，第 44 頁。
〔註39〕《東西比較文學中模子的應用》，第 39 頁。
〔註40〕《比較文學叢書總序》，《東西比較文學中模子的應用》，第 15 頁。

以西釋中都是片面的，我們需要的是一種整體性的、世界性的、動態的眼光。（第67頁）作者在此部分結束時，還對葉氏的歷史整體性觀點進行了探究，稱之為闡釋的起點。強調了其「暫行性」，即闡釋往往是一種篩選、刪略、縮減的過程，任何理論概莫能外，當然也包括葉氏本人所創造的理論。第一部分為我們其後理解葉氏的中國詩學理論作了比較充分的鋪墊。

第二部分即四至九章是全書的重點，探索了葉維廉對道家美學進行現代闡釋的內在理路和契入角度，也是全書最見功力的部分。其中第四章《中國詩歌傳釋學》，指出「葉維廉所構想的正是以『作者』、『作品』、『讀者』為縱向考察，以『語言』、『意義』、『歷史』的依存體進行橫向考察，解讀從『作者傳意』到『讀者釋意』的整體活動」。（第110頁）中國詩歌傳釋學的獨特性在於：「以物觀物」的觀物方式、「離合引生」的語言策略、「物我通明」的語言呈示、「言在意中」的閱讀感受。文本互涉／秘響旁通（intertextuality）正是葉維廉對西方解釋學與中國劉勰之《文心雕龍‧隱秀》的匯通。第五章《跨文化對話中的道家美學》，是葉氏詩學的核心部分。作者追溯到徐復觀《中國藝術精神》中的莊子「為人生而藝術」，並探討了道家美學與「直覺」的關係，始自郭紹虞先生。「郭紹虞以康德闡釋莊子，徐復觀以胡塞爾闡釋莊子，其自身矛盾之處是顯而易見的。」（第145頁）而葉維廉則認為，道家與康德代表著迥然相異的兩種美學個性。「如果著眼於康德的審美論，會發現其與道家並非絕無共同點。而葉維廉之所以著力對康德進行批判，是因為在他看來，康德正是西方知識論的典型代表。」（第148頁）葉氏認為：「這一個以心齋忘我而達至『即物即真』、歷驗『道不離物』的『離合引生』、『空納空成』的程序，正是中國歷代文學理論藝術的主軸。」（第155頁）而第六章《抒情的純粹境界》則自夏志清批評葉維廉對中國山水詩的「媚俗」說開去，引出中國詩歌的抒情性問題。得出「葉維廉的純粹性美學觀念承繼自莊子、皎然、司空圖、嚴羽、王士禎一派，主張言不盡意而餘味曲包的美感經驗，並以此路為中國美學的正宗。」（第166頁）作者並由此溯及道家和禪宗論有情與無情、物遷與物不遷等問題，還原了葉氏理論的歷史語境。並引發我們去思考，葉維廉故然遮蔽了「緣情」一派在中國詩學中的分量，以及自然情感與生活情感的關聯；同理，夏志清對中國詩歌的界定遮蔽了另一個問題，即情感是否是構成中國詩歌的充分條件。（第179頁）第八章對道家傳統的以物觀物作出了現代闡釋。在考察了「觀」的源流之後，引申出中國畫的散

點透視法與西洋畫的聚集透視法之不同，正在於它對身體的這種自由度和自然的狀態多樣性的尊重和肯定。而對「觀物方式」的考察，正是葉維廉解決中國美學、中國文學問題的基本出發點。（第 223 頁）

第三部分即十至十二章，作者還原了葉維廉詩學建構的歷史語境和知識譜系，剖析了其西學視野的內在理論和深遠意義。其中第十一章《葉維廉與新批評》，認為「新批評理論的共同傾向是：反對把文學當成文獻、傳記、史料，注重文學本身的價值，把作品看成獨立的、客觀的象徵物，是與外界絕緣的自給自足的有機體」（第 317 頁），而這與葉維廉一貫對「文以載道」觀念的批評，正有相通之處。在最後一章，作者還對現象學與中國文藝理論溝通的可能性進行了深入的剖析。徐復觀與劉若愚的論點大致可以歸納為道與存在的比較，莊子的心物為一與現象學的主客為一的比較，以及莊子的心齋和坐忘與現象學的還原的比較。（第 336 頁）葉維廉以現象學闡釋道家美學，強調了道家美學的兩個基本品質，一是對經驗、直覺的重視，一是自然的即物即真。從現象學那裏抽取反知識、反概念的理念闡釋道家和禪宗，這是葉維廉對現象學的創造性運用。（第 343 頁）作者進而提出自己的反思：「用近代哲學的概念和範疇闡釋像《莊子》這樣在傳統上屬於學術的思想，我們不得不思考的是西方哲學的概念和範疇與中國學術的概念和範疇能實現多大程度的溝通？中西方是否存在一對一的等值的命題和範疇？」（第 361 頁）「（葉）本應該首先在西方胡塞爾、海德格爾和實用主義之間找到一個共同的支點後與道家進行同一平臺的溝通，可是葉維廉把這個支點移位到了道家美學。」（第 368 頁）

作者最後得出的結論是：「無論是理論演繹還是理論歸納，理論抽取成為海外華人詩學的一個普遍現象，它是一個碎片性而又具有建設性的策略，而問題的實質不在於碎片能否代替整體而實現文化的平衡，而在於特定的時代，哪部分碎片能夠成為最恰適的思想資源而產生最有力的思想動力，實現更高層面的意義生成。」（第 460 頁）這可謂是一個破中有立的結論。葉先生的詩學體系，當然不是放諸四海而皆準的，這是連他自己也承認的。但其中包含了一代海外華人為溝通中西詩學所做的不懈思索與努力，閆著為我們很好地清理了這一歷史思路，而葉先生所創造的中西互相發明的、同異全識的研究方法，必將在未來不斷結出新的美好的果實。

第三節　藏以致用，書貴通假——讀王蕾《清代藏書思想研究》〔註41〕

　　清代是中國古典文化高漲的集大成時代，圖書事業概莫能外。以往的圖書研究，更多偏重於目錄、校勘、版本之學，而對於典藏，則相對關注得較少。清末民初葉昌熾（1849～1931）的《藏書記事詩》〔註42〕、葉德輝（1864～1927）的《書林清話》〔註43〕，開創了近代系統研究藏書家、書史的先河。《藏書記事詩》這種體例，此後不斷為後人模仿，產生了諸如倫明（1875～1944）《辛亥以來藏書紀事詩》、王謇（1888～1968）《續補藏書紀事詩》、徐信符（1879～1947）《廣東藏書紀事詩》〔註44〕這樣的後續之作。今人周退密、宋路霞還著有《上海近代藏書紀事詩》〔註45〕等。上世紀程千帆、徐有富所著《校讎廣義》四大卷，也特設《典藏編》。〔註46〕新出的王蕾《清代藏書思想研究》，立足「藏」與「用」這兩大相附相成的思潮，深入全面地挖掘了與中國近現代受到西方影響的圖書館學術思想相對應的清代傳統藏書思想，鑒古知今，體用兼備，為我們描繪了一幅清代圖書的藏用畫卷。

　　第一章《緒論》部分，作者對藏書思想進行了界定，「是指在中國古代藏書活動中形成和積累的有關藏書收集、整理、保存和利用的思想觀念和理論方法」。（第6頁）並對前人的論著進行了梳理和回顧。第二章論《清代藏書思想發展的歷史背景》，從藏書家的性質和種類來看，清洪亮吉（1746～1809），曾在《北江詩話》卷三中，將藏書家分為考訂家、校讎家、收藏家、鑒賞家和掠販家五類：「藏書家有數等：得一書必推求本源，是正缺失，是謂考訂家，如錢少詹大昕、戴吉士震諸人是也。次則辨其版片，注其錯訛，是謂校讎家，如盧學士文弨、翁閣學方綱諸人是也。次則搜採異本，上則補石室金匱之遺亡，下可備通人博士之瀏覽，是謂收藏家。如鄞縣范氏之天一閣、錢塘吳氏之瓶花齋、崑山徐氏之傳是樓諸家是也。次則第求精本，獨嗜宋刻。作者之旨意縱未盡窺，而刻書之年月最所深悉，是謂賞鑒家。如吳門黃主事丕烈、烏鎮鮑處士廷博諸人是也。又次則於舊家中落者，賤售其所藏，富室嗜書者，

〔註41〕廣西師範大學出版社，2013年。
〔註42〕北京燕山出版社，1999年，據《緣督廬日記》，成書於宣統元年（1909）。
〔註43〕遼寧教育出版社，1998年，成書於清末。
〔註44〕北京燕山出版社，1999年。
〔註45〕華東師範大學出版社，1993年。
〔註46〕齊魯書社，1998年。

要求其善價，眼別真贗，心知古今。閩本、蜀本，一不得欺；宋槧元槧，見而即識，是謂掠販家，如吳門之錢景開、陶五柳、湖州之施漢英諸書賈是也。」洪所論雖未必盡確，但足見清代藏書事業之繁榮。

第三章《清代藏書收集思想》，是全書「藏」部分的主體。其中論藏書收集方法，則發展了宋鄭樵《通志·校讎略》中的「求書之道有八論」，所謂「一曰即類以求，二曰旁類以求，三曰因地以求，四曰因家以求，五曰求之公，六曰求之私，七曰因人以求，八曰因代以求」，而歸納出了清孫從添《藏書記要》中「購求書籍是最難事，亦最美事、最韻事、最樂事」的「購求四最論」，《藏書記要》「藏書之道，先分經史子集四種，取其精華，去其糠秕，經為上，史次之，子集又次之」的「收藏次第論」，以及「兼收並蓄觀」和「專門藏書觀」。其中尤其提到了虞山派和浙東派，潘祖蔭《〈稽瑞樓書目〉序》云：「常熟有二派，一專收宋槧，始於錢氏絳雲樓、毛氏汲古閣，而席氏玉照殿之；一專收精抄，亦始於錢氏遵王、陸孟鳧，而曹彬侯殿之」。

論藏書收集觀念，則對佞宋觀念、善本觀念、抄本觀念與鑒別觀念進行了深入的辨析。明末清初的佞宋觀念，毛氏汲古閣和錢氏絳雲樓起了開風氣的作用。毛晉還以手抄形式來獲得宋本，創造了「影宋抄」形式。而錢曾的《讀書敏求記》更是被後人視為尋訪善本的指南。乾嘉以來的藏書家，則以黃丕烈為一大宗，他把「求古」、「求真」作為治學的宗旨。但他並非盲目佞宋，其《蕘圃藏書題識》卷五云：「凡書不可不細校一通，第就其外而觀之，謂某本勝某本，此非定論也」。

論善本觀念，則指出不同的時代有不同的標準，清人亦不例外。（第129頁）如張金吾《愛日精盧藏書志·自序二》中提出的善本標準為「宋元舊槧，有關經史實學而世鮮傳本者，上也；書雖習見，或宋元刊本，或舊寫本，或前賢手校本，可與今本考證同異者，次也；書不經見而出於近時傳寫者，又其次也。而要以有裨學術治道者為之斷。」而清末繆荃孫提出的善本材料有四，即：「（一）刻於明末以前者為善本，清朝及民國刻本皆非善本；（二）抄本不論新舊，皆為善本；（三）批校本或有題跋者，皆為善本；（四）日本及高麗重刻中國古書，不論新舊，皆為善本」。故一般而言，本朝刻書不被劃入善本，而只有前代刻本才稱得上善本。論抄本，則指出黃氏藏書抄本約占總量三分之一。《蕘圃藏書題識》「李群玉詩集」云：「大凡書籍安得盡有宋刻而讀之，無宋刻，則就抄本貴矣。」（第138頁）論鑒別觀念，則如孫從添《藏

書記要》中提出的：「如某書係何朝、何地著作，刻於何時，何人翻刻，何人抄錄，何人底本，何人收藏，如何為宋元刻本，刻於南北朝何時，何地，如何為宋元精舊抄本，必須眼力精熟，考究確切」，「再於各家收藏目錄、歷朝書目、類書、總目、讀書志、敏求記、經籍志、志書、文苑志、書籍志、二十一史書籍志、名人詩文集、書序、跋文內，查考明白。」葉德輝《藏書十經》中亦云：「張、瞿、丁、陸四家之目，全抄各書序跋，最足以資考據。所謂海內四大藏書家者。」分而論之，則宋刻本的優劣主要表現在地域上。（第145頁）如《藏書記要》所云：「所謂墨香紙潤，秀雅古勁，宋刻之妙盡之矣。」元刻本，則如《書林清話》中肯定了部分家塾刻本的質量優於宋本，但非皆精善，總體持否定觀點。明本則如《藏書十約》所云：「明刻仿宋、元者為上，重刻宋、元者次之。有評閱者陋，有圈點者尤陋。」抄本則如施廷鏞《中國古籍版本概要》中所云：「大率抄本之可貴者，須具有幾項要素：1. 名人手抄，確認是某人真蹟；2. 其非名人手抄，但經名人校正，而校正之字，勝於刻本；3. 字句與刻本不同，其不同處，較刻本為佳；4. 通行本之字句，有為抄本所缺者，而所缺之字句，反足以證明刻本中文字，有非撰者原文；5. 刊本久佚，存者僅此抄本，則此抄本之價值，實與孤本或稿本無異；6. 有名人手跋，或收藏印記。」現代的這些鑒定技術，其實有很多清代藏書家都已有總結。此章還討論了藏書的收集方法，其中購書部分，就藏書家與書商的互動也有所論及，惜言之不詳。如果把圖書作為一種商品來看待，則其生產、流通、消費，其中的每一環節，都值得深入展開討論。

第四節　「古代文學名著彙評叢刊」的又一成果——評周興陸輯著《〈世說新語〉彙校彙注彙評》[註47]

　　評點是中國古代文學批評的傳統方式，近年來越來越受到文學與文論研究者們的重視。這方面的相關著作也是層出不窮，如張伯偉《中國古代文學批評方法研究》中，設有專章討論評點；[註48] 譚帆《中國小說評點研究》[註49]；[美] 王靖宇著、談蓓芳譯《金聖歎的生平及其文學批評》[註50]；

〔註47〕鳳凰出版社，2017 年。
〔註48〕中華書局，2002 年。
〔註49〕華東師範大學出版社，2001 年。
〔註50〕上海古籍出版社，2004 年。

章培恒、王靖宇主編《中國文學評點研究論集》〔註51〕；周錫山編校《〈人間詞話〉彙編彙校彙評》〔註52〕等。復旦大學黃霖先生更是將「包括評點在內的中國古代文學批評的特點概括成『即目散評』四個字」〔註53〕，認為「多數著作是表現為形散而神完，外雜而內整，有一個核心的見解或理論包容在裏面」，具有「不隔」的特點〔註54〕。從 2006 年起，黃老師的團隊「從《詩經》《楚辭》《文選》一類文學經典，到陶淵明、杜甫、韓愈、柳宗元、蘇軾、歸有光等詩文別集，再到《西廂記》《琵琶記》《牡丹亭》等戲曲名著」，開始對國內外各大圖書館的評點本進行調查、輯錄、考辨、整理與研究。新出的周興陸輯著《〈世說新語〉彙校彙注彙評》，正是此一工作的又一最新成果。

近幾十年來，對於《世說新語》校注、評釋，有余嘉錫《世說新語箋疏》、徐震堮《世說新語校箋》、楊勇《世說新語校箋》、朱鑄禹《世說新語彙校集注》、蔣凡等《全評新注世說新語》、劉強《世說新語彙評》、龔斌《世說新語校釋》等多種，可謂成果斐然。然而，誠如周著《前言》所言，「尚有大量的校勘、注釋和評點文字，沒有得到整理；特別是日本早期學者的研究成果，今之論述者不乏其人，對之加以整理的，似尚少見。」〔註55〕全書以嘉靖十四年（1535）袁褧嘉趣堂刻本為底本，主要參校本有五種，包括「唐寫本」、「董刻本」、「元刻本」、「紛欣閣本」與「思賢講舍本」。輯錄諸家批註，多達十九種。「參證」部分採錄中華書局版唐修《晉書》以及《北堂書鈔》《初學記》《藝文類聚》《白孔六帖》《事類賦》《太平御覽》《太平廣記》、曾慥《類說》、施宿等《會稽志》等文獻中引述《世說》條目，以供讀者參考。「因為傳世的《世說新語》定型於宋代，宋代及之前的類書和各家稱引與今本不同者，或別有所據，故採錄不避繁雜。元明以後諸書之採錄，即使有異文，價值不大，一概從略。」〔註56〕全書還採錄了日本早期箋注《世說新語》和《世說新語補》數種。對於前述近人著述也有參考，酌情采錄批校文字。全書雖然是資料彙編，個別地方用「周按」表達了自己的見解。書末附錄《世說新語》佚文、序跋題識彙編和評論資料選編。全書貫通文史，資料翔實，

〔註51〕上海古籍出版社，2002 年。
〔註52〕北嶽文藝出版社，2004 年。
〔註53〕《〈世說新語〉彙校彙注匯評・總序》，第 6 頁。
〔註54〕《〈世說新語〉彙校彙注匯評・總序》，第 7 頁。
〔註55〕周著《前言》，第 28 頁。
〔註56〕周著《凡例》，第 3 頁。

考評結合，用力甚勤，允為一本《世說新語》研究方面的後出轉精之作。

蓋《世說新語》一書，歷來為文人所重。「其言簡意深，亦經亦史，竊以為晉魏文章莫過乎是矣。其序事也以『德行』居首，次『言語』『政事』『文學』，以及於朝野瑣細之事，條分類舉，所載忠孝節義，足以激勵世俗，抑揚風雅。」〔註57〕即以瞭解史實而言，「大都載漢、魏、吳事十之一，兩晉事十之九。」不僅唐貞觀修《晉書》，取材於此書〔註58〕；其中如元帝即位、王敦作亂、蘇峻反叛、桓溫廢立、桓玄篡位，「七十餘年，其得以延一線之緒者，王導、謝安、陶侃、溫嶠輩，功不可沒也。諸公丰采，備見《世說》。」〔註59〕書中人物描寫亦皆栩栩如生，如在目前，加以精彩的故事，簡妙的語言，使此書在文史方面，具有極高的價值。

不少著名的歷史故事，通過集評的方式，可以讓我們清楚地看到不同歷史時代人的不同觀點。如卷上之上《德行第一》之 11 條「管寧、華歆共園中鋤菜」，劉辰翁評曰：「捉、擲未害其真，強生優劣，其優劣不在此。」王若虛評曰：「世皆憂寧而劣歆。予謂以心術觀之，固如世之所論。至其不近人情，不盡物理，則相去亦無幾矣。畢竟金玉與瓦石豈無別者哉！此莊、列之徒自以為達，而好名之士聞風而悅之者也。」凌濛初評曰：「既捉而擲去，便是華歆一生小樣子。」〔註60〕這很有點像古人的朋友圈評論，具有資料集成的性質。

又如同篇 28 條「鄧攸始避難，於道中棄己子，全弟子」，則幾乎受到了歷代評者的一致詬病。如王楙曰：「前輩謂《晉史》誕妄甚多，最害名教者，如鄧攸遭賊，欲全兄子，遂棄己子，其子追及，縛於道旁。如此則攸滅天性甚矣，惡得為賢！」（《野客叢書》卷一）嚴衍曰：「史臣曰：鄧攸棄子存姪，以義斷恩。若力所不能，自可割情忍痛，何至豫加徽纆，絕其奔走者乎？斯豈慈父仁人之用心也！卒以絕嗣，宜哉！勿謂天道無知，此乃有知矣。」（《資治通鑒補》卷九十三，清光緒二年印本）王鳴盛《十七史商榷》卷五十一亦曰：「嘻，甚矣！攸意以為不棄其子，無以顯其保全弟子之名。好名如此，不仁可知。其後敬媚權貴，王敦已反而猶每月白敦兵數。納妾甚寵之，訊其家屬，

〔註57〕沈荃，《重刻〈世說新語鼓吹〉序》，周著《附錄二：序跋題識彙編》，第 1659 頁。
〔註58〕周中孚《鄭堂讀書記》卷六三，周著《評論資料選編》，第 1726 頁。
〔註59〕張端木，《題識明吳中珩校刻本〈世說新語〉》，《附錄二》，第 1664 頁。
〔註60〕第 25～26 頁。

方知是甥女。小人哉，攸也！斯人也，而可以入良吏乎！」〔註61〕

　　不少評點富於洞見，幫助我們在讀《世說》的同時，對於兩晉那段紛繁歷史中的人、事得失，獲得更加深入的理解。如卷上之下《文學第四》第49條「殷（浩）曰：『官本是臭腐，所以將得而夢棺屍；財本是糞土，所以將得而夢穢污。』時人以為名通。」計大受評曰：「浩初匿情養望，屏居十餘年，辟除皆不就。既而入處國鈞，未有嘉謀善政，出總戎律，惟聞蹙國喪師，至被黜放，而又一旦震動於桓溫腐鼠之嚇，致竟達空函之謬，豈非無能以發馨香之治，而同逐臭之夫，而不知作哉！」（《史林測義》卷一五）〔註62〕

　　又如卷中之下《品藻第九》第87條：「桓玄問劉太常曰：『我何如謝太傅？』」余嘉錫評曰：「桓玄之為人，性耽文藝，酷愛書畫，純然名士家風，而又暴戾恣睢，有同狂狡。蓋是楊廣、趙佶一流人物，但彼皆帝王家兒，適承末運；而玄乃欲為開國之太祖，為可笑耳。其平生最得意者，尤在書法。」〔註63〕

　　又如卷下之下《排調第二十五》第26條：「謝公在東山，朝命屢降而不動。」《通鑑》胡三省注曰：「世之論者，皆憂安而劣浩。余謂盛名之下，其實難副。浩之所以敗，正以與桓溫齊名，其心易溫；又值石氏之亂，以為可以立功，敗於輕率也。謝安當桓溫擅政之時，又身嘗為之僚屬，而懲浩之所以失，戒溫而為之備；溫既死而值秦之強，兢兢焉為自保之謀，常持懼心，此其所以濟也。」〔註64〕

　　《世說新語》中有很多是關於魏晉清談的，後人一方面讚歎名士們的言辭之美，一方面也有對於空談誤國的激烈批評。如卷中之下《賞譽第八下》第52條：「王平子與人書，稱其兒：『風氣日上，足散人懷。』」李慈銘評曰：「晉、宋、六朝膏粱門第，父譽其子，兄誇其弟，以為聲價。其為子弟者，則務鄙薄父兄，以示通率。交相偽扇，不顧人倫。世人無識，沿流波詭，從而稱之。於是未離乳臭，已得華實。甫識一丁，即為名士。淪胥及溺，凶國害家。平子本是妄人，荊產豈為佳子，所謂風氣日上者，淫蕩之風、癡頑之氣耳。」〔註65〕

　　又如同卷《品藻第九》第6條：「正始中，人士比論，以五荀方五陳。」李慈銘評曰：「予謂漢末之五荀、五陳，實任達之濫觴，浮華之作俑。觀其父

〔註61〕 第62～65頁。
〔註62〕 第405～407頁。
〔註63〕 第929～930頁。
〔註64〕 第1361～1363頁。
〔註65〕 第766～767頁。

子兄弟，自相標榜，坐致虛聲，託名高節。……荀氏則爽為卓用，或成曹篡，顗、勖以還，名節掃地。桀、紂之禍，自有所歸。輔嗣名通，平叔正直，所不受也。」〔註66〕

又卷下之上《簡傲第二十四》第6條「王平子上樹探鵲」，李慈銘評曰：「案王澄一生絕無可取，狂且恃貴，輕佻喪身。既無當世之才，亦絕片言之善，虛叨強寄，致亂逃歸，徒以王衍、王戎紛紜標榜，一自私其同氣，一自附於宗英。」陳澧：「謝幼輿、胡毋彥國之徒，則有意為此，駭俗而得名者，異後世之假道學，如上樹探鵲之類，又更可歎也。偽為狂放而粗鄙矣。」（《東塾雜俎》卷三）〔註67〕則是對嵇、阮之後，晉人的偽為狂放的譏刺。

其中有不少的評點，富於考訂的價值，可以糾《世說新語》及劉孝標注之失。其中如卷上之上《言語第二》第53條：「庾稚恭為荊州，以毛扇上武帝。」劉盼遂曰：「案《晉書・庾翼傳》，翼以穆帝永和元年卒，年四十一。此後二十八年武帝始即位。翼為荊州時年方二十四，則距武帝時幾五十年矣，惡得貢獻及之哉？檢《庾懌傳》載懌嘗以白羽扇獻成帝，事與《世說》全同。知此故叔豫故實也。孝標注謂懌獻武帝，亦誤以成帝為武帝。懌之卒更早於稚恭也。《晉書》為得。」〔註68〕

又如卷中之上《賞譽第八上》第15條：「庾子嵩目和嶠」，姚範曰：「按為都官從事者實溫嶠，和嶠未嘗歷是職，且和嶠卒於元康二年，司馬越之為太傅則在永興元年，敳為越從事中郎，上去元康二年，相懸一紀，況其齒位也復殊邈。和嶠豈待敳語為重哉？」（《援鶉堂筆記》卷三三）趙翼、程炎震亦均有相應考訂，同持此論。〔註69〕

又如卷下之上《自新第十五》第1條：「周處年少時，凶強俠氣，為鄉里所患」。李詳注曰：「勞格《讀書雜識・晉書校勘記》云：以《處傳》及《陸機傳》核之，知係小說妄傳，非實事也。案，處沒於惠帝元康七年，年六十有二，推其生年，當在吳大帝之赤烏元年；陸機沒於惠帝泰安二年，年四十三，推其生年，當在吳景帝之永安五年。赤烏與永安，相距二十餘載，則處弱冠之年，陸機尚未生也。此云入呈尋二陸，未免近誣。」〔註70〕

〔註66〕第859～860頁。
〔註67〕第1310～1311頁。
〔註68〕第201～203頁。
〔註69〕第718～721頁。
〔註70〕第1068～1071頁。

作為一部筆記體小說，《世說新語》為我們呈現了兩晉豐富多彩的歷史畫卷，其中如南人與北人之爭、門第觀念、釋道關係、婦女生活等，很多地方編者周興陸先生還以「周按」的方式，給出自己的見解，幫助讀者進一步理解文本與歷史。如卷中之上《方正第五》第 24 條：「王丞相初在江左，欲結援吳人，請婚陸太尉。對曰：『培塿無松柏，薰蕕不同器。玩雖不才，義不為亂倫之始。』」周按：「西晉時，中原人士和吳人一直存在心理隔閡和文化衝突。元帝徙鎮建康後，朝廷虛弱，而吳人不附。王導採取懷柔政策，虛己傾心，賓禮故老，存問風俗，招賢納俊，特別注意接引顧榮、賀循、紀瞻、周玘等吳地之望。正是因為王導採取清淨安綏的措施，吳會風靡，百姓歸心，確立了東晉都於建康的根基。」〔註71〕

又如卷下之上《術解第二十》第 10 條：「郗愔信道甚精勤」，周按：「晉代上層士人或崇佛教，或信道教。郗愔修黃老之術，篤信道教。因病而迎釋僧于法開。于法開正是藉治病之機揚佛抑道。佛、道在晉代既相互借力融合，又互相爭奪士人的信仰，總體上是佛教漸盛，而道教漸衰。」〔註72〕

又如卷下之下《輕詆第二十六》第 11 條：「桓公入洛，過淮、泗，踐北境，與諸僚屬登平乘樓，眺矚中原，慨然曰：『遂使神州陸沉，百年丘墟，王夷甫諸人不得不任其責！』」周按：「晉初虛玄清談之盛，王衍實負其咎。賈后廢愍懷太子，他無一言辨誣匡救，惟表請女兒與愍懷太子離婚以苟免，後遭人彈劾。諸王亂政時，王衍雖居宰輔之重，不以經國為念，而思自全之計。石勒寇逼洛陽時，眾共推王衍為元帥。王衍以賊寇鋒起，懼不敢當。……身處多事之秋，卻清虛超脫，遊心世外。一遇禍難，便陽狂以自免，苟且以求活。這類人位居宰輔，國豈不危？清談誤國，王衍堪為典型。」〔註73〕這些地方都體現了編著者的識見與文史修養，使我們不可以只把這本《彙評》當作是一本資料集成來看待。

《附錄一》對於《世說新語》的輯佚，主要依據宋代及此前文獻，而不重視元代以降的文獻。並指出：

> 即使唐宋人之撰述自稱引於《世說》，也並非一定就是劉義慶
> 《世說新語》的文字，可能存在三種誤引：一是將引自劉義慶其他

〔註71〕 第 534～535 頁。
〔註72〕 第 1202～1203 頁。
〔註73〕 第 1424～1428 頁。

撰述如《幽明錄》《俗說》中的文字誤當作出自《世說》，二是誤將
劉孝標注釋《世說》的文字當作《世說》正文，三是誤將引自《世
說》《語林》等同類著述中的文字當作出自《世說》。當然也不排隊
這些佚文的確是唐宋時期《世說新語》所有而因為各種原因被刊落
的。〔註74〕

　　總之，這部新出的《〈世說新語〉彙校彙注彙評》在很多方面都頗具特色，
一編在手，開卷有益，我們也期待「古代文學名著彙評叢刊」在今後能出更
多這樣的好書，以饗讀者！

〔註74〕第 1606 頁。